L'AME

ET

L'ÉVOLUTION DE LA LITTÉRATURE

DES ORIGINES A NOS JOURS

PAR

Georges DUMESNIL
Professeur à l'Université de Grenoble

TOME PREMIER

PARIS
SOCIÉTÉ FRANÇAISE D'IMPRIMERIE ET DE LIBRAIRIE
ANCIENNE LIBRAIRIE LECÈNE, OUDIN ET Cie
15, rue de Cluny, 15

1903

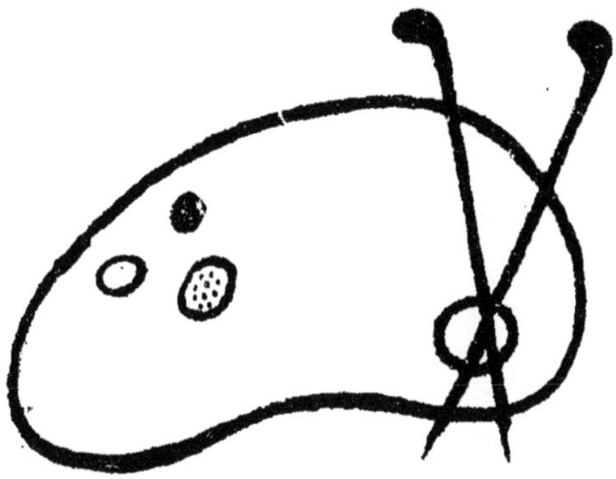

Fin d'une série de documents
en couleur

Vasectomie

Mq les pages 425-428.

constaté le 13-VIII-1948

G.F.

L'AME ET L'ÉVOLUTION DE LA LITTÉRATURE

L'AME

ET

L'ÉVOLUTION DE LA LITTÉRATURE

DES ORIGINES A NOS JOURS

PAR

Georges DUMESNIL

Professeur à l'Université de Grenoble

TOME I

PARIS

SOCIÉTÉ FRANÇAISE D'IMPRIMERIE ET DE LIBRAIRIE

(ANCIENNE LIBRAIRIE LECÈNE, OUDIN ET Cie)

15, Rue de Cluny, 15

1903

PRÉFACE

I

La méthode que j'ai suivie en écrivant cet ouvrage est très différente de celle qui prévalait dans la seconde moitié du siècle passé et dont Taine fut le protagoniste systématique et illustre. C'était, d'intention du moins, une méthode scientifique et naturaliste. Outre les exemples que Taine en donna dans une foule d'études dont les plus célèbres sont les essais sur La Fontaine et sur Tite-Live, il en a développé tout le plan dans l'Introduction de son *Histoire de la littérature anglaise*, où il n'y a qu'à l'aller chercher.

Pour se rendre compte des « ressorts » qui déterminent l'état d'une nation, état qui se traduit subsidiairement par des phénomènes de l'ordre littéraire, il faut envisager trois forces : la race, le milieu, le moment. « Ce qu'on appelle la race, ce sont les dispositions innées et héréditaires que l'homme apporte avec lui à la lumière et qui ordinairement sont jointes à des différences marquées dans le tempérament et la structure du corps. Elles varient selon les peuples. Il y a naturellement des variétés d'hommes, comme des variétés de chevaux et de taureaux. » Ensuite « il faut considérer le *milieu* dans lequel elle vit. Car l'homme n'est pas seul dans le monde ; la nature l'enveloppe et les autres hommes l'entourent... Tantôt le climat a fait son effet.... Tantôt les circonstances politiques ont travaillé... Tantôt enfin les conditions sociales ont imprimé leur marque... Ce sont là les plus efficaces entre les causes observables qui modèlent l'homme primitif... et elles semblent tout comprendre, puisqu'elles comprennent toutes les puissances extérieures qui façonnent la matière humaine et par lesquelles le dehors agit sur le dedans. Il y a pourtant un troisième ordre de causes ; car avec les forces du dedans et du dehors, il y a l'œuvre qu'elles ont déjà faite ensemble, et cette œuvre elle-même contribue à produire celle qui suit. Outre l'impulsion permanente et le milieu donné, il y a la vitesse acquise. Quand le caractère national et les circonstances environnantes opèrent, ils n'opèrent point sur une table rase, mais sur une table où des empreintes sont déjà marquées. Selon qu'on prend la table à un *moment* ou à un autre, l'empreinte est différente ; et cela suffit pour que l'effet total soit différent.

Considérez, par exemple, deux moments d'une littérature ou d'un art, la tragédie française sous Corneille et sous Voltaire... »

En somme, il y a deux causes primordiales, la race et le milieu ; en réagissant l'une sur l'autre, elles produisent un moment qui n'est que l'effet de leur réaction. Cet effet ne peut être considéré à son tour comme une force ou comme une cause que par rapport au moment suivant : quand la race et le milieu viendront marquer une nouvelle empreinte sur la « table », sur les couches déjà stratifiées, elles y rencontreront l'empreinte précédente ; et la nouvelle empreinte ne sera faite que de l'amalgame de la seconde empreinte avec la première. Dans aucun cas, l'empreinte ou le moment n'a la moindre initiative ; la série des empreintes, des moments, procède tout entière des deux premières forces, la race et le milieu, qui les ont frappés un à un, l'un sur l'autre, et à qui seules appartient en propre l'action.

Le milieu est divers : il y a le climat en tant qu'il n'est pas l'œuvre de l'homme et qu'il « enveloppe » l'homme, la race. Il y a les circonstances politiques et il y a aussi les conditions sociales ; ces deux dernières formes du milieu semblent bien avoir leur « source » dans l'homme, être faites par lui, être son œuvre ; et ainsi une part primordiale d'action est, comme nous venons de le dire, réservée à l'homme, à la race... Illusion; et ces trois sources ou forces ou causes que nous avons vues tout à l'heure se réduire à deux vont maintenant se réduire à une.

En effet, la race est à son tour une empreinte frappée par un milieu physique. Si différentes qu'apparaissent les variétés d'une race, « les grands traits de la forme originelle, dit Taine, ont subsisté, et l'on retrouve les deux ou trois linéaments principaux de l'empreinte primitive sous les empreintes secondaires que le temps a posées par-dessus. Rien d'étonnant dans cette ténacité extraordinaire. Quoique l'immensité de la distance ne nous laisse entrevoir qu'à demi et sous un jour douteux l'origine des espèces (renvoi à Darwin : *De l'origine des espèces*, et à Prosper Lucas : *De l'hérédité*), les événements de l'histoire éclairent assez les événements antérieurs à l'histoire, pour expliquer la solidité presque inébranlable des caractères primordiaux. Au moment où nous les rencontrons, quinze, vingt, trente siècles avant notre ère, chez un Aryen, un Egyptien, un Chinois, ils représentent l'œuvre d'un nombre de siècles beaucoup plus grand, peut-être l'œuvre de plusieurs myriades de siècles. Car dès qu'un animal vit, il faut qu'il s'accommode à son milieu; il respire autrement, il se renouvelle autrement, il est ébranlé autrement, selon que l'air, les aliments, la température sont autres. Un climat et une situation différente amènent chez lui des besoins différents, par suite un système d'actions différentes, par suite encore un système d'habitudes différentes, par suite enfin un système d'aptitudes et d'instincts différents. L'homme, forcé de se mettre en équilibre avec les circonstances, contracte un tempérament et un caractère qui leur correspond, et son caractère comme son tempérament sont des acquisitions d'autant plus stables, que l'impression extérieure s'est enfoncée en lui par des répétitions plus nombreuses et s'est transmise à sa progéniture par une plus ancienne hérédité. En sorte qu'à chaque moment on peut considérer le caractère d'un peuple comme le résumé de toutes ses actions et de toutes ses sensations précédentes, c'est-à-dire comme une quantité et comme un poids, non pas infini (renvoi à Spinoza, *Ethique*, 4e partie, axiome), puisque toute chose dans la nature est bornée, mais disproportionné au reste et presque impossible à soulever, puisque chaque minute d'un passé presque infini a contribué à l'alourdir, et que, pour emporter la balance, il faudrait accumuler dans l'autre plateau un nombre d'actions et de sensations encore plus grand. Telle est la première et la plus riche source de ces facultés maîtresses d'où dérivent les événements historiques; et l'on voit d'abord que si elle est puissante, c'est qu'elle n'est pas une simple source, mais une sorte de lac et comme un profond réservoir où les autres sources, pendant une multitude de siècles, sont venues entasser leurs propres eaux. »

Ainsi la race n'est pas une vraie source, une « simple source », c'est un réservoir qui ne laisse filtrer que ce qu'il a reçu et qui ne pèse que du poids dont il a été rempli. Il a été constitué par les seules vraies sources, les sources de la nature physique. C'est l'action de la nature extérieure qui est venue se répercuter dans l'homme selon les lois nécessaires de l'équilibre et qui en une certaine aire de l'espace, en un certain laps de temps, a déterminé forcément la race. Celle-ci n'est rien avant « l'empreinte primitive » qu'elle reçoit du milieu physique, par le mécanisme de la sensation. La race s'évanouit comme source, cause, force autonome et originale; sa structure analysée, décomposée, laisse voir des amas d'impressions venues de la nature physique à qui seule appartient en dernier ressort l'action. A ce point de son exposition, Taine a accompli son dessein d'expliquer le dedans par le dehors, l'homme intérieur par la physique objective, le supérieur par l'inférieur. Puisque la race n'est rien par soi, ces milieux où nous avions vu d'abord l'œuvre des hommes, à savoir « les circonstances politiques » et « les conditions sociales », il faut les rapporter en définitive à la seule cause qu'il y ait, au mécanisme de la nature. Aussi Taine a-t-il raison, dans son système, d'énoncer, immédiatement après l'exposé de la théorie qu'on vient de lire, ceci qui en est le corollaire : « Comment l'histoire est un problème de mécanique psychologique. »

Il n'est pas juste de penser et il n'est pas bon de dire que la psychologie humaine est un mécanisme ; encore moins est-il permis de faire passer cette doctrine sous le couvert d'assertions audacieuses, mais assurément fausses. C'est donc la nature physique toute seule qui fait qu'il y a une race avec des « aptitudes » presque immuables et des « instincts » presque indélébiles ; un tel résultat, elle ne l'obtient pas en un jour ; il lui faut « plusieurs myriades de siècles ». C'est beaucoup. A ne donner au mot myriade que sa moindre extension, une myriade de siècles ferait un million d'années. La grammaire et l'usage nous enseignent que l'emploi de *plusieurs* ne commence qu'avec *trois ;* il faudrait donc multiplier le million d'années demandé au moins par trois ou quatre ; et pour être dans l'esprit de Taine, il ne faut pas, comme je fais, taxer ses indications au plus bas, puisque, selon lui, l'origine de l'espèce est séparée de nous par « l'immensité de la distance », puisque la race est le produit d'un « passé presque infini », et puisqu'il a besoin d'un axiome de Spinoza pour être sûr que ce passé n'est pas l'infini même. N'abusons pas de la prise qu'il nous donne, tenons-nous-en, par exemple, à cinq ou six millions de siècles. Or le premier livre venu d'histoire naturelle apprend à quiconque que l'origine de l'homme ne semble pas remonter au delà de quatre-vingts ou cent mille ans; quand nous doublerions ou triplerions ce chiffre, en dehors de toute certitude, comme font certains anthropologues malicieux pour chagriner les bonnes âmes, il resterait que l'exagération de Taine est à la vérité comme cinq ou six millions sont à deux ou trois cent mille; c'est-à-dire que la proportion de la tromperie est de vingt-cinq ou trente contre un et va plus probablement à quarante ou cinquante. Eh! quoi, le respectable Taine, dans le plateau de la balance qu'il charge seul, laissant l'autre vide, jette un poids fait d'une pièce vraie et de quarante fausses!... N'y en eût-il que vingt pour une, est-ce là une façon d'agir? On me dit que c'est une étourderie. J'en suis persuadé; mais je la trouve étrange, surtout au moment où on prétend me faire agréer là-dessus une théorie et qu'encore on me donne pour scientifique! Et si Taine s'en était aperçu, je crois qu'il eût trouvé lui-même l'étourderie peu excusable. C'est pourtant à l'aide de bourdes de cette force que des systèmes font leur chemin, qu'ils sont puissants, qu'ils ont des adeptes et passent sous les yeux de tout le monde, sans que personne en un demi-siècle remarque la tare énorme.

Ramenons donc ce temps presque infini, ces myriades de siècles, « peut-être plusieurs myriades », à peut-être un ou deux mille. C'est dans ce laps que le milieu physique doit avoir « modelé » d'une façon presque indestructible le génie des races. Sans aller imaginer quelle peut avoir été l'influence des différences et des variations de milieu sur la mentalité du *Pithecanthropus erectus* de Java, sur la race de Cannstadt, sur celle de Cro-Magnon, sur l'homme de Neanderthal, sur celui de la Madeleine, sur celui de Grenelle et sur celui de Spy, retenons seulement le principe : c'est que plus le milieu est stable, plus l'homme sera fixe, puisque, « forcé de se mettre en équilibre avec les circonstances, il contracte un tempérament et un caractère qui leur correspond, et que son caractère comme son tempérament sont des acquisitions *d'autant plus stables* que l'impression extérieure s'est enfoncée en lui par des répétitions *plus nombreuses* et s'est transmise à sa progéniture par une *plus ancienne* hérédité. » Or il se trouve justement que l'évolution humaine s'est accomplie dans la dernière période où la forme du milieu physique présente des traits presque constamment identiques, que cette évolution s'est précipitée vers la fin de cette période au point que l'homme est entré dans l'ère de l'histoire au moment même où la théorie exigerait qu'il eût de moins en moins évolué, que toutes les évolutions historiques marquées successivement par la transformation des « circonstances politiques » et des « conditions sociales » ont paru, pendant que le milieu physique ne se transformait pas d'une manière sensible et que partout où le milieu physique a été notablement changé, il l'a été en fait par l'action de l'homme. Le milieu physique n'avait pas changé du moment où Platon traçait son idéal de cité terrestre à celui où saint Augustin décrivait la cité de Dieu ; le milieu physique était tout pareil au moment où Eschyle faisait représenter les *Perses* et quand Lucien imaginait l'*Icaroménippe;* le milieu physique était resté de lui-même immuablement uniforme du temps où les Romains gravaient la loi des Douze Tables à celui où Catulle chantait le moineau de Lesbie ; le milieu physique était demeuré invariable de l'époque où Rome conquérait le monde à celui où les Germains trouvaient par toutes les portes accès dans l'empire ; le milieu physique était infiniment égal à lui-même sous le règne de Louis XIV et sous celui de Louis XV ; le Français aurait dû s'affermir dans son type avec une ténacité accrue de l'un à l'autre moment, puisque « les impressions extérieures s'étaient enfoncées en lui par des répétitions plus nombreuses et s'étaient transmises à sa progéniture avec une plus ancienne hérédité ». Pourquoi donc ces deux moments caractérisés par Corneille et par Voltaire ? et puisqu'on parle d'« empreintes », pourquoi d'un côté ce profil de médaille romaine et de l'autre cette silhouette de macaque grivois? Nos pères parlaient le celte, puis ils ont parlé latin, puis ils ont parlé roman, puis ils ont eu des rois, puis ils ont parlé français, puis ils ont eu des républiques, des empereurs, ils ont eu des coutumes, puis ils ont eu des lois codifiées,

Et le même soleil se lève tous les jours.

Mon Dieu ! que les gens qui veulent supprimer le mystère partout sont donc fâcheux et absurdes ! Dans les mêmes climats qui ne changent pas, il y a des peuples qui évoluent beaucoup et il y en a d'autres qui évoluent peu ou point. Les navigateurs qui, six cents ans avant notre ère avaient exploré les premiers les côtes occidentales de l'Afrique, avaient vu des noirs fuyant sur les hauteurs, et la nuit, pendant que des feux s'allumaient sous la voûte des forêts, ils avaient entendu d'effroyables hurlements accompagnés du son d'instruments barbares ; les navigateurs qui, plus de deux mille ans après, vainquirent le cap des Tempêtes, écoutaient les mêmes clameurs, et Montesquieu constate que tout ce qu'on sait à son époque de ces pays et de ces peuples se rapporte encore aux descriptions primitives. Les pygmées d'Hérodote ont été vus par Stanley ; ils ne semblent pas qu'ils diffèrent de ce qu'ils étaient quand les Pharaons régnaient en Egypte et que les Gaulois étaient une race moins connue qu'eux de l'historien grec ; car tout ce qu'il sait des Celtes, c'est qu'ils sont les derniers hommes vers l'occident, tandis qu'il apprend d'un hiérogrammate de Saïs, sans trop y croire, que ces petits hommes sont fort adonnés à la sorcellerie. Paris alors n'existait pas, mais Sparte était puissante... Il y a des races qui ont certainement évolué et qui, autant qu'on en peut juger, n'évoluent plus guère, comme les Chinois ou les Arabes. Il y en a sans doute qui ont évolué à rebours dans le même climat où elles avaient jadis progressé.

— Et que fait tout ceci à l'histoire de la littérature? — Je réponds que ce n'est pas ma faute si Taine a voulu qu'elle fût envisagée sous cet angle ; et je réponds aussi que cela y fait beaucoup, si Taine a mis en mouvement cette gigantesque théorie pour prouver que l'homme n'était rien, que l'homme n'avait aucune initiative de lui-même, aucune force que d'emprunt, et s'il a déduit ainsi que le grand homme de lettres à son tour n'était rien non plus de son chef, qu'il n'était qu'un produit de son milieu, qu'il était entièrement explicable par les circonstances extérieures, qu'il n'était, comme la race et comme l'histoire même, qu'un problème de mécanique psychologique.

De là l'importance disproportionnée que Taine donne à chaque pays comme cause du génie d'un homme et de son tour d'esprit. Je veux bien qu'il discerne la bonhomie narquoise des Champenois dans La Fontaine, je veux même qu'il rapporte une certaine adresse de perception du bonhomme à la nature du sol, aux aspects du terrain, aux nuances de la lumière. Un autre à sa suite remarquera l'esprit, la faconde, le scepticisme spéculatif, le sens avisé et judicieux des Gascons dans Montaigne; un autre retrouvera le sentiment religieux des Bretons dans Chateaubriand et recherchera des raisons dans la terre et dans l'eau, dans le granit et dans la mer. On peut continuer la liste, elle est indéfinie. Taine savait bien ce qu'il faisait quand il portait son effort vers l'histoire de la littérature anglaise : il comptait que les conditions exceptionnelles, spéciales, insulaires du milieu donneraient de sa thèse une démonstration plus saisissable et plus frappante. Mais la part de vérité qu'elle contient n'en est pas accrue et elle n'en est pas moins critiquable, comme toutes les vues incomplètes. Sans sortir de chez nous, je vois deux provinces dont les indigènes sont connus par une certaine prudence qui incline leur perspicacité naturelle au souci des résultats tout sensibles, la Normandie et le Dauphiné ; et il y a des hommes qui les représentent telles qu'elles sont, fort habiles, « gaignantes », entassantes, lucides, ordonnées ; ils sont bien leurs fils, Fontenelle, Basnage, Vaucanson, Lionne, Beyle, Condillac. Mais je vois aussi qu'elles se parent surtout d'une lignée d'âmes héroïques et chevaleresques, Corneille, Scudéry, Tourville, Poussin, Géricault, Millet, Flaubert, Berlioz, Bayard. Et j'en trouverais autant qu'il faudrait pour remplir l'intervalle, et quelques-unes, si je ne me trompe, touchent à la fois les deux extrémités. S'il y a une race bien attachée à sa lourde terre, qui en met dans sa bouche pour aller à la bataille contre l'étranger, qui jouit de la maison et n'aime pas à perdre de vue sur la plaine la pointe de ses clochers, massive, solide, municipale, c'est bien la race du nord de la France et celle de Flandre. Pourquoi s'est-elle signalée par Froissart qui n'est heureux qu'avec sa valise en croupe, courant toute l'Europe par bonne brise, tout yeux, tout oreilles ? Les « coteaux modérés » s'appliquent à la Touraine comme une épithète homérique à un nom, et les habitants de cet heureux jardin de France passent pour avoir un caractère délicatement tempéré comme leur climat; or qu'y a-t-il de particulièrement tempéré, je vous prie, dans les orgies pantagruéliques, la fécondité bouffonne, les imaginations énormes de Rabelais? Et la sensibilité frémissante et tendrement maladive, le lyrisme contenu, la vision lointaine, l'émotion mystérieuse et chantante de Racine, quelle étroite affinité tout cela a-t-il spécialement avec l'Ile-de-France ? Pourquoi la même province donne-t-elle à la fois Claude Lorrain et Callot ? Je voudrais bien qu'on me montrât quelles attirances maritimes, quels appels aventureux de l'Océan suscitent la Pérouse à Albi ? En quoi la nature noble et tendre de l'Italie, le pays sec et nerveux de Provence ont-ils contribué à l'abondance touffue et à la pesante vigueur de Zola ? Je m'arrête en laissant l'idée à poursuivre à quelque compagnon du tour de France ou du tour du monde : l'investigation ne manquerait pas d'un intérêt des plus vifs. Dès à présent elle nous conduit à cette loi assez large que les provinces, en produisant leurs grands hommes, expriment leur caractère par leurs semblables, à moins que ce ne soit par leurs contraires ou par ni l'un ni l'autre.

Sans doute, quand on étudie un homme, il faut le situer dans son pays et dans son temps, dans son milieu physique et dans tout son milieu moral. On le fait bien, quand il s'agit d'entrer en commerce avec un inconnu. Si on venait nous proposer de passer quelque temps avec un hôte digne d'attention, il ne nous serait pas indifférent de savoir s'il est anglais, allemand ou turc, et nous aimerions à apprendre dans quelle condition il est né, ce qu'il a fait, quelles mœurs sont les siennes et celles de son entourage habituel, quelles traditions il peut tenir de sa famille, quelle est la complexion d'esprit des gens à qui il doit son sang ou sa culture, quelle destinée l'appelle. Toute cette information par le dehors est d'autant plus précieuse à l'égard d'un grand homme qu'il condense ce qui est épars, accuse ce qui est diffus chez les autres et qu'il est plus significatif. C'est autant de points de vue qu'on se donne sur lui, autant de perspectives où on le profile. Mais s'imaginer, quand on l'a enveloppé de ce réseau et de ces lignes d'approche, qu'on l'a expliqué par une équation comme un problème de mécanique, c'est la pire erreur. C'est comme si on croyait me rendre compte d'une statue en me disant où en est la place, comment elle est éclairée, sur quel fonds elle se projette et les dimensions du socle. C'est comme si on prétendait que je saurai tout de la plante, quand on m'aura donné la composition chimique du sol où elle a pris racine. Mais il y pouvait croître aussi bien un chêne qu'une tige de blé. Il est vrai que dans cet autre sol plus maigre, ni le blé ni le chêne n'auraient pu venir à bien : un pin et un grain de seigle peuvent également y prospérer. Les conditions de temps et de milieu où se développe un grand homme lui ont été communes avec une infinité d'autres hommes qui ne se sont acquis aucun titre à la mémoire de la postérité ni à l'attention des critiques. Lors donc qu'on l'a replacé par la pensée dans ce milieu et dans ce temps, on a tout dit de lui, sauf justement ce par quoi il n'était pas comme les autres, s'est distingué par-dessus eux et nous intéresse. On l'éclaire par les circonstances toutes spéciales, personnelles qui le concernent : dix mille autres hommes ont vécu parmi des circonstances qui ne seraient pas moins curieuses, s'ils en étaient sortis grands ; il n'y a de lumière que quand elle se réfléchit sur un être. Dès avant Taine, on avait appris par Chateaubriand, Augustin Thierry, Walter Scott, Michelet, Auguste Comte, Guizot, Victor Hugo, Vigny, Villemain, Cousin, Sainte-Beuve, Gœthe, Balzac, qu'on doit tenir compte des mœurs, des climats, du décor, des usages, des modes successifs de la pensée humaine, des besoins, des tendances, du costume ; les travaux historiques avaient retracé le tableau divers des civilisations, les œuvres d'art avaient fait revivre la couleur locale, on avait adapté la psychologie au rythme des évolutions passées ; on savait qu'il ne faut perdre de vue ni la race, ni les milieux physiques et sociaux, ni la physionomie de chaque moment. On n'ajoutait aucun lustre à ces conquêtes de l'intuition en leur donnant pour toile de fond la phase solutréenne, l'âge de la pierre polie et de l'ours des cavernes, et il n'était pas besoin de brandir la machine ronde pour taper sur la tête d'un clou déjà enfoncé.

La généralisation, dont il semble avoir contracté le vertige dans Spinoza, a rendu beaucoup d'autres mauvais services à Taine et à ses lecteurs jusque sur des aires de proportions moins vastes. Sa méthode de naturaliste l'obligeait à collectionner un grand nombre de petits faits, mais la nécessité même de la pensée le forçait à les classer et son système le contraignait à les faire entrer tous, faits et classes, dans une déduction logique où ils fussent assujettis par une chaîne d'airain. Il lui fallait donc passer du fait à l'essence dominante et de ce principe premier au fait par un rythme inébranlablement mécanique, comme on passe du problème au théorème et à l'axiome et de l'axiome au problème. On n'est pas peu exposé, dans ce cas, à ériger en essence ou en fait dominateur une conception qu'on se forge promptement et qui, plus rigide et plus pauvre que la vérité de la vie, vous hallucine et vous dérobe les faits réels. C'est ainsi que pour Taine, tout ce qui est allemand est, par essence, métaphysique, tout ce qui est anglais est moral, tout ce qui est français est social. Il faut que ce soit toujours l'Allemagne qui fournisse l'idée, l'Angleterre l'action et la France le liant. Rien de plus sujet à caution, de plus superficiel, à dire vrai, et aussi de plus fatigant que les variantes perpétuelles de ce jugement sommaire. De même il est admis une fois pour toutes que les Grecs sont des enfants bavards et bien doués, qui n'ont jamais rien pris au sérieux; tout suivra de là : la dialectique grecque ne sera qu'un amusement puéril, les arguments du *Phédon*, par exemple, des arguties et des jeux paradoxaux. Tant pis pour Taine, s'il n'en a compris ni la beauté, ni l'ordre, ni la portée autrement profonde que tout ce qu'il a pensé. Ainsi le fait lui échappe parce que la prétendue essence le fascine et l'aveugle; et d'autres fois le petit fait est immédiatement assimilé à l'essence par les anticipations les plus gratuites et les plus précipitées. Subitement le poète à la mode d'une petite société parisienne, telle que se la figurait peut-être ce digne ascète de l'étude, devient vaille que vaille le porte-essence du génie de la France (1). Il est vrai que Taine n'a jamais bien entendu ce que c'était qu'un vers; de là vient qu'il est bon surtout quand il parle des poètes étrangers. Souvent, vu de trop près, le contingent lui cache l'éternel.

Sa valeur n'éclate que dans les études particulières et limitées, c'est-à-dire quand son pouvoir de coordonner, replié sur un cercle plus étroit, coïncide avec le champ plein d'objets que sa vue rapproche et embrasse. Sans vouloir chercher quelle était sa faculté dominatrice (je crois bien

(1) Voir la fin de l'étude sur Tennyson. *Histoire de la littérature anglaise. Les contemporains.*

que c'était le travail), c'est alors qu'il est plein, robuste, instructif, pressant. Son avantage est de se trouver à égale distance des deux bouts de son génie empiriste et mythologique. Les œuvres qu'il fait dans cette zone centrale emportent le plus souvent l'admiration et son caractère force toujours l'estime : sa doctrine est pitoyable. C'est l'infirmité radicale de cet honnête homme d'avoir cru que les causes comprennent « tout » quand elles « comprennent toutes les puissances extérieures qui façonnent *la matière humaine* et par lesquelles *le dehors* agit sur le dedans ». Lui-même, à la fin de sa vie, semble, grâce à sa vertu, avoir découvert couche par couche quelque chose de plus intérieur que l'empirisme et de meilleur que le culte de la nécessité. C'est une raison de plus de le respecter, et c'en est une aussi de n'avoir ni tendresse ni complaisance pour sa philosophie, qui n'en mérite pas.

II

Le dessin le plus vigoureux d'un système de critique littéraire qui nous ait été tracé depuis la dissertation de Taine se trouve dans la leçon d'ouverture de l'*Evolution des genres* de M. Brunetière. Les genres existent, à n'en pas douter : la méthode est de leur appliquer les mêmes lois qui gouvernent les espèces animales. Donc les genres se transformeront en d'autres : « Nous achèverons de nous en rendre compte en étudiant le *lyrisme* (des romantiques) premièrement dans sa *forme*, secondement dans sa *matière* ; et si nous trouvons cette matière et cette forme identiques à celles de l'éloquence de la chaire (au XVIIe siècle), la démonstration sera complète, me semble-t-il ; et nous aurons vu vraiment, non pas métaphoriquement, un genre se transformer en un autre » (p. 25).

J'avoue que je ne comprends pas bien, malgré la définition de la forme donnée plus haut et conçue comme le rythme et l'image ; car si la matière et la forme sont demeurées identiques, la qualité intérieure du génie et de la sensibilité peut avoir changé (pp. 25, 26), mais précisément il n'y a pas transformation. Comment peut-il y avoir transformisme quand la forme ne change pas ? ?... Mais je passe.

Le second point, c'est que les genres lutteront entre eux pour la vie : « Poussant plus loin le parallélisme, nous examinerons enfin, sous le titre de *Transformation des genres*, s'il se rencontre, dans l'histoire de la littérature et de l'art, quelque chose d'analogue à ce qu'on appelle, en histoire naturelle, des noms de *concurrence vitale*, de *puissance du plus apte*, ou généralement de *sélection naturelle*.

Et dès à présent, si l'apparition de certaines espèces, en un point donné de l'espace et du temps, a pour effet de causer la disparition de certaines autres espèces; ou encore, s'il est vrai que la lutte pour la vie ne soit jamais plus âpre qu'entre espèces voisines, les exemples ne s'offrent-ils pas en foule pour nous rappeler qu'il n'en est pas autrement dans l'histoire de la littérature et de l'art » (p. 22)? A lire cette page, on avait le même petit frisson de curiosité épouvantée que devant les gravures où on voit tous les monstres paléontologiques se livrer dans un paysage d'horribles combats.

Je crois bien que M. Brunetière lui-même ne prendrait plus tout ce darwinisme aussi à la rigueur. A trois ans de distance, dans les « Conclusions » de son *Evolution de la poésie lyrique*, il s'interroge déjà sur la nature et la mesure de la foi qu'il convient d'accorder à la doctrine qui l'a séduit. A quoi il répond : « Avez-vous besoin, Messieurs, d'être astronomes pour croire à la loi de la gravitation, ou physiciens, pour accepter l'hypothèse de l'unité des forces physiques? Moi, je crois à l'évolution sur la parole des savants compétents, de Darwin ou d'Hæckel, si vous le voulez, pour ne rien dire de nos Français. J'y crois encore, Messieurs, parce que je vois que, depuis une trentaine d'années, la théorie ou l'hypothèse a révolutionné, renouvelé, transformé l'histoire naturelle. Mais j'y crois peut-être surtout parce que j'en ai besoin, et, Messieurs, je vous en prie, ne voyez pas dans cet aveu l'ombre de paradoxe, si là même, dans ce besoin, est la raison d'être ou la justification de tous les systèmes. Eh oui ! sans doute, qui ne le sait ? Tout système, philosophique ou scientifique, est ruineux, caduc et faux comme système... Mais qui ne sait d'autre part ce que les systèmes, en tout genre, nous ont rendu de services et de combien de vérités nous leur devons la révélation ? On cherchait une chose et on en trouve une autre... Gardons-nous donc, je le veux bien, de l'esprit de système, mais ne proscrivons pas cependant les systèmes, et, au contraire, sachons en reconnaître la véritable utilité, si tout système, à le bien prendre, et quand on l'a comme dépouillé d'un excès de confiance qu'il a trop souvent en lui-même, n'est proprement qu'une méthode. »

Malgré tout, il ne m'apparaît pas, sur le vu de ce passage, que M. Brunetière, quelque confiance aveugle qu'il promette à tous les savants, croie aussi solidement aux lois de Darwin qu'aux lois de Newton, en quoi je le trouve sage ; et il me semble que s'il veut bien croire à la doctrine de l'évolution sur la parole des savants compétents, c'est à condition de faire maintenant toutes ses réserves et de n'y pas croire du tout comme système, puisqu'à ce titre il est nécessaire, d'après lui, qu'elle soit fausse. Nous n'avons donc plus affaire à une vérité objective dont les lois régneraient souverainement sur les espèces littéraires comme sur les espèces animales ; c'est un système subjectif qui, appliqué dans la critique des lettres, pourrait servir à trouver des aperçus nouveaux dont on ne se serait pas avisé sans cela. Si je n'interprète pas mal la pensée de mon auteur, malheur qui après tout peut m'arriver, elle aussi a évolué. Il a d'abord pensé que de l'histoire naturelle à l'histoire de la littérature et de l'art, il y avait « parallélisme », que l'analogie de système s'étendait de l'une à l'autre ; maintenant le système ne lui paraît plus propre qu'à lui fournir des « analogies » (1). Peut-être qu'il « cherchait une chose » et qu'il en a « trouvé une autre ». La doctrine de l'évolution, pour lui, n'est plus tant une formule stricte des faits qu'une méthode d'invention.

Si cette méthode a contribué quelque chose dans les fortes études qu'il a écrites depuis lors, il n'a certes pas à se repentir de l'avoir imaginée. Toutefois, en se retirant ainsi sur le terrain de la méthode, M. Brunetière a laissé indécise la question qu'il avait soulevée par sa leçon d'ouverture de l'*Evolution des genres*. Le problème qu'il a posé ne lui appartient plus ; il vit, il chemine par le monde,

(1) *Evolution de la poésie lyrique*, dernière page.

ici où là il peut arriver qu'il émeuve et inquiète un esprit et qu'on éprouve un impérieux besoin de le résoudre. C'est ce qui ne peut que réjouir celui qui l'a mis au jour et en mouvement ; et comme le même qui l'a suscité semble l'abandonner, c'est en faisant abstraction de son auteur qu'on envisage ce problème et qu'il faut le tirer au clair. La doctrine darwinienne vaut-elle pour les genres littéraires ? S'il en est ainsi, toutes les investigations de la critique doivent évidemment se subordonner et se rapporter à ce point de vue, et j'ose dire que, par une sorte de choc en retour, la doctrine darwinienne n'en recevra pas une petite confirmation jusque dans l'ordre de l'histoire naturelle.

Et d'abord, y a-t-il des genres ? Je le crois, parce que je le vois ; ou du moins je suis tellement habitué à le croire, que je crois le voir. Après tout, comme dit M. Brunetière, « un paysage n'est pas une statue » (1) ; je suppose de même qu'un madrigal n'est pas une satire, qu'une élégie n'est pas une comédie, et ainsi de suite, et je me demande si les genres évoluent.

J'ai des raisons de l'admettre ; par exemple j'ai assez de lettres pour comprendre ce que me faisait remarquer Taine plus haut, que la tragédie de Voltaire n'est plus celle de Corneille ; je perçois assez

(1) *Evolution des genres*, p. 11.

bien les différences qu'il y a entre l'*Iliade* et l'*Enéide* ; je mesure la distance considérable qui sépare *la Princesse de Clèves* du *Médecin de campagne* et de *l'Education sentimentale* ; je suis sensible à des contrastes qu'on peut apercevoir entre une nouvelle de Boccace et une nouvelle d'Edgar Poë. Certes donc les genres se modifient ; et comme je ne vois pas encore de nécessité pour qu'ils progressent et qu'on ne sait pas bien, comme l'indique justement M. Brunetière, ce que c'est que le progrès, je consens qu'on exprime l'idée de ce changement visible par le mot d'évolution, à condition qu'on le définisse un peu et qu'on n'accepte pas sans examen toutes les choses qu'on a mises indistinctement sous cette étiquette.

En effet, nous naissons, nous sommes enfants, puis adolescents, puis jeunes gens ; nous devenons hommes faits, puis hommes mûrs, puis vieillards, et puis nous mourons (1) ; c'est à coup sûr une évolution, la doctrine de l'évolution est là incontestable ; mais il n'en résulte pas qu'en vertu de la doctrine de l'évolution, nous provenions de l'amphioxus ou d'un ancêtre du chimpanzé. C'est une tout autre signification du terme ; et de même les genres pourraient tous évoluer de la naissance à la décadence et à la mort, sans que l'évolution des

(1) *Evolution de la poésie lyrique*. Conclusions, t. II, pp. 288-289.

genres impliquât le moins du monde qu'aucun genre s'est transformé en un autre.

Or, dans le système qui est en question, les genres ne sont point assimilés à des individus qui évoluent de la naissance à la mort, mais à des espèces qui évolueraient et, en disparaissant, se continueraient sous une autre forme. L'individu, tout le monde en convient, meurt en laissant après lui des individus très semblables à lui ; mais l'espèce, dit-on, s'évanouit en donnant lentement naissance à une autre espèce passablement dissemblable. *Le Cid*, *Phèdre*, *Mérope*, voilà les individus ; la tragédie, voilà l'espèce (ou genre) qui paraît, qui fleurit, qui expire enfin, mais qui, assure-t-on, s'est perpétuée par une autre, par une postérité différente d'elle-même, le grand opéra (1). Le sermon sur *la Bonté de Dieu*, sur *la Divinité de la religion*, sur *l'Aumône*, voilà les individus ; le genre ou espèce, c'est l'éloquence de la chaire qui, après des variations et des vicissitudes, s'est évanouie en se transformant dans le genre de la poésie lyrique.

Voici déjà une différence radicale des espèces naturelles aux genres littéraires, différence qui saute aux yeux et qui, pour être manifeste, ne mérite pas qu'on la néglige : les espèces naturelles

(1) *Epoques du théâtre.* VIIe Conférence.

sont représentées par des individus vivants, qui ont en eux une force vitale, une force d'évolution, une nécessité de changement ; les genres littéraires sont représentés par des individus ou œuvres qui, une fois produits, sont figés et ne changent pas ; c'est même ainsi qu'ils sont ou peuvent être immortels, privilège où les vivants n'ont pas de part. *Le Cid*, *Phèdre* sont ce qu'ils sont, immuables, tels aujourd'hui que Corneille ou Racine les écrivait il y a plus de deux cents ans ; leur forme, achevée à leur naissance, a été aussi fixée dès ce moment, comme l'énoncé définitif d'un théorème : changer quelque chose à cette forme, c'est les détruire. Tandis que l'individu naturel doit se précipiter, l'individu littéraire demeure immobile ; il ne se reproduira pas de lui-même, il n'a aucune vie physique ou physiologique. S'il est vrai, comme l'enseigne Aristote, que les idées ne sauraient subsister à part et qu'elles doivent être comme impliquées dans les individus sensibles, l'idée de l'espèce s'incarne dans des êtres vivants, l'idée du genre littéraire ne s'incarne pas, elle n'est présente que dans des faits, et fixes à titre de faits une fois donnés. C'est donc avec la plus extrême circonspection et les plus grands doutes qu'on se hasarderait à transporter des lois peut-être convenables pour trois ou quatre cent mille espèces naturelles, vivantes ou éteintes, à quinze ou vingt genres littéraires, différents des espèces par un caractère tout à fait fondamental.

Si encore on avait vu une espèce se transformer, cette expérience bien suivie et méticuleusement enregistrée pourrait jeter les plus vives lumières sur les lois de transformation. Mais, soit que les transformations soient trop lentes pour que notre brève observation ait encore pu les constater, soit au contraire qu'elles soient trop brusques pour que nous ayons pu les prendre sur le fait dans les coins obscurs de la nature où elles se cachent peut-être, soit encore que l'art de la nature se soit maintenant à peu près fixé dans une sorte de canon universel, définitif ou provisoire, ce qui après tout n'est pas impossible, de ces trois ou quatre cent mille espèces, jamais on n'en a vu ni on n'en voit une seule passer d'une forme à une autre ; et si elles consentent, sous notre sollicitation, à varier grandement, c'est en gardant leur type, où même elles retournent volontiers par de rapides récurrences. La solution de ce problème de science expérimentale se dérobe donc jusqu'ici à toute expérience. Nous sommes moins assurés expérimentalement du transformisme des espèces que du déplacement relatif des étoiles, bien que le firmament présente un aspect très semblable à celui qu'il offrait à Hipparque et que nous sachions d'une certitude historique qu'il y a mille ans, les hommes éprouvaient comme aujourd'hui l'acuité de leur vue en s'exerçant à distinguer l'intervalle tout juste perceptible à l'œil nu qui sépare Alcor de Mizar. Il y a quelque chose de déconcertant dans cette obstination de la nature à ne pas répondre sur ce point, alors qu'elle étale devant nous avec une profusion si éloquente, mais si muette, la multitude immense des êtres et les variantes ingénieuses des formes. Le passage de l'une à l'autre, d'une variante à une variante, elle ne nous l'a pas encore montré, et si, comme il est vraisemblable en somme, son art n'est pas épuisé et continue de travailler sourdement, il se joue à notre barbe et à notre nez de vieux hommes perspicaces et savants, sans que nous ayons encore su l'apercevoir. Nous sommes réduits à conjecturer. Sans doute, dans la nécessité où est l'esprit humain de penser non seulement par discontinuité, mais par continuité, l'hypothèse que les formes nouvelles naissent par épigenèse sur les formes précédentes est la plus simple, la mieux suivie, la plus conséquente avec elle-même, la plus concordante à l'ensemble, et je suis presque tenté de dire qu'elle s'impose à tous ces titres. Mais par quel procédé la nature fait-elle de cette continuité réussir la discontinuité, l'espèce, là même notre art conjectural vacille et se trouble. La transformation se fait-elle d'ensemble et dans toute l'espèce ? L'espèce des miohippus, par exemple, est-elle devenue l'espèce de nos chevaux ? Pourquoi des espèces contemporaines du miohippus ou plus antiques que lui n'ont-elles pas évolué le moindrement du monde et sont-elles encore toutes pareilles à ce qu'elles étaient alors, à ce qu'elles étaient des millions d'années auparavant ? Si la variation commence par certains individus du groupe qui se propagent ensuite en se séparant de l'espèce mère, comment se fait-il que nous ne retrouvions plus celle-ci, telle qu'une souche encore vivante et enracinée dans un habitat convenable, ainsi que nous retrouvons le renne en Laponie ? et pourquoi le miohippus américain, qui aurait donné naissance aux chevaux, pourquoi l'hipparion d'Europe ne promène-t-il plus sur aucun pâturage le triple ongle de son pied ? Et pourquoi certaines espèces, sans qu'on puisse donner de sérieuses raisons de leur extinction, mettent-elles une sorte de persévérance entêtée à disparaître, semblables à ces races des îles heureuses de l'Océanie qui, paraît-il, ne veulent plus vivre ? Le phénomène se déclare dans le règne végétal aussi bien que dans le règne animal, malgré même les soins de l'homme. Jadis elles ont affronté des difficultés d'existence plus redoutables que celles qu'elles rencontreraient de nos jours et elles les ont surmontées ; maintenant elles ne veulent plus s'adapter, elles ne veulent plus subsister, elles se retirent comme des acteurs chagrins qui n'ont plus de rôle à jouer dans les derniers actes de la pièce. Ainsi, à vrai dire, nous ne savons pas comment les espèces naissent et nous ne savons guère pourquoi elles meurent. Un mystère profond, que la science ne pénétrera sans doute jamais tout entier, enveloppe le cœur du problème. A la rigueur, si les genres littéraires, dont presque tout se produit et arrive au grand jour, dans la lumière de l'observation consciente, obéissaient aux mêmes lois que les espèces de l'histoire naturelle, c'est en eux qu'il faudrait chercher la formule éclatante qui déchirerait la nuit de la nature. Expliquer ce qu'ils nous laissent à deviner par l'évolution des formes spécifiques de la vie, c'est expliquer ce qu'on démêle imparfaitement par ce qu'on démêle moins, *obscurum per obscurius*.

Mais la clé de l'énigme des métamorphoses, les genres ne nous la donneront pas, parce qu'à les bien examiner, ils ne se transforment pas l'un en l'autre. Et la raison en est simple : c'est qu'ils ne sont que des rapports entre des éléments assez fixes. Le premier de ces éléments, c'est l'homme ; encore les genres ont-ils, pour ainsi dire tous, leur lieu d'origine dans la partie la plus invariable de la mentalité de l'homme, dans cette infrastructure émotive où chacun d'eux est comme préformé par quelque trait et procède d'une primitive passion. Ainsi ils ne sont pas des espèces, ils sont des fonctions d'une espèce. D'autre part, leurs points d'application possibles, c'est-à-dire les catégories d'objets qui peuvent provoquer l'émotion, ne sont pas en grand nombre et sont fournies par le dessin permanent des choses de ce monde. Il reste à faire entrer en ligne de compte les moyens d'expression et de représentation dont l'homme dispose pour manifester sa pensée en la parlant, le rythme indéterminé ou prose, le rythme déterminé ou vers, le monologue, le dialogue, le chœur, enfin les arts qu'il peut appeler au secours du langage pour renforcer l'émotion ou rendre la fiction plus vraisemblable : musique, mimique et décoration. On se trouve avoir fait le relevé de tous les points de repère qui, joints les uns aux autres, assignent l'aire de chaque genre et en délimitent le cadre. Il n'y a pas de transformisme qui puisse faire passer un genre d'un cadre dans l'autre. J'aperçois des productions directes de l'esprit qui au contraire suivent certaines lois de transformisme, ce sont les mots. Il est vrai que ces lois, merveilleusement variables d'un pays à l'autre et toutes participantes de la liberté de l'esprit même, n'ont presque rien à voir, semble-t-il, avec le darwinisme : car si les mots, à la longue, changent de forme, ce n'est pas sous l'action de la concurrence vitale ni apparemment par l'effet de la sélection sexuelle. Il n'en reste pas moins que d'une langue à l'autre, bien qu'on puisse les reconnaître, ils ont dépouillé une ancienne nature pour en revêtir une nouvelle. C'est qu'ils sont des signes arbitraires et peuvent s'altérer au gré de ceux qui les prononcent. Ils ne sont ni des substances ni des rapports, ils sont des signes de substances et de rapports. Dès lors le mot *hominem* peut devenir *homme*, *hombre*, *uomo*, etc. ; le mot *libertatem*, *liberté*, *libertad*, *libertà*, le mot *capitanum*, *capitano*, *capitaine*, *captain*, et ainsi de suite. Mais la substance et le rapport n'ont pas la même mobilité, parce qu'ils relèvent étroitement de la nature des choses. Et le genre littéraire étant un rapport de l'homme à la nature des choses, il demeure ce qu'il est tant que durent ces deux éléments déterminants.

Aussi les exemples que M. Brunetière apporte, un peu sommairement d'ailleurs, ne me convainquent-ils pas. Je ne crois pas que l'éloquence de la chaire soit devenue notre poésie lyrique, car on n'a pas cessé de prêcher depuis le XVIIe siècle, et s'il ne s'est pas rencontré des Bossuet, des Bourdaloue et des Massillon, qui sont des phénomènes rares, comme tout ce qui est excellent, le genre n'en est pas moins vivace et il est probable qu'il va durer indéfiniment. La tragédie n'est pas devenue l'opéra, car après Quinault et Lulli, on a continué de faire des tragédies et on en a écrit et représenté jusque dans notre temps : « Il en est jusqu'à trois que je pourrais nommer ». Qui sait si le vingt et unième siècle n'en verra pas trente? Ce qui est vrai c'est qu'un genre peut préparer l'apparition et le succès d'un autre ; la vigueur et l'éclat se transportent, passent de l'un à l'autre ; mais quand le second triomphe, le premier ne s'est pas transformé en lui, bien plutôt il s'est comme retiré en lui-même. S'il me fallait chercher un terme de comparaison en dehors de l'histoire des lettres, je dirais que les genres littéraires sont semblables à la monade de Leibniz, qui est sujette à des enveloppements d'où elle ressort rajeunie et active pour une nouvelle évolution.

Ce qui a bien pu donner lieu à cette illusion d'un transformisme des genres, c'est que de l'un à l'autre les transitions sont graduées et analytiquement imperceptibles. Si on veut marquer avec la dernière précision où ils finissent l'un à l'autre, on ne peut. Il en est d'eux comme des couleurs du spectre qui se lient continûment entre elles et pour ainsi dire s'interpénètrent en s'opposant. Pourtant il y a un bleu, un jaune, un rouge. L'ode narrative est toute voisine de l'épopée ; celle-ci confine au roman ; qui dira où cesse le roman et où exactement commence la nouvelle ? Pourtant une nouvelle de Maupassant, comme *Boule de suif* ou *la Puce à maît' Belhomme*, est visiblement différente d'un roman de Balzac, comme *Louis Lambert*, *la*

Recherche de l'absolu, *la Cousine Beth* ou *Eugénie Grandet*; ces romans à leur tour ne sauraient être confondus avec la *Jérusalem délivrée* ou l'*Enéide*, encore qu'on hésite à dire si *les Martyrs* sont un roman ou un poème, et l'*Odyssée* est autre chose que l'hymne à Apollon Délien. Quand on tient le regard attaché sur la zone de jonction des teintes, l'œil se trouble, on serait tenté de dire que l'une est l'autre transformée ; cependant toutes deux subsistent, et on le voit avec évidence si, d'un coup d'œil synthétique, on observe les zones frappantes où la couleur est franche.

Une complication naît encore dans des temps comme les nôtres où, les genres ayant été depuis longtemps employés à part, l'écrivain ou le poète s'en sert comme de couleurs premières qu'il mélange sur sa palette et répand sur sa toile en une infinité de nuances. Il y a des moments où on est tenté de dire qu'aucun genre n'existe réellement (je me fais fort de montrer sur ce principe qu'une statue est un paysage, qu'un paysage ressortit à la plastique humaine) et qu'il n'y a que le procédé infiniment divers de l'esprit humain. Cette interprétation a du moins un avantage : c'est qu'elle incline à chercher la raison des choses du côté de l'esprit, et si ce mode d'explication est insuffisant à lui seul, il est pour une grande part vrai et fécond.

Veut-on savoir, par exemple, pourquoi les genres évoluent, car il n'y a pas de doute qu'à l'intérieur de leur type ils se transforment notablement : c'est ce qui a le mieux résulté des études de M. Brunetière sur l'*Evolution des genres*, les *Epoques du théâtre* et l'*Evolution de la poésie lyrique*, où, en fin de compte, il n'a pas prouvé ce que j'appellerai le transformisme aberrant des genres, mais où il a montré aussi fortement que personne qu'à l'intérieur d'un même genre, critique, tragédie, lyrisme, il y avait une suite de changements remarquables. Ce n'est pas que la tragédie de Racine ait engendré celle de Voltaire : *Athalie* n'avait pas le pouvoir de communiquer sa substance et de la faire passer dans *l'Orphelin de la Chine*, ni la critique de Sainte-Beuve la vertu d'enfanter celle de Taine ; c'est que d'une œuvre à l'autre, l'idée et l'intention demeurant les mêmes de faire une tragédie ou de la critique, cette idée réalisée une première fois dans *Athalie* ou le *Port-Royal*, a dû passer par un esprit, par un cerveau pour se manifester derechef ; et comme l'art veut toujours du nouveau et que rien ne compte en art que ce qui révèle une nouvelle perception des choses, l'écrivain la cherche ou, sans la chercher, il l'a. Voilà certes une raison de l'évolution de chaque genre. Pour la même cause, la satire, quoique d'essence également morale, est différente d'Horace à Perse et à Juvénal, et chez ces anciens elle n'est que peu semblable à ce qu'elle fut dans *les Châtiments*, où elle prend l'allure d'une violente attaque contre les personnes. Pourtant la nature du genre est au fond si permanente qu'en faisant du nouveau, bien souvent on ne fait que régénérer ce qui était ancien, et pour nous en tenir à la satire, il se trouve que Hugo l'a employée dans le même sens que l'inventeur du genre, Archiloque, il y a deux mille quatre cents ans. C'est par l'intermédiaire de l'esprit que, dans l'histoire d'un genre, il y a passage d'un individu à un autre ; ce n'est pas par là que passent les individus naturels pour paraître successivement dans ce monde : aussi l'assimilation des uns aux autres est-elle bien arbitraire. Les œuvres d'art provenant d'un libre esprit accusent des évolutions très rapides, encore que les genres soient essentiellement stables ; au contraire les individus concrets provenant de la nature qui n'est pas libre sont indéfiniment très semblables les uns aux autres par tous les traits essentiels et par l'infini détail de leur organisme, encore qu'à la longue les espèces peut-être ne soient pas stables et finissent par se transformer en d'autres. De même il ne conviendrait sans doute d'appliquer qu'avec timidité aux genres littéraires la loi de la lutte pour la vie, car on montrerait peut-être que l'intensité de la vie littéraire dépendant de l'esprit des hommes et cet esprit paraissant à de certaines heures avide et actif, lent et torpide à d'autres, il y a des moments de l'histoire où plusieurs genres fleurissent à la fois sans se nuire, tandis que d'autres fois aucun n'arrive à rien produire de bon, bien que le champ reste ouvert à tous. Je ne quitterai pas M. Brunetière sans dire que, par une importante observation, il s'était sauvé d'avance les erreurs où aurait pu le conduire sa docile acceptation de la théorie transformiste : il avait discerné ce caractère de nouveauté irréductible qui éclate en tout grand écrivain, cette originalité toujours imprévue des esprits et des génies qui paraissent quand ils veulent, et il avait appelé l'attention sur le rôle sans égal que joue dans les lettres l'individualité de l'auteur, sur l'importance incomparable de cette valeur personnelle ; il n'a pas besoin de coudre tant bien que mal, comme il fait, cette pensée au tissu du darwinisme pour qu'elle soit vraie. C'est en s'attachant directement à la signification propre des hommes et au mérite des textes considérés en eux-mêmes, que M. Brunetière a écrit la plupart des travaux qui ont fondé son autorité.

III

L'idée d'évolution est présente dans toutes les pages qui suivent, comme l'indique assez leur titre.

Cependant, par rapport aux deux systèmes naturalistes que je viens de critiquer, ma méthode est, peut-on dire, toute spiritualiste.

Je n'ai pas insisté sur la considération du milieu physique où avaient vécu les hommes dont je parlais. Encore une fois, ce n'est pas que je méprise ce genre de remarques; mais je vois la limite des inductions qu'on en peut tirer légitimement, et le procédé est maintenant trop connu, trop classé pour qu'on s'y attarde; je me suis contenté à cet égard de ce qui m'a paru nécessaire.

En revanche, j'ai tenu le plus grand compte du temps; je ne dis pas le « moment », caractérisé par un concours complexe de circonstances, mais le temps qui marche, qui coule, qui apporte de « moment en moment » quelque chose de nouveau et en qui nous évoluons.

Par comparaison avec l'espace, le temps est un milieu plus spirituel, il semble qu'il soit directement celui de l'âme et qu'il nous enveloppe, nous pénètre et nous traverse intimement. Il est plus difficile de n'être pas de son temps que de sa province ou de son pays. Bien des esprits n'ont pas de signalement d'origine et presque tous ont une date, la date de leur temps. Les hommes d'un même temps partagent ordinairement une certaine façon de sentir et ont en commun certains points de vue pour juger, même quand leurs jugements sont différents et opposés. De là vient qu'en faisant attention au moment, la critique telle que la concevait Taine croyait expliquer le grand homme de lettres par son temps.

On finit par être si dégoûté et au fond si révolté par ce parti pris de réduire toutes les âmes au déterminisme du milieu moral, du moment, que par une excessive et bien naturelle réaction, quelques-uns en vinrent à soutenir que le grand homme était justement celui qui n'avait rien de commun avec son temps et qui, fort de son indépendance radicale, le violentait pour le transformer.

Cette théorie valait mieux que l'autre et, remarquons-le, était plus philosophique que celle de Taine. Que prétendait en effet celui-ci, sinon rapporter chaque grand homme à un moment particulier et diversement défini du milieu ? Pour que les divers grands hommes se présentassent avec un aspect différent dans les moments successifs de l'histoire d'un pays, il fallait donc que le milieu eût la propriété de changer spontanément. Mais par quelle exception singulière et paradoxale, quand le milieu avait la propriété de changer de lui-même, l'homme, cette partie muante du monde, le grand homme, cette partie énergique de l'humanité, n'avaient-ils pas le pouvoir de remuer un membre que la ficelle n'eût été tirée du dehors ?

On affirma donc que le grand homme ne devait

rien à son temps. Cela n'était vrai que d'un bien petit nombre, et encore n'est-ce pas vrai absolument. Le grand homme n'est pas un grand homme en l'air. Il doit quelque chose aux autres et par ce côté il leur ressemble. On n'a pas besoin d'être un monstre pour être quelqu'un.

Mais il y a aussi quelque chose qui ne vient que de lui et qui surtout importe. Il a en lui cette mystérieuse logique de l'invention dont le rôle dans le monde a été si finement dégagé par les curieuses enquêtes de M. de Tarde. Les grands hommes sont donc ceux-là mêmes qui modifient leur temps. Et si on repère la suite du temps par les hommes dont l'action mérite d'être remarquée et retenue, il se trouve qu'ils ont été moins faits par leur temps qu'ils n'ont produit cette évolution qui signale pour nous la marche du temps, qu'en somme c'est le temps qui d'âge en âge date d'eux et qu'il n'y aurait rien d'original et de neuf dans le temps, s'ils n'y avaient apporté à un haut degré la liberté de l'esprit.

Que cette liberté produise une évolution suivie dont on puisse se rendre compte, ceux-là seuls s'en étonneront qui ne conçoivent la liberté que comme le pouvoir capricieux d'agir par fantaisie et sans raison. Mais ce n'en est que la première forme et la plus basse, celle où la liberté est encore toute voisine du déterminisme, puisque l'esprit, dans son insuffisante velléité d'être libre, obéit alors en fait à toutes les suggestions du dehors et à l'impulsion de ses passions. La seconde forme de la liberté, très supérieure à la première, consiste à se donner à soi-même des lois; et la troisième, infiniment supérieure à la seconde, est d'aimer ardemment le bien pour lui-même en s'y absorbant et en s'y perdant tout entier. Ces deux dernières formes n'ont rien de commun avec le dérèglement, et à son plus haut point, la liberté se confond avec la raison même. Aussi un dessein suivi, une œuvre logique sont-ils la marque d'un esprit raisonnable et libre, tandis que des œuvres sans suite et sans lien sembleraient plutôt l'effet du hasard ou les ébauches d'un idiot que les manifestations d'un être doué de raison. Et si l'humanité n'est pas autre chose que les hommes qui se continuent les uns les autres et qui poursuivent une même destinée conforme à leur nature raisonnable, c'est justement parce qu'ils sont libres qu'on peut découvrir dans leur travail commun un dessin d'où la logique n'est pas absente et qui se laisse comprendre.

Or la destinée de l'homme est écrite dans sa nature. Elle est contenue tout entière entre ces deux paroles de la Bible racontant la création de l'homme : Dieu lui insuffla une âme..... il le mit sur la terre pour l'ouvrer. Si on aime mieux avoir recours à la sagesse païenne, nous y trouverons tout aussi bien notre compte : le Dieu de Platon laisse à de moindres dieux le soin de former le corps de l'homme, mais il garde par devers lui et se réserve de leur transmettre la semence de cette âme humaine qui ne doit pas mourir. L'homme a donc une âme et il a un corps ; il est raisonnable et il a pour mission d'agir en maître sur la nature ; tout le plan de mon ouvrage tient dans l'expression de cette double vérité qui ne date pas d'hier.

Il est clair que, pour un être raisonnable, le soin de l'âme est le premier. La connaissance de la nature des choses n'est pas pour cela négligeable. L'homme montre sa noblesse par le travail qui dompte les forces de la nature, qui en maîtrise ou qui en assouplit les êtres, qui en accommode et qui en aménage les choses, par la science qui constate l'ordre des phénomènes, par l'art où éclate son intelligence et la mystérieuse correspondance qu'il entretient avec la raison créatrice du monde. Le péril, car il y en a un, c'est qu'appartenant à la nature par un corps où vivent les passions, quand il se tourne du côté de la nature des choses pour la connaître, l'admirer, la modifier, il est tenté, vu sa grande infirmité morale, de tout rapporter à ce corps où aboutit pour lui ce monde matériel, d'écouter avec complaisance la voix des passions et de mettre les hautes parties de son esprit au service de ce qui en lui est inférieur et alourdit sa liberté. Comme la littérature vit surtout de la représentation ou de l'imitation des passions, elle tend aisément à entraîner l'homme sur la voie déclive au fond de laquelle il oublierait le principe par quoi il est supérieur à ce monde.

Chaque homme a en lui-même cette pente qu'il faut qu'il remonte, et l'humanité la connaît bien. Il est certes légitime qu'elle porte sa prise sur la nature, mais il est essentiel qu'elle ne s'abandonne pas à son propre poids et qu'elle se souvienne, si je puis emprunter l'expression de Timée, qu'elle est une plante du ciel.

Si on considère les périodes de l'histoire, telles que l'instinct commun les a discernées, on voit qu'à de certains moments, les âmes des hommes ont pris ou recouvré un vif sentiment de cette essence supérieure qui est la leur, qu'elles se sont fortement concentrées sur elles-mêmes et ont fait un retour sur ce qui nous est le plus intime, où elles ont trouvé la source vraie de tout bien. Puis, abstraction faite de celles qui sont toujours demeurées toutes proches de cette source et uniquement occupées à s'en désaltérer, les esprits ont marché ou un mouvement les a emportés vers les régions de la nature qui restaient à explorer, à connaître, à conquérir, à posséder, à ranger sous notre domination et nos lois. Ainsi le commencement des périodes historiques semble plus spiritualiste et la fin plus naturaliste. C'est évidemment au commencement que l'âme se régénère dans plus de liberté, et à la fin l'homme irait presque à ne se considérer que comme un accident, un phénomène fatal, un sujet et un esclave dans ce grand empire des choses, à se laisser ainsi absorber et dévorer par sa propre conquête.

Ayant dessein de montrer les alternances de ce mouvement dans ce miroir de la littérature et persuadé que l'expansion de l'activité de l'esprit vers la possession de la nature ne pouvait intervenir qu'après les moments où l'âme avait rassemblé ses libres énergies dans la contemplation de ce qui passe ce monde, c'est sur ces premiers moments plus féconds et comme gros de tout le reste que je devais surtout diriger mon attention.

En effet, presque toutes les études particulières qu'on trouvera dans mon livre sont des études relatives à des commencements de période. Le chapitre sur l'évolution de la littérature ancienne doit être considéré comme une étude de cette sorte, puisque j'y envisage l'histoire de cette période littéraire seulement à titre d'effort de l'homme pour se découvrir lui-même et cheminer péniblement jusqu'à l'intériorité de son âme. Saint Augustin à son tour est une source, la *Chanson de Roland* est un commencement ; j'en dirai autant de Chateaubriand.

Si je n'ai point placé une étude de cette nature au début de l'évolution de la littérature moderne, c'est que l'homme, je veux dire l'homme de lettres, m'a manqué. Une exception, c'est mon étude de Rousseau; mais il est allé jusqu'au bout de l'idée de nature si loin et si douloureusement qu'il a contribué plus qu'aucun autre à la faire dépasser, en sorte qu'il fit révolution dès son siècle parmi les esprits tout possédés par un strict naturalisme, et il est si bien sur les confins des deux âges que la littérature contemporaine semble à bien des égards naître chez lui. Ces commencements établis, j'ai suivi le fil de chaque période jusqu'à l'achèvement de son évolution et montré comment les hommes et les œuvres avaient jalonné le temps.

En approchant de nos jours, j'ai multiplié les études partielles. Quand on peint un ensemble, les choses qui sont le plus près de nous se présentent en plus grand nombre et avec plus de détails. J'ai obéi volontiers à cette loi d'optique. D'ailleurs on ne s'attend pas que, dans un si long voyage, j'aie poussé la rigueur de la méthode jusqu'à m'interdire de m'écarter de la plus droite ligne, quand il y en avait des raisons ou que j'y prenais plaisir. Comme dit Platon, « personne ne nous presse et ne nous poursuit; il est d'une importance extrême d'établir le plus solidement possible ce que nous avançons » ; et même quand il énonce des lois, il estime que ce serait une chose également ridicule et blâmable que de choisir le plus court en laissant le meilleur

INTRODUCTION

J'ai essayé ailleurs (1) de tracer rapidement la marche de la pensée depuis les religions primitives jusqu'aujourd'hui.

Après avoir dit par quels procédés psychologiques l'homme a dû vraisemblablement se faire des dieux, j'ai assisté en Grèce à la naissance des systèmes de philosophie ; j'ai cru remarquer qu'ils avaient d'abord pour caractère commun de chercher une explication absolue du monde dans quelque entité, ou même d'affirmer l'absolu avec tant de rigueur, je dirais presque avec tant de raideur, qu'ils n'en pouvaient ou n'en voulaient plus déduire ensuite les apparences souples et ondoyantes des phénomènes sensibles.

Cependant, ce m'a paru être la loi de la pensée d'aller de l'absolu rigide au divers et au relatif, et j'ai vu cette loi produire une première fois son plein

(1) Du Rôle des Concepts *dans la vie intellectuelle et morale : essai théorique d'après une vue de l'histoire*, un vol. in-8°, Paris, 1894, ouvrage augmenté d'une *nouvelle préface* en 1898 ; librairie Gratier, Grenoble.

effet dans un laps de temps bien court, dans les deux siècles qui vont de Thalès et de Pythagore aux sophistes, des sages qui sont comme des devins de la nature aux faux sages, aux singes de sagesse que Platon nous représente affirmant et niant le pour et le contre avec une égale dextérité.

Les plus sérieux d'entre ceux-ci avaient pourtant fait une importante découverte, car rien n'est vain dans cette histoire : c'est que l'homme entre pour une part dans la connaissance des choses, qu'il est mesure de la réalité, et qu'ainsi la vérité de l'objet ne se prouve et ne se justifie pas ailleurs que dans l'esprit et par le sujet qui pense.

Alors s'ouvrait une seconde période de la philosophie, plus subjective que la première, la grande période éclatante où l'objet donné et le sujet, qui venait de prendre conscience de lui-même avec Socrate, se mettaient dans un équilibre harmonieux l'un avec l'autre, et où l'esprit tâchait de rattacher à de nouveaux principes absolus, pris dans l'ordre de l'idéalité, l'ordre entier de la nature. Mais cet équilibre était rompu presque aussitôt et la pensée inclinait encore vers la relativité mal expliquée ; elle tombait promptement au pyrrhonisme et à l'empirisme sceptique.

En même temps des philosophies morales naissaient, car si de grands systèmes de libre spéculation se permettaient d'expliquer toutes choses et tentaient de tout régenter, cela prouvait sans doute que l'ancienne religion mythologique passait à l'arrière-plan, grand fantôme d'un édifice merveilleux où déjà ne méditaient plus les meilleures têtes pensantes ; et, pour régler la conduite de l'individu, où la religion manquait, les philosophies morales se présentèrent qui, elles aussi, voulurent mettre le sujet en équilibre et en harmonie avec quelque principe absolu du bien et du bonheur. Voilà donc la philosophie antique et avec elle la société antique à la recherche de l'absolu dans l'ordre pratique des choses ; et, depuis la crise des sophistes et la révolution de Socrate, il est bien entendu que la réalisation de l'ordre absolu dans l'ordre pratique doit avoir pour effet et pour preuve la pleine satisfaction morale de l'individu.

Mais cette grande entreprise échoua tout à fait. Les révolutions et les convulsions sociales arrivées à leur terme dans l'empire romain laissèrent l'individu sans consolation, sans aucune image de la perfection morale des choses et des hommes qui avait été poursuivie et rêvée ; et ceux qui avaient demandé le secret de la vie aux philosophies morales et qui se tenaient fermes à leurs systèmes dans ce triste univers, étaient forcés de reconnaître qu'aucun de leurs principes n'avait une valeur touchante pour tous les individus de la famille humaine. Ils étaient obligés de ramener aux simples et aux souffrants les dieux auxquels ils avaient eux-mêmes cessé de croire et qui ne contentaient plus les pauvres d'esprit et de bonheur qui avaient encore la naïveté d'y croire.

C'est alors que le christianisme vint. Ni la religion mythologique, ni les principes objectifs des premiers sages, ni les principes idéalistes des grands fils de la pensée de Socrate, comme Platon et Aristote, n'avaient pu se soutenir absolument, mais chaque fois l'esprit humain était promptement descendu et avait roulé vers les abstractions contradictoires, la sophistique, le pyrrhonisme ; et les principes des philosophies morales, pris dans la nature et impuissants à tout concilier et même à se concilier entre eux, semblaient laisser leurs adeptes dans l'attente d'une sanction que l'événement ne leur donnait pas et l'humanité tout entière dans un état de division morale presque infinie, preuve de leur infirmité essentielle.

Cette vertu qui devait venir de l'absolu et que ces doctrines n'avaient pas en elles, quoi qu'on en pût croire, ce principe que n'avaient atteint ni la religion antique, ni les sages, ni les métaphysiciens, ni les philosophes, malgré leur inspiration, leurs réflexions, leurs efforts, leurs vertus ou leur adresse, il ne fut pas plus longtemps refusé au monde ; l'attente presque inconsciente des humbles de cœur fut la seule qui enfin ne fut pas déçue. Mais la religion qui conquérait les cœurs portait d'ailleurs en elle une raison supérieure : elle releva encore l'esprit des hommes et, cette fois, de tous les hommes, vers un principe absolu et souverain, grâce auquel l'humanité oublia peu à peu l'anarchie philosophique et morale des derniers siècles antiques et reconstruisit patiemment toute une conception et toute une organisation du monde. Cette œuvre, qui commence avec le christianisme et qui se continue par les Pères de l'Église, fut complète au moyen âge et occupa les esprits jusqu'à la Renaissance.

Du vif sentiment de la relativité qui alors se fait jour, les hommes ont remonté énergiquement vers des principes absolus. Toutefois le mouvement d'expansion vers la nature, le divers, le relatif, déjà marqué par la Renaissance, s'est amplement poursuivi jusqu'à nos jours ; il atteint à quelques égards des conséquences extrêmes, en sorte que les hommes qui pensent et l'instinct des foules sont dans une même attente d'une reconstruction satisfaisante de l'ordre des choses, anxieux seulement de savoir si cet ordre résultera de l'intervention d'un principe nouveau ou d'un rapprochement intime des éléments nouveaux avec l'ancien principe absolu que le christianisme nous a apporté.

Ce n'est point ici le lieu de traiter cette question. Mon dessein, dans les études qui suivent, est de considérer, de caractériser et d'ordonner les manifestations littéraires essentielles ou importantes par lesquelles l'esprit humain a signalé sa marche pendant toute cette histoire. J'ai décrit, dans mon ouvrage du *Rôle des Concepts*, son évolution philosophique ; l'idée commune des présents essais est de décrire l'évolution littéraire parallèle. Il est vrai que cette étude ne saurait jamais être complète, à cause de la multitude des données littéraires, et de la faiblesse d'un seul homme qui en est de beaucoup excédée. Mais un certain nombre de points établis suffisent à donner la figure d'une courbe.

PREMIÈRE PÉRIODE

ÉVOLUTION

DE

LA LITTÉRATURE ANCIENNE

I

QUE LA POÉSIE LYRIQUE, C'EST-A-DIRE L'EXPRESSION INDIVIDUELLE, MAIS NON ENCORE SUBJECTIVE, DE L'ÉMOTION, EST LA FORME PRIMITIVE D'UNE LITTÉRATURE ORIGINALE.

Si on veut bien tenir compte du peu de mots qu'on vient de lire, on en dégagera aisément une vérité importante qui ouvrira sur l'histoire littéraire une vue synthétique : cette vérité ou ce fait, c'est que, dans la littérature ancienne, l'élément que j'appellerai brièvement subjectif a dû jouer un rôle moins immédiatement perceptible que dans les littératures de notre ère. Car le sujet, dans la civilisation antique, a été d'abord engagé et comme enveloppé dans la nature objective des choses, institutions et faits, et ç'a été justement la fin de cette civilisation de mettre à part l'âme individuelle du sujet pensant que le christianisme a vivifiée.

Action des individus

Et quand on dit que, dans la littérature ancienne, il y eut d'abord moins de part du sujet, de l'homme, que l'auteur s'y distingue moins sur le fond commun de l'humanité contemporaine, du peuple, on n'en conclut pas qu'on doive réduire à rien l'action des individus. Point de littérature ou d'œuvre littéraire sans individus qui la fassent. Quand on parle d'une œuvre jaillie de l'âme d'un peuple, on ne nie pas le travail des individus, au contraire on le multiplie. Les premiers monuments de la littérature grecque où, d'après le principe posé plus haut, l'élément subjectif et individuel sera le plus insignifiant, ne peuvent s'édifier qu'autant qu'ils s'assembleront sur le fonds de l'âme de primitifs artistes. Un peuple a une religion, une légende, des passions, une langue ; cette langue, vivace et touffue chez une grande race bien douée, n'a pas encore pris de forme littéraire. Mais cette religion, cette légende, ces passions émeuvent les âmes, et à de certaines âmes plus enthousiastes croît le désir de traduire leur émotion dans des mots qui l'enferment et la répandent.

Que les récitants haussent la voix et lui donnent déjà l'allure quasiment chantante de la mélopée, c'est ce qui résulte forcément de la nature des choses. Mais pourquoi leur parole prend-elle une forme harmonieuse, nombreuse, qui est bientôt celle du vers ?

Primauté littéraire de la poésie

S'il en fallait donner des raisons physiques, je laisserais aux savants le soin de chercher s'il n'y a pas là quelque analogie avec la loi qui accorde les bruits dans un son et les sons entre eux, si ce n'est pas l'effet d'un instinct qui tend à produire la plus grande commotion par le moindre effort des organes, par le concours et l'accommodation rythmique de toutes les forces du corps et de l'âme, comme il arrive que des ouvriers qui hèlent sur une corde donnent leur maximum d'effort utile en le réglant par le rythme élevé et concordant de leurs respirations.

S'il en faut donner des raisons morales, je remarquerai que les hommes, dès que leur vie matérielle est à peu près assurée, courent au beau avant d'aller à l'utile, que les sauvages songent à se parer avant de se couvrir, que l'homme s'élance vers l'illusion de la perfection où il croit la voir avant de s'aviser des corrections avantageuses que comportent les choses imparfaites ; je répéterai que c'est la noble loi, la haute allure de l'esprit humain de faire son premier bond vers l'absolu avant de revenir au relatif ; et comme, dans l'ordre de la pensée philosophique, pour nous en tenir là, il fait les dieux avant de critiquer la nature et pose des entités absolues avant de condescendre à la relativité des choses, ainsi, en art, il crée d'abord la forme du vers qui lui paraît comme douée d'une perfection absolue en soi.

Voilà comment la poésie apparaît toujours la première dans une littérature franche et spontanée. Point de littérature originale sans poésie et pas de poésie sans des âmes qui chantent.

Ainsi, un certain lyrisme primitif est la condition radicale de toute littérature ; il en est l'origine et il en demeure à jamais l'intérieur, le profond ferment de vie. Le lyrisme

Il est vrai qu'ici, pas plus qu'ailleurs, il ne peut être question d'une origine absolue. La poésie qui est primitive littérairement suppose une langue parlée avant elle, une prose et des proses qui arrivent, par un progrès quelconque, à la forme harmonieuse et rythmique du vers. Et si le chant versifié d'une âme émue par une passion de nature divine ou humaine, si l'hymne, le cantique est la forme primitive de la poésie, qui dira quand le premier a été chanté dans des mètres plus ou moins indécis et flottants? L'homme a toujours chanté, sans doute; mais il y a des époques historiques où des langues, issues d'autres langues, se sont formées, et le premier effort littéraire de ces langues presque encore bégayantes a été le chant poétique.

Et si ces langues se formaient, c'est qu'un peuple et une civilisation naissaient à la fois, soit qu'une race sentît monter et croître la jeune vigueur de tous ses rameaux, soit qu'une nation vît se lever sur elle l'aube d'un grand avenir, tandis qu'un peu d'histoire commune aisément embellie et le symbole puissant d'une religion animaient et coordonnaient les énergies grandissantes. Tel est bien l'état de la Grèce avant l'*Iliade*, comme de la France avant la *Chanson de Roland*.

« Dès le XIVe ou le XVe siècle avant notre ère, dit M. Maurice Croiset dans son *Histoire de la littérature grecque*, ces Achéens qui sont nommés dans les monuments égyptiens de la XIXe dynastie et qui envahissaient l'Égypte sous Menephtah I, étaient sans doute déjà un peuple puissant. Leur vie matérielle, dont nous recueillons aujourd'hui les indices, nous autorise à nous représenter en quelque mesure une vie intellectuelle et morale qui en était l'efflorescence. Quand on voit les arts décoratifs, bien que relevant en grande partie de l'habileté manuelle, manifester, si longtemps avant la période historique, l'existence d'un goût déjà cultivé et jusqu'à un certain point indépendant, on se sent disposé à croire que d'autres arts, où l'esprit seul est en jeu, n'étaient pas alors complètement ignorés.

« Et, en effet, la poésie se laisse entrevoir dans cette période obscure sous deux formes principales : l'une plus libre, à laquelle appartiennent les chants de deuil et d'hyménée, les péans, les thrènes ou lamentations, et quelques mélodies populaires accompagnées de paroles plus ou moins expressives ; l'autre plus régulière et presque hiératique, qui est celle des hymnes (1). » ses deux formes

Mais si la première de ces deux formes de poésie, celle qui correspond aux passions ordinaires de l'homme, chants de deuil et d'hyménée, péans, thrènes ou lamentations, contient en germe quelque chose de ce qui sera plus tard la poésie lyrique, on peut bien dire de la seconde, d'où sortira la poésie épique, qu'elle aussi a un caractère lyrique, en prenant ce mot dans l'acception large que je lui ai donnée, quand j'ai signifié par là l'état d'une âme qui chante, vivement émue de son objet. Elle a ce caractère lyrique, puisqu'elle se montre sous forme d'hymnes. Elle est lyrique au sens que je viens de dire et même au sens étymologique du mot, puisque de bonne heure, selon M. Croiset, « les Grecs orientaux, plus novateurs que leurs frères d'Europe », ont imaginé d'associer à ces hymnes le son d'un instrument. « Il est vraisemblable que leur poésie religieuse a dû, dès l'origine, se parer, pour ainsi dire, plus richement, en faisant une plus large part à l'élément mu- sa forme religieuse

(1) Croiset, *Histoire de la littérature grecque*, t. I, p. 54. Je ferai tous les emprunts nécessaires à cet ouvrage classique.

sical. C'est ce que les traditions anciennes semblent confirmer, lorsqu'elles attribuent à Apollon la cithare et à Olen l'invention du vers hexamètre. La phorminx ou cithare, bien qu'inventée, selon la légende mythologique, par Hermès, est proprement l'instrument d'Apollon (1). La poésie ancienne a représenté bien des fois ce dieu jouant de la cithare, tandis que les Muses chantent des hymnes. Il est donc naturel de penser que cet instrument a été dès la plus haute antiquité associé à son culte, et que l'un et l'autre ont eu à peu près les mêmes destinées. La cithare, fort simple à l'origine, convenait très bien aux chants primitifs. Elle se prêtait à marquer fortement le rythme, et, par suite, elle dut contribuer au perfectionnement qu'il reçut par la création de l'hexamètre (2). »

Ainsi le lyrisme, au sens d'une émotion vive ou profonde, humaine ou religieuse, est l'élément initial d'une civilisation littéraire : dès les commencements, les hommes expriment ces émotions par des chants poétiques auxquels ils tendent rapidement à donner la forme du vers ; ils y parviennent bientôt et peut-être est-ce seulement du jour où ils y réussissent qu'on peut dire que la langue est formée littérairement, qu'elle a pris une existence réellement littéraire dans cette forme solide du vers ; et tout de suite les mieux doués, non contents d'avoir trouvé cette forme sensible de l'émotion, comme pour lui communiquer une vertu parfaite, y ajoutent la musique. Ils renforcent ainsi l'élément musical déjà inclus dans la mélopée et qui par la voix échauffait le

(1) C'est la lyre. V. Croiset, *op. cit.*, t. II, pp. 23 et 24.
(2) Croiset, *op. cit.*, t. I, p. 66.

rythme, comme la couleur anime la figure et le dessin (1).

II

ABSENCE SENSIBLE DE L'ÉLÉMENT SUBJECTIF DANS LA LYRIQUE PRIMITIVE.

L'élément même individuel encore enveloppé

Mais si l'émotion des âmes est la raison nécessaire de leurs chants et s'il est vrai qu'il n'y a de chants qu'autant que des individus ressentent l'émotion et l'expriment, n'est-il pas évident toutefois que c'est aux époques primitives de la littérature que l'élément individuel et subjectif est le plus enveloppé et qu'à l'époque primitive de la littérature grecque, en particulier, il ne sera pour ainsi dire pas sensible ?

dans la lyrique populaire

Des deux formes primitives de la poésie lyrique que distingue M. Croiset, les hymnes et les chants populaires, il est vraisemblable que si nous avions ces derniers, c'est eux qui nous apparaîtraient plutôt, conformément à leur nom, comme la création collective du peuple et sans doute l'élément individuel y serait entièrement indiscernable. Ils nous manquent malheureusement : « rien de tout cela n'a survécu ; les siècles suivants n'en ont retenu ni une œuvre ni un nom d'artiste... Il est (seulement) permis d'affirmer que chaque heure presque de la vie humaine eut (dans la Grèce primitive) ses chants appropriés, depuis

(1) La couleur et la polychromie sont inhérentes aux arts primitifs du dessin, comme la musique au rythme. Ce n'est que plus tard et par des efforts d'analyse que ces éléments sont dissociés et donnent séparément le dessin et la peinture, le mètre et la mélodie.

ceux avec lesquels la mère endormait son enfant jusqu'à ceux qui accompagnaient les morts au tombeau. Il y eut des chants religieux, des chants de guerre, des chants d'amour, des chants de table, des chants de métier, des chants satiriques ; des chants à une voix et d'autres exécutés par des chœurs ; des chants improvisés et d'autres d'un caractère plus artistique ; bref une végétation luxuriante de rythmes, de mélodies et de poèmes où se reflétaient avec mille nuances et sous mille formes toutes les circonstances et toutes les émotions de la vie grecque (1) ».

Nous savons par le témoignage multiple d'Homère et d'Hésiode que « même au temps du plus vif éclat de l'épopée, le lyrisme était partout en Grèce... très vivant (2) »... « Cette poésie de la vie humaine comprenait des variétés infinies. Nous n'essaierons pas de les énumérer complètement. Ce serait impossible et d'ailleurs peu utile. Beaucoup de ces formes ne sont jamais entrées dans la littérature proprement dite ; elles en sont restées à l'état primitif et populaire... D'autres sortes ont fini par devenir littéraires, mais beaucoup plus tard, et parfois sous des formes étrangères à la poésie lyrique : ainsi les chants de bergers, βουκολιασμοί, qui ont fourni à Théocrite de charmants motifs, et qui ont été l'un des principaux éléments dont il a formé ses idylles (3). »

Les Grecs ont eux-mêmes reconnu qu'il n'y avait pas beaucoup d'invention personnelle de la part des individus dans cette poésie toute populaire, et leur légende, si prompte à rapporter à des noms l'inven-

(1) Croiset, *op. cit*, t. II, p. 20.
(2) Ibid , pp. 16-19.
(3) Ibid., pp. 19-20.

tion de tous les arts, n'offre guère que le nom mythique de Linos (Linos n'a jamais existé) « qui puisse passer pour représenter en partie cette branche de poésie (1) ».

D'ailleurs, si cette poésie est perdue, les procédés par lesquels elle se constitue se laissent assez bien imaginer par une intuition un peu réfléchie : ils se laissent même observer aujourd'hui encore chez le peuple dans des conditions analogues. Il s'agira toujours d'une émotion commune assez forte pour que plusieurs, sinon tous les individus d'un groupe, excités les uns par les autres, en fournissent tour à tour des expressions ; et on ne saurait d'ailleurs jusqu'où remonter pour trouver l'origine de beaucoup de ces formules devenues traditionnelles qui seront répétées sans altération, comme dans les jeux de nos enfants, ou serviront de thème commun à quelques improvisations. Tout au plus l'individu le mieux doué d'un groupe prendra-t-il l'initiative du chant, qui ne sera populaire qu'autant que cet individu, sans grande réflexion personnelle, aura donné quelque forme au sentiment commun (2).

dans la lyrique religieuse

Dans les hymnes eux-mêmes, où on peut, où on doit admettre qu'il y a eu des contributions personnelles d'esprits enthousiastes, cultivés, inspirés, de prêtres, là aussi, l'élément subjectif sera comme nul pour nous. « La vie morale, dit M. Croiset, était encore trop simple et trop naïve pour que chaque

(1) Croiset, *op. cit.*, t. II, p. 16

(2) Voyez, par exemple, dans les *Antibel*, d'Em. Pouvillon (chez Lemerre, 1892), le rôle de Piboul, le poète improvisateur du *Charivari* (prologue) ; — cf. Les « Fêtes de la tradition » du pays basque décrites dans le journal *La Petite Gironde*, août 1897.

poète eût des sentiments personnels à exprimer (1). » Le poète est donc tout plein de l'objet, du dieu qu'il veut chanter, et son émotion religieuse se traduira par une série d'invocations accompagnées d'épithètes et d'images, qui ressembleront fort aux litanies mises en usage plus tard dans les églises chrétiennes, sous l'empire de sentiments et dans des circonstances analogues.

« Au début des *Travaux* d'Hésiode, se rencontre une invocation, probablement ajoutée après coup au poème, qui peut représenter assez bien le type de ces anciennes compositions :

« Muses de Piérie, déesses des chants qui donnent la gloire, venez, célébrez Zeus, votre propre père, dans vos hymnes ; Zeus par qui sont tous les mortels, inconnus ou illustres, glorieux ou obscurs, selon sa divine volonté. Sans peine, il donne la force ; sans peine, il la brise ; sans peine aussi, il humilie celui qu'on enviait, et il élève celui qu'on ne voyait pas ; sans peine, il redresse ce qui est courbé et flétrit ce qui est glorieux, lui, le dieu qui fait gronder la foudre dans les airs, Zeus, assis dans sa demeure sublime. Prête l'oreille, vois et entends, et que l'équité règle tes jugements (2). »

Il semble que les tribus helléniques, en venant de l'Orient, aient apporté avec elles des hymnes de cette espèce, et tels qu'on en retrouve d'ailleurs dans l'Inde et chez tous les peuples primitifs de même race (3). Il convient peut-être de songer ici aux hymnes védiques des antiques Aryas. Mais il faut écarter l'idée des

(1) Croiset, *op. cit.*, t I, p. 77.
(2) Ibid., t. I, p. 78.
(3) Ibid , t. I, p. 58.

hymnes dits homériques qui sont issus de l'épopée, tandis qu'au contraire l'épopée est issue elle-même des hymnes dont nous venons de parler.

III

IMPORTANCE CROISSANTE DE L'HOMME DANS LA POÉSIE, DEPUIS LES TEMPS PRIMITIFS JUSQU'A HÉSIODE.

C'est ici que l'évolution d'une littérature originale se met en mouvement. La lyrique populaire, dont nous n'avons plus de monuments, ne fait qu'attester l'aptitude littéraire du peuple ; cette aptitude éclate encore et se condense dans la lyrique religieuse.

La religion et la poésie hymnique

Mais la religion des Hellènes primitifs est une certaine religion, c'est une explication vivante du monde par une mythologie, c'est-à-dire par l'existence, l'action, l'histoire, et enfin par la hiérarchie des dieux. A mesure donc que le Panthéon s'organise, que la race acquiert une certaine conscience d'elle-même, que par suite la mémoire croît en elle, qu'en même temps son instinct rationnel grandit par l'observation et l'expérience, les attributs des dieux sont mieux définis, leur nature est déterminée d'une manière plus stable ; et comme leur nature est connue avec leur histoire, leur légende et leurs mythes, l'imagination toute vivace, sous l'impulsion encore inconsciente de la raison organisatrice, et toutes deux à frais communs, mémoire et imagination, jettent dans la forme du vers les fables divines. Une poésie narrative commence à naître, toute voisine encore de la poésie lyrique, de l'hymne primitif, mais qui déjà brise le moule trop étroit de la strophe et se répand en récits plus continus (1).

Rôle de l'individu

« Ce qui est attribué aux Muses par la tradition hésiodique, c'est ce que les poètes de la Grèce primitive avaient dû faire depuis des temps reculés. Ils chantaient les dieux à un peuple simple et croyant, et en les chantant, ils les enseignaient. Interprètes de la pensée commune, mais supérieurs à la foule en raison et en réflexion, ils dégageaient une à une les idées qui germaient confusément en elle, ils notaient les attributs divins vaguement conçus, ils inventaient, sous la dictée inconsciente d'une foule avide de mystères, les premiers mythes, ils marquaient les rapprochements et les contrastes, les parentés divines et les hostilités cosmogoniques, en un mot ils ébauchaient devant des auditeurs toujours curieux et ravis l'histoire future de l'Olympe. Si simple que fût ce chant primitif, sorte de mélopée grave et douce, longuement narrative, on ne saurait dire ni même concevoir aujourd'hui quelles émotions profondes et quel enchantement religieux il faisait naître chez les vieux Cadméens de Thèbes ou chez les Danaens d'Argos, quand il retentissait auprès de l'autel (2). »

La légende peut encore attribuer l'invention de ces chants aux Muses ; on voit tout de suite quelle part nouvelle de talent et de travail individuel cette nouvelle forme de la poésie exigeait des hommes. Il ne pouvait être donné qu'à un petit nombre d'entre eux, particulièrement doués et sans doute initiés à cet art, de conduire ainsi, dans une série de vers, le

(1) V. *Du Rôle des Concepts*, pp. 21-23.
(2) Croiset, *op. cit.*, t. I, pp. 59-60.

mythe d'un dieu, quelques écarts que leur imagination pût d'ailleurs se permettre.

Aussi, quand la tradition des Muses, c'est-à-dire de la Piérie, fut recueillie à Delphes, dès le XIIe siècle avant J.-C., il fallut solliciter le talent des individus : les chants en l'honneur du dieu furent mis au concours, d'après une ancienne tradition qui nous a transmis en même temps les noms légendaires de plusieurs vainqueurs, Chrysothémis le Crétois, Philamon, Thamyris (1).

L'homme et le héros

Mais, à mesure que l'homme prend plus d'importance, les hommes aussi vont être chantés.

Et d'abord, ils seront chantés sous la forme de héros. « Il n'est pas douteux que les héros n'aient figuré dès l'origine dans les hymnes religieux de la Grèce primitive : les uns, parce qu'ils étaient dieux eux-mêmes, les autres, parce que, issus des dieux, ils avaient place naturellement dans des récits qui embrassaient toutes les choses divines. Les hymnes formaient une sorte de cycle sans cesse élargi ; les héros y eurent de jour en jour plus d'importance... Quand la poésie épique prit naissance, la poésie religieuse, à ce qu'il semble, était en état de lui léguer un ensemble de préceptes et d'exemples, qui durent la dispenser d'un long apprentissage. La matière changea, mais la forme ne fut d'abord qu'à peine modifiée. Les premiers chants épiques étaient sans doute de véritables hymnes un peu plus développés. Ils débutaient par une invocation à un dieu, puis ils racontaient une aventure héroïque au lieu d'exposer un mythe ; la différence était insensible ; et il est

(1) Croiset, *op. cit.*, t. I, p. 72.

assez probable que le passage d'un genre à l'autre se fit, pour ainsi dire, entre les mains des aèdes, sans que ceux-ci eussent même bien clairement conscience de la transformation qu'ils accomplissaient (1). »

Dès lors commence une période où l'aède et le héros se propagent et se développent l'un par l'autre. Des deux côtés, c'est l'homme qui peu à peu gagne pied. L'aède accroît son talent, sa virtuosité pour vivifier la figure et amplifier les aventures des héros qui, bien que divins, sont hommes et, à ce titre, éveillent et renouvellent les émotions habituelles des hommes ; et d'autre part ce goût d'entendre les aventures des héros, en s'étendant et en se fortifiant, rend l'aède plus nécessaire.

Bientôt le chanteur n'est plus seulement près des sanctuaires, il est partout ; et quand enfin il est établi dans son rôle, il ose se mettre en scène et à son avantage. N'est-il pas encore une sorte d'homme religieux ?

Dans l'*Odyssée*, tant que Clytemnestre, résistant aux entreprises d'Egisthe, n'écoute que sa raison, c'est qu'elle a auprès d'elle « un poète à qui, en partant pour Troie, Atride avait ordonné de garder son épouse. Mais lorsque la destinée des dieux l'eut enchaînée pour qu'elle succombât, Egisthe conduisit le chanteur dans une île déserte, où il fut abandonné pour servir de proie et de pâture aux vautours. Alors, transporté des mêmes désirs, Egisthe la conduisit en sa demeure (2). »

Quand Ulysse arrive chez les Phéaciens, le roi Alcinoos fait d'abord un sacrifice, puis « le héraut

(1) Croiset, *op. cit.*, t. I, pp. 88 et 93.
(2) *Odyssée*, III, trad. Giguet, pp. 389-390.

arrive et conduit le poète aimé. La Muse le chérit plus que tous les mortels ; elle lui a donné le bien et le mal ; elle l'a privé de la vue, mais elle l'a doué des doux chants. Pontonoos, pour lui, place au milieu des convives un trône orné de clous d'argent, appuyé à une haute colonne ; au-dessus de sa tête, il suspend la lyre harmonieuse, et lui enseigne comment il pourra l'atteindre ; enfin il dresse une table sur laquelle il pose une corbeille et une coupe remplie, afin que Démodocos boive au gré des désirs de son âme... La Muse inspire au poète de célébrer la gloire des guerriers, et de faire entendre un chant dont alors la renommée s'élève jusqu'au vaste ciel. Il dit la querelle d'Ulysse et du fils de Pélée... Lorsque le chantre divin s'arrête... le héraut suspend à la colonne la lyre harmonieuse, prend par la main Démodocos, le conduit hors de la salle et le guide sur les traces des premiers Phéaciens, qui vont admirer les jeux. » Après les jeux, Alcinoos commande : « Que l'un de vous s'empresse d'apporter la lyre harmonieuse de Démodocos, qu'il a laissée dans la salle du festin... Un héraut se lève pour aller querir la lyre harmonieuse en la demeure du roi... Le héraut revient et remet la lyre harmonieuse à Démodocos, qui descend au milieu de l'arène ; autour de lui se placent les adolescents habiles à former des chœurs ; ils frappent de leurs pieds la divine enceinte... Cependant le poète, en s'accompagnant de sa lyre, fait entendre un chant gracieux sur les amours de Mars et de la belle Vénus. » On rentre « pour boire du vin » et manger. « Déjà l'on divise les chairs et l'on mélange le vin. Le héraut arrive, conduisant le gracieux chanteur Démodocos. Il le place au milieu des convives et l'appuie contre une haute colonne. Alors Ulysse remet au héraut une forte part de dos de porc, couverte d'une graisse succulente, et lui dit : Héraut, porte ce mets à Démodocos, qu'il le mange ; moi aussi, dans ma détresse, je lui serai agréable. Les poètes ont part aux respects et aux hommages de tous les mortels. La Muse elle-même leur a enseigné leur art, et elle chérit la tribu des chantres divins. Il dit : Pontonoos pose le mets dans les mains du héros Démodocos ; celui-ci l'accepte et s'en réjouit en son âme. Les convives cependant étendent les bras et saisissent les chairs placées devant eux. Lorsqu'ils ont chassé la faim et la soif, le prudent Ulysse s'adresse au poète et lui dit : O Demodocos ! je t'honore au-dessus de tous les mortels, soit que la Muse, fille de Jupiter, soit que Phébus lui-même t'ait enseigné ; car tu chantes, selon la vérité, les malheurs des Achéens, leurs entreprises, leurs fatigues, leurs misères, comme si tu avais été toi-même à cette guerre, ou comme si tu avais ouï l'un d'eux. Eh bien, continue : chante le cheval de bois, œuvre d'Epeos et de Minerve, présent trompeur que le divin Ulysse introduisit jusqu'à la citadelle, rempli de guerriers qui renversèrent Ilion. Si tu me racontes exactement ces aventures, je proclamerai, devant tous les hommes, qu'un dieu bienveillant t'a doué de chants divins. A ces mots, le poète inspiré des dieux commence et chante. » Et quand il a fini, Ulysse reprend : « il est vraiment bon d'entendre un tel poète qui par ses accents est comparable aux immortels (1) ».

Il y a un chanteur dans la demeure d'Ulysse, tan-

(1) *Odyssée*, VIII, trad. Giguet.

dis que le maître en est absent ; et quand les prétendants sont égorgés, seul il trouve grâce, avec le héraut Médon : « le chanteur Phémios, fils de Terpias, échappe à la Parque ; car c'était par contrainte qu'il chantait parmi les prétendants audacieux... Il dépose donc à terre sa lyre entre l'urne et son trône à clous d'argent ; puis, se jetant au-devant d'Ulysse, il embrasse les genoux du héros et le prie en lui adressant ces paroles rapides : Je t'implore, ô fils de Laërte, prends pitié de moi, épargne ma vie : ce serait pour toi plus tard un regret, si tu immolais un chanteur qui célèbre les dieux et les humains. Je me suis instruit moi-même dans mon art, et un dieu a fait naître en mon esprit les chants les plus divers. Il est en mon pouvoir de te célébrer toi-même comme une divinité ; ne désire donc pas ma mort. Télémaque, ton fils chéri, te dira que jamais, de mon plein gré, je ne me suis assis dans ta demeure pour me mêler aux prétendants et me faire entendre pendant leurs festins : mais ils étaient nombreux et robustes, et ils m'ont toujours forcé à les suivre. Telle est sa prière. Télémaque, qui l'écoute, s'approche de son père et dit : Epargne-le, ne frappe pas un homme qui n'est point coupable (1) ».

Nous saisissons ici sur le vif l'origine de ces chants dont plusieurs sont allés se fondre si heureusement dans l'*Iliade* et dans l'*Odyssée*, mis en œuvre, ce semble, par le travail collectif de la famille des Homérides (2) ou qui même ont été interpolés dans le texte en formation.

(1) *Odyssée*, XII, trad. Giguet.
(2) Croiset, *op. cit.*, Homère et les Homérides, I, 392.

L'individualité du chanteur et la fin de l'épopée

Mais le progrès, bien modeste encore, de la valeur de l'individu, qui avait donné naissance à la poésie épique, devait, en se continuant, la tuer. S'il fallut des aèdes pour que les aventures de la guerre de Troie ou de la guerre de Thèbes fussent chantées, du moins la personnalité des chanteurs et le caractère personnel de leurs œuvres ne furent pas tels que les chants ne pussent entrer dans une œuvre commune ou y être amalgamés. Quand la personnalité de l'individu devint plus distincte, qu'ainsi l'inspiration des chanteurs devint plus originale et que leur œuvre perdit par là son aptitude à entrer dans un ensemble harmonique, leur âme était loin d'être assez formée pour produire par son seul effort des poèmes épiques égaux à ceux où les aèdes avaient condensé et développé le génie de tout un peuple. Ils imitaient donc Homère et pour cela ils versifièrent de longues légendes. Mais les voilà placés déjà presque dans la condition d'historiens ou plutôt de conteurs, sans que leurs poèmes aient au fond cette vie lyrique qui de l'hymne avait tiré l'épopée.

Il est donc permis de croire que les poèmes cycliques composés du huitième au sixième siècle par Arctinos, Leschès, Pisandre et d'autres, quelque intéressants qu'ils seraient pour nous s'ils n'étaient pas perdus, et quelque beaux qu'ils pussent être pour avoir fourni plus d'un thème aux grands artistes ultérieurs, étaient bien loin cependant et bien audessous d'Homère, comme la Grèce elle-même l'a jugé.

Ainsi l'avènement du poète proprement dit est ici la fin de la poésie épique. L'aède, en s'évanouissant, laisse après lui deux hommes : le rhapsode qui, obligé d'invoquer les dieux avant de réciter des fragments d'Homère, saura parfois le faire de lui-même dans un hymne homérique, c'est-à-dire dans un hymne dont la langue sera empruntée à la poésie épique que le rhapsode sait par cœur ; d'autre part, le poète proprement dit, qui ne sera plus un grand poète qu'autant qu'il laissera de côté la poésie épique supérieure à son effort personnel et, comme Hésiode, dira les choses qui personnellement l'émeuvent et le touchent.

Ainsi depuis les hymnes primitifs jusqu'au point où nous sommes, la personnalité humaine et individuelle de l'auteur n'a cessé de se former peu à peu ; et par un mouvement solidaire, l'homme a été de plus en plus l'objet du poème. L'*Iliade* est autant la guerre des dieux que la guerre des mortels : son principe d'intérêt, ce n'est pas Achille ni aucun autre héros, c'est la colère d'Achille qui mêle le ciel et la terre. Dans l'*Odyssée*, c'est la figure, les sentiments, la souple intelligence d'Ulysse qui déjà donnent sa valeur si attachante à ce conte merveilleux : « Je suis Ulysse, fils de Laërte ; tous les hommes prennent intérêt à mes stratagèmes ; ma gloire est montée jusqu'au ciel (1). » Mais Uysse est encore divin. Avec Hésiode, nous tenons l'homme même dans la nature même, bien que l'homme y marche observé par « trente mille Immortels, gardiens des hommes au nom de Zeus » ; mais ces Immortels, « errants çà et là sur la terre nourricière, y sont enveloppés d'obscurité... »

(1) *Odyssée*, IX, trad. Giguet, p. 455.

IV

L'INDIVIDU, EN EXPRIMANT SON ÉMOTION SELON LES OBJETS QUI SE PRÉSENTENT D'EUX-MÊMES, VA INVENTER SPONTANÉMENT CE QU'ON APPELLE LES GENRES EN LITTÉRATURE.

L'esprit des Grecs inventeur

Ce qu'il y a d'admirable tout d'abord dans l'histoire de la philosophie grecque et ce qui nous impose une estime singulière pour l'esprit grec, initiateur en toutes choses, c'est qu'à partir du moment où la réflexion personnelle se fait jour, après avoir dépassé la période des théogonies et des cosmogonies qui ne pouvaient l'arrêter longtemps, elle occupe immédiatement toutes les positions d'où elle pourra ensuite s'étendre et n'en laisse aucune sans s'y établir (1). C'est comme une force expansive qui remplit tout l'espace libre. La pensée grecque cherche l'explication des choses dans des principes concrets et abstraits, puis dans la combinaison des principes, elle affirme l'absolu et elle affirme la relativité, elle trouve même bientôt jusqu'à des raisons de scepticisme. On ne voit pas ce que l'homme aurait pu imaginer de plus par une réflexion spontanée et primordiale, avant qu'il eût songé à se connaître et à se reconnaître lui-même.

De même dans l'histoire de la littérature hellénique, dès que l'homme commence à se poser lui-même en face de son objet, et c'est ce qui arrive à partir d'Hésiode, il se met à chanter tous les objets capables

(1) Voy. *Du Rôle des Concepts*. Premiers concepts scientifiques et philosophiques.

d'émouvoir l'âme et il invente en peu de temps les manières essentielles de les chanter, de les célébrer ou de les décrire.

Invention des genres littéraires

Il est vrai qu'il le fait dans une civilisation particulière et avec une âme toute grecque, et c'est ce qui donne à la littérature grecque son caractère propre ; mais la civilisation grecque est déjà assez développée et diverse, l'âme grecque est assez humaine pour que l'homme, en chantant ou en disant ce qui l'inspire, crée là, du premier coup et d'une manière naturelle, à peu près tous les genres possibles, toutes les espèces littéraires, toutes les formes principales où la pensée et l'émotion devront à jamais se répandre. Sans doute des civilisations et des états d'âme différents transformeront profondément ces genres primitifs, mais les formes nouvelles, même originales, auront toujours là, bon gré mal gré, quelque type qu'elles rappelleront de près ou de loin.

Poésie didactique

Du huitième siècle où nous a laissés Hésiode, lui-même inventeur de la poésie didactique, jusqu'au sixième, les noms se pressent dont chacun rappelle la création d'un genre, et cela se fait spontanément, simplement parce que l'émotion individuelle applique le don de l'expression à quelqu'un des grands objets qui se présentent d'eux-mêmes. Tyrtée, c'est le chant patriotique, la voix de la cité qui communique à ses enfants la flamme et le courage militaire, mais c'est la cité spartiate, type de rude vertu, étroite et guerrière. Par la bouche de Solon, c'est une autre cité qui s'exprime, celle où concourront dans une harmonie unique toutes les forces intellectuelles de la Grèce, Athènes, et ici nous entendrons comme la voix de la loi, forme de l'harmonie, qui s'établit par la

patriotique

morale

persuasion et se soutient par la justice : « Tels sont les enseignements que mon cœur m'ordonne de faire entendre aux Athéniens. Le mépris de la loi couvre de maux la cité. Quand la loi règne, elle remet partout l'ordre et l'harmonie et elle enchaîne les méchants. Elle aplanit ce qui est rude, étouffe l'orgueil, éteint la violence et sèche la calamité dans sa fleur naissante. Elle redresse les voies obliques, adoucit les œuvres de l'orgueil et réprime celles de la sédition. Elle maîtrise la fureur de la discorde douloureuse et, par elle, tout devient parmi les hommes harmonieux et raisonnable... Voilà ce que, par ma puissance, mettant ensemble la force et la justice, j'ai accompli, et comment j'ai tenu ce que j'avais promis. J'ai écrit des lois égales pour le misérable et pour l'honnête homme, réglant pour tous une justice bien droite (1) ».

politique

Mais les partis qui sont à l'intérieur de la cité auront parfois eux-mêmes leurs ardents chanteurs, et, comme l'objet se resserre, l'accent du poète en sera peut-être plus personnel : « O Kyrnos, j'imprime mon cachet sur ces vers, fruits de mon art : si quelqu'un les vole, on le saura, et personne ne pourra changer le meilleur contre le moins bon ; mais chacun dira : voici des vers de Théognis le Mégarien (2) ».

satirique gnomique épigrammatique

Archiloque, c'est la satire, et la satire d'homme à homme ; Phocylide, c'est la poésie gnomique du moraliste, et après lui, l'épigramme pourra paraître.

(1) Cité par Alfred Croiset, *Hist. de la litt. gr.*, t. II, pp. 126 et 128. On peut rapprocher de cette inspiration toute sage de Solon la belle poésie *philosophique* de Xénophane et de Parménide où l'on croit entendre des oracles, mais distincts.

(2) Ibid., II, p. 138.

élégiaque

A Mimnerme, amoureux et mélancolique, on peut rattacher le nom de l'élégie, au sens que nous donnons à ce mot, car il eut chez les Grecs une acception bien plus large, embrassant tous les genres de poésie que nous venons de voir naître. Et la chanson viendra enfin avec Alcée, Sappho, Anacréon, soit qu'elle dise la passion de l'amour ou bien les joies du vin, écumant dans le cratère couronné de fleurs.

Chanson

Poésie lyrique

Mais n'est-il pas vraisemblable que, si ces inventions poétiques ont le charme d'une franche et jaillissante nouveauté, la poésie cependant n'aura jamais tant de grandeur, d'éclat, de majesté, dans cette période, que lorsqu'elle sera assez forte pour se tenir dans la haute région divine d'où elle est venue, lorsque d'un vol elle regagnera les sommets où sont les dieux et les héros ; elle balancera alors sur ses ailes la gloire de l'hymne et de l'épopée, et voilà sans doute pourquoi, à ne juger des choses que par cette idée que nous apporte l'évolution de la littérature grecque, rien ne sera plus sublime que l'ode, lorsqu'après Stésichore, Ibycos, Simonide, Bacchylide, elle trouvera une voix incomparable dans Pindare.

Nous avons vu plus haut comment un lyrisme populaire est contemporain des premiers âges de la Grèce et dans un passage d'Homère que j'ai cité, déjà Demodocos place autour de lui sur l'arène « les adolescents habiles à former des chœurs et frappant de leurs pieds la divine enceinte ». L'aède devenu poète, comme je l'ai montré, choisissant son sujet et inventant même la manière de le traiter, pourvu d'une nouvelle science de rythmes, joignant à ses vers les ressources d'une musique plus savante, plus riche d'instruments et de sons, et associant le chœur à ses inventions pour chanter de nouveau la mythologie traditionnelle qui plane sur les cités et sur les hommes, sur les institutions et sur les jeux nationaux, en un mot ce ciel où la terre encore se suspend, c'est Pindare.

A-t-il à célébrer par exemple la victoire d'Agésias de Syracuse à la course des chars attelés de mules, en quelques bonds il s'élancera bien loin de ce point de départ : « Allons, Phintis, attelle-moi sur-le-champ ces mules vigoureuses ; je veux lancer mon char dans une noble voie ; je veux remonter jusqu'à l'origine du héros que je célèbre. Elles sauront, mieux que d'autres, me guider dans cette route, puisqu'elles ont conquis des couronnes à Olympie. Ouvrons-leur donc toutes grandes les portes de nos hymnes. C'est vers la nymphe Pitané, sur les bords de l'Eurotas, qu'il convient de diriger aujourd'hui notre course. Pitané s'unit à Neptune, fils de Saturne, et en eut, dit-on, une fille à la noire chevelure, Evadné. Elle cacha dans son sein le fruit de ses amours ; puis, devenue mère, elle chargea des serviteurs de remettre l'enfant au héros, fils d'Elatus, qui gouvernait les Arcadiens de Phesana et qui régnait sur l'Alphée. C'est là qu'elle fut élevée, et Apollon lui fit le premier goûter les douceurs de l'amour. Epytus soupçonne bientôt le secret de sa fécondité divine. Dévoré d'inquiétude, mais comprimant au fond de son cœur sa terrible colère, il court à Delphes pour consulter l'oracle sur cet accablant malheur ; celle-ci, déposant à terre sa ceinture de pourpre et l'urne d'argent qui chargeait ses épaules, mit au monde, sous de sombres taillis, un fils que devait inspirer une sagesse divine. Et Phébus, à la chevelure d'or, lui envoya pour l'assister les Parques et la secourable Ilythie. Aussitôt, quittant le sein de sa mère par un heureux enfantement, Jamus vit le jour. Pressée de crainte, elle l'abandonna sur la terre ; mais par la volonté des dieux, deux serpents aux yeux d'azur prirent soin de le nourrir du suc bienfaisant des abeilles. Le roi cependant, à son retour de la pierreuse Delphes, s'informe auprès de tous, dans le palais, de l'enfant qu'Evadné a dû mettre au monde. Phébus, dit-il, est son père ; lui-même sera devin illustre, élevé au-dessus des mortels, et sa race ne s'éteindra jamais. Telles étaient ses paroles, mais tous affirmaient qu'ils n'avaient rien su, ni rien vu, quoique Jamus fût né depuis cinq jours. Car il était caché sous des joncs et des buissons immenses, et les violettes reflétaient sur son tendre corps l'or et le pourpre de leurs calices. De là le nom de Jamus dont sa mère voulut qu'on l'appelât toujours et qui sera immortel. Quand ses joues commencèrent à se couronner du blond duvet de l'aimable jeunesse, il se plongea dans les eaux de l'Alphée ; alors il invoqua le tout-puissant Neptune, son ancêtre, et le dieu à l'arc d'or, qui règne sur l'auguste Délos, les priant de lui donner une puissance qui fût utile aux peuples. C'était la nuit, sous la voûte des cieux. L'oracle infaillible de son père se fit entendre et lui répondit : Pars, mon fils, et guide-toi sur le son de ma voix ; je te conduirai dans un pays qui sera bientôt le centre de la Grèce. Et il le dirigea vers la roche escarpée du puissant Saturne. Là Jamus reçut de son père le don de la divination, double présent ; car d'abord il entendait sa voix divine qui ne trompe jamais ; puis, lorsque l'intrépide Hercule, l'auguste rejeton de la race des Alcides, vint fonder en l'honneur de son père ces fêtes où se pressent tous les peuples et les grands jeux de Pise, il invita Jamus à établir un oracle au sommet de l'autel de Jupiter. Dès lors, la famille des Jamides devint illustre parmi les Grecs, et en même temps vint la richesse (1). »

Ainsi se déroule l'ode pindarique, non pas toujours aussi narrative ni avec cette logique toute visible que son objet lui a ici imposée pour un temps. Mais ce qui est remarquable, c'est comme l'homme et le poète tiennent une grande place dans cette ode où ne sembleraient devoir passer que des théories de dieux et de héros. Non seulement l'ode est écrite pour un vainqueur qui l'a commandée et qui la paiera, ce qui est une circonstance bien humaine, mais dans l'hymne religieux, dans le chant épique et encore dans l'hymne homérique, le poète s'effaçait lui-même entièrement ; ici il se met très souvent en vue et dès le début : « Je veux établir sur des colonnes d'or le solide portique du monument que j'élève, je veux que cet hymne soit comme un palais magnifique ; et, au début de mon œuvre, il me faut placer un brillant frontispice (2) ». Ailleurs : « Où donc avais-je gravé dans mon esprit le souvenir du fils d'Archestrate, vainqueur à Olympie ? Cherchons, car je lui dois un hymne mélodieux et je l'avais oublié. O Muse, et toi, Vérité, fille de Jupiter, que votre main équitable éloigne de moi le reproche d'avoir trompé un hôte ! Depuis longtemps, chaque jour qui s'écoulait me faisait rougir de ma dette importune. Cependant j'espère qu'en payant avec usure, j'effacerai les amères accusations des

(1) Fragment de la 6e Olympique, trad. Poyard.
(2) 6e Olympique, trad. Poyard.

hommes. Je veux que le flot de ma poésie engloutisse ce caillou qui roule en murmurant; je veux acheter l'oubli de ma faute par le charme de mes vers (1) ».

Et bien souvent, c'est encore du poète qu'il est question à la fin de l'ode. Voici qu'il s'adresse à Œneas, chargé de porter un de ses poèmes à Agesias de Syracuse : « Excite maintenant, Œneas, tes compagnons du chœur à célébrer d'abord Junon, protectrice de la virginité, puis à prouver par leurs chants que nous avons vraiment le droit d'échapper à ce vieux proverbe : un porc de Béotie ; car tu es, Œneas, l'habile messager, le héraut des Muses à la belle chevelure, la coupe embaumée qui verse les chants mélodieux... Et toi, roi de la mer, époux d'Amphitrite à la quenouille d'or, accorde à Agésias une prompte traversée, à l'abri des périls ; et puisses-tu dans mes hymnes faire fleurir encore de nouveaux charmes (2). » C'est là aussi qu'il se plaint de ses envieux, se recommande à ses amis.

Ainsi l'ode va comme un feu jusqu'aux cieux, mais nous ne perdons guère de vue celui qui l'allume et l'éteint, ou, pour emprunter à Pindare même une comparaison qui lui est familière, ses traits « atteignent le trône où Jupiter, de sa main empourprée, brandit la foudre », mais auparavant il nous a montré dans sa propre main « l'arc des Muses qui frappe au loin », et, ensuite, il nous fait remarquer encore, « suspendu à son épaule, un carquois rempli de mille traits perçants qui ont une voix pour ceux qui com-

(1) Début de la 11e Olympique, même traduction.
(2) Fin de la 6e Olympique, même traduction.

prennent, tandis que le vulgaire a besoin qu'on lui en explique la force (1) ».

La prose : fable, histoire, philosophie.

Mais du jour où chaque individu, quand il en a le talent, prend l'initiative de présenter à sa manière l'objet qui l'a ému, du jour où l'émotion se donne une forme qui lui convient selon son objet et se propage des choses du ciel à celles de la terre, il n'y a pas de raison pour qu'un écrivain, moins dédaigneux que Pindare du vulgaire et désireux d'être entendu de lui, ne commence pas à exprimer en prose ce qui est capable d'exciter l'attention de tous, par exemple les mœurs des hommes et la destinée des États. Ainsi se forme le recueil des fables d'Ésope, et Hérodote, plein de curiosité, vrai Grec et vrai fils d'Ulysse, parcourt le monde antique et nous en laisse le tableau. Déjà avant lui, les logographes avaient écrit en prose les archives des cités et déjà avant lui, la réflexion personnelle, cessant de trouver dans la poésie et le vers une forme qui lui fût commode, avait demandé à la prose, avec Héraclite, Anaxagore, Diogène d'Apollonie, une expression exacte des idées philosophiques.

V

ÉQUILIBRE PASSAGER DE L'OBJET ET DE L'HOMME DANS LA LITTÉRATURE GRECQUE.

L'objet et le sujet

Jusqu'ici, chaque poète s'est placé spontanément, par l'effet immédiat de sa nature personnelle, en face d'un sentiment simple, d'un objet déterminé, cause

(1) 9e et 2e Olympique, même traduction.

d'une émotion légère ou profonde, rapide ou durable, qu'il a exprimée. Sans doute, chacun l'a fait avec la vive ingéniosité de sa race et l'originalité de son génie propre ; même le choix spontané de l'objet de son chant marque nettement, comme d'un trait différent, les figures de chacun de ces inventeurs, et le temps, quand il a pu les user, n'a pas réussi à les rendre frustes : chacune reste comme le type d'un genre.

Mais aussi c'est le genre dont la forme, l'idée impérissable flotte sur ces figures, comme pour communiquer son propre caractère à leur physionomie, et bien que dans cette période toute créatrice, des hommes, des individus se soient fortement posés en face des choses, l'objet y enveloppe et y absorbe encore en quelque manière l'individu qui l'a chanté.

Mais puisque l'homme est en train de se débarrasser de l'enveloppement extérieur des choses et de s'établir peu à peu en lui-même, si ce progrès continue, un moment viendra où l'objet et le sujet seront en équilibre, un autre où la balance enfin penchera du côté du sujet.

La constitution et l'histoire de la tragédie sont le prodrome immédiat et déjà comme un épisode de cette intéressante évolution (1). La tragédie.

(1) « Il y a dans les poèmes épiques et dans les tragédies des anciens un genre de simplicité qui tient à ce que les hommes étaient identifiés à cette époque avec la nature, et croyaient dépendre du destin comme elle dépend de la nécessité. L'homme, réfléchissant peu, portait toujours l'action de son âme au dehors ; la conscience elle-même était figurée par des objets extérieurs... L'homme personnifiait la nature ; des nymphes habitaient les eaux, des hamadryades les forêts ; mais la nature à son tour s'emparait de l'homme, et l'on eût dit qu'il ressemblait au torrent, à la foudre, au volcan, tant il agissait par une impulsion involontaire, et sans que la réflexion pût en rien altérer les motifs ni les

La tragédie est sortie du dithyrambe en l'honneur de Bakkhos ; elle se rattache ainsi au lyrisme et à une forme religieuse du lyrisme. Le lyrisme religieux et par lui la religion est bien en Grèce la noble racine d'où croissent et s'épanouissent successivement les genres les plus hauts, l'épopée, l'ode, et enfin ce genre nouveau, le théâtre, tragique d'abord. Cette croissance du théâtre commence au sixième siècle, s'accomplit pleinement au cinquième, avec Eschyle, Sophocle et Euripide, pour se continuer sous une nouvelle forme au quatrième.

Pourquoi alors, et non plus tôt?

Le chœur et l'homme

N'est-ce pas justement parce qu'avant le sixième siècle et, pour parler plus exactement, avant le cinquième, l'individu humain n'est pas encore assez séparé pour assumer, dans une cérémonie religieuse collective, un rôle personnel par l'expression de sentiments particuliers ? Un acteur, se détachant un jour du chœur, a bien pu réciter pour tous l'histoire du dieu encore commentée par le chant de tous. Mais voici que le poète, en qui l'homme a grandi, imagine de figurer par l'acteur ou le dieu lui-même, où quelque héros mêlé à la légende du dieu, et enfin un héros, lorsque, par une marche déjà constatée dans l'histoire de l'épopée, la poésie, ici la poésie tragique, va de la légende des dieux à celle des héros. Dès lors, il y a là comme un symbole et un double signe sensible

suites de ses actions. Les anciens avaient, pour ainsi dire, une âme corporelle, dont tous les mouvements étaient forts, directs et conséquents ; il n'en est pas de même du cœur humain développé par le christianisme... » Mme de Staël, *De l'Allemagne*, 2e partie, ch. XI. — On aime à retrouver sa propre pensée sous une telle forme et sous cette plume. Ce que j'écris n'est peut-être que le développement de ces lignes.

de l'équilibre qui s'établit entre l'homme lui-même, entre l'individu et l'âme collective d'où il vient de sortir et à laquelle il demeure attaché par un lien moral ; et ce double signe, c'est d'une part l'acteur, de l'autre le chœur.

De là vient aussi que le rôle du chœur, rôle de la foule, lyrique par son origine, lyrique aussi par sa nature (car le sentiment collectif d'une foule ne montre d'unité sensible que dans l'expression lyrique), le rôle du chœur, dis-je, est naturel ici comme celui de l'acteur, car il y a en réalité deux âmes en action, non seulement l'âme d'un homme, mais une âme des hommes d'où l'âme individuelle vient de naître à part.

Il est vrai que plus l'âme individuelle grandissante tirera l'action à elle, plus l'élément dramatique l'emportera par elle sur l'élément lyrique primitif, plus le rôle du chœur perdra de sa convenance et de sa vraisemblance, jusqu'à devenir peut-être tout artificiel ; et si enfin l'intérêt psychologique purement humain s'établit sur la scène, le chœur n'y aura plus de place. Inversement, à mesure que la valeur individuelle croît dans la société, elle se signale au théâtre par le nombre croissant des acteurs et des personnages.

En Grèce, le nombre des acteurs présents en scène n'a jamais dépassé trois, et ainsi la délicatesse du goût grec n'a pas permis que l'harmonie sensible des deux éléments de la tragédie fût tout à fait rompue entre les acteurs et le chœur que l'on conservait ; mais quand l'harmonie cessa d'exister au fond, la forme extérieure de la tragédie perdit la loi de son mouvement, la tragédie tomba et mourut.

Ce n'est pas tout : d'un tragique grec à l'autre,

c'est l'homme même qui, dans la tragédie, concentre de plus en plus sur lui le véritable intérêt.

Chez Eschyle, le personnage tragique est encore parfois collectif, comme dans les *Suppliantes*, ou il est un héros et sa situation intéresse de près le ciel et les dieux, ou bien il s'agit de quelque grand événement où les individus n'apparaissent que comme mêlés, et le destin mène tout.

Chez Sophocle, l'homme est déjà bien autrement distinct du milieu ou de la fable qui l'enveloppe. Ce génie apparaît comme le plus visiblement, le plus sensiblement grec, parce qu'il a la proportion harmonieuse ; et l'harmonie, d'où lui vient-elle ? sinon justement de ce qu'il est placé au point d'équilibre entre l'homme et les choses ? Autant que le permettait une civilisation issue d'une religion de la nature et où par conséquent l'âme humaine ne devait jamais s'affranchir réellement des liens des choses, l'homme chez Sophocle oppose sa volonté aux décrets inéluctables qui le pressent du dehors, dût-il être vaincu, comme Œdipe, dans ce combat. Les sentiments essentiels de l'humanité sont dressés là dans une immortelle beauté et dans une noble indépendance vis-à-vis des forces extérieures qui les oppriment. L'homme fait douter de la constance impitoyable du ciel. La balance de l'intérêt est égale entre l'homme et ce qui n'est pas l'homme.

Mais chez Euripide, le centre de l'intérêt est ramené dans l'homme même, dans la peinture de son esprit, et les grandes péripéties extérieures de la tragédie d'Eschyle et de Sophocle sont remplacées par la force et le mécanisme intérieur des sentiments et des passions.

Or, dès que l'homme se connaît assez pour se peindre et y prendre goût, les dieux et les choses divines, les héros enfin étant relégués à l'arrière-plan, l'homme ne pourra se considérer longtemps lui-même sans être tenté de rire d'un pareil objet, souvent si sot, si plein de contradictions et de faiblesses, et ne doutons pas qu'il ne rie bientôt aussi des dieux qui lui ressemblent. D'Euripide à la comédie, il n'y a pas loin, et plusieurs de ses drames sont déjà fortement marqués d'un élément comique. Et la comédie à son tour ira de ce qui est collectif à ce qui est individuel. Avec Aristophane, ce sera la comédie de la cité, merveilleusement et finement lyrique encore, parce que l'âme commune, bien que partagée, divisée contre elle-même, mais réunie toutefois dans le parti pris de rire de sa division, y chante sa bonne humeur, sa fantaisie et jusqu'à sa propre incohérenee. Avec Ménandre, ce sera tout uniment la comédie de l'homme, la comédie de mœurs et de caractères. La comédie

Ainsi tout s'enchaîne quand on considère une évolution par quelqu'un des aspects où elle se montre ordonnée. C'est une loi qui se développe. Chacun y paraît à son tour et à sa place. La loi de l'évolution et l'âme libre

Ce serait pourtant la comprendre bien mal que la tenir pour une sorte de mécanisme obscur, fatal, inconscient qui pousse les êtres les uns après les autres au jour, sans qu'ils en aient la gloire, chacun d'eux n'étant qu'un effet de la cause brute, irrationnelle et en soi inexplicable. Si les choses déroulées en tableau prennent cette ressemblance, c'est qu'alors nous les voyons du côté où elles sont faites, et non plus du côté où elles se font, qui est pourtant le vrai côté de la vie, celui de la profonde vérité. La tapisserie qu'on me développe et dont je m'explique la suite ne serait rien sans l'ouvrier qui en fait chaque point par derrière. De même ici, il n'y aurait pas d'évolution d'une littérature grecque avec une loi intelligible qui lui est propre, s'il n'y avait sous cette loi une âme active qui en est la raison et dont l'effort est justement de se dégager de plus en plus des choses et de chercher de plus en plus sa liberté.

Ainsi c'est la liberté qui est cause de la loi, bien loin que la loi existe par soi et puisse expliquer aucun fait à titre de cause ; et aussi, comme la seule cause première, c'est l'âme, qui, par des efforts successifs, réalise de plus en plus sa liberté, jamais, d'un moment à l'autre, aucun des faits expliqués par l'inerte loi ne demeure identique à celui qui l'a précédé. Au contraire, tout ce qui n'est pas nouveau et en mouvement ne compte pas pour la loi même. Combien d'œuvres dans une littérature quelconque sont nulles et mort-nées, parce qu'elles ne sont pour ainsi dire que la partie inutile tombée de l'effort utile de l'âme, la force nécessairement perdue du moteur qui produit le travail réel ! Et ici, tous les moments du travail réel de l'âme grecque, ce sont les œuvres par où le sujet accuse, affermit, accroît son indépendance vis-à-vis des choses.

Socrate

Or, le moment où le sujet s'est assez distingué de l'objet pour qu'il y ait équilibre entre eux, s'il faut le fixer avec quelque précision, c'est celui où Socrate, après avoir interrogé l'homme pendant sa vie, prouve l'âme en mourant. Croit-il bien la prouver ? Pas absolument, car tout ce qu'il sait, c'est qu'il ne sait rien (1).

(1) Il est remarquable que la première affirmation dogmatique

Mais il croit à la loi et il espère en l'âme, et cela suffit pour que l'âme soit. Mais comme il est Grec, lui aussi ! Comme il se met lui-même, par sa volonté franche et simple, en harmonie avec ce qui a semblé dans l'antiquité le principe de l'harmonie, avec la loi ! avant que l'homme eût les moyens de trouver au plus profond de lui-même le principe même de la loi et la raison de la conduite et de l'action. Sans doute, c'est dans cet acte exemplaire et fécond que l'âme humaine s'est reconnue elle-même. Jusqu'ici, elle s'est séparée des choses par un mouvement spontané et inconscient, comme nous venonsdele voir dans latragédie grecque. Maintenant elle pense qu'elle est, elle le sait presque, c'est-à-dire qu'elle sait presque avec assurance sa raison d'être ; et cette raison d'être, elle la cherche dans la volonté de se conformer à l'objet par la raison même.

L'eurythmie

Par exemple, où trouver ailleurs que dans Platon une recherche plus généreuse de la nature de l'objet à l'aide de la raison, avec une conviction plus entière de l'obligation où est l'homme d'établir l'accord entre soi et cette nature vraie des choses qu'on a reconnue en se connaissant soi-même? Aussi est-ce là que ces deux éléments, l'objet déterminé et le sujet conscient, se présentent dans l'harmonie la plus satisfaisante, assemblés dans une perfection qui rappelle la beauté d'un temple d'Iktinos ou d'une statue de Praxitèle. Tout est alors proportion, mesure, grâce naturelle et souple dans le génie grec, et aussi grandeur et

et explicite de la liberté individuelle, du libre arbitre, se trouve chez un philosophe de la filiation directe de Socrate, chez Aristote.

vigueur aisée, non seulement par l'ampleur des œuvres où concourent également la nature humaine et la nature des choses, mais plus encore peut-être parce que la correspondance achevée des parties donne la sensation d'une force qui s'est reposée toute vive dans la plénitude de sa fin. C'est l'heure splendide de l'eurythmie.

Non qu'elle ait jamais manqué au génie grec, dont elle est comme l'inséparable caractère, ni qu'à cette heure même, le génie grec, pour la réaliser, ait retranché le superflu d'aucune de ses qualités natives, volontiers discursif, abordant par curiosité ou par nécessité sur d'étranges plages. Le sens de l'ordonnance juste éclate déjà dans les poèmes homériques, et si on voulait se donner de nouveau le plaisir de comparer avec eux les grandes œuvres littéraires de l'esprit grec qui ont été produites depuis et qui aussi bien relèvent toutes d'Homère, Pindare, Hérodote, le théâtre tragique, partout, on trouverait le génie hellénique fidèle à lui-même, amoureux à la fois du dessein clair et de l'aventure qui d'ailleurs ramène au but.

Dans Platon comme dans Homère, l'excursion de la pensée entraîne parfois, presque troublante, mais sans jamais donner le vertige ni égarer, car il reste au moins sur l'horizon, ainsi que dans les navigations des mers helléniques, le trait de quelque côte qu'on ne perd pas de vue tout à fait et où on sent qu'on pourrait aborder.

Dans Platon comme dans Homère, chacun des personnages, mis en scène par le dialogue ou par le récit, est vivant d'une vie propre, a sa physionomie et son caractère. C'est que chez Platon, la plupart du temps, ce n'est pas encore l'auteur seul qui parle, comme il est arrivé dans les dialogues de tant de philosophes ultérieurs qui n'ont su faire causer entre elles que des abstractions : chez Platon, l'objet qui est en scène demeure concret et réel ; cet objet, ce sont des hommes ayant déjà et ayant encore leur individualité : chaque personnage, vraiment objectif, n'a pas été tout absorbé par la pensée subjective de l'auteur et réduit à n'être qu'un fantôme, une ombre, un signe.

Mais, dans Homère, la personne du poète est entièrement effacée devant le personnage; dans Pindare, dans Hérodote, l'auteur se montre déjà ou se laisse voir; dans Platon, d'un art si discret et qui ne se donne même pas de rôle sous son propre nom, comme on sent que Platon est partout ! Les interlocuteurs qu'il fait parler, chacun avec le vrai son de sa voix, ne respirent et ne parlent pourtant que dans l'atmosphère platonicienne de l'œuvre ; ils vivent, parce que Platon est vivant avec eux, en face d'eux, et l'âme de ceux qu'il nous présente, nous la percevons par une distinction fine d'avec l'âme tout aussi personnelle du penseur qui les emploie.

Ainsi, depuis la mort de Socrate, environ, l'harmonie des œuvres littéraires de l'esprit grec ne résulte plus seulement d'une certaine proportion des parties, d'une certaine logique intérieure, d'un certain goût délicat, quoique hardi, comme dans Homère ou Pindare, ni même d'une certaine répartition de l'intérêt entre l'homme et les choses qui l'enveloppent, comme dans le théâtre tragique ; mais il semble qu'elle acquière quelque chose de plus spirituel par l'égalité établie entre l'objet qui sort des mains de l'artiste et la personne de l'artiste même.

Ce caractère qui nous frappe chez Platon, nous le trouverions déjà à un haut degré dans Thucydide, contemporain de Sophocle et d'Euripide, et il se montre à plein dans toute la partie politique, morale, économique de l'œuvre de Xénophon où il serait si malaisé de séparer l'ouvrage de l'auteur et où les éléments ne donnent que considérés ensemble la sensation de l'unité. Nous le retrouverions enfin chez le type de l'éloquence politique, chez Démosthène.

Prépondérance du sujet

Mais comme ce caractère ne pourrait être rigoureusement démontré dans des œuvres où flotte la liberté de l'esprit, de même la période qui y correspond ne saurait être fixée strictement entre des dates; et comme il s'agit d'un équilibre entre deux forces dont l'une croît sans cesse tandis que l'autre décroît toujours, le moment où il est à peu près réalisé ne saurait être que passager. Le sujet va l'emporter enfin. De rien, ou, pour mieux dire, d'un simple point d'émotion qu'il était d'abord, il est devenu quelque chose, puis la moitié des choses, et le voilà qui va maintenant se substituer à elles en s'élargissant encore et les envelopper à son tour; nous ne les verrons plus qu'à travers la lumière d'une âme.

Déjà, dès le quatrième siècle, de nombreux cas particuliers annoncent que l'homme a décidément pris le premier rôle dans le monde. Il y a tel dialogue de Platon qui n'est qu'un monologue de Platon. Aristote, quittant tout artifice, parlera en son nom personnel. Théophraste, le maître de Ménandre, décrit les divers caractères de l'homme ; et quand Xénophon racontera la retraite des Dix Mille, l'histoire semblable à un merveilleux tableau du monde chez le conteur Hérodote et dont le centre de gravité s'est rapproché de l'esprit de l'historien avec Thucydide, l'histoire va incliner déjà vers la nature des mémoires (1).

VI

IMPORTANCE CROISSANTE DE L'ÉLÉMENT SUBJECTIF JUSQU'AU CHRISTIANISME.

Ce fut le premier effort des philosophies morales issues de Socrate de réaliser à leur manière cet équilibre et cette harmonie entre l'objet et le sujet, et pour cela elles cherchèrent un principe extérieur avec lequel l'âme pût se mettre d'accord : plaisir ou vertu (2). Elles ne pouvaient savoir encore que l'intime destination de l'âme et sa paix parfaite, ce n'est

L'évolution morale.

(1) La même histoire se trouverait écrite dans la statuaire grecque, où l'homme, rigide d'abord comme un objet massif et emprisonné dans les bandelettes de la « loi de frontalité » (V. *Revue des Universités du Midi*, 1895, p I, sqq.), acquiert peu à peu l'indépendance des membres, le mouvement, la vie individuelle ; on la lirait jusque sur les produits de l'art industriel, sur les vases, chargés au début d'ornements géométriques, puis de formes végétales, qui plus tard font une place timide à de petites silhouettes humaines répétées et toutes symétriques, et où enfin l'homme, dégagé d'allures et plein de souplesse, dans la vérité de ses attitudes et de ses passions, occupe victorieusement le champ. C'est le seul reflet que nous ayons de la peinture grecque, toute perdue : il suffit, corroboré comme il est d'ailleurs par les textes, à nous assurer que la peinture avait suivi ce même chemin. L'art grec parvint ainsi jusqu'à l'individu et au type, c'est-à-dire jusqu'à individualiser le type ; mais à la personnalité, il échoua, ou à peu près. Il faut venir à notre ère pour trouver un premier développement de l'art du portrait. Les artistes grecs ne purent comprendre les conseils que leur donnait Socrate, devin de l'avenir. (V. Xénophon. *Mémor.* III, x.)

(2) Voy. *Du Rôle des Concepts*, pp. 66-69.

pas de se mettre en conformité avec un objet naturel ou idéal quel qu'il soit, cité, loi, règle de conduite, mais de se concilier avec soi-même par une intime conciliation avec le principe de toute vie. Elles croyaient seulement, d'un sens profond, que la conciliation devait se faire entre l'âme et un bien qui n'est pas d'elle, que cela était possible, et que c'était la vraie fin de l'homme ; mais elles n'y devaient jamais réussir pleinement, parce que voulant l'équilibre extérieur entre les choses et l'homme, il ne leur fut pas donné d'aller chercher au fond de l'homme même le vrai lieu du bien. Je ne dis pas qu'elles n'y aient pas tendu, qu'il n'y ait pas de merveilleux pressentiments de cette vérité dans la vie simple et héroïque de certains sages anciens, que ces philosophies morales elles-mêmes, depuis Socrate jusqu'au moment où elles disparurent, n'aient pas creusé peu à peu dans le sens de l'âme ; mais comme il resta toujours en elles un invincible attachement à l'idée d'ordonner l'âme d'après un principe enseigné par la nature extérieure et le prétendu ordre des choses, cet élément étranger à l'âme y offusqua toujours l'âme même, et elles ne purent être un ferment d'une qualité universellement valable pour l'homme en général.

De ce point de vue, toute l'histoire de l'antiquité apparaît comme une tentative de l'homme pour se dégager de la nature et une tentative qui enfin ne réussit pas par elle-même.

Au commencement, quand la religion polythéiste règne, l'homme est enfoncé dans la nature réelle et imaginaire qu'il subit ou qu'il a faite, et il ne s'y distingue que par un frémissement encore religieux. Puis il se différencie de tout le reste des choses graduellement, d'âge en âge. Mais le caractère originairement naturaliste de la civilisation antique persiste jusqu'au bout de cette civilisation, c'est par là qu'elle est une, car lorsqu'enfin l'homme s'est établi en lui-même, à part du monde, le naturalisme qui était originairement dans le monde se retrouva dans l'homme. Le vrai principe de la vie humaine n'était pas trouvé. C'est qu'il n'est pas naturel et que la nature ne peut le donner, empruntant elle-même la vie ailleurs.

Par suite, la règle du plaisir des uns apparut brève et menteuse, la règle de la vertu des autres apparut obscure, particulière, orgueilleuse et fausse, ne donnant pas le bonheur que, par une nécessité de philosophie naturaliste, elle promettait tout de suite, absolu, dans la nature même. Tout semblait perdu et tout était désolé. Ainsi dans la fin de l'évolution littéraire qui nous reste à parcourir, nous devons voir l'âme grandir encore et la laisser au terme où le sujet, après avoir pris possession de la nature objective des choses dont l'âme était jadis possédée, ne sera ni content de la nature des choses ni satisfait de son propre destin.

Caractère de l'alexandrinisme

Tout d'abord, une fois l'équilibre rompu, l'âme des poètes put se trouver comme embarrassée de son indépendance nouvelle vis-à-vis des choses. Elle avait devant elle et la nature des choses où elle pouvait toujours chercher des motifs d'inspiration, et une légende toujours riche, et une histoire déjà longue et une littérature déjà magnifique. Un certain lyrisme put refleurir dans ce renouveau de l'âme (1); mais la

(1) Voy. *Hist. de la littérature grecque*, par Maurice Croiset, t. III, pp. 636 et suivantes.

tendance naturelle des esprits prenant pleine conscience d'eux-mêmes après un passé si glorieux et si proche encore, ce dut être l'érudition qui inventorie de grands trésors et l'imitation qui s'attache à de grands modèles.

Tel fut en effet l'alexandrinisme. Là, le plus souvent, l'âme à peine née à elle-même, ardente à recueillir tout le legs des ancêtres, se trouve faible quand elle veut créer. Elle se borne et, gardant avec un soin exquis le caractère mesuré du génie grec, elle se propose de petits objets qu'elle enferme dans une forme achevée ; de cette manière se constitue le recueil de l'Anthologie. Un genre naît encore, la poésie bucolique, poésie d'âmes raffinées qui sentent par contraste

Invention de l'idylle

le charme des choses champêtres et les goûtent volontiers dans de petites œuvres d'art.

Il est difficile de dire et d'ailleurs fort inutile de rechercher si le génie grec aurait suffi pour donner au monde les grandes œuvres littéraires par lesquelles la civilisation antique devait avoir une fin digne de son commencement, digne aussi de la grande ère qui allait s'ouvrir. Ce génie a été l'instituteur du monde latin et lui-même n'était pas épuisé ; pendant des siècles encore il demeure ingénieux et vivant. Il invente,

du roman

avec les fables milésiennes, le plus indéterminé des genres, celui où l'esprit peut le mieux essayer toute

La critique et la philosophie

sa liberté, le roman. Il a la critique littéraire avec Longin, morale avec Plutarque, philosophique avec Lucien. Il produit à Alexandrie le dernier grand système de philosophie de l'antiquité païenne, il prête sa langue à l'évangile de la foi nouvelle et jette un merveilleux éclat dans les Pères d'Orient. Mais il est certain aussi qu'il a dû céder la primauté intellectuelle à l'Eglise d'Occident, que la philosophie alexandrine est une impasse détournée à ce carrefour de l'esprit humain, que la critique n'est presque rien quand elle demeure seule sur les ruines de tout le reste comme un signe d'épuisement, que la liberté de l'esprit ne vaut, en art surtout, que si elle produit de belles choses, et qu'enfin, du jour où le génie grec et le génie latin ont travaillé concurremment avec une égale liberté dans les lettres, c'est le génie latin qui a donné les grandes et fortes œuvres.

La littérature latine

Est-ce un effet de la prépondérance politique et tout se serait-il accompli par les Grecs, s'ils étaient demeurés les maîtres? Qui le sait? En fait, un peuple plus vigoureux a continué avec une énergie toute neuve la littérature antique et, des œuvres qu'elle nous devait avant de finir, il nous a donné les plus hautes et les plus nobles.

Mais aussi, il n'est pas juste d'attendre de la littérature latine la même originalité et la même évolution que de la grecque : son rôle essentiel est de continuation. Le défaut apparent d'originalité du génie littéraire latin est-il radical? On n'en sait rien, on ne peut pas le savoir. Comme on ne peut pas dire si le génie grec aurait tout seul complété la course de l'esprit humain jusqu'au christianisme, on ne peut pas dire si le génie latin livré à lui-même n'en aurait pas fourni les débuts d'une manière, non identique sans doute, mais analogue à la littérature grecque.

Il paraît certain qu'avant l'invasion des lettres grecques, les Romains, dans leurs chants religieux, dans leurs *naeniae* ou vers de funérailles, dans leurs louanges triomphales, dans leurs éloges des grands hommes ou des aïeux, qu'ils accompagnaient souvent du son de la flûte, les Romains, dis-je, étaient en train de se créer une poésie lyrique et hymnique qui aurait pu aboutir comme celle des Grecs à quelque épopée nationale. Niehbuhr veut même que cette épopée ait existé à l'état populaire, et il en retrouve la trace dans les légendes rapportées par Tite-Live. Mais tout cela est encore informe, quand Livius Andronicus, qui est Grec de Tarente, traduit l'*Odyssée* en vers saturnins, écrit des tragédies, des comédies, compose une ode solennelle après la bataille du Métaure, le tout sous l'inspiration hellénique.

Dès lors, comment veut-on que les Latins ne se mettent pas à l'école des Grecs ? Il arrivera nécessairement que, dans leur littérature, certains genres grecs déjà tout constitués seront imités directement, sans qu'on puisse donner à l'apparition de ces essais, souvent heureux et intéressants, une raison fondée sur une loi générale, car ils s'expliqueraient par des circonstances particulières ou par le goût et l'aptitude personnelle du poète.

C'est ainsi que la comédie se trouva d'abord transportée chez les Romains et toute seule, car les tentatives de théâtre tragique sont ici comme non avenues, et la comédie prend avec Plaute une allure vive et grossière, toute ressemblante à un peuple qui n'a pas été affiné. De même Lucilius renouvelle la satire en y mêlant un élément de morale générale où se reconnaît le génie romain.

Mais il y a aussi des noms de la littérature latine qui marquent des moments entièrement nouveaux de l'évolution générale de l'esprit humain. Chez ces hommes mêmes, chez presque tous les poètes latins en somme, il y aura bien une part d'imitation des modèles et des chefs-d'œuvre grecs : par là encore, ils continuent la littérature grecque. Catulle, Virgile, Ovide sont alexandrins ; Lucrèce, Horace, Stace sont grecs à bien des égards. Toutefois plusieurs de ces hommes donnent au monde des ouvrages qui sont au delà du point où la littérature grecque nous a amenés.

Il restait à l'âme humaine, enfin dégagée des choses qui l'avaient enveloppée jadis, à se retourner vers les choses et à les ressaisir d'une prise personnelle ; et il est évident que la qualité individuelle de l'âme de l'artiste, autrement dit l'élément subjectif, va prendre dans ces conditions une valeur nouvelle et incomparable.

Lucrèce et Virgile

Peu importe que Lucrèce ait imité dans son poème des poèmes grecs semblables ; ce qui, à n'en pas douter, ferait toujours du sien, même si nous en avions les modèles, une grande œuvre du génie humain, ce n'est pas tant le système, la force de l'exposition, l'érudition scientifique et l'imagination philosophique, c'est Lucrèce même mêlé à toutes choses ; et, qui ne le sent ? cela est aussi vrai de Virgile. Lucrèce chante « la nature des choses » où l'homme, après une longue lutte et une rude épreuve, se met à part des choses ; Virgile chante la nature des choses toute pénétrée d'humanité. C'est une nature où monte encore, dans un soir rougi qui s'apaise, la fumée des guerres civiles, une nature déchirée par le laborieux sillon du paysan romain, dans une grande lumière pure, entre les crêtes neigeuses des Apennins et le murmure éternel des grèves et de la mer, une nature toute peuplée de légendes divines et de souvenirs héroïques. Un poème, l'*Enéide*, au déclin du monde antique, fait une sorte d'équilibre aux jeunes poèmes d'Homère. Depuis que cette poésie, mère visible de toutes les autres, avait paru, son prestige avait été si grand dans l'esprit des hommes qu'ils avaient toujours voulu la faire revivre par un effort de l'art ; à travers tous les âges de la littérature antique, on trouve de hardis poètes qui ont eu l'ambition de l'épopée, les poètes cycliques, Antimaque, Apollonius de Rhodes, Naevius, Ennius. Mais l'épopée homérique s'était faite presque d'elle-même, spontanément, et l'âme des hommes, bien qu'elle eût depuis lors grandi peu à peu, s'était jusqu'ici trouvée trop petite pour refaire de son fonds la grande œuvre qui embrasserait le ciel et la terre. Après Lucrèce « qui a connu les causes des choses, que rien n'a pu étonner, heureux s'il a pu mettre un pied ferme sur la fatalité inébranlable comme sur le frémissement du gouffre Achéron ! (1) » voici que l'âme humaine est assez élargie pour se dilater jusqu'à embrasser toute la nature d'où elle s'est dégagée peu à peu et envelopper à son tour le vaste objet qui l'avait enveloppée d'abord.

Mais voici aussi que dans cette plénitude apparente, l'âme souffre et se plaint. Lucrèce a l'âme blessée : enthousiaste de la volonté et de la sagesse ! qui a bien pu se faire une tour, non un cœur d'ivoire ; et s'il n'est point touché de cette grande bataille humaine qui emplit sous lui la plaine de cris et de tumultes, qui lui a fait parmi cette sérénité cette blessure qu'il cache et dont on voit le sang ? Virgile a l'âme triste et ouvertement il pleure. Et pour cette âme sympathique à toutes les choses, les choses sont grosses de

(1) Virgile, *Géorgiques*, II, 490-493.

larmes. Il me semble que, chez lui, les hommes sont comme les compagnons d'Énée, ce héros surtout par les larmes : le destin inexorable les a poussés des rivages helléniques aux côtes de l'Italie, ils ont parcouru à travers les mers tout un monde, jouets ou instruments de grandes choses ; et quand ils ont abordé, ils s'assoient sur la terre, « fatigués des choses ». Un espoir mystérieux se lève cependant dans les vers prophétiques du poète : « un grand ordre de siècles d'aujourd'hui va naître ; déjà revient à nous, avec la Vierge, le royaume d'un dieu paternel, déjà un homme nouveau nous est envoyé du haut du ciel (1) ».

Valeur propre du sujet et fin du monde antique

Il n'y a pas en latin d'ode qui vaille celle-là, car le temps vraiment n'est pas à l'enthousiasme spontané. Horace n'apporte dans le lyrisme que de l'ingéniosité, de la science et du goût ; mais comme pour sa part il n'a pas l'âme triste, il a de jolies chansons. Il a tout ce qu'il faut d'esprit pour écrire en vers aisés la satire légère, l'épître ou le discours familier, en un mot pour parler de l'homme à l'homme. Le sujet se connaît et s'intéresse à lui-même. Mais à quoi bon insister ? Qu'on parcoure une liste des œuvres latines dont on a quelque idée, on verra que chacune a pour mesure presque absolue, j'entends au point de vue littéraire, indépendamment de son intérêt historique, la valeur individuelle de son auteur. César, Tacite, Sénèque sont au premier rang par la qualité personnelle de leur pensée. Cicéron, Tite-Live, Ovide, qui ne leur sont pas inférieurs par la science ni par l'art, nous touchent moins, bien qu'ils nous apprennent peut-être davantage, parce

(1) Virgile, *Enéide*, I, 178, et *Bucoliques*, Eglogue IV, 5-8.

que leur personne est moins en scène ou qu'ayant moins de valeur propre, c'est l'objet surtout qui se reflète et qui flotte dans leur œuvre. Une physionomie s'esquisse encore dans Salluste, dans Lucain, dans Pline, mais ceux qui n'en ont pas, comme un Nepos ou un Silius, tant d'autres que la mémoire omet naturellement, peuvent écrire une bonne langue et être précieux pour l'historien de Rome, ils ne comptent pas dans l'évolution de l'esprit. Deux groupes, où sont de grands artistes, ont encore une signification pour nous, les élégiaques qui se plaignent et les satiriques qui s'indignent. Au milieu de tout cela, ni un cri de joie, ni un cri de foi. C'est bien un monde qui finit. L'âme est formée chez quelques grands hommes et alors elle est sombre ou orgueilleuse, âpre ou mélancolique, comme si quelque chose lui manquait. Aux âmes des hommes de la foule qui aspirent à la vie, il manque la vie.

SECONDE PÉRIODE

SAINT AUGUSTIN

I

Le délicieux saint ! Oh ! le plus délicieux des hommes purement hommes qui aient jamais vécu ! Certes, voici bien une âme tout entière !

Je me laisse dire que le style d'Augustin n'est point classique, je m'en aperçois peut-être, mais il ne m'en chaut nullement s'il exprime tout l'homme et si cet homme est un homme nouveau, celui en qui je vois sourdre tout d'un coup la littérature moderne comme par une fontaine d'eau toujours vive.

L'irruption des Ecritures a sans doute fait éclater le moule un peu rigide de la forme d'art latine ; la Bible a enseigné à l'écrivain le secret de trouver ces matérialisations exquises et fortes des choses spirituelles. Voici qu'il tient en présence du Seigneur « les oreilles de son cœur », il approche l'oreille de son cœur de la bouche de Dieu (1). Les images et les mots s'affrontent et se choquent : il ne sait si, venant en ce monde, il est entré dans une vie mortelle ou dans une mort vivante ;

(1) Pour ceci et pour la suite, *Confessions*. Ici I, 5 ; IV, 5.

faisant retour sur son passé, il dit : « et voici que mon enfance dès longtemps est morte, et moi je vis » ; il la voit comme une personne morte et à qui il survit. Ayant méconnu la foi catholique, il proteste qu'il a aboyé non contre elle, mais contre des fictions de sa pensée charnelle ; il semble que ce soit un chien qui ait hurlé aux ombres de la lune (1). Ces violentes antithèses, ces vigueurs d'expression, ces métaphores énergiquement sensibles dont il trouvait des modèles dans la littérature orientale de la Bible, peut-être que son génie africain était disposé d'avance à les reconnaître comme siennes. Ce n'en est pas moins par un don d'imagination propre qu'il a tant de belles et saisissantes inventions. Il se reproche d'avoir été incapable d'entendre la voix de Dieu, parce qu'il était assourdi par le bruit de la chaîne de son péché de mort (2). Mais voici déjà quelque chose de plus doux et de plus charmant, le Décalogue comparé à un psaltérion à dix cordes (3), et enfin en mille endroits un langage qui pour la première fois, ce me semble, depuis que l'homme parle, se moule avec une souplesse ravissante sur toutes les délicatesses, les intériorités et on dirait les palpitations intimes du sentiment. A peine né, il a été accueilli, dit-il, par « les consolations du lait humain. Ce n'était pas ma mère ou mes nourrices qui s'emplissaient les mamelles ; mais toi, tu me donnais par elles l'aliment de mon enfance, selon ton institution et tes richesses disposées jusqu'au fond des choses. C'est toi aussi qui me donnais de n'en pas vouloir plus que tu ne donnais ; et à celles qui me nourrissaient, de

(1) I, 6 ; VI, 3.
(2) II, 2.
(3) III, 8.

vouloir me donner ce que tu leur donnais. Car elles voulaient me le donner par l'affection sage dont elles abondaient de toi. Car c'était un bien pour elles, le bien qui me venait d'elles; et ce n'était pas d'elles, mais par elles : car c'est de toi tous biens, Dieu; et de mon Dieu me vient le salut tout entier. C'est ce que j'ai remarqué depuis, quand tu me l'as crié par ces choses mêmes que tu accordes en dedans et au dehors. Car alors je savais téter et acquiescer à ce qui délectait, pleurer au contraire à ce qui offensait ma chair; rien de plus. Et puis j'ai commencé à rire, en dormant d'abord, ensuite éveillé.... Et voici que peu à peu je concevais où j'étais, et je voulais montrer mes volontés à ceux par qui elles seraient remplies, et je ne pouvais; parce qu'elles étaient en dedans, eux au contraire au dehors, et par aucun sens ils ne pouvaient entrer dans mon âme. C'est pourquoi je jetais membres et cris, signes semblables à mes volontés, le peu que je pouvais, tel que je pouvais. Et quand on ne m'obéissait pas, soit qu'on ne m'eût pas compris, soit parce qu'on m'aurait fait mal, je m'indignais contre de grandes personnes, non mes sujettes, et libres, non mes esclaves, et en pleurant je me vengeais d'elles » (1). Où est l'art? il n'y en a plus. Ne disons pas que c'est la nature qui parle, c'est l'âme. Et ce langage tout aussi spontanément s'amplifie, se prolonge, s'élève, adore, frémit; par exemple : « J'allais plus loin de toi, et tu me laissais faire; et je m'agitais et je me répandais et je m'écoulais et je bouillonnais par mes fornications, et tu te taisais. O ma tardive joie! Tu te taisais alors et moi j'allais toujours loin de toi vers plus et plus de stériles

(1) I, 6.

ensemencements de douleurs, dans un superbe abaissement et une inquiète lassitude » (1). Cela est écrit « avec la chair et avec le sang ». Oui, pour la première fois, c'est tout l'homme qui parle, qui est allé jusqu'au fond de lui-même par une vraie observation intérieure, non frelatée pour la montre et qui dit ce qui est, toute rhétorique dépassée. C'est bien un tel maître qui, expert dans la science de dire, peut mépriser ce qu'il appelle les sciences sans cœur (2). Car en vérité il est souvent fait mention ici du cœur. Et qui a plus de droits d'en parler ?

Rien n'a jamais égalé la grâce dont il nous a entretenus de son enfance. Il nous la raconte du premier jour : « mais je ne sais, dit-il, d'où je suis venu ici. Dis-moi, je t'en supplie, Dieu, et avec miséricorde à un misérable ; dis-moi si mon enfance aurait succédé à quelque autre âge qui déjà aurait été mien et qui serait mort ; est-ce celui que j'ai passé dans les entrailles de ma mère ? Car de cet âge aussi on m'a raconté quelque chose et j'ai vu moi-même des femmes grosses. Quoi avant cet âge même, ma douceur, mon Dieu ? Ai-je été quelque part ? ou quelqu'un ? Car pour me dire cela, je n'ai personne : ni mon père ni ma mère ne l'ont pu, ni l'expérience, ni ma mémoire. » Et pour les premiers temps de sa vie, il ajoute : « On me l'a raconté de moi-même et je l'ai cru, parce que nous voyons la même chose chez les autres enfants ; car cela qui était mien, je ne m'en souviens pas » (3). Telle est cette naïveté qui dans les aveux les plus simples laisse pressentir les recherches profondes et dans l'homme

(1) II, 2.
(2) VIII, 8.
(3) I, 6.

qui note avec surprise ce que tout le monde sait, l'ignorance et l'oubli de nos commencements, montre l'analyste qui fera plus loin de si pénétrantes investigations de la mémoire et à propos de tout remontera à la cause. Et cela, non voulu, avec une incomparable candeur, comme un grand homme qui a encore son âme d'enfant. S'il faut ressembler à ces petits, en avoir la simplicité pour entrer dans le royaume des cieux, il l'habite; car cet incomparable observateur de soi-même est candide et il ne sait pas qu'il l'est, ce qui est sans doute la seule manière de l'être.

Il ne trouve pas que l'enfance soit un âge heureux. « Que de misères j'y ai éprouvées et de tromperies », dit-il, et comme cela me paraît juste ! Ce qu'on lui faisait apprendre d'abord, il ignorait absolument à quoi cela pouvait lui servir. Quelle différence entre ces études forcées et le mouvement spontané par lequel l'enfant se porte à retrouver la forme du langage pour signifier les désirs de son cœur et rendre obéies ses volontés ! Il a sur ce point un chapitre d'une psychologie si fine ! Cependant, s'il étudiait mal, on le frappait. Et rien ne lui était plus pénible que de voir les grandes personnes, son père et sa mère eux-mêmes, rire de ces châtiments qui lui étaient alors de grands et de lourds malheurs. « Car ces pratiques étaient louées des hommes d'âge; et beaucoup avant nous, accomplissant cette vie, avaient frayé ces voies misérables par lesquelles nous étions contraints de passer, le travail et la douleur se multipliant pour les fils d'Adam. » Et il priait, petit, mais non d'une petite affection, pour qu'à l'école il ne reçût pas de coups (1). Evidemment,

(1) I, 8, 9.

quand il écrit ses *Confessions*, il frémit encore de ces sévices dont tout son être était ébranlé. « Malheur à toi, crie-t-il, courant de la coutume humaine (1) ! » Il trouve injuste d'avoir été puni pour préférer le jeu de balle à ses leçons : « les bagatelles des grandes personnes s'appellent des affaires ; mais si c'est là justement les affaires des enfants, ils sont punis par les grandes personnes : et personne n'aurait pitié des enfants, et d'eux et des autres » (2) !

Cependant il n'y a rien dans tout cela qui sente les fadeurs dont l'enfance a été un prétexte à nous rassasier. Il est infiniment perspicace à démêler le péché jusque dans l'enfant. Il dirait volontiers des enfants avec La Bruyère : ce sont déjà de petits hommes. Tous leurs péchés à propos de pédagogues et de maîtres, de noix, de ballons et d'oiseaux, sont les mêmes qu'ils referont à propos de magistrats et de rois, d'or, de domaines, d'esclaves. Si Jésus les a donnés en modèles, ce n'est pas à cause de leur innocence, qui n'est pas, c'est à cause de la petitesse de leur corps, symbole d'humilité (3). C'est la faiblesse de leurs membres qui ne peut faire du mal, non leur esprit (4).

Il aimait le jeu, ou plutôt il y portait cette passion que nous allons retrouver partout ; il avait la passion de n'y être pas vaincu, d'y remporter des victoires superbes ; il trichait plutôt : s'il y prenait les autres, il leur faisait de violents reproches ; si on l'y prenait, il aimait mieux frapper que céder. De même en classe, si un condisciple évitait quelque faute de langue où il

(1) I, 16.
(2) I, 9.
(3) I, 19.
(4) I, 7.

était tombé, il l'enviait. Celles de ses études qui ne demandaient pas de mouvements d'âme, il les avait en aversion : « un et un deux, deux et deux quatre », était pour lui une odieuse chanson. Il reconnaît plus tard ce que les mathématiques avaient au moins de solide, d'utile et d'innocent. Il ne se plut jamais au grec, parce qu'on le forçait de l'apprendre et que pas une langue étrangère venue du dehors ne peut avoir le charme de la langue maternelle ; il parle de celle-ci de telle sorte qu'il paraît avoir inspiré au père de Montaigne la douce méthode par laquelle il fit apprendre le latin à son fils. Mais il aimait Virgile, les fictions des poètes dont il devait incriminer plus tard la vanité ; il goûtait Térence, dont l'immoralité le révoltera ; il pleurait sur Didon. Et voilà pourquoi on jugeait qu'il était un enfant de belle espérance (1), pourquoi son père, s'imposant des dépenses au-dessus de sa situation, l'envoya continuer ses études et chercher carrière à Carthage.

Mais il était à l'âge des périls, et ils étaient presque inévitables à une nature dont il peut dire : « j'aimais à aimer » (2). Il paraît s'être enfoncé dans quelque inconduite avec assez d'emportement et de fougue. Il était capable de vouloir le mal comme le bien, tout entier. Enfant, il avait menti mille fois à son maître, à ses parents, fait des larcins au cellier, à la table (3) ; mais il y avait eu surtout un certain vol, léger en soi, où il démêle très exactement la volonté même de mal faire, l'amour du mal pour le mal, et plus profondément encore l'excitation de la complicité qui au frottement de ses camarades, coupables avec lui, avait allumé le

(1) I, 19, 13, 14, 16 et *passim*.
(2) III, 1.
(3) I, 19.

prurit de sa mauvaise intention (1). Le respect humain avait beaucoup de pouvoir sur cet être sensible et qui ne jouissait pas moins d'être aimé que d'aimer (2). De là ses vanteries de vice, alors même qu'il trouvait dans ses plaisirs défendus de très blessantes amertumes et que dans ses amours, quels qu'ils fussent, il était « déchiré par les verges de fer rouge de la jalousie et des soupçons et des craintes et des colères et des querelles » (3). Déjà plus sage et très dégoûté de leur manière de vivre, il faisait encore société avec les jeunes gens qui s'appelaient les « renverseurs » en signe de supériorité, et qui se plaisaient à scandaliser les inconnus par leurs insolents paradoxes et à s'en amuser par de méchants tours (4).

Il était devenu professeur de rhétorique et des plus en vue, il vendait l'art de vaincre par des mots (5); mais d'autre part, et c'était, on le sent, sa plus importante affaire, il était constamment travaillé par la passion de découvrir le vrai. Il crut le trouver chez les Manichéens : « Je tombai donc, dit-il, chez des hommes orgueilleusement délirants, et charnels excessivement et grands parleurs, dans la bouche de qui étaient les lacs du diable et une glu composée d'un mélange des syllabes de ton nom et du Seigneur Jésus-Christ et du Paraclet notre consolateur l'Esprit saint. Ces mots ne quittaient pas leur bouche, mais seulement le son et le bruit de la langue; et d'ailleurs un cœur vide du vrai. Et ils disaient : Vérité, et Vérité (6) ! » Ils croyaient qu'ils

(1) II, 4.
(2) II, 2.
(3) II, 1, 2, 3.
(4) III, 3.
(5) IV, 2.
(6) III, 6.

ne pouvaient pécher (1). Dans la discussion publique et serrée, ils étaient faibles, mais ils se reprenaient en secret : là ils confiaient à leurs adeptes que les Evangiles avaient été interpolés, mais ils n'en pouvaient produire aucun texte qui répondît à leurs dires. Augustin mit neuf ans à s'apercevoir que leur doctrine était un panthéisme impur. Il mettait dans sa créance qu'il était identique à Dieu et que Dieu était comme lui-même dans le devenir (2).

Cette « merveilleuse folie », c'est la philosophie qui commença de l'en guérir. Il la connut d'abord à travers quelques traités de Cicéron. L'*Hortensius* le bouleversa, lui inspira la plus brûlante ardeur pour Dieu et la sagesse. Plus tard il lut les *Catégories* et il est tout fier de les avoir comprises sans aide (3). Il en fut beaucoup moins touché, et il demeura plus attaché à Platon qu'à Aristote. En somme, son érudition ne fut pas fort grande. Il se plaint à diverses reprises du prix des livres et de la difficulté qu'ils avaient, lui et ses amis, à s'en procurer. Il ne lut jamais le grec avec aisance, et s'il faut tout dire, je ne pense pas qu'il ait été grand liseur, grand bourreau de lecture. Il me semble qu'il appartient plutôt à la famille des hommes qui lisent peu, ne connaissent que quelques livres et tirent de leurs lectures de profondes émotions et d'abondantes idées, comme Pascal. Ce défaut de doctrine s'accorde très bien avec une certaine tournure d'esprit philosophique, témoin Descartes. Les premières réflexions personnelles qu'il ait consignées dans un ouvrage avaient trait au Beau et à la Convenance, et bien qu'il ait laissé perdre

(1) V, 10.
(2) IV, 15.
(3) III, 4, 5 ; V, 3.

ce travail, il s'y complut fort et y exerça ses dispositions méditatives.

D'autre part, et c'est ce qui paraît dès avant qu'il devienne chrétien catholique, quelque chose croissait et s'affermissait en lui que nous appellerons tout simplement le bon sens. Si absurdes que fussent les croyances où il se laissait traîner à la suite des Manichéens, jusqu'à admettre que les figuiers dont on brise les branches pleurent de vraies larmes de lait, il avait maintenant une révolte contre les superstitions. Il renvoie au loin un sorcier qui s'offre à lui faire gagner un prix de poésie par des sacrifices d'animaux ; même pour une immortelle couronne d'or à conquérir dans ces jeux, il ne consentirait pas qu'on tuât une mouche. Après avoir donné dans l'astrologie, il écoute volontiers un honnête homme qui l'en dissuade, et enfin il s'en guérit tout à fait par des observations fort sages (1).

Mais recherchant les causes de son progrès, pour quoi compterons-nous l'âme de Monique ? Il est certain qu'il y eut toujours entre l'âme de la mère et l'esprit du fils, même au moment où il la trompait, même quand il était éloigné d'elle, une secrète communication par où Monique continuait de donner, Augustin de recevoir. Les prières de la sainte font aux *Confessions* une sorte d'accompagnement qui reparaît invincible et inaltérable jusqu'à ce qu'il ait réduit à l'unisson les brillantes et mobiles pensées du jeune homme. Des visions l'avaient avertie de l'épilogue de ce grand drame (2). Que de larmes ! mais aussi, comme le disait cet Évêque à celle qui les versait, le fils de ces

(1) IV, 2, 3 ; VII, 6.
(2) VI, 1.

larmes ne pouvait périr (1). Augustin ne peut songer sans trembler à ce qui serait advenu d'elle, s'il était mort sans demander le baptême ; son âme même peut-être n'aurait pas guéri de cette blessure (2). Comme il se savait aimé ! Et quelle insistance dans cet amour ! Aussi, quand elle le voit arrivé où elle voulait, tout embrasé de l'affection du ciel, elle n'a plus rien à faire en ce monde et toute tombe lui est bonne en attendant l'immortel revoir.

C'est la même qualité et la même intensité d'amour qui a passé de la mère dans les veines du fils. Avec une puissance d'émotion plus diverse et d'abord plus dispersée, c'est le même emportement de volonté et le même appétit de dilection insatiable. Longtemps il a la fureur des jeux, des spectacles, la passion du théâtre, de la tragédie (3). Il a la passion de l'amour, nous le savons, bien que ce soit sur ce point qu'il soit le plus discret, et il ne concevait pas qu'un homme pût vivre sans embrassements. S'il n'a, sur la concubine dont on le sépare, que quelques mots, ils sont le cri d'un arrachement qui le laisse tout déchiré et tout saignant (4). Il s'exalte dans une sorte d'adoration idéale pour la beauté, il est enthousiaste des hommes qu'il considère comme l'ayant atteinte par la pensée ou par l'éloquence (5). Penché sur le génie de son fils, il est saisi de vertige comme sur un abîme où il verrait une merveille de Dieu (6). Un de ses amis les plus chers étant

(1) III, 12.
(2) V, 9.
(3) III, 2.
(4) VI, 9, 15.
(5) III, 4 ; IV, 14.
(6) IX, 6.

venu à mourir, il entre dans une crise de chagrin d'une suprême violence. Tout se fait ténèbres en lui, mort hors de lui. « Et la patrie, dit-il, m'était un supplice et la maison paternelle une prodigieuse infélicité ; et tout ce que j'avais eu avec lui en commun, sans lui s'était tourné en une immense torture. Mes yeux le demandaient de tous côtés et il ne m'était pas donné ; et je haïssais toutes choses parce qu'elles ne l'avaient pas et qu'elles ne pouvaient plus me dire : Voici qu'il viendra, comme lorsqu'il vivait, quand il était absent... Je n'espérais pas le faire revivre, et ce n'est pas ce que je cherchais par mes larmes, mais seulement j'avais de la douleur et je pleurais... Je m'étonnais de voir les autres mortels vivre, parce que lui, que j'avais chéri comme ne devant pas mourir, était mort (1). » Et cependant, au milieu de son affliction, il éprouve au fond de lui-même un irrésistible attachement à la vie, il avoue qu'il n'en aurait peut-être pas donné sa part, même pour cet ami, car cette nature est forte et sans doute se sent encore toute pleine et pour ainsi dire grosse de choses futures.

Toutes ces affections ne pouvaient le contenter. Il était attendu à l'amour divin, car quoi qu'il sente en lui, à quelque degré qu'il se soit élevé, il ne peut rien voir de plus haut qu'il n'y aille. Les accidents le font avancer autant que les conjonctures favorables. L'indiscipline brutale des étudiants de Carthage le chasse d'Afrique : sa sensibilité souffrait trop à voir ces hordes faire irruption impudemment dans les classes et d'un front furieux y troubler l'ordre dont sa délicatesse impressionnable avait besoin. L'astuce avaricieuse

(1) IV, 4, 5, 7.

de ceux de Rome le fait fuir à Milan (1). Là il écoute les sermons de saint Ambroise ; quand il l'allait voir, car la porte de l'évêque était toujours ouverte, il trouvait un homme dont les yeux parcouraient les Ecritures, tandis qu'on devinait son esprit occupé à en pénétrer le sens spirituel ; et Augustin sortait sans avoir osé le troubler (2). Il paraît que Dieu avait choisi de s'adresser directement à lui, comme à saint Paul. Dès que son cœur est percé des flèches de la charité divine, portant les paroles de Dieu fichées en travers de ses entrailles, il laisse là sa profession de marchand de mots et qui apprenait à en vendre (3), et il se retire à Cassiciacum.

II

C'est quand il eut cessé de préparer au métier d'avocat qu'il le devint, non point avocat dans ces causes litigieuses où son père avait rêvé de le voir exceller et où on gagne d'autant plus de louanges qu'on sert plus efficacement la fraude (4), mais l'avocat ou pour mieux dire l'avoué du christianisme.

Cette cause avait besoin d'être plaidée, car la nouvelle religion chancelait dans une tourmente historique et politique qu'on n'avait pas prévue; la conscience des générations qui venaient demandait à être affermie dans le progrès où elle était engagée, et ce fut un des ouvrages d'Augustin.

(1) V, 8, 12.
(2) VI, 3.
(3) IX, 2 et 5.
(4) III, 2.

Il y avait peu de temps que le christianisme était devenu religion d'empire et l'éclat, la grandeur des règnes de Constantin et de Théodose avaient paru d'abord donner la sanction d'en haut à cette révolution. Mais les mauvais jours étaient venus bien vite. Les Alains, les Suèves, les Vandales, les Burgondes, les Francs, les Saxons, s'imposant à l'empire, même comme sujets, l'envahissaient province à province, et enfin Alaric, roi des Visigoths, après avoir assiégé Rome deux fois, la prit et en fit le sac.

Il nous est assez difficile d'imaginer le scandale, le bouleversement des esprits devant ce fait (1). Rome apparaissait comme la maîtresse naturelle des peuples et comme leur mère inviolable. Depuis longtemps on ne concevait plus de forme politique du monde qui ne vînt d'elle. Si le chef-lieu de l'empire avait été transporté à Byzance, le prestige du nom de Rome n'en demeurait pas moins grand. Elle était la ville où tous les regards aboutissaient de tous les points de la terre comme à un sommet d'où tout était descendu et où aucun attentat ne pouvait remonter. Dans le sentiment de tous ces peuples qu'elle avait fait mieux que vaincre, qu'elle avait conquis, quand ils la virent sombrer sous une horde de barbares, il dut se passer quelque chose de semblable à l'étonnement des Juifs, quand vint à succomber Jérusalem. Rome était, dans la croyance des hommes qu'elle avait habitués à sa domination, une sorte de Jérusalem de l'ordre temporel. La chute de Rome semblait une ruine de l'univers. Les tenants de la religion nationale

(1) Si Fustel de Coulanges (*Invasion germanique*, liv. II, ch. VIII, 2°) réduit à peu de chose les proportions de cet événement, c'est que l'historien est placé au point de vue des « institutions politiques »; dont la fiction, en effet, n'en était pas touchée.

tiraient un argument redoutable de ce désastre. Les dieux qui avaient porté la puissance romaine au comble de la prospérité n'avaient eu qu'à se détourner d'elle pour qu'elle s'écroulât, et ils s'étaient justement indignés quand ils avaient vu leurs fils de prédilection les abandonner et passer au culte d'un homme de Galilée mort du supplice d'un esclave.

Augustin fait remarquer d'abord que, même pendant le sac de Rome, il a été utile d'être chrétien, Alaric ayant commandé d'épargner la population qui s'était réfugiée dans les basiliques. Partout ailleurs sévissait l'affreux droit de la guerre, là s'arrêtait la fureur du meurtre. Combien de païens en ont profité ! Les dieux n'ont pas su faire pour leurs adorateurs ce qu'il a plu au Christ de faire pour les siens.

D'ailleurs les Romains n'ont souffert que le mal qu'ils avaient si souvent fait aux autres ou qu'ils avaient laissé faire à leurs alliés. Et le saint écrivain va rechercher dans l'histoire de Rome nombre d'actions qu'il estime absurdes ou injustes, que le succès et la gloire de Rome semblaient avoir excusées ou consacrées depuis longtemps devant l'opinion du monde et qu'il raille ou qualifie durement. Ainsi se déclare un nouvel esprit qui ne décide plus de la valeur du fait par les avantages obtenus et qui ne se courbe plus du tout devant la majesté du nom romain. Rome a été bien folle de mettre sa fortune sous la tutelle des mêmes dieux qui n'avaient pu protéger Troie. L'enlèvement des Sabines fut une infamie, la destruction d'Albe, mère de Rome, une iniquité (1). Ces pages font un étrange contraste à l'œuvre où Virgile mettait naguère un soin

(1) Pour ceci et la suite, *Cité de Dieu*. Ici III,

si pieux à recueillir et à glorifier les antiquités nationales. L'âme du poète et l'âme du saint ne sont pourtant pas si différentes. Il faut bien que quelque chose de nouveau ait transformé celle-ci. C'est tout un changement de la règle des jugements. « Souviens-toi, Romain, de régir les peuples par le commandement », disait le doux poète, issu de la Gaule conquise et dont le noble cœur battait pour la grandeur de la ville impériale. Le citoyen romain qui avait reçu de l'Evangile l'idée d'une grandeur plus vraie, répond qu'il est injuste et fatal à un peuple de croître par d'incessantes guerres, que son ambition prouve assez qu'il est corrompu par l'avarice et la luxure, et que les empires sans justice ne sont que des brigandages (1). Et pourtant ces Romains qu'il humilie si rudement, on sent qu'il les aime, qu'il en fait plus de cas que d'aucun autre peuple, que c'est eux surtout qu'il croit devoir persuader. Il les adjure en termes pressants : « O race des Regulus, des Scævola, des Scipion. des Fabricius, ton caractère est louable, il y a en toi quelque chose de naturellement éminent qui mérite l'éloge » (2). Il les convie à entrer, il leur met pour ainsi dire le pied sur le seuil et il les y fait glisser : l'Église, même parmi ses adversaires les plus déclarés, a bien des amis par prédestination, encore ignorés d'eux-mêmes (3) ; ce n'est qu'en s'éveillant à la vie spirituelle dont elle est animée, en se faisant citoyens de cette patrie enfantée dans le sang des martyrs, qu'ils atteindront la perfection.

Le paganisme les laisse dans une immoralité indigne

(1) I et IV.
(2) II, 29.
(3) I, 35.

d'eux et où ils ont vécu même aux époques réputées les plus pures de leur histoire. Où en est-on venu ? « Que l'Etat, dit-on, tienne seulement debout, qu'il florisse seulement, plein de ressources, glorieux par ses victoires ou même, ce qui est plus avantageux, assuré dans la paix. Et que nous fait le reste ? et même ce qui nous touche davantage, c'est que chacun augmente toujours ses richesses pour subvenir aux quotidiennes profusions, pour qu'aussi le plus puissant se soumette les plus faibles. Que les pauvres s'empressent devant les riches pour être repus ; et pour que les pauvres jouissent de ces patronages dans une tranquille paresse, que les riches abusent d'eux dans l'exercice de leur protection et pour le service de leur faste. Que les peuples applaudissent non à ceux qui songent à leurs intérêts, mais à ceux qui leur font largesse de plaisirs. Qu'on n'ordonne rien de dur, qu'on ne défende rien d'impur. Que les rois n'aient cure combien sont bons, mais combien sont soumis ceux sur qui ils règnent. Que les provinces servent les rois non comme les directeurs de leurs mœurs, mais comme les dominateurs de leurs affaires et les pourvoyeurs de leurs délices ; et qu'ils ne les honorent pas sincèrement, mais que méchamment et servilement ils les craignent. Que plutôt les lois prennent garde comment chacun peut nuire à la vigne d'autrui que comment à sa propre vie. Que personne ne soit conduit devant les juges, si ce n'est celui qui aura été fâcheux ou nuisible au bien d'autrui, à sa maison, à sa vie, en un mot aura vexé quelqu'un : d'ailleurs que des siens ou avec les siens ou avec tous ceux qui le voudront bien chacun fasse ce qui lui plaît. Qu'il y ait abondance de prostituées publiques, soit pour tous ceux à qui il plaira d'en jouir, soit surtout pour ceux qui ne peuvent pas en entretenir privément. Qu'on bâtisse des maisons très amples et très ornées, qu'il y ait foule à de copieux festins ; là où il plaira à chacun et où on pourra, que jour et nuit on joue, on boive, on vomisse, on se débauche. Qu'il y ait bruit de danses de tous les côtés, que les théâtres bouillonnent de clameurs de joie déshonnête et de toute sorte de voluptés, soit la plus cruelle, soit la plus basse. Que celui-là soit un ennemi public à qui cette félicité déplaît ; quiconque aura tenté de la changer ou de la supprimer, que la libre multitude l'écarte de ses oreilles, le renverse des sièges, le supprime des vivants » (1). L'institution des jeux, dont le goût effréné tenait les Romains attachés à l'ancienne religion et qui ravageait les âmes, Augustin la qualifie d'exécrable et d'infâme ; et ce qui devait surprendre encore davantage les fidèles du vieil orgueil héréditaire, les actions qui avaient pu passer pour les plus courageuses et les plus héroïques n'éblouissent pas l'iconoclaste des anciennes idoles, et il trouve dans le suicide de Caton de fortes raisons de blâme.

Et c'est l'ancienne superstition démoniaque qu'il rend responsable de tout le mal. Ce sont les dieux qui ont donné aux hommes l'exemple de tous les crimes et autorisé l'idée de tous les vices. L'ardent orateur africain avait sur ce sujet la partie belle, mais souvent il lui plaît moins ici d'être véhément que railleur. Il semble qu'il ne soit plus grand besoin de se ruer sur ces effigies chancelantes, et qu'il suffise de les aider à tomber par terre, toutes souillées par les ordures de leur culte. S'il argumente rigoureusement contre l'as-

(1) II, 20.

trologie qui l'avait séduit, il se contente de rire de la fausseté évidente des présages, devenus objet de mépris, il est vrai, pour bien d'autres que pour les chrétiens. Il rappelle aux Romains qu'ils ont laissé diffamer leurs dieux par des histrions. Il se met à l'aise dans de nombreuses pages pour étaler le ridicule du polythéisme, et il plaisante cette foule d'immortels qui va mourir sans avoir vécu : « Cherchons, s'il vous plaît, de cette si grande foule de dieux que les Romains adoraient, lequel surtout ou quels dieux ils croient avoir agrandi et conservé cet empire. Car dans cet ouvrage si illustre et si plein d'une telle dignité, ils n'osent attribuer aucune part à la déesse Cloacina, ou à Volupia qui a été ainsi appelée de la volupté ; ou à Lubentina à qui son nom vient de ce qui est libidineux ; ou à Vaticanus qui préside aux vagissements des enfants ; ou à Cunina qui a le ministère de leurs berceaux. Mais comment pouvoir commémorer dans un seul passage de ce livre tous les noms de dieux ou de déesses qu'ils ont pu à peine comprendre dans de grands volumes, partageant une à une les affaires entre les offices propres des divinités ? Et ils n'ont pas jugé que la charge des champs dût être commise à quelque dieu unique ; mais les plaines à la déesse Rusina, les hauteurs des monts au dieu Jugatinus ; ils ont préposé aux collines la déesse Collatina, aux vallées Vallonia. Ni ils n'ont pu trouver du moins une seule Segetia telle qu'ils lui confiassent en une fois les récoltes : mais aussi longtemps que les froments semés étaient sous terre, ils ont voulu y avoir pour préposée la déesse Seja ; mais lorsqu'ils étaient déjà au-dessus de la terre et faisaient guéret, la déesse Segetia ; mais aux froments récoltés et rentrés, pour qu'ils fussent sûrement conservés, ils ont préposé la déesse Tutilina.

A quoi cette Segetia semblerait-elle ne pas suffire, aussi longtemps que la moisson parviendrait de ses commencements en herbe jusqu'aux épis secs ? Ce ne fut pourtant pas assez pour des hommes amoureux de la multitude des dieux, ayant dédaigné, pour que leur âme misérable fût prostituée à la foule des démons, le chaste embrassement d'un Dieu vrai. Ils préposèrent donc Proserpina aux froments qui germent, aux nodules et aux nœuds des chaumes le dieu Nodulus, aux enveloppements des folioles la déesse Volutina ; lorsque les folioles s'ouvrent pour que l'épi sorte, la déesse Patelena ; lorsque les graines égalent les barbes nouvelles, parce que les anciens disaient *hostire* pour égaler, la déesse Hostilina ; aux froments en fleur la déesse Flora, lactescents le dieu Lacturnus, mûrissants la déesse Matuta ; lorsqu'ils sont fauchés, c'est-à-dire qu'on les emporte de la terre, la déesse Runcina. Et je ne les remémore pas tous, parce que ce qui ne fait pas honte à ces gens m'ennuie. Mais ce très peu de divinités, je les ai dites pour qu'on comprît qu'ils n'osent dire en aucune façon qu'elles ont établi, accru, conservé l'empire romain, elles qui sont attachées chacune à ses fonctions de telle sorte que rien d'universel ne serait confié à quelqu'une seule. Quand donc Segetia aurait-elle pris soin de l'empire, elle à qui il n'était pas permis d'avoir soin à la fois et des moissons et des arbres ? Quand Cunina aurait-elle songé aux armes, elle dont le commandement n'avait pas permission d'excéder les berceaux des tout petits enfants ? Quand Nodulus aurait-il aidé dans la guerre, lui qui n'allait pas même jusqu'à la foliole de l'épi, mais seulement jusqu'au nœud de la tige ? Chacun met à sa maison un seul portier, et comme il est homme, il suffit parfaitement : ceux-là y ont mis trois dieux, Forculus aux battants, Cardea au gond, Limentinus au seuil. Ainsi Forculus ne pouvait garder à la fois et le gond et le seuil (1). » On voit tous ces petits dieux se bousculer pour suivre la déroute des grands et le saint candide les chasse avec la verve d'une malicieuse ironie.

C'était une entreprise neuve, hardie, opportune d'en finir avec toute cette théologie superstitieuse, redressée en vain par les critiques, les savants et les philosophes, d'opposer ou plutôt de superposer aux cités caduques de la terre une cité de Dieu, pèlerine indéfectible dans le monde, et d'abaisser la gloire politique et militaire devant la gloire de la charité et de la justice éternelle. Les yeux de ces Romains battaient devant une aurore qu'ils n'avaient jamais vue.

III

Je ne sais pas d'âme qui ait été plus passionnée pour la vérité que celle de saint Augustin ; la vérité chrétienne sans doute : les combats qu'il a donnés pour elle sont sans nombre. L'effort qu'il fit contre le paganisme en fuite semble un délassement à côté de ses travaux contre les hérésies. C'était une œuvre jamais finie où, comme dans les vieilles légendes d'Hercule, les têtes repoussaient aussi vite qu'on les tranchait. C'était une broussaille aux végétations fantastiques et aux variétés imprévues qui menaçait constamment d'étouffer le dogme et qu'il ne cessait de faucher, d'arracher, d'extirper, ménageant à la vigne catholique sève et lumière.

(1) IV, 8.

C'étaient les Manichéens, les Tertullianistes, les Donatistes, les Abéloniens, les Priscillianistes, les Nestoriens, les hideux Circoncellions ; c'était Arius, c'était Pélage. Grande merveille que ce saint, au milieu de cette multitude d'adversaires religieux, ait gardé la passion la plus vive, la plus spontanée, la plus ardente, je ne dis pas de la vérité qu'il croyait et qu'il avait, mais de la vérité qu'on n'a pas et qu'on cherche, en un mot, de la vérité philosophique. Car s'il ne fait aucun fond sur la philosophie pour régler efficacement les pensées et les mœurs des peuples et si la recherche du vrai se tourne directement chez lui en élans irrésistibles vers Dieu, il n'y a aucun homme qui ait plus intimement identifié la vérité spéculative avec l'objet vivant de son amour.

Réfléchissant sur la création, il arrive à se demander quelle est la nature du temps, ce qui n'est pas une question théologique. Elle a été déjà traitée, quand il écrit, par Platon, par Aristote, elle sera reprise après lui par les philosophes modernes et, comme on sait, par Kant. Son analyse au point de vue psychologique est sans rivale ; les résultats auxquels il parvient pourraient bien être les plus profonds qu'on ait atteints ; mais ce qui est incomparable et n'est que de lui seul, c'est, si j'ose dire, son ardeur dans la quête et l'accent qu'il y met : « Voyons donc, ô âme humaine, si le temps présent peut être long ; car il t'a été donné de sentir les délais et de les mesurer. Que me répondras-tu ? » Il trouve que le présent est une quantité qui s'évanouit entre le passé et l'avenir et qui n'a « aucune étendue » (1). Dans son doute, ce bon chien du Seigneur se retourne vers son maître : « Et pourtant,

(1) Pour ceci et la suite, *Confessions*, XI, ici 15.

Seigneur, nous sentons les intervalles des temps et nous les comparons à eux-mêmes et nous disons les uns plus longs, les autres plus courts... Or le passé qui n'est plus, ou l'avenir qui n'est pas encore, qui peut les mesurer ? à moins peut-être que quelqu'un ose dire que ce qui n'est pas peut être mesuré..... (1). Je cherche, Père, je n'affirme pas : mon Dieu, assiste-moi et mène-moi.... (2). Laisse-moi, Seigneur, chercher davantage ; mon espérance ! que mon attention ne soit pas troublée (3). Toi donc, souverain de ta créature, quel est le moyen par lequel tu enseignes aux âmes ce qui est futur ?... Trop loin est ce moyen de ma pénétration ; il a pris sa force à part de moi, je ne pourrai pas y atteindre ; mais je le pourrai de ta part, lorsque toi tu m'auras fait ce don, douce lumière de mes yeux cachés (4). » Ainsi ces appels ponctuent les moments de l'investigation. Quel est, dans cette sorte de néant des temps, présent, passé, futur, l'étalon qui nous sert à les mesurer ? « Mon esprit s'est enflammé de connaître cette énigme très compliquée. Ne ferme pas, Seigneur mon Dieu, bon Père, je t'en supplie par le Christ, ne ferme pas à mon désir ces choses et usuelles et cachées, pour qu'il n'y pénètre pas, et qu'elles s'illuminent par ton éclairante miséricorde. Seigneur, qui questionnerai-je de ces choses ? et à qui plus fructueusement confesserai-je mon impéritie qu'à toi, à qui n'est point fâcheux mon zèle véhémentement en flammes pour tes Ecritures ? Donne ce que j'aime : car j'aime, et cela tu me l'as donné. Donne, Père, qui sais vraiment donner à

(1) 16.
(2) 17.
(3) 18.
(4) 19.

tes fils des dons qui soient des biens. Donne, puisque j'ai entrepris de connaître, et le travail est devant moi jusqu'à ce que tu ouvres. Par le Christ je supplie, au nom de ce Saint des saints, que personne ne me dérange. Et j'ai cru, à cause de quoi aussi je parle. C'est mon espérance, pour laquelle je vis, de contempler la délectation du Seigneur. Voici qu'ils sont anciens, les jours que tu m'as faits, et ils passent ; et comment, je ne sais pas. Et nous disons : le temps et le temps, les temps et les temps..... et nous sommes compris et nous comprenons. Ce sont choses très manifestes et très communes ; et ces mêmes choses d'autre part sont cachées et la découverte en est neuve... (1). M'ordonnes-tu d'approuver si quelqu'un dit que le temps est le mouvement d'un corps ? Tu ne me l'ordonnes pas. Car aucun corps ne se meut sinon dans le temps, cela je l'entends, tu le dis. Mais que le mouvement du corps soit le temps, je ne l'entends pas, tu ne le dis pas. » Et après une discussion très exacte : « Le temps n'est donc pas le mouvement du corps (2). Et je te confesse, Seigneur, que j'ignore encore ce qu'est le temps ; et par contre, je te confesse, Seigneur, que je sais que je te dis cela dans le temps et qu'il y a déjà longtemps que je parle du temps... Comment donc le sais-je, quand je ne sais pas ce que c'est que le temps ? Est-ce que par hasard je ne sais pas de quelle manière je dirais ce que je sais ? Hélas sur moi ! qui ne sais pas même quelle est la chose que je ne sais pas. Me voici, mon Dieu, devant toi, parce que je ne mens pas ; comme je parle, ainsi est mon cœur. Tu illumineras ma lampe, Seigneur mon

(1) 22.
(2) 24.

Dieu, tu illumineras mes ténèbres (1). » Il avance enfin, mais c'est en rentrant en lui-même, dans son esprit où il avait pris son point de départ : « Insiste, mon esprit, et sois tendu fortement ; Dieu est notre aide, c'est lui qui nous a faits et non nous-mêmes nous. Sois tendu là où blanchit la vérité » (2).

Où a-t-on vu ailleurs qu'une analyse critique ayant pour objet une pure notion aille avec de tels élans d'âme, de tels retours désolés, de telles ardeurs ? Où sont-ils les hommes qui depuis Augustin ont désiré d'un pareil cœur la vérité pure, tremblé d'angoisse et frémi de délices en sondant un problème comme celui-ci : Qu'est-ce que le temps ? Les hommes ont sans doute d'autres soucis : ont-ils un souci plus profond du vrai ?

La leçon de la vie de ce saint, ce serait l'action ; mais son œuvre, ne serait-ce pas aussi l'étude d'un homme qui, instruit de la vie, en solliciterait sincèrement les mystères ?

(1) 25.
(2) 27.

LA CHANSON DE ROLAND

Remonter jusqu'aux origines des littératures classiques avant de parler de la nôtre, ce ne fut pas tout à fait sortir de chez nous, puisque nos éléments ethniques ont d'incontestables affinités avec les Grecs et les Latins, puisque nous parlons une langue néo-latine, puisque nous avons reçu la civilisation gréco-latine, puisque le latin est toujours entré pour une part dans notre vie morale et que toujours, ou nous avons dépendu sans le savoir de l'antiquité classique, ou nous nous sommes attachés à elle volontairement. En explorer les plus beaux titres artistiques, c'était déchiffrer un parchemin de famille et comme d'une branche aînée dont nous serions devenus les héritiers. Nous nous connaîtrons mieux, l'ayant connue d'abord, et même nous ne nous connaîtrons bien, nous chrétiens, qu'après avoir vu, dès la plus haute antiquité qu'il nous soit donné d'atteindre, ce que la nature avait fait pour nos aînés intellectuels et, jusqu'à notre ère, ce que leur âme en travail de formation a pu faire pour nous.

Que si maintenant quelqu'un me demandait comment l'âme s'est formée dans le christianisme, je serais bien tenté de renvoyer le questionneur devant certains tableaux de Puvis de Chavannes. Cela se sent plus que cela ne s'explique. Pourquoi les hommes qu'il a peints là ne ressemblent-ils pas à d'autres ? On est à l'époque gallo-romaine. Rien de heurté ni de violent dans ces peintures. Si large, si libre, si vigoureuse même qu'en soit la touche, surtout aux premiers plans, les colorations n'y sont point vives ; une même atmosphère y est répandue, tranquille, comme d'un monde qui couve et où les détails des choses n'accusent pas encore leur vie propre par d'éclatants accidents de ton et de lumière. Les personnages y rappellent un peu les figures touchantes et gauches des sculptures de nos cathédrales, mais tout en est significatif, le geste, l'arrangement, l'expression. Ces formes sont simplement vêtues, ce sont moins des choses que des âmes qui transparaissent sur la toile. Elles ne concourent point violemment dans des actions communes ; cela est bien d'un temps, d'un pays qui n'a eu ni l'unité nationale ni l'union politique et la forte activité extérieure. Presque tout est pauvre, simple, demi-nu. Tout cela n'est pas cependant d'une civilisation qui expire, mais qui se recueille et attend. Chacun y fait son œuvre, sa besogne, en naïveté de cœur, et chacun dans son groupe ou à sa place, sans se soucier du spectateur, comme s'il n'était vu que de Dieu ; et c'est par là qu'on voit comme chacun a trouvé et pris au fond de lui-même un principe individuel de vie, de patience et d'espoir. L'unité cependant n'est pas absente de ces tableaux, soit qu'elle descende en nous de l'uniformité des grandes lignes, soit qu'une même teinte d'idées nous avertisse intérieurement qu'un même mystère tout-puissant se communique silencieusement à toutes ces âmes.

J'irai tout de suite à une suprême raison philosophique. Ce qui, dans cette longue période qui va de la décadence de l'empire romain à la naissance des nationalités modernes, a définitivement fondé l'âme humaine et l'a établie dans son indestructible individualité, c'est l'Eucharistie. Rien de comparable à une telle idée : chaque chrétien est convaincu, et d'une foi absolue, que Dieu, pour lui, est mort, qu'il est racheté de Dieu, que Dieu se donne, se communique tout entier à lui, que son âme a une valeur infinie et personnelle aux yeux du Dieu unique et vivant, que Dieu même dans la réalité de la chair et du sang descend pour se mêler à son corps et vivifier son âme. Mille conséquences religieuses, morales, sociales découlent de ce principe inouï, il dispense momentanément d'indiquer toute autre cause. L'âme qui, au cours de la civilisation antique, avait toute respiré dans la nature, quelque idée qu'elle s'en fît d'ailleurs et même quand elle la jugeait de haut, ne s'y meut plus maintenant que par en bas ; par en haut, elle vit de Dieu et, d'une manière surnaturelle, se suspend à Dieu, l'aspirant à soi et aspirant à Lui.

Lors donc qu'une nouvelle littérature originale naîtra et commencera d'évoluer chez un peuple chrétien, je m'attends à n'y retrouver les phénomènes d'évolution constatés dans la littérature antique qu'avec des différences essentielles qui suivront nécessairement d'un principe si nouveau.

I

DIFFÉRENCE D'ORIGINE ENTRE « L'ILIADE » ET LA « CHANSON DE ROLAND ».

Chose bien remarquable et qui paraîtrait étrange, si on ne prenait le temps d'y réfléchir : cette nouvelle religion si puissante sur l'âme, je ne dis pas qu'elle n'agira pas sur la littérature, elle la créera au contraire profondément par l'âme même, mais elle en sera plus séparée en apparence et au dehors que la religion antique. Ne voyons-nous pas qu'en distinguant les choses du ciel et celles du monde, le christianisme a apporté la distinction des pouvoirs spirituel et temporel ? Ainsi et par cette même distinction de l'essence divine et de la nature des choses, le christianisme a mis à part le culte religieux et il ne faut pas vouloir qu'il soit mêlé comme le culte antique aux mouvements de la littérature, ni qu'il y participe de la même manière. L'art le servira et il servira l'art, il y aura des pénétrations réciproques, mais par leur idée au moins ils demeurent différents : le culte, essentiellement et exclusivement religieux, constitué pour un Dieu qui n'est pas du monde, ne sera pas intimement uni à la littérature qui, même inspirée de la religion, sera de nature profane.

Voilà une première raison pour nous persuader que la *Chanson de Roland*, par exemple, composée à une époque comparable à celle de l'*Iliade*, ne lui ressemblera pas tout à fait.

On a vu chez les Grecs deux formes de poésie primitive, une lyrique populaire, chants de deuil et d'hyménée, thrènes et péans, et une poésie religieuse. Je crois avoir montré que cette poésie religieuse, qui consistait en hymnes, était elle-même de nature lyrique. Toutefois, la première, qui n'était pas seulement accompagnée de musique, mais réellement chantée par le peuple, doit être considérée comme plus essentiellement lyrique que la seconde, qui avait seulement le caractère d'une grave mélopée, et c'est à la poésie populaire seule que

MM. Croiset ont gardé strictement le nom de lyrique. Or, de ces deux poésies, la populaire est « restée à l'état primitif », tandis que la poésie religieuse s'est développée et, en prenant peu à peu la forme de l'hymne narratif en l'honneur des héros, a produit l'épopée.

En pourra-t-il être de même dans une civilisation chrétienne ?

Nullement.

Et d'abord, la religion chrétienne recueillant tout le legs de l'Ancien Testament, le jour où elle veut chanter son culte, se trouve pourvue d'une foule de magnifiques cantiques qui sont tout faits et qui n'ont rien à voir avec les traditions et les légendes nationales des jeunes peuples où ils sont adoptés. Sans doute, le sentiment populaire trouvera jour à s'introduire dans la célébration de l'office et à y prendre la forme lyrique qui lui est naturelle ; et comme on a eu au commencement de la civilisation grecque les invocations multipliées à la divinité, on aura dans le culte chrétien les litanies de Dieu, de la Vierge et des saints ; mais cela s'arrêtera là. Supposons, en effet, quelque clerc qui soit un poète et qui veuille développer d'une manière plus suivie les sentiments primitifs enfermés dans les litanies : il pourra composer quelque cantique, mais il est borné de toutes parts par les textes sacrés (1).

En outre, ce mélange adultérin du ciel et de la terre au sein d'une même nature, ces parentés charnelles des dieux et des héros qui ont permis aux chanteurs grecs de passer naturellement de l'hymne religieux

(1) V. *la Passion de Jésus-Christ* dans la *Chanson de Roland*, édition classique de Léon Gautier, seizième édition, chez Mame, 1887, p. 408. V. aussi la *Vie de saint Alexis*, ibid., p. 411.

aux récits héroïques, rien de tout cela n'existe plus dans une religion qui prend tant de soin de mettre à part la pure essence divine ; le culte ne peut étendre sa littérature aux louanges des héros tout humains. Si donc il y avait eu dans une civilisation chrétienne primitive les éléments d'une épopée non profane, mais religieuse même par sa matière, ils eussent été dans les légendes populaires des saints ; peut-être y a-t-il là, en effet, dans la légende de quelque grand saint national et pour ainsi dire éponyme prise comme centre, une matière qui dort pour quelque Virgile de l'avenir. Mais, dans ces siècles de foi neuve et vive, le sentiment religieux trouve une satisfaction si parfaite dans le culte chrétien lui-même qu'il n'ira pas s'essayer à de grandes œuvres littéraires qui vaudraient toujours pour lui moins que le culte ; la personne présente de Dieu y concentre si pleinement les énergies de l'âme, qu'ailleurs, au contraire, elle se disperse, fleurissant seulement dans mille légendes ; le mouvement va jusqu'à quelques légendes chantées, comme la cantate de sainte Eulalie, et y expire, comme le mouvement de la sève partie du tronc va jusqu'à la pointe de petites feuilles qui à peine bruissent.

S'il naît une épopée, elle ne sortira donc pas de l'hymne ou de la lyrique religieuse, et si l'état lyrique est, comme nous l'avons dit, le ferment originel de toute littérature, il faudra bien que l'épopée aille se greffer sur l'autre lyrique, la populaire.

C'est justement ce qui arrive avec la *Chanson de Roland* : « Dans notre moyen âge français, dit M. Maurice Croiset, nous voyons la poésie épique débuter par des compositions qu'on a coutume d'appeler *cantilènes*, simples récits versifiés qui étaient chantés par le peuple.

Rien ne nous autorise à croire qu'il en ait été de même en Grèce (1). »

Il me semble que nous savons maintenant pourquoi.

II

DIFFÉRENCES DE NATURE ENTRE « L'ILIADE » ET LA « CHANSON DE ROLAND »

De cette différence d'origine entre une *Iliade* et une *Chanson de Roland* suivront aussi des différences de nature.

L'épopée chrétienne sera d'abord plus lyrique.

Nous venons de rappeler que des deux formes de la poésie primitive, la populaire et la religieuse, MM. Croiset ne donnent qu'à la première le nom de lyrique. Tout en voyant de la lyrique partout, j'admets néanmoins que la poésie populaire est plus lyrique que l'autre. Elle part davantage de la spontanéité de l'âme, car chez quelque peuple que ce soit, antique ou chrétien, elle est en somme moins assujettie que la religieuse à des rites inviolables. Le culte peut se passer de musique, il s'en est passé en fait assez longtemps chez les anciens Grecs et chez les nouveaux chrétiens. La musique, le chant s'allient naturellement avec la poésie populaire. Le folklore recueille tous les « chants » spontanés des peuples ; les thrènes, les péans, les épithalames populaires et primitifs des Grecs sont des chants ; le nom indique assez qu'il en est de même de nos cantilènes, et quand il en sort par une génération encore

(1) V. Croiset, *Histoire de la Littérature grecque*, t. I, p. 92-93.

toute prochaine une épopée, l'élément musical, lyrique, s'y est coulé si directement qu'elle s'appelle une *chanson.*

Mais si c'est l'âme qui chante et crée la poésie, combien ce caractère lyrique ne devra-t-il pas être plus essentiel à une civilisation chrétienne qu'à toute autre, procédant d'une religion qui a donné à l'âme son individualité profonde, définitive, indestructible! C'est par là que toute la littérature jusqu'à nos jours a gardé invinciblement, et souvent malgré elle, une marque chrétienne fondamentale, indélébile : toute œuvre littéraire vient désormais d'une âme qui sait qu'elle est une âme, et elle l'a su par le christianisme ; elle et lui sont nés ensemble, l'une par l'autre, d'une naissance nouvelle ; l'âme ne peut se défaire de cette origine, quoi qu'elle en ait ; elle et lui vont s'accompagnant jusqu'à la fin, et déjà leur union est visible au commencement de notre littérature dans le caractère lyrique de la *Chanson de Roland.*

Aussi la forme, même extérieure, de l'*Iliade* et de notre *Chanson* est-elle extrêmement différente.

Il est vraisemblable, paraît-il, tant le lyrisme est la forme nécessairement première de la poésie, que le vers épique de l'antiquité, l'hexamètre, s'est constitué par la soudure des deux parties d'une sorte de petite strophe, chacune de ces deux parties comprenant à peu près la moitié de ce qui devait être plus tard un hexamètre ou un pentamètre parfait (1). On voit combien une telle strophe était courte et comme elle aurait dû être indéfiniment répétée, si on avait voulu jeter dans ce moule un récit un peu étendu. Il y avait donc une

(1) V. CROISET, *Histoire de la Littérature grecque*, t. I, p. 68.

amélioration à trouver; elle s'offrait d'elle-même et l'hexamètre s'imposa. « La constitution définitive de l'hexamètre, dit M. Croiset, fut une œuvre des plus remarquables. La dignité naturelle unie à l'agrément, la grandeur associée à la variété, et avec cela une sorte d'égalité qui convient aux longs récits, telles sont les qualités propres grâce auxquelles ce rythme facilita la naissance de l'épopée et la servit ensuite merveilleusement (1). »

Nous pouvons ajouter qu'indépendamment des autres règles ou artifices de la facture, la variété dans la grandeur vient à l'hexamètre des vertus particulières du nombre 12 qui y est présent par les douze valeurs diverses que ce rythme enferme, le nombre douze étant, parmi ceux que l'esprit peut saisir encore dans une sensation synthétique, celui qui se laisse analyser par le plus de diviseurs, un, deux, trois, quatre et six (2). De là sa place dans les usages du peuple et dans ceux de la science et sa situation privilégiée dans la poésie. Cette vertu intime de sa nature fait de tous les mètres dont il est la raison des espèces d'organismes parfaits, des miroirs de la perfection équilibrée, souple, vivante, une et diverse, que l'esprit cherche dans les choses et que la nature semble y réaliser en effet. Il

(1) V. Croiset, *Histoire de la Littérature grecque*, t. I, p. 69.

(2) Ces remarques sur la vertu rythmique du nombre *douze* ont été faites pour la première fois, que je sache, et bien faites dans le *Traité de versification française* de M. Becq de Fouquières, 1879, traité à tous autres égards chimérique et périlleux, et que M. Gaston Paris, dans sa préface de la traduction de Tobler, a justement qualifié de « palais de songe ». M. Renouvier a *retrouvé*, spontanément sans doute, des considérations semblables sur le nombre *douze* dans l'alexandrin. V. *Victor Hugo le poète*, ch. XIII. Oserai-je dire respectueusement à M. Renouvier qu'il y a bien des vers qu'on ne se sent pas obligé de lire comme lui ?

y a donc entre la nature d'un vers à douze valeurs et la nature même des choses une sorte de ressemblance, de correspondance sensible, et là où l'âme est moins en jeu, ce rythme est merveilleusement employé.

Mais toutes les fois que l'âme va par élans, il est rejeté. Nous ne voyons pas que l'hexamètre ait été le vers de l'ode et de la poésie lyrique proprement dite dans l'antiquité même ; et, dans nos poésies modernes, il n'en va pas autrement : toutes les fois que l'âme du poète donne des coups d'aile vigoureux dans l'ode, ce n'est pas le mètre duodécimal, mais quelque autre plus bref qu'il lui faut adopter.

C'est justement le cas de la *Chanson de Roland*, écrite en vers de dix pieds. Il importe peu ici que ce vers de dix pieds dérive du vers latin « dactylique trimètre hypercatalectique », ce que je ne crois pas, ou de la versification plébéienne des Romains, ce que je ne crois guère (1). Ce qui me frappe. c'est que les anciens, tout enveloppés d'une religion naturaliste, ne sont arrivés à l'épopée qu'à travers un rythme qui, par ses proportions équilibrées, sa gravité et ses articulations multiples, se soutient et se meut comme une œuvre vivante de la nature même ; les chrétiens, au contraire,

(1) La première opinion a été d'abord soutenue par M. Léon Gautier (Voir *Chanson de Roland*, édition classique, seizième édition, 1887, p. 443) ; puis il s'est rallié (dans l'*Histoire de la Littérature française* publiée sous la direction de M. PETIT DE JULLEVILLE, t. I, p. 112) à celle de M. Gaston Paris, qui fait provenir ce vers français de la versification populaire latine importée par les légionnaires romains (Voir *Romania*, XIII, p. 622). J'avoue que je doute de la seconde opinion au même titre que de la première. N'y aurait-il pas une simple analogie de création dans deux milieux comparables ? Le peuple de France n'avait-il pas besoin de poésie tout autant que celui du Latium, et l'oreille des Gallo-Romains a-t-elle appris des légionnaires à compter jusqu'à dix ?

que leur religion met d'abord comme en dehors de la nature, réalisent le type supérieur de leur épopée dans un mètre où il semble que chaque fois l'âme ait lancé comme un jet lyrique qui garde la marque de son origine, alors même qu'il est là solidifié sous la forme d'une chose sensible. Quand nos épopées s'écriront en vers de douze syllabes, en alexandrins, c'est que l'âme chrétienne se sera dejà rapprochée de la nature.

Et ce qui montre clairement, presque brutalement, que l'âme humaine a pris en soi vie et force, c'est la force même de ce jet lyrique ; car il n'emplit pas seulement un vers bref et frappant, ni une strophe grêle, comme celle qu'on donnait tout à l'heure pour origine à l'hexamètre, mais il pousse tout un grand couplet, toute une « laisse » d'un même cri puissant, d'une même haleine infatigable dont l'unité profonde retentit irrécusablement dans l'assonance. Je m'indigne quand j'entends dire que la rime, fille barbare de l'assonance plus barbare encore, atteste l'infériorité radicale de notre finesse de perception et de notre goût par rapport aux anciens (1). J'estime que si les anciens n'ont pas eu la rime, c'est qu'ils n'ont pas pu l'avoir.

On alléguerait en vain que le peuple dans l'antiquité a peut-être rimé ou du moins assonancé ses chants ; ce qui ici importe, ce n'est pas l'analogie de peuple à peuple, d'ailleurs signalée à bon droit, ni même la provenance historique de l'assonance, si elle peut être retrouvée chez les anciens, ce dont je serais d'ailleurs fort aise : ce qui importe, c'est que les anciens n'aient pas constitué une seule œuvre littéraire avec l'asso-

(1) Telle est l'opinion exprimée encore dans son livre intitulé : *Victor Hugo le poète* (extrait de la *Critique philosophique* de 1889), p. 107, par M. Renouvier, écho ici de beaucoup d'autres.

nance ni la rime et que toute notre littérature poétique en soit inséparable.

L'assonance, bien loin d'être une servitude subie, comme on l'a cru, faute de regarder au fond, est, au contraire, l'étreinte continuée d'une âme libre qui s'empare fortement des choses pour les jeter dans son propre moule, qui, loin de se laisser aller d'un vers à l'autre aux apparences changeantes des choses, les plie, en luttant, il est vrai, contre elles, les pétrit et les ramène à une forme unique par l'effort d'une synthèse énergiquement subjective. L'âme antique ne fut jamais assez dégagée de la nature et assez forte en elle-même pour être capable de cela. Quand l'âme des peuples chrétiens se fut quelque peu réconciliée avec la nature, elle ne chercha qu'à la mieux étreindre encore, moins rudement, mais plus étroitement : la rime resta pour attester la prise de l'esprit sur les choses. Elle n'a pu être omise parfois que chez des peuples sans doute plus naturalistes que nous.

Il me paraît utile de discerner ainsi jusque dans ses causes ce caractère lyrique de notre *Chanson de Roland*. Et s'il faut chercher l'âme à la racine du lyrisme, peut-être est-il plus légitime de chercher une âme à l'origine d'un poème épique lyrique qu'à l'origine d'un poème épique antique et, pour ainsi dire, naturel. Celui-ci, l'*Iliade* ou l'*Odyssée*, par exemple, a pu se former par agglomération, non sans le travail de nombre d'individus bien doués, mais par transitions assez insensibles de l'hymne à l'épopée. Il me semble que les sauts seront plus brusques des cantilènes à une *Chanson* épique et que le travail personnel de quelques poètes a dû y avoir une part plus active, plus rapide, plus décisive.

Je n'entends pas dire que la *Chanson de Roland* ait été composée par un écrivain, comme la *Henriade* par Voltaire. Dieu me garde de disputer à notre épopée cette première génération par la lyrique populaire où j'ai montré moi-même tout à l'heure son seul principe possible et par où elle a pour nous son incomparable valeur !

Combien il me plaît, au contraire, d'apprendre que probablement le chant de Roland, comme plusieurs autres, « volait sur toutes les lèvres et que les femmes en composaient des chœurs en frappant des mains » (1), qu'on aurait pu dire de Roland comme de Guillaume d'Aquitaine : « Quels royaumes, quelles provinces, quels peuples, quelles villes ne parlent de la puissance du duc, de son courage, de sa force, de ses triomphes glorieux par son ardeur belliqueuse et la foule des rencontres ? Quels chœurs de jeunes gens, quelles assemblées de peuples, surtout de soldats et de nobles, quelles veillées de saints ne font agréablement résonner et ne chantent à voix modulées quel et combien grand il a été ; combien glorieusement sous Charles le glorieux il a guerroyé ; combien courageusement et victorieusement il a dompté les barbares,... tous les maux qu'il a soufferts, tous ceux qu'il leur a faits et comment de toutes les frontières du royaume des Francs, souvent vaincus et fugitifs, il les a mis en confusion et chassés (2). »

Mais de là à une chanson de geste, M. Léon Gautier n'a pas de peine à montrer qu'il y a loin. « Une chanson

(1) Chant de saint Faron, cité par Helgaire. V. *Chanson de Roland*, édition Léon Gautier, chez Mame, 1888, in-8°, introduction, p. xxxvi.

(2) *Ibid.*, p. xxxii.

de geste présente un minimum de trois ou quatre mille vers que la mémoire du peuple n'aurait jamais retenus. Les chansons de geste ont toujours été chantées *non par tout un peuple, mais par les gens du métier, par les jongleurs*. Les chansons de geste enfin étaient sans doute récitées sur une sorte de mélopée monotone qui n'aurait guère convenu à ces rondes et à ces battements de mains dont parle Helgaire. Il s'agissait en réalité d'un de ces chants populaires, courts et vivement cadencés comme ceux que nos petites filles chantent encore en dansant (1). » Et il ajoute ailleurs : « Nous avions autrefois pensé que les auteurs de nos plus anciens poèmes n'avaient guère eu qu'à souder ensemble ces cantilènes populaires pour en faire une seule et même chanson de geste. Les premières chansons de geste, avions-nous dit, n'ont été que des bouquets ou des chapelets de cantilènes. Cette opinion était excessive. Nous sommes aujourd'hui convaincu que nos premiers épiques n'ont pas soudé réellement, matériellement, des cantilènes préexistantes. Ils se sont seulement inspirés de ces chants populaires ; ils en ont seulement emprunté les éléments traditionnels et légendaires ; ils n'en ont pris que les idées, l'esprit et la vie. Et ils ont trouvé tout le reste (2). »

Tout le reste, c'est la proportion générale du drame, son développement même et la forme de la plupart, de presque tous les vers.

Ainsi, bien qu'il y ait une ressemblance frappante et en somme une identité de fonction entre les aèdes et les jongleurs, peut-être le saut était-il moins large et moins

(1) Voir *Chanson de Roland*, édition Léon Gautier, chez Mame, 1882, p. xxxii.

(2) *Ibid.*, édition classique de Léon Gautier, introduction, p. xix.

brusque de l'hymne à l'épopée que de la cantilène à la chanson de geste : dans le premier cas, une sorte de tradition religieuse devait faire une transition plus continue ; tandis que les *rifacimenti* ou remaniements successifs par lesquels se sont constitués en somme tous les textes des épopées du moyen âge, même ceux que nous considérons comme primitifs et comme les types du genre, ces remaniements ont dû être très hardis et procéder très grandement de l'initiative des individus.

En Grèce, la plupart des chants d'Homère paraissent avoir été une sorte de propriété de famille plutôt qu'individuelle et, arrivés à un certain degré de perfection, il est probable qu'ils ne changeaient plus : les recueils homériques, faits dans certaines villes après la grande recension des Pisistratides, se trouvèrent très semblables les uns aux autres : « L'exemple donné par Athènes, dit M. Croiset, fut suivi en divers temps par plusieurs villes qui voulurent avoir aussi leur exemplaire officiel ; de là les éditions dites des villes. Les différences qui les distinguaient étaient minimes (1). » Enfin, il est remarquable que l'établissement du texte d'Homère est partout une œuvre d'État : à Athènes d'abord, c'est une commission qui, toute présidée qu'elle est par Onomacrite, donne au texte, établi par les contributions de divers rhapsodes, la sanction d'une autorité collective.

Dans l'Europe chrétienne, au contraire, les *rifacimenti* individuels ne s'arrêteront jamais, jusqu'à aboutir aux romans de la bibliothèque bleue ; le texte n'est jamais fixé, parce qu'il n'est jamais que celui d'un certain poète dont la plupart du temps on ne sait même

(1) V. Croiset, *Histoire de la Littérature grecque*, tome I, p. 419.

pas le nom, et il n'est pas téméraire de penser que dans les textes des poètes les plus primitifs, de ceux qui, étant données les simples cantilènes, ont trouvé « tout le reste », il fallut que ces poètes missent une part prépondérante d'invention et de génie personnel. On voit bien, dans la *Chanson de Roland*, que des épisodes ont été chantés séparément : le chanteur prend la peine de résumer ce qui précède pour ceux qui n'ont pas entendu le commencement (v. 826-847), ou d'annoncer le dénouement, pour ceux qui n'entendront pas la fin (v. 1396-1411) ; mais par cela même que des parties préexistaient sous quelque forme, leur remaniement est une œuvre originale et la disposition harmonique de toutes les parties entre elles, sans qu'aucune ait été remaniée d'une manière disproportionnée ni médiocre, l'unité de ton et d'effet, la justesse et la grandeur de l'ensemble attestent l'instinct sûr d'un grand poète.

III

DE LA RÉCITATION DE « LA CHANSON DE ROLAND »

Rien de meilleur que le passage suivant de M. Léon Gautier : « Si nous voulons que notre admiration ne fasse point fausse route, il ne faut pas séparer le vieux poème du milieu où il est né. Il convient de le considérer au XIe siècle et de nous transporter nous-mêmes en pleine société féodale. C'est une époque primitive : primitive par accident et non par essence. A coup sûr, elle est absolument militaire. Le baron français du temps d'Henri ou de Philippe Ier vit au fond d'un château encore grossier et qui vient seulement d'être enfin construit en pierre. Sa femme et ses enfants, qu'il aime d'un amour un peu rude, y sont enfermés avec lui. Il a volontiers l'oreille au guet : car, à tout instant, il peut être menacé par quelque voisin puissant, par son suzerain, par le roi. Notre baron est isolé, il a peu d'attaches avec le reste de la société. Sa foi est simple, vigoureuse, presque brutale. Longtemps, bien longtemps avant la première croisade, il pensait à la Croisade. De temps en temps, il arrive jusqu'à lui des nouvelles d'outre-mer, et il frémit de rage à la pensée que les infidèles sont maîtres du Saint-Sépulcre. Le roi de France est loin de le préoccuper autant ; mais il a gardé le souvenir ou plutôt la conception d'une royauté puissante dont Charlemagne est demeuré le type. Il aime passionnément la France, sans trop savoir jusqu'où elle s'étend. Son patriotisme n'est pas une question de frontières. D'ailleurs, sa vie n'est pas corrompue, et la galanterie n'y tient point de place. Sa conversation est de chevaux, d'épées et de lances. Et voici son seul plaisir... Quelque jour, il voit arriver dans son donjon une sorte de musicien errant, portant sur son dos une sorte de violon. C'est un jongleur, et l'un de ceux qui chantent uniquement les vieilles Gestes. On l'accueille, on lui fait fête. Après le dîner, il se lève, promène sur sa vielle le gros archet très recourbé, annonce en bons termes qu'il va chanter, réclame modestement le silence, et, d'une voix élevée, commence ainsi qu'il suit : « *Carles li magnes ad Espaigne guastede, — Les castels pris, les citez violées.* » Et, comme il est en bonne humeur, frais et dispos, il ne s'arrête qu'au moment de la mort de Roland : *L'amne del Cumte menent en Pareïs.* Après chaque laisse, il jette le cri AOI, exécute une ritournelle et reprend, d'une voix aiguë, le premier vers du couplet suivant. C'est ainsi que se chantaient toutes nos Épopées françaises, c'est ainsi que se chantait notre Roland... (1). »

Malheureusement la traduction de M. Léon Gautier ne nous permet pas de nous faire une idée sensible de cette récitation si chaude, si vivante, si essentielle à la pleine beauté du poème, parce qu'elle rompt le rythme de l'original.

Je conçois au moins quatre ou cinq systèmes possibles de traduction pour la *Chanson de Roland.*

Le premier consisterait à mettre simplement en prose moderne les vers du texte. Étant donnée par exemple cette laisse :

Dist Oliviers : « Païen unt grant esforz,
« De nos Franceis m'i semblet aveir mult poi.
« Cumpainz Rollanz, kar sunez vostre corn.
« Si l'orrat Carles, si returnerat l'oz. »
Respunt Rollanz : « Jo fereie que fols :
« En dulce France en perdreie mun los.
« Sempres ferrai de Durendal granz colps ;
« Sanglenz en iert li branz entresqu'à l'or.
« Felun païen mar i vindrent as porz ;
« Jo vus plevis, tuit sunt jugiet à mort... (2). »

on pourrait écrire : « Olivier dit : les païens ont une grande force et il me semble qu'il y a bien peu de nos Français. Compagnon Roland, sonnez donc de votre cor : Charles l'entendra et l'armée reviendra sur ses pas. Roland lui répond : J'agirais comme un fou, j'en perdrais ma gloire dans la douce France. Je frapperai constamment de grands coups de Durandal ; la lame en sera sanglante jusqu'à l'or. Les félons païens sont

(1) *Chanson de Roland*, édit. Léon GAUTIER, in-8°, chez MAME, 1872, introduct., p. LXXI.

(2) Vers 1049 et suiv.

mal venus à ces défilés ; je vous le garantis, tous sont jugés à mort. »

Cela est bien flou et sent sa bibliothèque bleue.

Quelque versificateur qui s'attacherait à rendre la *Chanson* vers par vers et croirait ne pouvoir se passer de la rime, nous donnerait quelque chose dans ce goût :

> Olivier dit : « Les païens sont nombreux
> Et les Français me semblent peu contre eux.
> Sonnez du cor, ami Roland, mon frère,
> Et les Français reviendront en arrière. »
> Roland répond : « Je serais bien fou ! non !
> Dans mon pays j'en perdrais mon renom.
> Je frapperai des coups de mon épée.
> La lame en soit de sang toute trempée !
> Venant ici, ces païens ont eu tort.
> Je vous le jure, ils sont jugés à mort. »

On voit tout de suite comme ces vers, jadis chantés héroïquement avec la vielle, s'enguirlandent ici autour d'un mirliton. Avouons que personne n'a été assez sot pour tenter une pareille transformation, sauf peut-être les remanieurs du XIIIe siècle, en ajustant une même rime à chaque laisse. Au moins aurions-nous dans cette fade poésie un mouvement rythmique analogue à celui de la *Chanson*.

M. Léon Gautier, que j'aimerai toujours pour son grand amour de la *Chanson de Roland*, l'a traduite dans un troisième système qui ne me satisfait pas : c'est la paraphrase. Il a voulu en reproduire « la couleur » (1), mais comme il est, Dieu merci ! un enthousiaste, il a projeté son âme dans son texte et il nous avertit trop d'admirer par ses exclamations, ses coups de pinceau

(1) V. *Chanson de Roland*, édit. class. Léon GAUTIER, introduction, p. LI.

surajoutés, ses points d'admiration. Un exemple entre mille : quand Charlemagne revient, M. Gautier est avec lui, il trépigne, il est désespéré de ne pouvoir être de retour à Roncevaux assez vite pour que Roland ne meure pas. Il y a dans le texte :

> Demeurent trop, n'y-peuvent être à temps.

M. Gautier s'écrie : « ils ne peuvent arriver à temps. En retard ! en retard ! » Mais il n'y a pas de ces cris dans notre vieux poète. Il exprime les choses fortement et simplement. M. Gautier, dont j'estime si sincèrement le pieux et utile travail, aurait peut-être mieux fait de nous donner ce qu'il savait si bien faire quand il voulait (1) et ce que personne n'aurait fait aussi bien que lui : une bonne traduction littérale et mot à mot :

> Charles le roi, notre empereur grand,
> Sept ans tout pleins a été en Espagne, etc., etc.

Cela nous eût mis tout près du texte, et le contact avec le texte, c'est ce qui vaut le mieux, toujours.

Cependant, il est trop différent du français moderne, ce texte, il nous arrête trop pour que nous puissions le suivre avec cette vivacité fougueuse qui nous ferait sentir sa beauté comme en mouvement. Ne pourrait-on tenter quelques traductions où on se tiendrait aussi près que possible de l'original pour en reproduire le sens, la lettre, le rythme ? Il me paraît tout à fait nécessaire de conserver à peu près la forme du vers de dix pieds : qui n'en a senti dans la *Chanson* la merveilleuse propriété, « n'y entend rien, *ne l'ad prod enten-*

(1) V. *Chanson de Roland*, p. 587.

dut », comme elle dit elle-même dans son vieux langage. Ici comme dans toutes les grandes œuvres littéraires du génie humain, la forme est adéquate au mode de la pensée : ce n'est ni le grand vers de douze pieds, narratif, descriptif, ample, sinueux comme le développement ininterrompu des choses, qui pouvait convenir à cette espèce de lyrisme épique, ni quelque autre vers trop court qui n'aurait pas eu de césure. Le vers de dix pieds, avec la césure après le quatrième, dans la forme lourde qu'il a encore ici, et non dans la forme fine et précise qu'on lui a donnée plus tard, est un vers qui part bien d'une âme plus vigoureuse et plus forte que vaste, dont chaque partie inégale jaillit à son tour comme un trait lancé d'un nouvel effort ; et chaque césure l'arrête et le brise comme un heurt rude et bref, en sorte qu'on y entend comme des rencontres d'armures, et il semble qu'on puisse le scander d'un choc d'épée sur les boucliers dont le frémissement se prolonge dans les six dernières syllabes.

Il faudrait donc, sans chercher une exactitude délicate, ici hors de son lieu, écrire une suite de phrases où le récitant, prévenu d'avance, pourrait toujours ou presque toujours, avec un peu d'artifice, donner en gros la sensation de quatre et de six pieds successifs. Malheureusement, la nécessité de traduire éliminera très souvent l'assonance ; mais outre qu'elle subsistera pour une part, notre langue et celle de la *Chanson* n'étant pas après tout étrangères l'une à l'autre, il faut convenir que nous ne percevons plus très bien ce genre d'analogie phonétique et il faudra se consoler.

Pour le reste, je voudrais qu'on se rapprochât le plus énergiquement possible de la lettre du texte, car il est incomparable : on le voit de reste par l'infériorité extrême de toutes les additions que M. Gautier essaye d'y faire, même en s'inspirant des meilleurs *rifacimenti*. Pour m'en rapprocher, je ne craindrais pas de faire à la langue moderne toute la violence possible, à condition de rester immédiatement intelligible, car il faut que tout marche d'une allure enlevée, sans hésitations de l'esprit, et je garderais même quelques-uns des vieux mots qu'on ne peut manquer de connaître, si on a donné seulement quelques heures à la lecture du vieux français, dans notre *Chanson* ou ailleurs (1). On aurait alors quelque chose comme ceci, qui n'est qu'un essai :

Oliviers dit : « Payens ont grande force
Et nos Français, il me semble, sont bien peu.
Ami Rolland, sonnez donc votre cor :
Si l'oira Charles, si reviendra notre ost. »
Répond Rolland : « Je ferais comme un fol :
En douce France en perdrais-je mon los.
Toujours frapperai-je de Durendal grands coups ;
Sanglante en sera la lame jusqu'à l'or.
Felons payens sont mal venus aux ports ;
Je vous l'assure, tous sont jugés à mort. »

« Ami Rolland, l'olifant donc sonnez.
Si l'oira Charles, fera l'ost retourner :
Nous secourront le Roi et ses barons. »
Répond Rolland : « Ne plaise au Seigneur Dieu

(1) En tout ceci, je me trouve à peu près d'accord avec M. Clédat, commenté par M. Lanson dans son *Histoire de la Littérature française*. p. 28, not., deux bons juges. Et M. Clédat continue de donner des modèles de ce genre de traduction, d'un goût très fin, dans la *Revue de Philologie française et de Littérature*. Il y a mieux : M. Clédat a donné une traduction de la *Chanson de Roland* et je suis étrangement fier de m'être rencontré avec lui mot pour mot la plupart du temps. Je laisse subsister mon texte, moins souple, avec ses rudesses auxquelles je tiens un peu et qui feront valoir l'habile maîtrise de M. Clédat. Nombre d'autres traductions intéressantes ont été faites, dont je n'ai pas à discuter les mérites.

Que mes parents pour moi soyent blâmés
Ni France douce en tombe en vileté.
Mais je frapperai de Durendal assez,
Ma bonne épée que j'ai ceinte au côté ;
Toute en verrez la lame ensanglantée.
Felons payens sont là mal assemblés ;
Je vous l'assure, tous sont à mort livrés. »

« Ami Rolland, sonnez votre olifant :
Si l'oira Charles qui est aux ports passant ;
Je vous l'assure, ci reviendront les Francs. »
— « Ne plaise à Dieu », ce lui répond Rolland,
« Que ce soit dit de nul homme vivant
Que pour payens je sois jamais cornant.
Pas n'en auront reproche mes parents.
Quand je serai en la bataille grand,
J'y férirai et mille coups et sept cents,
De Durendal verrez l'acier sanglant.
Français sont bons, si frapperont vaillamment :
Là ceux d'Espagne n'auront de mort garant. »

Dit Olivier : « De ce ne vois-je blâme.
Moi-même j'ai vu les Sarrazins d'Espagne :
Couverts en sont les vaux et les montagnes
Et les clairières et trestoutes les plaines.
Grandes sont les osts de cette gent étrange ;
Nous y avons bien petite compagnie. »
Répond Roland : « Mon désir en augmente.
Ne plaise à Dieu ni à ses très saints anges
Que là pour moi perde sa valeur France !
Mieux veux-je mourir qu'avec honte rester ;
Pour bien férir notre Empereur nous aime.

Roland est preux et Olivier est sage.
Tous les deux ont merveilleuse vaillance.
Et puisqu'ils sont à cheval et en armes,
Dussent-ils mourir, n'esquiveront bataille.
Bons sont les comtes et leurs paroles hautes.
Felons payens par grande ire chevauchent.
Dit Olivier : « Rolland, voyez un peu.
Eux nous sont près, mais trop nous est loin Charles.
Votre olifant sonner vous ne daignâtes,
Le roi ici, nous n'y aurions dommage.
Voyez amont par devers les ports d'Aspre ;
Voir y pouvez dolente arrière-garde.
Tel qui l'a faite jamais n'en fera d'autre. »

Répond Rolland : « Ne dites tel outrage.
Mal soit du cœur qui au sein se couarde.
Nous resterons debout ferme en la place :
Par nous seront les coups et les horions. »

Quand Rolland voit que bataille sera,
Plus se fait fier que lion et léopard... (1).

M. Léon Gautier a cent fois raison, à mon avis, de ne pas considérer ces répétitions, qui sont assez fréquentes dans le Roland, comme des variantes d'une même laisse recueillies sans discernement par des scribes, car si on les examine, pas une de ces répétitions ni pas un des passages de ces répétitions ne fait longueur. Je disais que le souffle lyrique emplit toute une même laisse ; la vérité est que souvent il dépasse la limite de cette espèce de strophe et, comme dans une ode le poète présente à diverses reprises le même sentiment modifié par des nuances, notre chanson nous accorde le plaisir de nous arrêter sur une même idée, quand elle est forte ou délicate, qu'il y ait dialogue ou non, quand notre âme va pour ainsi dire de tout son désir au-devant de la répétition et la sollicite.

Et peut-être y a-t-il là une raison de considérer le mystérieux AOI du manuscrit, qui revient après toutes les laisses, comme une simple exclamation. Je crois volontiers qu'elle était jetée par le jongleur ou son ménétrier en même temps que la vielle chantait sa ritournelle. Mais n'en était-il pas là comme de ces répons qui sont dits à l'église par les officiants, mais auxquels les assistants peuvent s'associer ? Il paraît difficile que les auditeurs entendissent un pareil poème, qui agitait leur cœur, dans un silence perpétuel, sans jamais ma-

(1) Vers 1049-1112.

nifester le sentiment commun qu'il remuait en eux. Il faut toujours se représenter la *Chanson de Roland* non comme une œuvre de poète en chambre qui n'a sous les yeux que son parchemin, mais comme conçue en pleine vie sociale, chantée par fragments dans les conditions que M. Gautier nous a si bien peintes. Et imagine-t-on qu'à chacune des réponses héroïques de Roland que nous venons de lire, il n'y eût pas comme un soulèvement des poitrines de ceux qui les écoutaient : de même quand un bon coup d'épée fend un cavalier jusqu'à la selle, ou qu'un de nos héros tombe percé d'un coup de lance où entre même le gonfanon. Dès lors, l'exclamation AOI se prête également à l'expression de l'enthousiasme et de la douleur, de l'enivrement et de la pitié, si fréquente au milieu de toute cette violence. Tant qu'on n'aura pas une interprétation certaine, qui viendra peut-être dissiper aisément toutes nos hypothèses, ne peut-on considérer cet AOI comme le dernier vestige des refrains qui accompagnaient sans doute les cantilènes populaires, comme le dernier linéament de l'instinct qui avait donné le chœur à la poésie antique, de cet instinct qui se satisfaisait pleinement chez nous par le culte public et qui, n'ayant pas de place dans les œuvres de littérature profane d'origine individuelle, ne pouvait s'y traduire encore que dans une formule indistincte, une interjection, un cri ?

IV

BEAUTÉ DE LA « CHANSON DE ROLAND »

Qu'on lise maintenant toute la *Chanson de Roland* d'après les principes qui lui conviennent et dans l'idée du mouvement que j'ai indiqué, je ne crois pas qu'on la trouve inférieure à tout ce qu'il y a de plus grand, ailleurs et depuis. Il s'est, je crois, établi sur ses divers mérites, langue, expression, peinture des choses et des hommes, noblesse, force, hauteur, profondeur et simplicité des sentiments, un ensemble de jugements excellents que le temps ratifiera sans nul doute. Ce que je voudrais remarquer, c'est combien l'œuvre est française, je ne dis pas seulement par le fond, mais par l'art et la proportion générale du poème. Nulle partie n'en pourrait être ôtée et aucune n'y a un développement excessif; le drame a un nœud solide dans la mort de Roland causée par traîtrise, et chaque chose y est expliquée complètement et en son temps. Quand tout d'abord on délibère sur les propositions de Marsile, Roland veut qu'on les rejette, Ganelon, son beau-père, est le premier qui conseille de les accepter ; aussi ne peut-on trouver mauvais que Roland propose Ganelon comme messager, périlleuse mission qu'il est prêt d'ailleurs à prendre pour lui-même. Au contraire, quand il s'agit de commander l'arrière-garde, Ganelon ne se propose pas, il fait désigner Roland dont il a arrangé la mort avec les païens. Ses capitulations de conscience, malgré sa fierté et sa hauteur de chef Franc, les réticences, les sous-entendus dans sa conversation cauteleuse avec Blancandrin et son pacte avec Marsile, tout cela est traité d'une grande adresse et déjà avec une finesse singulière. Cependant, le drame progresse et grandit jusqu'au bout. Il semblait difficile, le combat de Roncevaux une fois fini faute de combattants, de se relever et de se soutenir après une impression si forte : le poète l'a merveilleusement élargie. Dans la bataille qui se livre en avant de Saragosse, ce sont deux mondes opposés qui se heurtent et dont l'un triomphe dans le duel du vieil empereur Charlemagne contre Baligant. Enfin, au-dessus de ces heurts où se divise le monde, le jugement de Dieu et la mort des fidèles vassaux de Ganelon, perdus par la faute de leur chef, tout en apportant une rude satisfaction pour la juste cause de Roland, élèvent l'âme jusqu'à l'idée de la solidarité des bons et des méchants, de la réversibilité universelle des mérites et des châtiments, terrible idée que suggère le dogme, qu'on peut lire toute vive dans l'ordre de la nature et dans l'enchaînement des choses humaines, grande idée que l'individualisme moderne n'a pu secouer, que la science lui a imposée bon gré mal gré, impitoyablement, et que le moyen âge remet à Dieu à débrouiller, lui envoyant pêle-mêle innocents et coupables et se fiant à lui, pour le plus gros, du jugement sur la terre.

Le texte d'Oxford est de bonne marque. Je n'en juge pas seulement par la quasi-impossibilité d'y ajouter des laisses ou des vers qui le vaillent, qui ne le gâtent pas et qui y suppléent rien d'essentiel, mais aussi par le simple arrangement des mots. Qu'on y regarde de près : on verra que l'assonance est une forme qui a peu de contrainte sur le poète, qu'il y est libre et qu'il met les mots facilement et simplement à la place où ils font leur effet :

> Sempres ferrai de Durendal *granz colps ;*
> *Sanglenz* en iert li branz entresqu'à l'or...
> *Tut* en verrez *le brant ensanglantet...*
> Je vous plevis, *tuit* sont à *mort livret.*
> *Mal* seit de l'coer qui el'piz se *cuardet,*
> Nus remeindruns en estal, en la place :
> Par nous i iert *e li colps et li caples,* etc. (1).

(1) Vers 1055, 1056, 1067, 1069, 1107-1109.

Qu'on compare avec cela le texte mou du remaniement rimé de Versailles, par exemple !

Sans doute, il ne faut pas demander à notre vieux poète un sens curieux des détails pittoresques ni une description raffinée des nuances intérieures du sentiment ; il croit avoir assez dit quand il a écrit ou chanté :

> Hauts sont les puys et les vaux ténébreux,
> Les roches bises, les détroits merveilleux ;
> Le jour passèrent Français à grande douleur :
> De quinze lieues on ouït la rumeur.
> Puis quand ils viennent à la Terre majeure,
> Virent Gascogne, la terre à leur seigneur.
> Donc leur souvient des fiefs et des honneurs
> Et de leurs filles et de leurs nobles femmes :
> Il n'y en a qui de pitié ne pleure (1).

Mais les sentiments sont vrais, naïfs, puissants et délicats ; mais les choses, souvent belles et étranges, sont peintes d'une touche vive, neuve et juste, les détails des armements, les couleurs des étendards, la plaie des blessures, la forme des objets, le ton des ornements, l'effet des parures précieuses ; et la vue du poète, qui saisit bien le détail, est une vue large et ample, et il s'entend à évoquer vivement un grandiose tableau. Est-ce parce qu'il est normand, et normand de la conquête, qu'il fait cette éclatante description de la marche d'une flotte de guerre, celle de Baligant ?

> Mande sa gent de quarante royaumes :
> Ses grands dromonds en a fait apprêter,
> Esquifs et barques et galères et nefs.
> Alexandrie est un port sur la mer :
> Toute sa flotte y a fait apprêter.
> Quand c'est en mai, au premier jour d'été,
> Toutes ses osts il a lancées en mer.

(1) Vers 814-825.

Grandes sont les osts de cette gent adverse :
Cinglent à force et nagent et gouvernent.
En haut des mâts et dans les hautes vergues
En foule y a escarboucles et lanternes ;
Là-haut amont partagent telle lumière
Que par la nuit la mer en est plus belle.
Et comme ils viennent en Espagne la terre,
Tout le pays en reluit et s'éclaire.
Jusqu'à Marsile en parvient la nouvelle.

La gent payenne ne veut s'arrêter oncques,
Sortent de mer et viennent aux eaux douces,
Laissent Marbrise, laissent aussi Marbruse,
Par l'Ebre amont toute leur flotte tournent.
En foule y a lanternes et escarboucles.
Toute la nuit très grande clarté leur donnent.
Le même jour viennent à Saragosse.

Clair est le jour et le soleil luisant.
Et l'amiral est sorti du vaisseau.
Espanelis va marchant à sa droite ;
Dix et sept rois après lui vont suivant ;
Comtes et ducs y a, ne sais combien.
Sous un laurier qui est emmi un champ,
Sur l'herbe verte jettent un drap de soie blanc
Et un fauteuil y ont mis en ivoire ;
Dessus s'assied le payen Baligant
Et tous les autres sont demeurés debout (1).

Et maintenant je ne sens que trop combien l'assonance même manque à cette vive poésie...

Le récit avance sans hâte et sans cesse et chaque laisse assonancée est comme un grand coup de faux qui, dans un champ illimité, ramène une gerbe triomphale. Que dirai-je de cette poésie ? Je ne l'appellerai pas belle, car le mot conviendrait mieux à quelque poème comme ceux d'Homère où la forme est plus fondue, l'éclat mieux réparti et distribué ; ni splendide, parce qu'elle ne s'orne pas de rayons qui éblouissent et

(1) Vers 2623-2655.

frappent ; mais j'en dirai ce qu'on a dit de celle de Corneille, avec laquelle elle a tant de ressemblances : elle excite au plus haut degré l'admiration. M. Léon Gautier n'eut pas trop d'enthousiasme à mon sens : tandis que la France était déchirée, elle faisait, grâce à Dieu ! en retrouvant sa *Chanson de Roland*, une grande et précieuse conquête, une conquête dont un mérite était de la rendre plus inconsolable.

Je me souviens d'un autre monument normand qui m'a donné la même sensation de plénitude et de robustesse, de grâce vigoureuse et de mesure : c'est une église et toute contemporaine de notre *Chanson*, Saint-Georges de Bocherville, près de Rouen, dans la grande boucle de la Seine que couronne la forêt de Roumare. L'église est là, au penchant de la plaine, tournée vers la Seine souple et large ; près d'elle un gracieux verger de pommiers noueux, sous un ciel où le souffle lointain, mais encore sensible de la mer, pousse et balaye par éclaircies de grands nuages qui voyagent. Les piliers sont ronds, forts et élancés ; la voûte romane, précise et solide, comme la foi de ceux qui l'ont arrondie, est haute et majestueuse comme elle (1) ; tout est conçu et bâti dans des proportions moyennes qui sont agrandies par la justesse. Des bas-reliefs naïfs, outragés et frustes, parlent encore, à qui sait les entendre, de merveilleuses légendes. Des bannières sont suspendues où de saints chevaliers percent la gueule des dragons ;

(1) Je sais bien que les églises romanes de Normandie ont été d'abord plafonnées en bois, à cause des commodités qu'offraient pour cela tant de forêts ; mais tout était conçu en vue des voûtes de pierre qui ont été ajoutées plus tard en parfaite conformité de style et de dessin avec les parties de l'édifice qui soutiennent la voûte.

mais rien n'est orné ni recherché, sauf quelques ustensiles du culte ; il ne tombe par les baies qu'une lumière vraie et l'autel simple est en pierre.

Mais comment se fait-il qu'aucune presque de ces églises chrétiennes ne demeure entièrement fidèle à l'unité de plan ? Toujours elles manquent par quelque côté ou débordent par quelque autre. Déjà les flèches de Saint-Georges de Bocherville s'allongent en ogives. Chez les anciens, qui cherchaient le type de la perfection dans ce qui est fini absolument, dans ce qui est un et achevé en soi, sans plus, les monuments, bâtis ou écrits, eurent un caractère conforme à ce type : leurs temples et leurs édifices offrirent l'aspect d'une régularité irréprochable et les poèmes d'Homère, par exemple, s'arrêtent quand le sujet essentiel est épuisé et le drame clos. Il n'en est pas ainsi de la *Chanson de Roland*. Le Dieu des chrétiens est infini, bien qu'il soit un dans sa Trinité, et l'idée d'infini s'accuse toujours dans leurs œuvres, souvent en signes visibles, soit que l'œuvre soit restée en deçà du plan rêvé, soit qu'elle dépasse la stricte unité d'un plan. Rien, en effet, ne s'achève ici-bas pour le chrétien, sa vie va finir ou commencer ailleurs, et il n'y a jamais rien de fini pour lui tant qu'il n'est pas mort. La mission de Roland est bien terminée, quand il a remis son gant à saint Gabriel et que les anges chérubins, saint Raphaël, saint Michel du Péril, saint Gabriel ont mis son âme en saintes fleurs dans le paradis de Dieu ; mais rien n'est terminé pour Charlemagne, même quand il a vengé Roland, puni Ganelon et converti Bramimonde. C'est en vain que

> Le roi se couche en sa chambre voûtée.
> Saint Gabriel de par Dieu lui vint dire :

« Charles, rassemble les osts de ton empire,
Par force, iras en la terre de Bire,
Le roi Vivien tu secourras en Imphe,
Dans la cité que les payens assiègent.
Les chrétiens te réclament et crient. »
L'empereur n'y voudrait aller mie.
« Dieu ! » dit le roi, « que peineuse est ma vie ! »
Pleure des yeux, sa barbe blanche tire... (1).

Voilà le cri du chrétien : « Que peineuse est ma vie ! » Touroude fait bien d'arrêter là sa chanson, elle est finie ; mais c'est l'infini qu'elle a indiqué d'un geste, en se taisant.

(1) Vers 3992-4001.

TOUROUDE

Je viens de marquer les différences qui distinguent l'origine d'une de nos chansons de geste, comme la *Chanson de Roland*, de celle des poèmes épiques anciens, l'*Iliade* par exemple. Il m'a semblé que des hymnes héroïques, appuyés à la liturgie, fortifiés, agrandis par l'esprit du culte et la tradition religieuse, pour passer à l'épopée, l'intervalle était moins grand que de la simple cantilène populaire à la chanson de geste. Si, d'autre part, ce fut un des caractères de l'art laïque, au commencement de notre civilisation chrétienne, de procéder par des efforts individuels, les efforts d'art collectifs se proposant alors des fins religieuses, si on ne peut pas attribuer la préparation et enfin l'achèvement d'une épopée médiévale à une confrérie stable comme fut vraisemblablement celle des Homérides, mais si au contraire il est constant que la façon de toute chanson de geste a toujours pour seule cause l'initiative d'un seul poète, il est manifeste que la valeur d'un poème de cette espèce dépend pour une part essentielle du génie d'un homme.

Ces considérations ont peut-être quelque intérêt au point de vue de la psychologie générale du moyen âge. Elles peuvent aussi éclairer un peu et d'avance la question débattue : si l'auteur de la *Chanson de*

Roland est le Touroude qui se nomme au dernier vers (et qui ne se nomme que là) :

> Ci falt la Geste que Turoldus declinet.

Sans doute, la valeur de la *Chanson de Roland* est ici hors de cause ; mais à présent qu'elle a pris place dans notre littérature classique parmi la famille où nous compterions le *Cid* et la *Légende des siècles*, nous ne saurions laisser tomber avec indifférence le nom de celui qui en est peut-être le grand auteur.

I

« Touroude » est un nom normand (1). Si la *Chanson de Roland*, telle que nous l'avons, est de l'Ile-de-France, comme le veut M. Gaston Paris, alléguant qu'elle est une épopée royale, Touroude n'est plus qu'un copiste qui, au fond de l'Angleterre, prend la liberté de joindre au poème transcrit son nom obscur et insignifiant. Ce n'est pas impossible, sans doute. Mais, malgré l'autorité respectée de M. Gaston Paris, on peut s'affermir avec M. Léon Gautier dans l'opinion que la *Chanson de Roland* est un poème nettement normand.

On chantait Roland et même Charlemagne ailleurs que dans l'Ile-de-France au XIe siècle, nous savons expressément qu'on les chantait parmi les Normands et comme des héros nationaux, puisqu'à la bataille de Hastings, par l'ordre de Guillaume, le jongleur Taillefer, précédant à cheval les troupes du duc et jetant en

(1) J'ai choisi la forme française qui me paraît reproduire le mieux et avec le plus d'euphonie le latin *Turoldus*.

l'air et recevant habilement ses armes, chantait « de Charlemagne et de Roland ». C'est la matière même de notre *Chanson* (1), et il y a apparence que dans une telle circonstance, si on chantait ces guerriers légendaires, c'était bien pour les exalter.

Le manuscrit type de notre *Roland* est à Oxford. Deux manuscrits de *Ronceveaux* furent conservés dans l'abbaye de Peterborough. C'est une circonstance au moins frappante que l'abbé de Peterborough ait été un Theroulde, fils lui-même du Theroulde qui fut précepteur de Guillaume le Conquérant. Sans conclure, ce qui semble arbitraire, que l'auteur de la *Chanson* est un de ces deux Theroulde qui passèrent en Angleterre avec leur maître, on peut inférer au moins de tout ce qui précède que notre *Chanson de Roland* ne contenait rien qui pût déplaire aux Normands, qu'il n'y a rien en elle qui donne l'exclusion à cette hypothèse qu'elle serait d'origine normande.

Mais c'est de quoi il y a des signes positifs, comme l'a bien vu, selon moi, M. Léon Gautier, et il ne les a pas tous recueillis.

Je ne reviendrai pas sur les excellents arguments qu'il a tirés de la place donnée dans le poème au mont Saint-Michel et à Saint-Michel-du-Péril, ni sur quelques remarques d'un autre ordre qu'il a jointes à cette observation si ingénieuse (2). Dès la première

(1) Taillefer qui moult bien cantoit
Sur un roncin qui tost alóit
Devant eux s'en aloit cantant
De Carlemaigne et de Rolant
Et d'Olivier et des vassaus
Qui morurent en Rainscevaus.
(*Roman de Rou*, vers 1319.)

(2) Il discerne un certain mépris de l'auteur pour l'Angleterre et

étude un peu appliquée que je fis de la *Chanson*, je consignai, dans des notes qui me servent encore à écrire ces pages, deux indices que je crus distinguer et qui ne sont pas négligeables.

Au vers 2324, au milieu de l'énumération de toutes les provinces que Roland a conquises à Charles avec Durendal, la Normandie toute seule figure avec une épithète, et cette épithète accuse à la fois l'amour du poète pour sa province et son point d'honneur de Normand qui prétend bien être resté libre en entrant dans l'unité de l'empire carolingien :

> Je l'en conquis Normandie la franche.

Plus tard, M. Léon Gautier s'est avisé de la valeur de ce mot, comme on peut voir au chapitre qu'il a consacré à sa chère *Chanson*, dans l'*Histoire de la Littérature française* publiée sous l'habile direction de M. Petit de Julleville (1) ; et parce que j'ai suivi le précepte d'Horace : « *nonum condantur in annum* », j'ai perdu la petite gloire d'apporter le premier cette modeste contribution à la critique de la *Chanson*. Avec quelle joie j'offre ma légère mortification en hommage aux mânes d'un maître à qui nous devons tant et qui s'est fait aimer en mettant dans la science de la *Chanson* la passion d'un homme de bien ! Encore n'a-t-il pas fait attention que de *dix-neuf* régions mentionnées, la Normandie était la seule à recevoir un qualificatif moral.

Le second indice a été relevé par M. Génin, dès

note plusieurs fois le mot « algier » qui ne peut avoir été emprunté qu'au vocabulaire anglo-saxon. Voir son *édit. class.*, pp. XXLII-XXLIV. Des nombreuses éditions classiques qu'il a données, c'est la seizième qui se trouve entre mes mains.

(1) Tome I, p. 92.

1850, et je ne sais pourquoi M. Léon Gautier n'en a pas fait état (1). Parmi tous les peuples de l'armée de Charlemagne qui nous sont présentés et qui sont glorifiés pour leurs qualités belliqueuses, Allemands, Bretons, Poitevins, Auvergnats, Flamands, Frisons, Bourguignons, Lorrains, Français même, les Normands sont donnés expressément comme les meilleurs :

> Jamais s'il faut mourir ceux-ci ne se rendront :
> Sous le ciel il n'y a gent qui (durer) puisse (tant) (2).

Ce passage est assez important par lui-même. La signification en est encore fortifiée et l'origine normande comme certifiée si on le rapproche d'une pensée identique qui, naguère, s'est offerte à moi dans l'*Histoire de Normandie* d'Orderic Vital. Le vieux chroniqueur la fait énoncer par Guillaume le Conquérant à son lit de mort. Le roi se plaint de l'esprit séditieux des Normands, enclins à tous les attentats, si on ne les gouverne avec une équité douce, mais extrêmement ferme, et il ajoute : « invincibles dans les plus grandes difficultés, *ils l'emportent sur tous les peuples*, et, plus vaillants que leurs ennemis, ils s'appliquent à les vaincre (3) ». Il semble qu'il y ait là une idée répandue chez les Normands du moyen âge, qui ait trouvé place dans la *Chanson* comme dans l'*Histoire*, formulée d'une manière aussi semblable que le permettent le vers

(1) Voir La Chanson de Roland, *édit. Génin. Imprimerie nat., 1850, introduct.*, p. cxix. M. Léon Gautier aurait-il eu cette petite faiblesse de ne ménager sa lumière qu'aux preuves qu'il avait trouvées lui même ? D'ailleurs M. Génin fait comme en courant la remarque que M. Léon Gautier a négligée et que je refis spontanément, tant elle va de soi.

(2) Vers 3048-3049.

(3) Livre VIII.

français et la prose latine, et qui constitue pour la *Chanson* comme la signature d'un Normand. Si on objecte que la rencontre ne conclut rien, parce que chaque peuple se croyant le meilleur (1), il est naturel qu'un Normand comme Orderic Vital exprime la pensée que nous venons de lire, comment fera-t-on qu'elle manifeste un Normand chez l'historien et que chez le poète elle ne le manifeste plus ?

J'incline donc de tout mon cœur (ah ! je l'avoue, de mon cœur de Normand) à penser que notre belle Iliade est née, non pas dans l'Ile-de-France (car je ne vois pas comment on accorderait cette origine avec ces touches de patriotisme particulier), mais parmi les Normands, ces Ioniens de l'époque. Je ne vois pas bien comment on pourrait opposer une fin de non-recevoir à ces preuves concordantes, à moins justement qu'on ne vînt à m'objecter que tant de patriotisme particulier, que je crois retrouver empreint dans ces traces de griffe normande, serait inconciliable avec le patriotisme français dont toute la *Chanson* évidemment surabonde. Mais certes les Normands du XIe siècle n'eussent rien entendu à cette prétendue contradiction. Nous avons le témoignage d'une contemporaine, la tapisserie de Bayeux. Nous sommes habitués, quand il s'agit de la conquête de l'Angleterre, à en parler comme d'une expédition des Normands contre les Saxons. Les Nor-

(1) Cf. dans LA POÉSIE DU MOYEN AGE, de M. Gaston Paris, *Pèlerinage de Charlemagne*, p. 149 :

Ja ne vendrons en terre nostre ne seit li los,

disent les *Français de France*. Ce n'est pas d'hier que les Français de France ont la belle confiance de primer, où qu'ils aillent. Mais aussi personne ne conteste à M. Gaston Paris que le « Pèlerinage de Charlemagne » ait pris naissance dans l'Ile-de-France.

mands de la conquête n'usaient pas de ces termes. Partout et dans ses centaines de compartiments, la précieuse, la glorieuse étoffe emploie les noms de Français et d'Anglais ; elle raconte et démontre la victoire des « Français » sur les « Anglais (1) » ; et cette galerie triomphale, cette fresque nationale qu'eût comprise le Virgile du Ier livre de l'*Enéide* et qui redit l'incomparable aventure de la race normande, cette épopée brodée est naïvement, comme la *Chanson*, un ouvrage de la matière de la France.

II

Ainsi rien ne s'oppose à ce qu'un Touroude normand soit l'auteur de la française *Chanson de Roland*, bien des signes font croire que le poète est Normand en effet, mais c'est une autre question de décider s'il est bien le Touroude qui se nomme là.

Ah ! si on savait ce que signifie ce vers désespérant :

> Ci falt la Geste que Turoldus declinet,

la question, du coup, serait tranchée ! Mais on ne le sait pas ! On n'arrive pas à le savoir...

Et que manque-t-il donc pour y réussir ? Il manque de savoir ce que signifie « geste » et il manque de savoir ce que signifie « declinet ». C'est beaucoup.

(1) Ces dénominations sont les mêmes chez Geoffroy Gaimar, qui appelle Taillefer un Français, les mêmes dans le poème latin de Guy sur la bataille de Hastings :

> Hortatur Gallos verbis et territat Anglos.

Voir l'*introduct.* de M. Génin à la « Chanson de Roland », ch. IV.

Ce probe amoureux de la *Chanson* que fut M. Léon Gautier s'est mis, à propos de ce vers, à la torture. Peut-être que ce vers veut dire : « ici s'arrête la geste historique écrite par Theroulde », et alors Theroulde n'est pas l'auteur de la *Chanson*, il n'en fournit que le thème ; ou peut-être qu'il veut dire : « ici s'arrête la chanson de geste que Theroulde achève », et alors qu'est-ce que Theroulde ? un scribe, un jongleur, un poète qui termine une œuvre qui n'est pas la sienne. Dans les deux cas, notre insaisissable Homère échappe, se dérobe à son poursuivant et ne lui laisse tout au plus entre les mains qu'un raccourci de poète, un avorton d'historien, là où M. Gautier voulait un grand homme. Et tout déconcerté par la troublante énigme dont sa belle et délicate conscience n'ose hasarder le mot, il renonce à assigner un sens au mot « geste », et après avoir bien retourné le terme « declinet », tout de même il en déclare la signification très douteuse (1).

Hors le cas qui nous occupe, le mot « Geste » se trouve cinq fois dans le manuscrit d'Oxford, aux vers 1443, 1685, 2095, 3262 et 3742. Tantôt la geste est appelée la geste tout court (vers 1685 et 2095), tantôt l'ancienne geste (vers 3742), tantôt la geste Francur, la geste de France (vers 1443 et 3262). Il n'y a aucune raison de douter qu'il ne soit toujours question, très vaguement d'ailleurs, de la même geste (2), et si on veut se donner

(1) Voir Léon Gautier dans Petit de Julleville, Hist. de la Litt. franç., I, 93, et édit. classiq. de la Chanson : introduct., p. xxv et p. 351 in not.

(2) Aux vers 1443-14[illegible] :

« Il est escrit en la Geste Franceur
« Que bons vassals unt nostre empereür ».

c'est, semble-t-il, Turpin qui parle ; mais il se réfère à la même la peine de lire les cinq passages où il en est question :

Il est escrit en la geste Francur...
Ço dit la Geste, plus de quatre milliers...
Ço dit la Geste et cil ki el' camp fut...
Geste Francur trente eschieles i numbrent...
Il est escrit en l'ancienne Geste...

on voit avec évidence que pas une fois l'auteur ne confond la Geste avec son poème. Comme l'a fort bien su dire M. Léon Gautier : « le poète en parle toujours comme d'un document historique qu'il a dû consulter et dont il invoque le témoignage au même titre que celui des chartes et des brefs (1) » ; disons, pour être entièrement exact, comme d'un document historique appuyé, fondé lui-même sur le dépouillement des chartes et des brefs :

Il est escrit es cartres e es briefs,
Ço dit la Geste, plus de quatre milliers (2).

Donc la geste n'est pas le poème ; ce point est certain.

Lorsque nous rencontrons le mot une sixième et dernière fois, au vers dernier, la seule hypothèse légi-

fameuse et mystérieuse Geste Francur que l'auteur cite expressément pour son propre compte au vers 3262. Sans doute il est bizarre que Turpin allègue cette même geste que le poète invoque à propos de la mort de Turpin. On peut dire que le poète a en vue la même geste continuée ; mais je crois qu'il faut dire plus simplement que le poète n'y regarde pas de si près, et plus loin on verra pourquoi. Enfin, et cette hypothèse ne serait-elle pas la plus raisonnable ? on peut soutenir que ce n'est plus Turpin qui parle, que c'est le trouvère qui a repris son récit et qu'ici encore, c'est lui qui recourt à son autorité ordinaire.

(1) Voir édit. classiq., introd., p. XXV.

(2) Vers 1684-1685.

time et possible, c'est de lui assigner et de lui maintenir le même sens qu'il a toujours eu jusqu'alors :

Ci falt la Geste que Turoldus declinet,

« ici manque, fait défaut la Geste que Turoldus décline ». Et la vraie difficulté semble en fin de compte de déterminer ce que signifie le mot « décline ». Selon le sens qu'il aura, Turoldus sera ceci ou cela, un grand nom ou rien pour ainsi dire, et M. Léon Gautier remarque avec raison (au *glossaire*) que le sens de ce mot « est vraiment capital dans la question si controversée de l'auteur du *Roland* ».

« Décliner » dans notre *Chanson* est successivement un verbe neutre et actif. Au neutre, il a le même sens qu'aujourd'hui :

Quand veit li Reis le vespre décliner (1),

c'est-à-dire : « le soir tomber, pencher ». Mais il faut faire passer le verbe au sens actif et entre les différents sens que propose ici M. Léon Gautier, « quitter, abandonner, finir, raconter tout au long », il n'ose s'arrêter à aucun (2). Comment le ferait-il ? Il n'a aucun principe et ne cherche aucune méthode pour résoudre la question. Si par hasard il a rencontré la vraie signification, il ne le sait pas lui-même.

La manière d'interpréter un verbe neutre en sens actif dans notre langue, quand il s'agit d'un phénomène objectif, c'est de mettre devant ce verbe le mot : *faire*. Vérifions ceci sur les deux verbes que je viens de don-

(1) Vers 2447.
(2) Voir édit. classiq., introd., xxv et p. 351 in not., et le glossaire au mot *Décliner*.

ner pour quasiment synonymes de : décliner. Tomber est un verbe neutre, mais il prend aussi un sens actif : tomber un adversaire, pour un lutteur, c'est le faire tomber. Dans le jargon de certaines provinces de France, aujourd'hui même, on tombe son mouchoir, on tombe un vase ; c'est les laisser ou les faire tomber. Pencher est un verbe neutre, mais il prend aussi un sens actif : le soir penche, un vase penche, mais aussi on penche un vase, on le fait pencher. Autant on multipliera les cas, autant on aura d'exemples (1).

(1) Les feuilles poussent, mais un arbre pousse des feuilles, les fait pousser ; un navire tourne au nord, mais on le tourne au nord, on le fait tourner ; un homme grandit dans l'opinion et on le grandit, on le fait grandir ; que signifie dans un argot sinistrement pittoresque « descendre, refroidir » quelqu'un, sinon le faire descendre, le faire refroidir ?... On peut s'exercer à trouver des constructions semblables sur les verbes sécher, jaunir, croître, diminuer, maigrir, fléchir, mûrir, rougir, sonner, couler, paître, etc., etc.

Quand le phénomène est subjectif, modifie directement l'état du sujet, l'esprit a procédé d'une manière absolument analogue et le passage du verbe neutre ou intransitif au sens actif et transitif pourrait être interprété d'une manière suffisamment exacte en disant que l'esprit supplée devant le verbe l'idée réfléchie exprimée par : se faire (ou se laisser) ; le complément apparent du verbe désigne seulement l'objet à l'aide ou à l'occasion duquel l'action subjective a lieu. Ex. : quelqu'un fuit, il fuit son ennemi, il se fait fuir à cause de son ennemi ; il pleure son malheur, il crie sa souffrance, il se fait ou se laisse pleurer, crier à cause de sa souffrance ; quelqu'un passe, il passe son chemin, il se fait passer le long du chemin qu'il parcourt ; il boit de l'eau, il se fait boire avec de l'eau, etc.

Quand le verbe a un sens nettement transitif, s'il est pris absolument, l'esprit supplée le régime (Je vois, je sais, je crois ; Corneille), et si le régime est le même que le sujet, la langue française, si exacte, se sert régulièrement de la forme réfléchie (je me vois, etc.). Ce cas rejoint le premier que nous avons envisagé, d'où il résulte qu'assez souvent l'usage autorise logiquement deux formes telles que : je tourne ou je me tourne, l'herbe sèche ou se sèche, etc., etc. Cf. Ayer, *Grammaire comparée de la langue française*, 4e édit., 1885, pp. 213-215, « verbes actifs, passifs et neutres ». Ayer fait quelques utiles remarques partielles.

Revenons maintenant au sens neutre du mot qui nous arrête. Quand est-ce qu'une chose décline ? C'est, conformément à l'étymologie même, à partir du moment où d'un point culminant elle descend une pente (1). Ainsi le soleil décline à partir de midi et *a fortiori* vers le soir ; le soir décline du moment où il a été le plus brillant vers la nuit ; l'homme décline de sa maturité à la vieillesse et à la mort, etc.

Décliner une chose, ce serait donc la faire décliner de son point culminant tout le long d'une pente jusqu'à sa fin, jusqu'à son terme. Décliner ses noms et qualités, c'est en effet les énoncer de suite en partant du haut de leur série et en la poussant jusqu'à son terme, jusques au bas. Quand nous disons que nous déclinons un mot, reproduisant par tradition le terme « declinare » employé par les grammairiens du moyen âge (2), nous voulons dire que nous énonçons la série des formes d'un mot de la première à la dernière de ces formes, d'un bout à l'autre et de haut en bas. Si nous osions appliquer strictement cette interprétation au « declinet » de notre *Chanson*, nous serions tirés d'une grande peine.

Un exemple que m'apporte Littré et sur lequel il fait un contre-sens, m'est d'un grand réconfort. Je copie textuellement Littré : « Car en plusiours lieux on decline [répète], Que toute joie et toute honnours Viennent et d'armes et d'amours. FROISS. *Espinette amour.* » Or manifestement « on decline » ne veut pas dire ici : on répète, mais : on déduit longuement, par toute sorte de

(1) Cf. Palsgrave : « Quand une chose est au plus haut point, elle se décline », cité par Godefroy, *Dictionnaire de l'ancienne langue française*, art. Décliner.
(2) Voir Du Cange, *Glossarium*, art. Declinare.

dires, par toutes les raisons possibles, de la première à la dernière qu'on puisse imaginer. Ce ne sont pas des gens qui d'un lieu à l'autre répètent la maxime de Froissart. Ce sont des gens qui en chaque lieu la retournent en tous sens : c'est un thème de conversation qu'on épuise, une matière qu'on traite de point en point (1).

Plus de doute. Il n'y a plus d'hypothèse à faire. Le verbe « décliner » n'a jamais changé de sens, pas plus à l'actif qu'au neutre. Quand nous l'employons aujourd'hui, nous l'employons dans un cas particulier du sens général que lui donne la *Chanson* (2), et décliner la Geste (d'autant que le haut d'un écrit, c'en est le début : « voyez plus haut », c'est-à-dire : « voyez plus près du début ») c'est l'énoncer de la première à la dernière ligne, du haut en bas, du commencement à la fin.

(1) Godefroy fait le même contre-sens sur les mêmes vers de Froissart, quoique par bonheur il interprète sainement le « declinet » de la *Chanson*. Je trouve dans du Cange, au mot DECLINARE, le texte suivant : « Item dixit quod corsoria, quae sunt infra dictos confines, fuerunt designata et declinata per curiam Arelatis, 1268 ; sed lege forte declarata vel delineata. » Pas du tout : je lis que les vaines pâtures de la Crau furent soigneusement reconnues, délimitées, identifiées, qu'on les spécifia et qu'on en énonça toute la liste, qu'on en promulgua l'état d'un bout à l'autre, à la cour d'Arles. Rien de plus raisonnable et, s'il était nécessaire, ce texte ferait le pont entre le XVe siècle de Froissart et la *Chanson*.

(2) Tous les sens dérivés de *Décliner* se ramènent à cette signification première de *choir* ou de *faire choir* à partir d'un point sommet, même celui de « tourner, dévier » ou de « faire tourner, dévier », que peu de bons exemples autorisent. D'ailleurs, quand on dit : « décliner une offre, une invitation, un honneur », je me demande, malgré tous les dictionnaires, s'il ne faut pas entendre « laisser choir, faire tomber », plutôt que « détourner », et l'examen que nous venons de faire du mot *décliner* me donne à penser que tout le monde le croira comme moi.

Le champ de nos efforts s'étrécit et notre incertitude se réduit à un triple doute : si Touroude décline la Geste :

1° En l'écrivant, à titre d'historien ou de copiste ;

2° En la récitant ;

3° En l'énonçant en vers, à titre de poète.

Littré a opté pour le second sens. Mais ici encore il se trompe, ou si l'on veut, il « écache la pointe subtile de la vérité et appuie tout autour, plus sur le faux que sur le vrai ». L'emploi général du mot *Geste* dans la *Chanson* s'oppose en effet formellement à ce qu'on la considère jamais, cette Geste, comme récitée par personne ; et le débat se trouve circonscrit entre les deux thèses contraires : que Touroude est celui qui a écrit la Geste, un historien, un copiste, ou quelqu'un qui énonce, qui publie cette Geste en vers et en fait un poème, qu'il est poète.

Le débat sera court et il se tranche par une raison aussi décisive qu'on la puisse souhaiter.

III

C'est que la Geste n'existe pas.

Je suis un peu surpris que des critiques attentifs ne s'en soient pas aperçus (1).

Le poète ne l'invoque jamais que pour donner une force historique à ce qu'il raconte : une fois (vers 3742) dans un sentiment solennel, pour ouvrir le jugement

(1) Il n'est que juste de remarquer que M. Gaston Paris, dans la *Littérature française au moyen âge*, p. 57, parlant de la *Geste* et de la charte de Saint-Gilles, citées par le poète comme des sources, écrit : « Toutes ces indications sont vagues ou imaginaires ». Ce jugement, tout bref qu'il est, veut être recueilli.

de Ganelon, les quatre autres fois pour communiquer une couleur de vérité aux passages où il est justement le plus invraisemblable et le plus hardi dans une fantaisie excessive. Il s'agit toujours d'énumérations formidables, de nombres prodigieux pour lesquels il faut une autorité. Aux vers 1438-1444, il faut justifier la jubilation de Turpin qui voit, sous les coups des Français, les païens tomber à telle foison que « de cent milliers » il n'en reste pas « deux ». Au vers 3262, il est question de nous inculquer la réalité des trente corps d'armée de Baligant, dont le moindre n'a pas moins de cinquante mille chevaliers et composés pour une part des hommes les plus monstrueux et les plus inouïs, qui ont « l'échine couverte de soies au milieu du dos comme des sangliers ». Au vers 1684, après une foule de passes d'armes individuelles, il faut que nous admettions que tout d'un coup Roland, Olivier et Turpin tuent en masse quatre mille hommes; au vers 2095, Turpin frappé à mort s'entoure de quatre cents cadavres. La Geste vient là fort à propos, et dans ce dernier cas, le poète invoque en outre le dire de Charlemagne, et encore un témoin oculaire, « cil ki el' camp fut », le baron Saint-Gilles, pour qui Dieu fait des miracles ! Et il ajoute finement :

> Il en écrivit le récit au moutier de Laon.
> Qui ne sait ces choses n'y entend rien...
> « Ki tant ne set ne l'ad prod entendut (1) ! »

En vérité, il y a un pli de malice au coin de la lèvre

(1) Vers 2098. Il y a là une nouvelle preuve que la *Chanson* n'est pas de l'Ile-de-France. Il faut un témoignage lointain pour un mensonge. *Major e longinquo reverentia.* « Allez-y voir »..... A beau mentir qui vient de loin, ou qui parle de choses lointaines ; mais il sait bien que nous n'avons pas envie d'épiloguer, et pour cause !.....

de ce grand conteur français et normand. Il serait sans doute bien étonné s'il apprenait que nos érudits modernes ont pris candidement sa prétendue Geste au sérieux. Il l'a « consultée (1) » tout juste comme son Turpin. Il ne croit pas lui-même que nous y croyions. Ce qu'il sait, c'est qu'il est dans la nature humaine, dans la nature commune d'un auditoire de vouloir qu'on donne des assurances extraordinaires quand on nous raconte les choses qui nous plaisent le plus parce qu'elles sont impossibles. Alors, avec l'habileté d'un homme qui connaît les ruses et les capitulations du cœur humain (il l'a prouvé en peignant si bien Blancandrin et Ganelon) et aussi avec esprit, comme un conteur qui ne pense pas même que nous soyons ses dupes, il appelle à la rescousse un document respectable, un de ces parchemins, objet de vénération pour le public ignorant, qui sont couverts d'une écriture indiscutable par des saints au fond des moutiers.

Il y a entre lui et son public la même intelligence qu'entre un conteur à la veillée et son cercle, entre nous et des enfants à qui nous contons une histoire. Ils veulent que ce soit une histoire ; ils savent bien que nous l'inventons, tout au moins que nous l'arrangeons, mais ils veulent se donner l'illusion du vrai et ils l'ont et leur plaisir n'existe qu'autant qu'il est de jeu que cela est arrivé. — « Pourtant ce que vous nous racontez là est un peu fort. » — « Ah ! l'histoire le dit. » — « Vraiment ! Et qu'est-il arrivé ensuite ? » — « L'histoire ne le dit pas. » — « Oh ! je vous en prie, racontez encore. » — « L'histoire finit là : Ci falt la Geste. » Il y a beau temps qu'elle manque...

(1) Ce mot naïf est de M. Léon Gautier, *édit. class.*, XXV.

Non, la source de la *Chanson* n'est pas dans la chronique, dans une vague chronique que le poète laisse à l'état indéterminé avec un sans-gêne parfait, une Geste ancienne, une Geste Francur, la Geste qu'on voudra, ni dans les documents historiques, ni dans les chartes, ni dans les brefs, comme il nous le dit pour rassurer notre imagination et la sienne et augmenter en nous par là le plaisir de la fiction héroïque et pieuse ; elle est pour une part dans les chants des jongleurs et dans les cantilènes, ces modestes documents populaires que la naïveté même du peuple ne voudrait pas qu'on lui présentât comme des autorités en une matière si haute, et cela vaut bien mieux ainsi, car la *Chanson* s'apparente par là à la lyrique populaire elle-même ; et pour l'autre part, elle est dans le génie d'un homme, d'un inconnu qui s'appelait Touroude...

A la même époque, les artistes chrétiens de France, les sculpteurs signent leurs œuvres (1) ; la mode ne s'en perdra qu'au XIIIe siècle. De bons archéologues estiment qu'ils mettaient leur portrait dans leurs bas-reliefs. Au XIIe siècle, un poète de Tristan et Iseult achève son récit en disant ;

> Thomas finit là son écrit (2) ;

il signe son poème. Cent ans auparavant, Touroude fait la même chose,

Seulement il a pendant tout le temps fait usage d'une fiction, et cette fois il va en être le mauvais marchand. Il a rapporté son poème à une geste imaginaire, mais

(1) Voir *La Sculpture florentine*, par Marcel Reymond, p. 45.
(2) Voir *Histoire de la Littérature française* de Petit de Julleville, *l'épopée courtoise*, par Clédat, t. I, p. 280.

tout de même il n'entend pas l'avoir composé sans que son nom en soit magnifié. Il est glorieux, il est naïf, il est retors, comme Corneille. Il est Normand et au dernier moment, il signe bien, mais avec une finesse qui a dérouté l'admiration qu'il demande (1).

(1) Cette petite étude peut être considérée comme un appendice du chapitre précédent ; j'avoue toutefois qu'elle me tient au cœur. Quand je l'eus publiée à part (*Annales de l'Université de Grenoble*, t. XII, nº 1), M. Gaston Paris dans *Romania* (juillet 1900) et M. Clédat dans la *Revue de philologie française* (même année, p. 173) me donnèrent raison pour l'essentiel. Or, des résultats particuliers dégagés par le présent ouvrage, il n'y en a guère dont je sois plus content que d'avoir rendu à la France le nom authentique de son Homère. C'est peu qu'un nom ; c'est assez pour qu'un pays puisse y attacher son admiration. C'est ce que la France fera pour Touroude, quand elle aura le temps de penser à cela. Je sais d'ailleurs que les poèmes homériques ont joué dans l'éducation de tout un peuple un rôle qui n'a été dévolu à aucun genre de notre poésie ni de notre littérature du moyen âge. On en a déjà vu des raisons et on en va voir d'autres.

ÉVOLUTION DE LA LITTÉRATURE

AU MOYEN AGE

I

L'ÉVOLUTION DE LA LITTÉRATURE, COMPARÉE DANS L'ANTIQUITÉ ET LE MOYEN AGE

Les Hellènes, dont la littérature épique était née de la lyrique religieuse et qui, à cause de cela, attribuaient à leur poésie primitive une origine divine ou un caractère sacré, prirent la peine, qui ne leur coûta guère, d'imaginer de beaux noms pour représenter une période dont ils ne savaient plus rien de précis, et ils ont orné les lointains de l'histoire de quelques chantres fabuleux, Orphée, Linos, Chrysothémis, Philamon, Thamiris, Démodocos.

Dans le crépuscule littéraire de notre premier moyen âge, point de ces figures légendaires, point de ces syllabes sans substance que le temps charge peu à peu d'une puissance d'émouvoir. La mémoire des hommes s'attache avec justice aux noms qui par la religion organisent le monde ; le peuple ne songe pas à se glorifier lui-même du plaisir qu'il peut prendre à célébrer

Clovis ou Dagobert, et les femmes qui battent des mains en faisant des rondes ou qui s'assoient à la veillée, les moines qui se récréent ensemble, les chœurs de jeunes gens, les assemblées d'hommes, de nobles, de soldats, leurs mille bouches sont anonymes qui résonnent des louanges de Charlemagne ou de Guillaume d'Aquitaine ; les séquences des saints et des saintes croissent doucement sur les parvis des moutiers et des églises comme de grêles fleurs nées de graines ignorées entre les pierres. Nul n'est proprement auteur, tout le monde est plutôt acteur dans cette poésie orale, même ceux qui, avec plus de génie, élongent le jet de la cantilène.

Quand la triomphante épopée a grandi et marché enfin par l'effort du trouvère, peu de gloire le paye d'une œuvre qu'accompagne de si près toute cette confuse lyrique du peuple. Vingt villes se disputent l'honneur d'avoir donné naissance à Homère, qui sans doute ne fut jamais ; la Grèce, pour l'adorer, oublie qu'elle l'a inventé. Mais la France pendant huit siècles ignore Touroude, qui sûrement a vécu, et elle laisse aux hasards du temps et de la mer le soin de lui rendre un jour ce nom comme une épave énigmatique.

C'est qu'alors elle avait son attention fixée plus haut.

Tout de même, à ne considérer les choses que d'une vue rapide, on aperçoit certaines analogies assez frappantes entre le développement de la littérature antique et celui de la littérature française.

De part et d'autre, l'histoire littéraire, après la période de préparation, commence par la poésie épique. Si l'Hellade ne nous présente que deux poèmes de ce genre, tandis que la France nous en offre presque tout de suite plusieurs ou beaucoup, la *Chanson de Roland*, la *Chanson d'Antioche*, la *Chanson du roi Louis*, puis toutes les Chansons du cycle antique et du cycle breton et encore les Chansons féodales, et si par là s'accuse la fécondité excessive du génie français, il ne faut pas oublier que l'Hellade eut aussi ses poètes cycliques et que de ces groupes de poèmes il ne nous est venu que les noms, tels que l'*Orestie* ou la *Thébaïde*.

De part et d'autre, il semble que la poésie épique, après avoir circonscrit nettement son objet à une grande action militaire, ait incliné vers l'aventure, le récit merveilleux d'épisodes successifs, se soit ainsi rapprochée du conte et de l'histoire, et ce que nous savons, par exemple, de Leschès et de Pisandre nous permet de les rapprocher sans violence dans notre esprit de Robert Wace ou de Geffrey Gaimar.

A tous les noms qui s'offrent ensuite dans la littérature grecque et qui représentent l'élégie aux multiples formes — Tyrtée, Solon, Théognis, Archiloque, c'est-à-dire la poésie patriotique, sociale, morale, satirique — Alcée, Sappho, Anacréon, c'est-à-dire la poésie amoureuse — en un mot, à toute cette lyrique qui s'incarne dans des poètes et en chacun selon son cœur, nous ne serions pas embarrassés d'opposer les chansons de toile ou d'outrée, les chansons pieuses ou amoureuses, satiriques ou politiques, qui foisonnent à partir de la fin du XIIe siècle et au XIIIe et qui ont illustré plus d'un nom, Blondel de Nesle, Conon de Béthune, Brulé, Muset, Thibaut et d'autres.

L'histoire apparaîtrait à son tour, là-bas avec Hérodote, ici avec Villehardouin et Joinville ; puis ici comme en Grèce, ces grands mouvements aboutiraient à une ère remplie surtout par la splendeur du théâtre. Ce procès s'achèverait par une période moralisante et critique qui se réclamerait de penseurs et de psychologues comme Xénophon et Philippe de Commines et où, tout à la fin, Rabelais répondrait à Lucien.

Quelque commodité qu'il puisse y avoir pour l'esprit à superposer de tels cadres et même quelque part de justesse et de vérité qu'enferment ces analogies, s'il en résulte d'indéniables lumières sur les phases que traverse la littérature d'un peuple dont le génie se donne spontanément carrière, nous ne saurions méconnaître sans aveuglement que ce rapport des deux séries ne se fait que par des affleurements qui ne sont pas trop exacts, et ce rapprochement ne doit nous servir que d'une préparation à mieux distinguer des différences essentielles.

J'en ai marqué une, quand j'ai montré le caractère lyrique du *Roland*, caractère effacé des poèmes d'Homère, et quand j'ai dit pourquoi il en est ainsi. Il y a bien d'autres différences et qui sautent aux yeux. Où est notre *Odyssée* ? Où est notre Hésiode ? Qui nous jouera le rôle de Pindare ? Quelle ressemblance de la philosophie grecque, avec Socrate comme centre, à la philosophie du moyen âge et à la scolastique ? Le moyen âge a-t-il jamais écrit l'histoire, ou plutôt ne nous présente-t-il que des mémoires ? Et malgré beaucoup de traits communs, la physionomie du vieux théâtre français ne nous change-t-elle pas étrangement de celle du théâtre grec ?

Et si je voulais prendre mon premier terme de comparaison dans le moyen âge, où retrouverais-je rien dans l'antiquité qui rappelât d'une manière apparente, non seulement des sentiments tout nouveaux, liés à une civilisation particulière, mais des formes de poèmes et des œuvres comme les chansons de toile, les lais de

Marie de France, les *Romans de Renart*, le *Roman de la Rose*, les *Testaments* de Jehan de Meung et de Villon ?

L'évolution de la littérature ancienne dure neuf ou dix siècles bien comptés, même à ne la mener que jusqu'à Virgile ou à Tacite. Celle de la littérature du moyen âge s'achève en cinq siècles tout au plus et il faut, pour lui faire la part aussi large, en poursuivre les derniers afflux jusqu'au XVIe siècle.

Dans cette marche beaucoup plus rapide de l'une des deux littératures, on serait peut-être tenté de voir une explication en quelque sorte matérielle de cette vérité, que les événements ne se succèdent pas bien chez toutes deux dans le même ordre, chacune présentant d'ailleurs d'importantes formes qui manquent à l'autre. La vitesse du courant chez nous n'aurait-elle pas un peu brouillé les choses, donné à l'ensemble cet aspect assez confus, englouti des formes possibles, poussé quelques autres à la surface, amené des genres différents sur le même plan du temps ?

Mais il resterait à savoir pourquoi des choses qui s'étaient déroulées dans un certain ordre pendant l'antiquité ont pris chez nous des mouvements moins distincts et une allure beaucoup plus précipitée.

Peut-être trouvera-t-on quelque éclaircissement à ces problèmes si l'on veut bien se reporter à notre hypothèse que, pendant toute l'antiquité, l'âme travaille à se former et à se dégager des choses, tandis qu'aux débuts de la littérature du moyen âge, elle est déjà toute formée à part, ingénue comme une nouveau-née, mais vigoureuse et forte de la jeune immortalité qu'elle a reçue, en sorte que son œuvre est de rejoindre et de pénétrer la nature qui lui est offerte.

Et ici expliquons-nous du mot « nature », que nous

ne devons plus opposer à l'âme comme une antithèse, à moins de marquer par quoi la nature est distincte de l'âme et comment elle en souffre le contact et la pénétration.

II

DISTINCTION DE LA NATURE DES CHOSES ET DE L'AME

La nature, n'est-ce pas d'abord ce qui est extérieurement concret?

Le sol où nous marchons, le vent qui nous fouette le visage, le fleuve où nous puisons de l'eau, les arbres qui vivent près de nous, les collines qui bornent notre horizon, les astres, les météores qui parcourent notre ciel, voilà le premier plan de la nature, animé par les bêtes, redoutables ou familières. Et les paysages s'ajoutent aux paysages, les étrangetés aux spectacles accoutumés.

C'est un fait que les littératures et les diverses époques des littératures ont un souci très variable de ces phénomènes où la vie de l'homme est enveloppée et qu'elles y prêtent une attention plus ou moins éveillée, plus ou moins émue.

S'il arrive que la description de ces phénomènes soit au début d'une certaine période presque nulle et que peu à peu elle s'étende et prenne plus d'importance, n'y aura-t-il pas là une raison de dire qu'au cours de cette période, l'esprit des hommes s'est progressivement intéressé et attaché à la nature?

La preuve qu'une telle évolution se remarque dans la littérature du moyen âge, cette preuve ne se fait pas. Elle résulte de la lecture des œuvres. Mais il n'est pas malaisé d'en donner quelque illustration de détail, à titre d'exemple.

Certes il n'est pas dans la nature, telle que nous venons de la définir, un thème, un objet qui s'offre et s'impose davantage à l'attention de l'artiste et qui à cause de cela soit plus banal que les fleurs.

Or, dans le *Roland*, le sentiment dans lequel les fleurs sont considérées est délicat et tendre, mais il est extrêmement simple. Reposer en paradis, c'est « gésir en saintes fleurs » ; un visage blanc est blanc « comme fleurs en été », les écus sont des écus « à fleurs », l'herbe y est « l'herbe verte », à moins qu'elle ne soit rouge de sang, et c'est tout. A la même époque, des artistes primitifs ont à embellir les mille églises de pierre qui montent du sol de la France, et c'est à peine s'ils font épanouir sur les robustes chapiteaux quelques feuillages peu définis et peu profonds ; la plupart de leurs dessins d'ornementation sont géométriques, copiés peut-être des étoffes de Byzance.

Mais il ne faut pas avancer beaucoup pour trouver plus de précision et de détail. Dans les lais de Marie de France, il arrive que la nature des plantes est nettement individualisée et caractérisée, qu'elles sont décrites dans leurs mœurs : « Il en était de leurs deux cœurs comme du chèvrefeuille qui se prend au coudrier. Quand il s'y est enlacé et qu'il en a bien entouré le bois, tous deux peuvent longtemps vivre ensemble ; mais si on vient à les séparer, le coudrier meurt bientôt et le chèvrefeuille aussi (1). » Dès le XIIe siècle, la lyrique

(1) Lai de MARIE DE FRANCE : *Le Chèvrefeuille*. Clédat, dans PETIT DE JULLEVILLE : *Histoire de la langue et de la littérature française*, I, 285. Cette histoire est notre meilleur guide général.

populaire offre des chansons de mai et des descriptions du printemps. M. Jeanroy, en prenant des débuts de ces chansons, a pu nous composer comme échantillon cette galerie de tableautins d'une couleur assez vive et plaisante :

Quant la rosée on mois de mai
Naist et monte sur le vert pré,
Et cil oisillon cointe (gracieux) et gai
Chantent cler par le bois ramé...

Flor s'espant, l'herbe i point drue,
La flor pert (parait) en l'esglantier,
J'aimerai, si mes cuers ose!
Mente croist, florit la rose :
Amés tuit, meillor n'i sai...

Quant li rossignol s'escrie
Que mais se va définant,
Et l'aloette jolie
Va contremont l'air montant...

Quant j'oi chanter l'aloette
Et ces menus oisillons
Et je sent la violette
Odorer tous ces buissons... (1)

Puis nous touchons au siècle où saint François appelle les fleurs « ses sœurs » ; le recueil des poésies franciscaines va prendre le nom de *Fioretti*. Le plus grand poème de ce temps est le *Roman de la Rose*. En même temps les ouvriers qui décorent les églises ogivales recueillent des échantillons de toute la flore des pays où ils travaillent, ils la sculptent sur les pierres et ils font des cathédrales le musée de la région où elles s'élèvent.

La tristesse des circonstances qui suivent détournera

(1) Jeanroy, *Les Origines de la poésie lyrique en France au moyen âge, etc.*, Paris, 1889, I, 376.

les cœurs des sujets gracieux. Ce sera le moment des essais de poèmes graves et moralisateurs, le moment aussi des danses macabres. Cependant Charles d'Orléans chantera :

> Le temps a laissié son manteau
> De vent, de froidure et de pluye
> Et s'est vestu de broderye...

Le gothique se fait « fleuri », il contourne la pierre et la contraint d'entrer dans les formes du monde végétal, jusqu'au moment où Ronsard, pour composer ses bouquets, pillera non seulement les églogues de Virgile, mais tous les gazons du « Jardin de la France ». Il est vrai qu'alors les ornemanistes couvriront les murs des châteaux, empliront les compartiments des boiseries de milliers de motifs où frissonne un peuple de fleurs. Si quelque cent ans après, dans toute l'œuvre d'un poète qui se propose d'ailleurs d'autres modèles à peindre, on ne trouve sur ce thème que ce seul vers :

> La campagne à présent n'est pas beaucoup fleurie,

cela pourra bien être une marque que les artistes se seront de nouveau détachés de la considération des phénomènes extérieurs.

Et ce que j'ai dit des fleurs, pour me restreindre à un thème exemplaire, il faudrait le dire de tout ce qu'on peut appeler « les choses ». C'est un fait qu'à partir du XIe siècle la littérature du moyen âge a fait une place de plus en plus grande à la description des choses. Elles sont peintes d'un trait net et d'un ton juste dans les plus vieilles Chansons, mais le magasin des décors, si je puis ainsi parler, est encore si sommaire dans l'esprit du poète qu'à bien des égards il habillera de la même manière Français et ennemis, chrétiens et païens. Comment cette pauvreté subsisterait-elle dans ces poèmes d'aventure qui s'allongent en interminables récits, qui promènent le lecteur parmi cent merveilles, villes, forêts, châteaux, fleuves et mers, créneaux à assaillir, richesses à conquérir, présents à recevoir et à donner ? Et pense-t-on que Villehardouin et Joinville auront vu l'Orient, que Froissart aura curieusement couru par l'Europe, admirant guerres et tournois, entrant dans les villes, suivant les cours, cheminant dans les campagnes, pour ne rien nous dire de tant d'objets frappants ?

Voilà donc encore toute une province de la nature concrète que la littérature du moyen âge s'est peu à peu annexée : car je n'excepte pas de la nature ce qui, étant œuvre de l'art humain, se présente comme un objet à considérer, vêtements, maisons, édifices, tours, murailles, vaisseaux, meubles, armes, étoffes, tout ce que le génie de l'homme invente, agence, édifie, prépare, arrange, fabrique pour satisfaire aux goûts et aux besoins de sa propre nature.

Et l'homme lui-même : ce corps pour lequel il se met en telle dépense d'ingéniosité et de labeur, ne fait-il pas partie de la nature ? Sans doute, et les phénomènes dont il est le siège sont régis par des vicissitudes qui ne paraissent guère moins rigoureuses que celles qui s'imposent aux saisons, à la circulation des éléments, à la vie des plantes et des bêtes.

Et voici que nous sommes au cœur de la nature humaine qui n'est jamais plus elle-même que là où elle cesse d'être extérieurement concrète pour s'offrir comme un objet moral, intérieur, comme l'ensemble des instincts, des désirs, des passions. Car si la nature physique de l'homme ne change pas et si nous n'avons pas un organe de plus ou de moins que les Égyptiens qui nous ont légué leurs momies, ou les Grecs qui nous ont laissé leurs statues, ou cette multitude d'aïeux inconnus de qui nous tenons notre sang, notre vie psychologique se compose exactement des mêmes forces et des mêmes tendances que la leur, et elle traduit un invisible organisme auquel il n'a été rien ajouté ni rien ôté.

Que reste-t-il donc dans l'homme qui ne soit pas de la nature et qui ait pu changer ?

C'est Chateaubriand qui le remarque, je ne sais où, par une de ces pensées qu'on croit reconnaître quand on les rencontre et qu'on s'étonne de n'avoir pas déjà formulées : les passions ne changent pas, il n'y a que les idées qui changent.

C'est assez. Encore ne s'agit-il pas de ces mille idées que l'expérience, que l'occasion fait naître, mais du petit nombre d'idées qui, au contraire, interprètent et dépassent l'enseignement de la nature physique et donnent à la vie humaine un sens dernier et une suprême raison. La nature des choses, pour parler comme les anciens, a-t-elle en elle-même sa raison d'être, ou faut-il que l'esprit humain aille chercher ailleurs cette raison ? L'homme à son tour est-il un accident de cette nature ou bien n'implique-t-il pas en lui des pensées dont elle ne saurait rendre compte, des fins auxquelles elle ne satisfait pas ? Quel est dès lors le rapport de l'homme avec la cause absolue de la création, quelle est sa destinée et par suite quel est son rôle, sa fonction, son devoir et son but pendant qu'il vit sur cette terre et qu'à tant d'égards il fait partie de la nature et de l'ensemble des phénomènes ?

C'est parce que l'homme est capable de ces doutes, c'est parce qu'il peut s'arrêter à ces idées, en un mot c'est parce qu'il est raisonnable, qu'il n'est pas un animal entre autres, dont on puisse déterminer une fois pour toutes la manière de vivre et que, malgré la fixité de sa nature physique, intellectuelle et morale, il n'a pas des mœurs immuables comme les abeilles ou les fourmis ; car c'est ce pouvoir d'ultime réflexion qui se propage de proche en proche dans ses observations et dans ses actes et l'anime d'une mobilité qui échappe à toute rigoureuse prévision. C'est parce qu'il est doué de ce pouvoir-là qu'indépendamment de l'influence des circonstances, qu'il ne s'agit pas de nier, il se modifie lui-même, transforme tour à tour ses principes de conduite qui ainsi cessent d'être naturels pour devenir siens, pour être humains, surveille, compose, complique, ordonne les mouvements de ses tendances et de ses passions natives et règle de son fonds l'exercice et l'usage de ses énergies physiques. Or sachant et pouvant se changer, grand miracle ! à plus forte raison peut-il en quelque mesure changer les choses, contraindre la nature, façonnée par son art, à entrer dans des formes et à présenter des objets et des spectacles qu'elle ne produit pas d'elle-même. Dirai-je que la fabrication réfléchie du premier outil était déjà le fait d'un être qui, non content d'organiser la vie d'après ses propres plans, devait un jour se poser les questions dernières ?...

Et c'est à travers ces questions, à travers ces problèmes que l'âme s'était cherchée et formée dans l'antiquité. C'est par la claire conscience de leur position que l'âme naît complètement à elle-même, c'est par leur solution assurée qu'elle était comme fondée et en possession de soi dès le début de la littérature du moyen âge. Et c'est l'esprit humain, en tant qu'il est le lieu en quelque sorte métaphysique de ce petit trésor de grandes idées et d'essentielles vérités qu'on peut appeler l'âme, par opposition à la nature, à l'ordre et aux flux des phénomènes, puisqu'aussi bien l'âme ainsi définie est à part des phénomènes et distincte de la nature objective des choses. Le poème de cette âme toute pure a été écrit pendant le moyen âge, ce qui prouve assez qu'elle s'y est bien connue, et il s'appelle l'*Imitation de Jésus-Christ.*

III

LA PHILOSOPHIE ET LA POÉSIE LYRIQUE

Ceci accordé, des conséquences sortiront.

Déjà consciente de soi, l'âme n'ira pas se comporter comme si elle se cherchait. Nous aurons là de prime-abord, dans l'histoire du moyen âge, une différence sensible et bien remarquable avec l'histoire de la pensée antique. Si naïve que soit à ce moment l'âme des hommes, si neuve qu'on la suppose, c'est une âme qui a réfléchi sur les problèmes les plus ardus et les plus importants qui soient, ou qui du moins les connaît, pour en avoir accepté les solutions les plus profondes. Nous n'aurons donc point de ces tâtonnements gauches et héroïques qui signalent chez les Grecs l'entrée en scène de la philosophie et nous ne verrons pas la philosophie se dégager après longtemps des fables mythiques et de la poésie pour se reconnaître, s'exercer peu à peu, affiner et aiguiser sa vue, essayer ses forces, grandir. Non, du premier jour, la philosophie, rattachée à une religion et à une dogmatique plus insondables encore qu'elle ne saurait être, sera prête et accompagnera toutes les autres manifestations du génie d'un pas égal. Elle sera même prête la première, comme tenant de plus près à l'âme et aux sources mystiques où s'alimente l'âme : un grand système comme celui de Scot Érigène aura été conçu et construit, bien avant qu'aucune œuvre proprement littéraire ait vu le jour. Saint Anselme et Roscelin tiennent leurs débats sur la nature des idées générales, mènent leur querelle des universaux devant des conciles qui les jugent, dans un temps où c'est à peine si les légendes guerrières passent de la cantilène à la Chanson. L'esprit une fois en mouvement, la philosophie fera passer en acte, à sa façon, la loi commune qui exprime l'œuvre de tous, et ce sera sa façon à elle de se rapprocher de la nature que d'aller progressivement du réalisme au nominalisme (1). Mais sa marche sera parallèle à celle des genres purement esthétiques, elle n'aura pas à naître à un moment de l'histoire littéraire par l'éclosion définitive de la réflexion. Au contraire, la ligne, le diagramme qu'elle aura tracé de sa course aura dans le temps une origine plus reculée et d'abord plus nette que celle que pourra montrer la littérature ; et encore, par la théosophie, par la résurrection des systèmes antiques et bientôt par l'invention de systèmes originaux, elle ne sera pas en retard dans l'élan de la Renaissance.

Un second fait qu'il importe de signaler tout de suite, c'est le caractère que prendra le lyrisme dans la litté-

(1) V. G. Dumesnil : *Du rôle des concepts*, pp. 95-99.

rature du moyen âge et qui sera tout autre que celui de la lyrique antique.

Toutes les ressources lyriques des anciens Grecs s'étaient concentrées, on le sait, autour du culte ; puis elles avaient passé de là dans l'épopée qui avait momentanément tenu comme agglomérées les énergies du génie littéraire de la race. Quand elles s'étaient retirées de l'épopée et que de celle-ci étaient nés par différenciation les divers genres, le lyrisme s'était retrouvé, fortifié par cette grande préparation, et avait jeté un haut éclat, soit qu'il se mêlât aux élégies, soit qu'il chantât les héros et les dieux avec Pindare ou qu'il exprimât l'âme encore collective des hommes dans les chœurs des tragédies. Puis, après une éclipse, il n'avait reparu vraiment qu'à la fin, quand il y avait eu des âmes nées à elles-mêmes qui jouissaient ou qui souffraient.

Au moyen âge, les âmes étaient toutes faites, toutes fortes de christianisme, et je pense qu'à cause de cela elles avaient une vigueur lyrique inconnue aux premiers âges de la Grèce. Notre Chanson de Geste m'en a servi de première preuve, et cette poussée lyrique est si bien le fait de cette période de temps qu'on peut la constater partout, au nord comme au midi, qu'elle ne subit pas d'arrêt ni de retardement, qu'elle est continue et ne se laisse jamais étouffer, même par la vaste production des genres les plus luxuriants de la littérature. Indépendamment de toutes ces lointaines cantilènes d'où sont sorties les Chansons de Geste, il y eut des chansons d'outrée, des chansons à danser, d'abord héroïques, puis d'inspiration amoureuse (1). Au XIIe siècle, les femmes

(1) V. PETIT DE JULLEVILLE : *Histoire de la langue et de la littérature française*, t. I, p. 361.

chantaient des chansons de toile qu'heureusement nous n'avons pas perdues toutes et dont plusieurs sont d'admirables choses (1). Le lyrisme s'emparait de la vie des saints ; il faisait naître des lais, anonymes pour nous, car le nom de leurs auteurs était ou négligé ou bientôt perdu. D'autres chansons étaient chantées par Blondel de Nesle, Gautier d'Espinaus, le châtelain de Coucy, Conon de Béthune, Richard d'Angleterre, Marie de France. La série se continuait au XIIIe siècle par une foule de chansons amoureuses, politiques, satiriques, pieuses encore : il y en a des centaines inédites dans nos bibliothèques ; quelques-unes jetaient un petit rayon d'illustration sur les noms de Gace Brûlé et de Colin Muset ; d'autres donnaient une gloire moins précaire à Thibaut de Champagne, à Adam de la Halle, à Rutebœuf. Enfin Eustache Deschamps, Christine de Pisan, Alain Chartier, Charles d'Orléans, Villon, pour ne citer que les meilleurs, forment une chaîne qui rejoint la poésie lyrique de la Renaissance.

Aucune interruption. Pas d'alternative de fécondité et de repos, comme dans la littérature ancienne. Le moyen âge trouve toujours le temps, l'occasion, le désir ou, comme il dit, le « talent » de chanter, et on voit par là comme le lyrisme est devenu vivace, multiple, abondant dans toutes ces âmes capables de le porter et d'où il peut éclore. La chanson au moyen âge a droit de n'être pas mésestimée, et il faut tenir compte du sentiment d'un homme comme Dante qui la met en parallèle avec l'ode des anciens.

Elle lui est pourtant inférieure et il n'est pas malaisé

(1) Petit de Julleville : *Morceaux choisis des auteurs français. Moyen âge et XVIe siècle*, p. 17.

d'en découvrir les raisons. La chanson, même à la prendre sous tous ses noms (1), pastourelle, aube, débat, ballade, rondeau, rondeau double, chant royal, retroenge, chansons de toute sorte proprement dites, à forme fixe ou à forme variable, innombrables, de toute inspiration et de toute destination, la chanson, dis-je, n'est qu'une part de la poésie lyrique et la moins bonne. La plus haute et la meilleure est dévolue au culte. Le moyen âge reprend des avantages sur l'antiquité, si l'on fait entrer en ligne de compte les hymnes religieuses. Un certain nombre en subsiste dans notre liturgie, ce n'est que la fleur d'une immense production (2) partout vigoureuse, constamment active, et il serait superflu d'insister, soit sur la grandeur d'une telle poésie lyrique, soit sur la beauté, même littéraire exclusivement, et abstraction faite de la musique, des hymnes de ce temps que chante l'Église catholique. Le *Salve Regina*, le *Stabat Mater*, le *Victimæ paschali laudes*, le *Lauda Sion*, le *Ecce Panis angelorum*, le *Pange lingua*, l'*Ave verum*, le *Dies iræ* sont d'une profondeur de pensée, d'une hardiesse d'invention esthétique qui ouvrent des régions fermées aux poètes païens, d'une pureté qui repose du sempiternel récit de la multiple et infatigable bestialité des dieux, et les tableaux que ces chants déroulent ont une lumière qui ne pâlit pas à côté de l'éclat des chœurs de Sophocle.

Tout cela est écrit en latin. La chanson en langue

(1) V. Jeanroy : *Les Origines de la poésie lyrique en France au moyen âge*, etc., Paris, 1889.

(2) V. *Repertorium hymnologicum*. Catalogue des chants, hymnes, proses, séquences, tropes en usage dans l'Église latine depuis l'origine jusqu'à nos jours, par le chanoine Ulysse Chevalier. 4 fascicules extraits des *Analecta Bollandiana*. Louvain, imprimerie Lefever, déc. 1889, avril 1892, oct. 1894-1897.

vulgaire, séparée du culte, ne saurait avoir ni tant de hauteur, ni tant de splendeur. Du côté de la religion précisément, elle est bornée par cette lyrique latine que le culte exhausse et fortifie, il ne lui reste que la legende pieuse, qui d'ailleurs s'accommode mieux de narration que de lyrisme ; elle est ainsi dépassée par l'hymne, prévenue par le psaume, limitée par le dogme. Ce qui lui reste n'est pas suffisant pour la dédommager. Le lyrisme du moyen âge pris tout ensemble ne le cède à celui d'aucune époque ; sous forme de chanson profane, sa matière fut un peu mince et nous en voyons déjà quelques causes.

IV

CHANSONS ET ÉPOPÉES OU LE MOYEN AGE, EN CONNAISSANT MIEUX LA NATURE ET L'AMOUR, GARDE L'IDÉALISME

La philosophie et la poésie lyrique étant ainsi mises à part, non pas qu'elles soient privées du pouvoir d'évoluer, mais parce que, renaissant toujours de l'âme, elles se maintiennent distinctes à côté de l'évolution qui va de genre en genre, la poésie épique paraît la première en France comme en Grèce, mais combien différente ici et là, selon la diversité d'origine !

En Grèce, naissant pour ainsi dire de la nature même, ne sera-t-elle pas beaucoup mieux renseignée sur toutes les apparences des phénomènes, sur les aspects extérieurs des choses, sur leurs ressemblances qui fournissent les comparaisons, même sur le jeu naturel des passions et des caractères ?

Homère veut dépeindre les Achéens qui se préparent au combat :

Comme un feu dévorant embrase une forêt spacieuse sur le sommet d'une montagne et répand au loin une vive lumière : ainsi dans leur marche le resplendissant éclat de l'airain merveilleux étincelle de toutes parts et s'élève jusqu'au ciel. Comme de nombreuses légions d'oiseaux ailés, de grues ou d'oies sauvages ou de cygnes au long col, volent çà et là dans les prairies d'Asius sur les ondes du Caystre, agitant leurs ailes et se devançant les uns les autres en poussant des cris aigus qui retentissent dans les campagnes : ainsi de nombreux bataillons sortent des vaisseaux et des tentes, se répandant dans les plaines du Scamandre ; et sous les pieds des guerriers et des chevaux la terre rend un son terrible. Ils s'arrêtent sur les rives émaillées du fleuve et ils sont aussi nombreux que les feuilles et les fleurs qui naissent au printemps. Comme d'abondants essaims de mouches errent sans cesse dans l'étable du berger, au retour de la saison nouvelle, lorsque les vases sont inondés de lait : ainsi les innombrables Grecs à la longue chevelure se tiennent dans la plaine et brûlent de marcher contre les Troyens (1).

Voici un bivouac la nuit :

Les Troyens, animés d'un orgueilleux espoir, reposent toute la nuit dans la plaine, à la lueur des feux qu'ils ont allumés. Ainsi, lorsque, par un temps calme et dans un ciel sans nuages, les étoiles radieuses brillent autour de la lune argentée, les collines, les vallées, les sommets des montagnes sont éclairés d'une douce lumière ; l'azur des cieux laisse apercevoir tous les astres qui scintillent, et le cœur du berger est rempli d'allégresse : ainsi brillent de toutes parts les feux nombreux que les Troyens ont allumés entre la flotte des Grecs et le Xanthe impétueux. Mille brasiers éclairent la plaine, et autour de chaque feu reposent cinquante guerriers. Les coursiers se repaissent d'orge

(1) *Iliade*, II, trad. BARESTE.

blanche, d'avoine, et ils attendent près des chars le retour de la divine Aurore (1).

Aurais-je eu le malheur de tomber sur des passages interpolés ? Ce désagrément est toujours à craindre quand on cite Homère. Qu'importe, si c'est là la poésie homérique ? Un critique peut faire un livre pour prouver qu'Homère est un savant, que ses poèmes renferment une encyclopédie magnifique de notions étendues, vastes, précises, les trésors d'une connaissance déjà mûre et d'une expérience abondante (2). On pourrait écrire, on a écrit d'autres livres, des volumes, pour faire remarquer la justesse des caractères, des mouvements du cœur qui sont réfléchis dans le miroir de ces augustes et immortels poèmes, et la plupart des personnages qui y vivent sont devenus des types éternels de l'humanité.

Ce dernier avantage n'a pas été refusé à beaucoup près aux héros de nos épopées médiévales, car si la nature produit des types qui peuvent pour ainsi dire entrer dans un poème et s'y mouvoir, l'âme est informée de la nature morale de l'homme et peut, elle aussi, peindre des caractères où l'homme se reconnaîtra toujours. Mais il serait tout à fait oiseux, surtout après les citations qu'on a lues, de faire plus que d'énoncer la supériorité des poèmes homériques dans la description de la nature, des objets et des choses, supériorité qui éclate de toutes parts. J'ai indiqué, en parlant de la *Chanson de Roland*, par où à son tour elle était incomparable, par le lyrisme, par l'élévation, par

(1) *Iliade*, VIII, trad. Bareste.
(2) Voir *Les Choses naturelles dans Homère*, par le Dr A. Kums, Paris, 1897.

l'héroïque naïveté de la foi, par une espèce de transcendance des sentiments, par l'impétueux élan vers l'idéal, en un mot par tout ce qui est de l'âme.

Il faut toujours y revenir et, à vrai dire, le moyen âge aura bien de la peine à s'en écarter, de ce point de départ. Il faudra bien qu'il aille, qu'il marche vers la nature objective des choses, mais il ne la rejoindra que tant bien que mal; et à la fin, quand il l'aura bien jointe, c'est une question s'il sera encore lui-même.

Il se met en route de bonne heure, et son premier effort est de quitter, au moins chez nous, le rude vers de dix pieds, de se débarrasser de la cotte rigide de la laisse qui l'aidait à se dresser, à fournir une course, à rompre sa lance, mais qui le gênerait pour ouvrir ses sens et pour les informer. Il essaye le grand vers de douze pieds qui aborde tous les objets qu'il se donne d'un mouvement équilibré, adapté, réfléchi, facile, sûr. Déjà son oreille est plus fine, plus délicate. Il dit adieu à l'assonance, à la vieille assonance populaire qui avait fourni à la pensée des moules larges et robustes pour y jeter de force et synthétiquement la matière à ouvrer, et il passe à la rime dont il se sert d'abord fort mal en la substituant à l'assonance tout au long de la laisse, mais que bientôt il emploie mieux : car, redoublée seulement, la rime représente bien une prise exacte, serrée, légère de l'objet par l'esprit, un contact étroit, mais momentané, analytique, qui vient d'un point et, à mesure que la rime change, va à un autre. Et il adopte enfin le vers de huit pieds, onduleux, sinueux, qui court d'un mouvement changeant comme les phénomènes, s'applique sur toutes choses comme un mètre indéfiniment déroulé, mou, aux articulations multipliées, le vers de huit pieds commode aux récits et où, quand il est indéfiniment répété, il ne reste presque rien de l'ancien lyrisme générateur de l'épopée.

Et aussi ses sujets d'épopée, il les change. Il ne suffirait pas d'expliquer cela par un concours de circonstances et de dire qu'il abandonne les anciens thèmes parce qu'à un certain moment historique il se trouve mis en possession des légendes arthuriennes et des traditions de l'antiquité. Nullement. Tout cela eût été non avenu si précisément il n'avait plu au moyen âge de s'en emparer et d'en faire son bien. Nous savons avec quelle originalité savoureuse, presque scandaleuse pour nous, il refait toute la matière antique, ne s'embarrassant de rien de ce qui ne lui convient pas, recréant tout à son image et s'exprimant lui-même dans des fables d'emprunt. Sans vouloir faire tort à l'âme celtique, puisqu'il semble assez qu'il y en ait une, et sans nier ce qu'elle peut avoir de particulièrement tendre, libre et mystérieux, soyons sûrs que le moyen âge français lui a rendu plus qu'elle ne lui a prêté, qu'il ne l'aurait pas adoptée si elle n'avait pas été déjà sienne et que, sur la table du roi Arthus, il a servi ses propres fruits, placé ses propres breuvages.

C'est donc bien par un mouvement autonome au fond que notre moyen âge accueille déjà tantôt ceux qui sont du nord, tantôt ceux qui sont du midi (je pense ici à la poésie lyrique de la Provence) et modifie progressivement le caractère de sa poésie épique. Le héros des premières épopées, royales ou féodales, marchait les yeux au ciel ou les yeux dans les yeux de l'ennemi. Maintenant le héros va cherchant l'aventure et il la rencontre merveilleuse, à tous les carrefours de la nature, dans toutes les voies du ciel, dans tous les cantons du monde, à tous les plans de l'histoire. Au cours de ces explorations, même imaginaires, il n'est pas sans voir beaucoup de choses et sans nous en entretenir, et il est tout autrement informé du spectacle du monde et des curiosités de la nature que son grand arrière-cousin, qui se préoccupait surtout de battre sa coulpe avant de donner son suprême coup d'épée.

Avouons-le pourtant, le moyen âge durera et travaillera longtemps avant d'apprendre de sûres nouvelles des choses, et cela se conçoit. Si l'on admet que, par un mouvement inverse de l'antiquité, qui partait de la nature objectivement concrète pour arriver à l'âme, il part de l'âme même, la nature concrète des choses sera le dernier objet qu'il atteindra bien. Avant d'y arriver, il aura à traverser les régions voisines de l'âme où l'âme descend comme par des prolongements vivants et sensibles, le monde intérieur des volontés et des aspirations, des passions, des clairs désirs, des tendances confuses, des vertus conscientes, des vices sous-jacents, des presque inconscientes dépravations, le monde du cœur et de l'instinct. Puis il lui faudra s'intéresser aux caractères extérieurs de la complexion des corps et il n'en apprendra que peu à peu l'intrinsèque et matérielle beauté, par les leçons que lui donnera la beauté féminine. Longtemps il mêlera à sa vision et à sa connaissance des êtres les éléments moraux et imaginatifs qui communiquent à tout son art une originalité si vive, une mysticité si profonde. Ce n'est qu'après ces explorations, ces essais, ces découvertes et comme après avoir fait trouée qu'il abordera, avec sa science grandissante, sur les plages de l'expérience méthodique et de la connaissance positive.

La poésie lyrique, idyllique, la chanson manifestent l'exactitude de cette vue. Toute cette poésie, durant le moyen âge, se maintient avec une sorte d'invincible préférence dans le monde et dans l'ordre des sentiments moraux, près de la frontière où les passions ressentent plus directement les pénétrations de l'âme, et elle ne dit presque rien des événements ou des circonstances extérieures, n'y voyant guère qu'une occasion de chanter, sommairement mentionnée. C'est ainsi qu'elle ne fait presque aucune place à la description des choses. Quand j'ai voulu montrer, en prenant cette poésie à témoin, que le moyen âge s'était avancé vers la nature objective et concrète, bien que j'aie choisi un thème pour ainsi dire inévitable et banal, l'exemple ne s'est trouvé que suffisant, il ne s'est pas trouvé riche. Il y a plus de fleurs peut-être dans la quatrième églogue de Virgile que dans toutes les pastourelles du moyen âge. Rien qui ressemble à la bucolique ne s'y est, même vers la fin, développé à part, il n'y en a que des ébauches dans certaines scènes des mystères. Au contraire, la poésie lyrique, la chanson même y a pris et gardé un caractère spirituel, sinon abstrait; elle a exposé, développé, élaboré, analysé une sorte de métaphysique des sentiments, elle en a institué la discussion tout autant que l'expression dans des examens subtils et des « débats » qui feraient assez bien un chapitre de la philosophie scolastique et qui la rappellent autant par leur méthode que par leur objet, et elle n'a donné une voix même à la passion vraie qu'avec l'accompagnement d'une extrême ingéniosité morale. Il est facile de voir ce qui reste de tout cela jusque dans les « chansons » (*canzoni*) et les sonnets de Pétrarque. Au moment où la poésie lyrique perd ce caractère de logique spiritualiste, on doute si l'on est encore au moyen âge, tant ce fut l'œuvre propre de cette époque de fortifier et d'affermir par l'exercice les parties de l'esprit qui confinent à l'âme et de donner à celle-ci le temps de s'identifier aux vérités où elle s'était reconnue. Pour apprendre à chanter les choses, il faudra que notre poésie lyrique entende, docilement cette fois, les exemples des anciens maîtres. Si on veut sentir la différence qu'il y a entre une poésie qui traite par un procédé psychologique les sentiments et les passions et une poésie qui agite ces mêmes sentiments et ces mêmes passions parmi les objets et les circonstances de la nature extérieure, il suffira de rapprocher quelque chanson de Thibaut de Champagne d'un poème comme l'églogue pour Gallus, ou encore quelque pastourelle d'une idylle moderne comme :

> Je ne songeais pas à Rose.
> Rose au bois vint avec moi...

L'épopée courtoise (1), romans antiques, romans bretons, byzantins, « d'origine douteuse ou de pure imagination », qui prend naissance vers le commencement du XIIe siècle et qui remplit encore le XIIIe, celle qui s'en va « en vers alertes de huit syllabes rimant deux à deux » et qui « légère, brillante, se plaît à la peinture des fêtes de cour, des tournois, des expéditions aventureuses (2) », cette épopée en sait déjà bien plus long sur les phénomènes et sur les choses que son aînée, l'antique épopée nationale.

Celle-ci n'ignorait pas l'art de peindre en quelques vers vigoureux quelque grand phénomène naturel,

(1) Voir Petit de Julleville : *Histoire de la langue et de la littérature française*, t. I, *Moyen age*, c. IV. *L'Épopée courtoise*, par M. L. Clédat, pp. 254 et suiv.

(2) *Ibid.*, p. 255.

comme une tourmente où se mêlent la rafale, le vent et le tonnerre, la pluie, la grêle, les foudres qui tombent dru, la terre qui tremble, tandis que les murs des villes crèvent, qu'en plein midi les grandes ténèbres ne sont coupées que par l'éclair du ciel qui se fend et que les hommes épouvantés disent : « C'est la fin du monde, c'est la consommation du siècle (1) ! » Le tableau est d'une seule et même conception, franche et forte ; il me semble qu'il fait songer à Poussin.

C'est d'un autre style qu'une épopée de la fin du XIIe siècle racontera, elle aussi, une tempête, avec ses sautes de vent, ses degrés, ses incidents, ses péripéties, l'accalmie qui la suit :

> ... du sud leur saute un vent
> Qui par devant frappe la voile,
> A secoué toute la nef,
> Courent au lof, la voile tournent,
> Et, quoi qu'ils veuillent, s'en retournent.
> Le vent s'efforce et lève l'onde,
> La mer se meut qui est profonde,
> Le temps se trouble, épaissit l'air,
> Vagues s'élèvent, mer noircit,
> Il pleut et grêle et le temps croît.
> Rompent boulines et haubans,
> Abattent la voile et s'en vont
> Au hasard de l'onde et du vent.
> Avaient en mer leur bateau mis,
> Car près furent de leur pays ;
> Par malheur ils l'ont oublié,
> Une vague l'a mis en pièces.
> Le plus habile matelot
> Ne peut sur ses pieds se tenir.
> Tous y pleurent et se lamentent,
> Ils ont grand peur et grand douleur.
> . . . .
> Le chaud se lève, le vent tombe,

(1) *Chanson de Roland*, v. 1424, 1435.

Et plus ne peuvent avancer ;
La mer est paisible et unie,
Ni çà ni là leur nef ne va
Sinon comme l'onde la pousse.
Et leur bateau ils ont perdu !
Alors est grande leur détresse.
Devant eux près ils voient la terre,
Point n'ont de vent pour y atteindre.
Amont, aval ils vont errants,
Tantôt avant, tantôt arrière.
Ne peuvent leur route avancer (1).

Tout cela n'est-il pas déjà, par l'accumulation du détail, la division des moments du récit, presque plus ressemblant à la tempête de Rabelais qu'à celle du *Roland*?

Notre vieille chanson de geste peignait sobrement, d'une touche large et vive, les choses, les étoffes, les métaux, les riches présents ; elle n'en eût pas parlé sur ce ton de marchand qui sait les provenances et les prix et qui fait valoir sa pacotille :

Emporte belle marchandise,
Brillantes étoffes de soie
Et riche vaisselle de Tours,
Vins de Poitou, oiseaux d'Espagne,
Pour dissimuler ses desseins
Et pouvoir à Iseut venir.... (2)

Et ce qui est remarquable, c'est que la beauté des choses n'est plus sentie brièvement et naïvement, elle est consciemment perçue et analysée et surtout dans son rapport avec la beauté de la femme, de l'amante :

D'une robe de soïe noire
Était la dame étroit vêtue,
De fil d'or finement cousue.

(1) PETIT DE JULLEVILLE : *op. cit.*, Clédat, t. I, chap. IV, p. 277-279.
(2) *Ibid.*, p. 276.

Ses cheveux tombent à ses pieds,
D'un galon d'or étaient tressés.
Qui voit son corps et son visage
Par trop aurait le cœur félon
S'il n'avait d'elle grand pitié (1).

Et ailleurs :

Ils étaient si beaux, elle et lui,
Que le rayon de leur beauté
Faisait resplendir le palais... (2)

Car nous voici là même où la beauté physique est pleinement saisie et comprise, là où la beauté de toutes choses est résumée et exaltée, je veux dire le corps féminin :

Le corps eut beau, basse la hanche,
Le cou plus blanc que neige sur branche ;
Les yeux eut vairs, blanc le visage,
Belle bouche, nez bien assis,
Les sourcils bruns et beau le front,
Tête bouclée et blondissante :
Fil d'or ne jette telle lueur
Que ses cheveux sous le soleil (3).

Le portrait est exquis, adorable comme une enluminure du même temps. Et, après cela, si la dame paraît montée sur un blanc palefroi, magnifiquement harnaché, si sa tunique blanche, lacée sur les côtés, laisse voir sous son manteau de pourpre l'élégance de sa taille nue; si, un épervier sur le poing, suivie d'un lévrier, elle vient au petit pas, accompagnée d'un gentil damoi-

(1) PETIT DE JULLEVILLE, *op. cit.*, Clédat, t. I, chap. IV, p. 264. Cf. *Chanson de Roland*, v. 3708 : « à lui est venue Aude, *une belle dame* » ; et c'est toute la description de la belle Aude.
(2) *Ibid.*, p. 304.
(3) *Ibid.*, p. 293.

seau portant un cor d'ivoire ; si petits et grands, vieillards et enfants se pressent pour l'admirer ; si les juges en sont réchauffés de joie ; s'il n'y a à la cour d'homme si vieux qui ne la regarde volontiers et qui ne soit prêt à la servir avec son agrément (1), n'est-il pas évident que c'est de l'éclat de cette femme que rayonne la beauté sur tout ce qui la touche et l'environne, et ne voyons-nous pas du même coup par où l'esprit vient aux hommes de ce temps et le goût aussi ?

Le goût et l'esprit, presque trop d'esprit. Car, même à ce propos, notre moyen âge ne quittera guère son domaine privé et propre, le pays de la discussion psychologique, de l'analyse, celui de l'étude des sentiments décrits dans leurs oppositions, leurs conflits, leurs accords, la région toute morale des rencontres du cœur et de la volonté. C'est là qu'il se placera de préférence, dissertant des problèmes d'amour, s'échauffant et même s'alambiquant la cervelle à un feu qu'alimentent par en dessous les instincts de la nature, élaborant une casuistique passionnelle à laquelle ne songeaient guère Aude ni Roland, Guillaume ni Guibor, raffinant souvent, dogmatisant aussi, se faisant une éducation sentimentale qui aboutira à quelque chose comme les cours d'amour, à une chevalerie galante, à la sensualité de tête de beaucoup de ses plus illustres poètes.

Quel d'eux quatre a plus grande angoisse,

dit déjà le vieux chantre de *Tristan et Iseut*, dans une situation compliquée,

(1) Petit de Julleville, *op. cit.*, Clédat, t. I, chap. iv, p. 293.

Parce que éprouvé ne l'ai,
Je laisse aux amants de juger (1).

Et cette ingénue, dans ce siècle lointain, ne s'y prend-elle pas déjà assez bien pour démêler ce qui se passe entre ses sens, son cœur et sa tête ?

Comment savoir, sans l'éprouver,
Ce que peut être mal ni bien ?
De tous les maux le mien diffère,
Il me plaît et pourtant j'en souffre.
Et s'il peut être un mal qui plaise,
Mon ennui est ma volonté,
Et ma douleur est ma santé.
Ne sais donc de quoi je me plaigne,
Car point ne sais d'où mon mal vient,
Que de ma seule volonté.
C'est mon vouloir qui mal devient,
Mais tant ai d'aise en mon vouloir
Que doucement me fait souffrir,
Et tant de joie en mon ennui
Que doucement malade suis.
N'est-ce point un mal hypocrite
Qui doux me semble et tant m'angoisse ?
Nourrice, dites-moi son nom,
Et sa manière et sa nature !
Mais sachez bien que je n'ai cure
De guérir en nulle manière,
Car moult en ai l'angoisse chère (2).

Ailleurs, c'est le poète qui ratiocine sur les réactions des passions :

Courroux de femme est redoutable
Et chacun s'en doit bien garder ;
Car là où plus aimé aura
D'autant plus se venger voudra.
Facilement vient leur amour,
Facilement aussi leur haine ;

(1) Petit de Julleville, *op. cit.*, Clédat, t. I, chap. IV, p. 274.
(2) *Ibid.*, p. 305.

Et plus dure l'inimitié,
Quand vient, que ne fut l'amitié.
L'amour savent bien mesurer,
Mais non point tempérer la haine
Tant qu'elles sont en leur courroux (1).

Ce n'est pas merveille que l'amour, qui ne chôme jamais, que je sache, soit la particulière affaire d'une poésie qui se tient ainsi à la lisière des pures connaissances intelligibles, à l'orée du monde attirant et séducteur des émotions de la sensibilité, sur cette limite commune que peut franchir dans les deux sens l'élan ou le mouvement du cœur, élan mystique ou mouvement charnel. Aussi ces épopées courtoises, d'autres poèmes de ce temps sont-ils tout pleins de l'aventure d'amour ; ils en connaissent, ils en reproduisent bien déjà les phases, les péripéties, le langage.

Voici de futurs amants qui se rencontrent :

Amour lance en elle son trait,
Qui lui conseille de l'aimer,
Pâlir la fit et soupirer.
Mais ne voulut son penser dire,

Craignant qu'il n'en conçût mépris.
Longtemps près d'elle demeura,
Puis prit congé et s'en alla :
Contre son gré le lui donna.
A son logis s'en est allé.
Il est tout morne et tout pensif,
A son cœur troublé par la belle...

et elle de son côté :

Hélas ! comme mon cœur est dompté...
Mon amour follement plaçai...
Je pense qu'il me blâmera !

(1) PETIT DE JULLEVILLE, *op. cit.*, Clédat, t. I, chap. IV, p. 276.

jusqu'à ce qu'il lui dise :

Ma vie est toute entre vos mains.
Elle vit bien son amour grand... (1)

et la mutuelle passion peut s'exalter jusqu'à ces naïves, délicates et tendres formules où M. Clédat voit si justement comme un duo :

Jamais en Bretagne ne fus
Et cependant mon cœur sans moi
S'y engagea ne sais comment.
— Dame, quand y fut votre cœur ?
Dites-le-moi, je vous en prie,
Si c'est chose que puissiez dire.
Y fut-il quand j'y fus aussi ?
— Oui, mais ne l'avez pas connu.
Il y fut tant que vous y fûtes,
Et avec vous s'en éloigna.
— Dieu ! Que ne l'ai-je su ni vu !
Certes, Dame, je lui aurais
Tenu très bonne compagnie.
— Vous m'eussiez moult réconfortée,
Et bien le devriez-vous faire,
Car je serais moult débonnaire
A votre cœur, s'il lui plaisait
De venir où il me saurait.
— Dame ! certes à vous vint-il.
— A moi ? ne vint pas en exil,
Car est allé le mien à vous.
— Dame, ils sont donc ci avec nous,
Nos deux cœurs, comme vous le dites,
Car le mien est vôtre à jamais.
— Ami, et vous avez le mien,
L'un et l'autre conviennent bien (2).

Et certes le moyen âge, qui a inventé, rimé, popularisé tant de belles légendes d'amour et, parmi, celle

(1) Petit de Julleville, *op. cit.*, Clédat, pp. 295, 296, 298. Lai de Marie de France, *Éliduc*. La jeune fille s'appelle Guilliadon.

(2) Petit de Julleville, Clédat, *op. cit.*, p. 398. Chrétien de Troyes. Ce sont Cligès et Phénice qui parlent.

de *Tristan et Iseut* qui les passe toutes, n'a pas ignoré les entraînements redoutables, impitoyables de la passion ; mais précisément parce qu'il a connu et senti toujours la présence de l'âme, jamais l'amour ne lui a paru être l'effet d'une fatalité extérieure et écrasante, tel qu'il semblait aux anciens. L'homme et la femme y étaient inclinés alors inéluctablement comme le cou de la victime est offert au couteau ; ils y voyaient souvent la malédiction d'une race, l'arrêt de Jupiter, le jeu du cruel Amour, de la cruelle Vénus « à sa proie attachée », ou ils en étaient possédés comme des bêtes, ces bêtes dont les dieux souvent prenaient la forme pour s'assouvir. Dans notre moyen âge, la femme même, bien qu'elle soit, de nature, plus entièrement soumise à l'amour, y apporte et y garde toujours quelque chose de soi qui est de l'âme. L'amour ne pèse pas sur elle du dehors comme la contrainte d'un ciel ennemi, il croît du dedans, des replis du cœur que la conscience observe et qu'elle éclaire. Si Tristan et Iseut ont bu sur la mer ce breuvage « qui fut leur mort », on sent bien que le philtre ici est le symbole de ce que la passion a de parfois irrésistible intérieurement, en notre pauvre nature qu'incendie la concupiscence et qu'affaiblit le péché, et que l'intime noblesse de l'homme et de la femme tout de même y demeure. On a pu remarquer plus haut, dans les vers que récite Phénice et encore qu'il ne faille pas attribuer ici au mot « volonté » ou « vouloir » un sens trop métaphysique, mais plutôt psychologique et moral, comme ce mot toutefois est à maintes reprises rappelé, redit, comme il y est insisté, en sorte que Phénice ne se sépare pas après tout de son amour, qu'elle ne le considère pas comme une force étrangère en elle et qu'elle parle à sa nourrice d'un tout autre ton que Phèdre à la sienne. Il reste du libre arbitre dans l'amour ; celle qui à cause de l'amour se donnera peut-être est une personne, elle n'est pas l'esclave de son corps et d'un prétendu ordre implacable des choses qui en le pénétrant l'envelopperait elle-même dans un vertige où elle serait comme anéantie malgré soi. Ici c'est le corps qui suit le cœur :

Ni de mon corps ni de mon cœur
Ne sera jamais fait partage.
Qui a le cœur tienne le corps,
Car tous les autres j'en exclus ..
Vôtre est mon cœur, vôtre est mon corps (1) ,

et si le corps suit le cœur, le cœur, on le sent assez dans ce langage, est sous l'œil d'un esprit qui, au moment qu'il s'abandonne, se possède encore, se juge et se régit.

Aussi, du côté de l'amant, l'origine et le principe de l'amour, c'est la vertu de la dame. La beauté de celle-ci n'est en quelque sorte que l'irradiation sensible de sa vertu. A travers la belle enveloppe, l'amant doit aimer l'esprit. Il doit estimer que sa dame surpasse toutes les autres

De corps, de beauté, de visage

mais aussi

D'esprit, de cœur et de bonté (2).

L'amant doit être épris tout entier, non seulemen de sens, mais de jugement, corps et âme, et il doi aimer non seulement le corps, ce que sa dame a d

(1) Petit de Julleville, Clédat, *op. cit.*, pp. 306 et 308.
(2) *Ibid.*, p. 292.

beauté physique, mais encore l'âme, ce en quoi elle est belle moralement, idéalement. Avec l'emportement, la profondeur, la vive et entière spontanéité que comporte une passion comme l'amour, on conçoit que sur de tels principes elle doive tourner chez l'amant à la dévotion, au culte, à l'adoration :

..... il se mit
Si humblement à deux genoux
Comme s'il la dût adorer...
Dit Cligès qu'il était tout sien (1).

Quand Lancelot s'approche du lit de Genièvre :

Profondément il la salue :
La vénérait plus que relique

et « avant de s'éloigner, il fait une génuflexion devant la chambre qu'il vient de quitter, comme devant un autel » (2).

Au commencement du moyen âge, il était de règle que c'était la femme qui faisait les avances, la déclaration, presque la poursuite, tant le chevalier semblait un être supérieur par son courage et par sa force. Bientôt (Dante, Pétrarque, d'autres encore en portent témoignage) l'amant se tournera vers sa dame comme vers une pure flamme qu'on suit des yeux, à genoux, qui touche à peine la terre et qui déjà semble un reflet du ciel où elle va remonter. Dès à présent, voici que l'amour est une religion et capable, pour qui la sert, de tout justifier et de tout absoudre :

Ne peut qu'accroître sa valeur
Qui fait tout ce qu'Amour commande
Et tout est pardonnable chose.

(1) Petit de Julleville, Clédat, *op. cit.*, p. 307.
(2) *Ibid.*, p. 308.

C'est une religion qui, outre ses joies, ses peines, ses désespoirs, ses extases, a ses péchés, ses scrupules, ses expiations, ses remords, ses cas de conscience que les femmes ne sont pas les dernières à inventer :

> Puisqu'il est mort serais coupable
> De ne tant faire que je meure...

et lui :

> Ah ! Mort ! j'aurais dû me tuer
> Le jour où ma dame la reine
> Me montra mine courroucée... (1).

Cette religion lie si étroitement, si intimement les deux âmes que vraiment l'une ne peut quitter cette terre sans que l'autre la suive :

> « Amie Iseut ! » trois fois a dit :
> La quatrième, il rend l'esprit.

Et Iseut :

> « Je ferai comme vraie amie,
> Pour vous je veux mourir aussi. »
> Lui baise la bouche et la face,
> Étroitement des bras le serre,
> Corps à corps, bouche contre bouche,
> Elle rend ainsi son esprit
> Et reste morte auprès de lui
> Pour la douleur de son ami (2).

Quelque « peine et grand douleur qui ait pu être dans l'amour » de ces amants, quelque satisfaction qu'il ait pu recevoir ici-bas après des traverses, on sent que cet amour-là, cet amour devenu une religion, n'a d'achèvement que dans la vie éternelle.

(1) PETIT DE JULLEVILLE, Clédat, *op. cit.*, p. 316. CHRESTIEN DE TROYES.
(2) *Ibid.*, p. 279-280, le *Tristan* de THOMAS.

V

L'ATTENTION DU MOYEN AGE S'AVANCE VERS LA NATURE HUMAINE ET LE SPECTACLE DU MONDE

Si on veut trouver des analogies entre l'évolution de la littérature grecque et le développement de la nôtre, et s'il est juste de rapprocher de l'*Iliade* la *Chanson de Roland*, comme il est vrai que nous avons plusieurs poèmes de ce type, de valeur inégale, de même on pourrait placer vis-à-vis de l'*Odyssée* plusieurs de ces épopées courtoises, de ces épopées d'aventure où une bonne part de l'intérêt est réservée aux événements inattendus, aux péripéties et aux accidents, aux épreuves, aux déconfitures, aux triomphes du héros. De part et d'autre on est dans le merveilleux, et si on lit l'*Odyssée* traduite et en prose, ce n'est rien qui soit essentiellement différent, l'art et l'inspiration mis à part, de l'histoire légendaire d'Erec, de Cligès, de Lancelot, de Huon de Bordeaux (1), de toute la matière qui bientôt va couler dans la prose des romans. De part et d'autre, le héros est traversé et aidé par des puissances ennemies et amies et surhumaines, et on est étrangement amusé.

Mais outre que l'amour d'Ulysse pour Pénélope est d'une tout autre sorte que l'amour de nos chevaliers

(1) Voir par exemple, dans le t. II de la traduction de Shakspeare, par F.-V. Hugo, p. 291 et suiv., une jolie esquisse de la légende de Huon de Bordeaux que protège Obéron.

pour leurs dames, et qu'Ulysse, tout plein de l'amour du retour, déplore, en la subissant, l'aventure, presque autant que nos chevaliers, par honneur et par entraînement, le recherchent, ce dont on n'a pas, dans toutes ces épopées courtoises, un équivalent, c'est la profonde ingéniosité, les ressources d'esprit du réfléchi Ulysse. Il y a là une figure qui nous manque.

Cet équivalent, il faut le chercher ailleurs, plus bas, et peut-être qu'il ne nous échappera pas si, pour le découvrir, nous nous replaçons dans notre centre de perspective du moyen âge, dans l'âme du sujet.

Car cette âme, elle n'est pas tournée tout entière vers le ciel, il s'en faut bien. Elle a là-haut sa source de lumière et d'idéale vie et elle en respire l'intarissable effluve. Mais en bas elle touche d'abord un monde où s'agitent les passions et les instincts, et ce monde à son tour est porté sur un fond où grouillent les vices de la nature humaine corrompue.

L'âme chrétienne, qui est obligée à se connaître, a le devoir de se rendre un compte clair des tendances et des impulsions en quelque sorte physiques qui contribuent pour beaucoup dans la nature morale de l'homme et qui, à les prendre toutes seules, font de lui un animal comparable aux autres. Là il n'y a peut-être encore ni bien ni mal moral proprement dit, il semble seulement qu'on soit ainsi fait. Toutefois et à cause de la profondeur de la nature humaine, il faut aller plus avant, découvrir la racine d'où s'élève la tige de notre vie et on y trouve le ver du péché, entrer dans une certaine couche inférieure et intérieure et c'est un cloaque. L'amour légitime de soi s'y change en un égoïsme assez monstrueux qui ne se laisse pas facilement étouffer, et dont la vapeur infecte souvent notre nature physique et par suite notre être moral qui lui sont superposés.

Le moyen âge, averti par la religion, si attentif à reconnaître les diverses sources de nos actions pour être en état de les qualifier, si enclin à y faire grande la part du surnaturel et de l'adorable grâce, semble avoir considéré avec une liberté tranquille, souvent avec une bonne humeur gaillarde et une complaisance assez grossière, ce qui dans l'homme relève de la nature toute seule, de l'instinct physique ou psychologique, de la pure animalité.

Et même, car le diable en ce temps-là ne perdit pas ses droits et il se pourrait qu'on ne lui en ait presque jamais reconnu autant, la connaissance du vice et du péché n'y fut pas toujours accompagnée du sentiment du scrupule et des émotions de la syndérèse : l'attention se tourna avec de secrètes prédilections vers le puits de malice qui s'ouvre dans l'âme, qu'elle porte au fond d'elle et où l'homme conserve si bien le venin de Satan qu'il reproduit bien des fois par son allure le père de la ruse et du mensonge.

Le héros qui incarna l'astucieuse malfaisance par où l'homme montre qu'il est un esprit gâté, ce fut Renart.

Il me semble que les fabliaux sont à peu près au *Roman de Renart* ce que les cantilènes furent à l'épopée héroïque, ce que le lai est à l'épopée courtoise, de petits exemplaires analogues à une forme beaucoup plus développée, plus complexe.

Toutefois, beaucoup de ces fabliaux se contentaient de dépeindre l'homme du côté de ses parties basses ou viles, encore naturelles, sans lui ajouter des griffes de bête ou de démon. C'était l'homme qui jouait son rôle dans des contes fort récréatifs et innocents, pleins de ce qu'on appelle, je ne sais pourquoi, la verve et l'esprit gaulois. L'esprit de l'homme s'y jouait aux dépens de la bêtise, de l'animalité de l'homme.

Renart, c'est bien l'homme animal, mais animal méchant, vicieux, dépravé, inventeur de mauvais tours, ouvrier de pièges et de traquenards, réfléchi et appliquant uniquement sa réflexion à l'imagination et à la perpétration du mal, très intelligent sans que dans cette intelligence tombe jamais un rayon d'en haut, une lueur d'idéal, justicier jamais, intéressé, hypocrite, cauteleux, lâche, impudent, retors, ironique, humble, fourbe, insolent, heureux. Tout ce que la nature humaine peut fournir de duplicité, de mensonge, d'avarice, de paillardise, d'ambition louche, de cruauté, de félonie, d'appétit sans générosité, d'assouvissement sans joie, de malignité sans trêve, prend un même corps dans la personne de Renart, agit, se meut, intrigue, rôde, s'insinue, se rase ou se dresse, mord et jouit, parle et se tait, se dissimule, médite, bondit, fuit, se cache et attaque par lui.

Et tel qu'il est, il intéresse ; il intéresse par son ingéniosité rare, extraordinaire, par ses victoires de ruse sur la sottise, sur la force grosse et stupide, par son infatigable activité, activité de cet esprit aigu, de ce grêle corps d'acier, non par ses fins, mais par ses moyens, non par ses desseins, mais par ses ressources, et il s'arroge peu à peu un succès immense qui s'étend au monde entier; partout on le chante, on ajoute à sa légende, à ses exploits. Je ne dirai pas qu'on glorifie, mais on adore en lui la malice. Il n'est pas divin, comme Ulysse, mais il est très satanique. Il échappe comme Ulysse à mille dangers et enfin il ne triomphe pas, il réussit. Il peut dire comme Ulysse : « Tous les hommes prennent intérêt à mes stratagèmes ». Il est la caricature grimaçante de ce Grec « fécond en diverses pensées », tracée par des artistes qui ne connaissent plus les dieux, mais à qui sont familiers les démons, et dans le museau de Renart on reconnaît encore le profil aplati du héros.

Je ne saurais me rallier franchement à l'opinion des critiques qui veulent que le personnage de Renart ait été inventé et chanté pour satisfaire une nouvelle clientèle, la classe moyenne, bourgeoise, qui, dès le XIIe siècle, grandissait, le peuple qui montait, les gens des communes qui se remuaient, s'affranchissaient. Je ne vois pas que Renart soit peuple. Et quand il le serait, ce ne serait pas une raison pour que le peuple y eût pris plaisir plus que les nobles, les grands, les clercs, les gens puissants et instruits, ce qu'on appelle les hautes classes de la société. Le peuple, de nos jours, se passionne-t-il davantage, dans les romans qu'on lui fait, pour les gens de sa condition ou pour les nobles, les marquis, les gentilshommes, les banquiers, les fiers capitaines, les princes, les mousquetaires ? Qui s'émeut le plus aux aventures du Cid et aux malheurs de Chimène, des abonnés du mardi de la Comédie-Française ou du public des représentations gratuites? A en juger par là, je serais tenté de croire que le peuple du moyen âge avait plus de goût pour Amadis ou Geneviève de Brabant que pour Renart ou Hermeline. Qui se délecte aux farces du Palais-Royal ? et où joue-t-on les pièces héroïques avec un succès plus assuré qu'à la foire ? Où l'histoire de Coupeau a-t-elle trouvé plus de lecteurs, parmi les masses qui fréquentent les assommoirs ou les élites qui hantent dans les cercles ?

Si on veut dire que la poussée des multiples branches du *Roman de Renart* accuse un certain recul de l'esprit chevaleresque, j'ose à peine y contredire, tant cette opinion est reçue ; mais à ne rien céler, je n'y souscris pas. L'esprit chevaleresque est encore tout vif, des siècles après que Renart a couru partout, et les siècles qui voient Renart voient aussi la diffusion des *Chansons de Geste.* Au XIIIe siècle, on les met en prose ; n'est-ce pas pour les mettre plus à la portée de ce public qu'on prétend avoir été plus particulièrement délecté par les aventures de Renart ? Il se pourrait bien que les gens du peuple se soient alors attendris sur Tristan, exaltés pour Lancelot, tandis que les châtelains et les clercs se gaussaient de la bêtise de Fière, de Noble, de Bernard, comme ce sont les nobles qui plus tard ont applaudi les premiers le *Mariage de Figaro* et comme ce sont nos esthètes qui aujourd'hui accueillent dévotement les drames socialistes, tandis que les ouvriers socialistes lisent les feuilletons du *Petit Journal.*

Encore le *Roman de Renart* ne contient-il, que je sache, rien qui ressemble à des revendications de « nouvelles couches ». La société du moyen âge s'y moque d'elle-même et fait sa propre satire, bien moins celle des institutions que des caractères, et c'est ce qui devait arriver quand l'homme, après avoir été instruit des choses de l'âme, tournerait son observation vers sa nature morale et physique et vers sa nature corrompue.

C'est du même point de vue que j'expliquerais non seulement l'idée, mais le grand succès du *Roman de la Rose*, sous les deux formes qu'il a reçues successivement de Guillaume de Lorris et de Jehan de Meung.

Quelque différence de ton qu'il y ait de l'un à l'autre de ces deux poètes, le même sujet, le même cadre, le même procédé allégorique est conservé. Et qu'est-ce que ce poème, sinon la description des aspects les plus généraux sous lesquels se présente la nature humaine, à l'occasion de la passion la plus puissante et la plus commune ?

Après la période épique de l'Hellade, le premier poète qu'on rencontre est Hésiode, j'entends le poète des *Travaux* et des *Jours* ; et comme l'homme est tout près encore de la nature extérieure des choses d'où il vient de se détacher et où il continue d'être baigné, après des récits mythiques et moraux comme la légende de Pandore, l'énumération des races des hommes depuis la race d'or jusqu'à celle des méchants contemporains et les louanges de la Justice, ce dont le poète va nous parler, c'est la nature objective dont le sujet se sent encore tout pressé, qu'il heurte à chaque pas, qu'il redoute, et où il ne se meut qu'avec précaution, les choses sur lesquelles il porte une main pieuse et déjà exercée. Et il nous dira ce qu'il faut faire dans la saison où brille Sirius, et quand on entend le cri des grues descendre des nuages, et quand souffle le vent du Sud ou du Nord, et comment il faut se laver les mains et se purifier avant de traverser le cours sacré des fleuves, et quand il faut semer, et quand atteler ses bœufs, et quelle tâche on doit donner à ses esclaves selon leur sexe et leur âge.

Mais le poète chrétien qui est parti de l'Âme, que nous dira-t-il dès qu'il se mettra en route à travers la nature humaine, sinon ce qu'il en verra de plus général, de plus frappant, de plus intéressant ? Tout épris de l'âme d'autrui et déjà du corps, aux premiers pas qu'il fait vers la possession de la rose, ce qu'il aperçoit, c'est Franchise, Bel-Accueil, Doux-Regard, qu'accompagnent de près Dangier, Félonie, Male-Bouche, à qui se mêlent Nature, Raison, Faux-Semblant et tels autres personnages de même sorte. Selon les affinités de leur origine respective, le Grec païen se mouvait d'abord parmi des êtres concrets, le Français chrétien se meut d'abord parmi des êtres de raison. Et comme Hésiode disait les règles et en quelque sorte les recettes de la conduite, contrainte par la peur, dans l'ambiance de la nature mythique, le poète français nous enseigne comment, inspiré par l'amour, il faut se comporter dans ce monde des entités morales, ce qu'on en peut attendre, craindre, espérer. Et ce ne sera pas encore un roman, une œuvre psychologique, car celles-ci, les œuvres proprement psychologiques, ne paraîtront dans la littérature profane que le jour où l'âme des poètes se repliera sur elle-même, et elle en est au contraire à sortir d'elle-même, à s'épandre d'abord sur les confins de la nature morale qui lui sont limitrophes ; mais c'est justement une œuvre qui va de l'âme du sujet à la nature et qui en est aux passions et aux mœurs sans que les choses concrètes y aient encore presque aucune place.

Il s'écoulera bien du temps avant que les mêmes procédés d'analyse attentive et déjà presque positive soient appliqués aux choses concrètes. Si on n'en parle pas par occasion, par occurrence, dans les termes où le comporte quelque récit qui a un autre objet, si c'est d'elles expressément qu'on veut nous entretenir, tout ce qu'on nous en dit, on le mêlera d'éléments moraux, imaginaires, qui altéreront étrangement la nature et qui envelopperont la réalité de fictions et de prestiges pour lui faire exprimer le plus hardi symbolisme. Ainsi naissent les étonnants bestiaires où rôdent les licornes, les sirènes, les gargouilles, les dragons, les guivres, les alérions, les chimères, où tel animal, un de ceux justement qui n'existent pas, figure la chasteté, tel autre qui existe bel et bien figure le diable ; où les mandragores ont deux racines, l'une en forme d'homme, l'autre de femme, que sais-je ? les bestiaires divins d'inspiration morale et théologique, les bestiaires d'amour ; et les lapidaires, divins aussi, où les pierres ont des vertus mystérieuses, et ceux où les pierres qui sont homme et femme brûlent quand elles viennent en contact ; et les fabuleuses et fantastiques « images du monde » qui sont de force à couvrir de confusion, à faire pâlir, à décolorer les imaginations qu'accueillit Ctesias et que nous rapporte Photius. Il faudra venir jusqu'au *Trésor* de Brunet Latin, le maître de Dante, à la fin du XIIIe siècle, pour trouver quelque observation de la nature et quelque commencement d'esprit critique.

Et en histoire la marche est parallèle, sous cette réserve qu'à vrai dire au moyen âge il n'y a guère ou point d'histoire. Le *Roman de Rou* est encore une Chanson de Geste, et si on néglige quelques chroniqueurs comparables aux logographes grecs, qui intéressent peu ou point la littérature et qui, là où ils ne sont pas compilateurs, écrivent à peu près des mémoires, c'est tout de suite à des mémoires qu'on a affaire. Ceux de Villehardouin ont encore l'accent épique, l'accent de l'épopée : c'est une *Iliade* vécue ; ceux de Joinville sont d'un ton moins haut et chantent une gamme moins fière : Joinville rappelle un peu Ulysse, et si Ulysse voudrait bien revenir, Joinville revenu ne voudra plus retourner. Chez Villehardouin comme chez Joinville, le centre de perspective est pris de l'âme d'un homme. C'est Froissart enfin qui nous rappellera Hérodote par l'infatigable curiosité qui de la Flandre le pousse en « France, Angleterre, Bretagne, Bourgogne, Escosse, Espaigne, Portingal et aultres parties », comme elle avait jadis poussé Hérodote du pays des Éthiopiens au pays des Scythes et de la Grande-Grèce aux provinces des Mèdes. L'histoire ancienne, fille de la nature, commençait par cet immense tableau du monde ; la curiosité du moyen âge, s'aventurant hors des régions de l'âme et de l'idéale fiction, n'arrive qu'après plusieurs stades sur ce plan d'observation, n'aboutit qu'alors à l'étude et à la description du vaste monde réel ; elle accède enfin à la zone où l'histoire grecque du premier coup est née. Encore ne produit-elle là que des « chroniques qui traitent des merveilleuses emprises, nobles adventures et faicts d'armes advenus » à cette époque. L'esprit n'a pas acquis assez d'expérience des choses de ce monde pour rattacher, à la manière d'Hérodote, les faits prochains à des causes lointaines et discerner des principes cachés sous les événements apparents, en un mot pour constituer l'histoire. Froissart aussi écrit des mémoires et l'unité de l'œuvre résulte du mode de vision de l'auteur.

VI

LE THÉATRE ET LES PRINCIPES ESTHÉTIQUES DANS L'ANTIQUITÉ ET AU MOYEN AGE

Le théâtre antique avait paru vers le moment où, l'homme s'étant détaché de la nature objective des choses et de l'ordre fatal des événements, il y avait eu un commencement d'équilibre moral entre lui, sujet pensant, agissant et voulant, et cette masse des faits ordonnés qui, du dehors, lui pesait encore et l'enveloppait.

On peut même dire que ce théâtre fut un agent efficace de cette émancipation de l'individu par rapport à la nature inexorable et à l'inévitable destin. L'obstination où s'enferme Prométhée, même enchaîné, devient un domaine où ne peut pénétrer la tyrannie de Jupiter; des dieux comme Apollon et Athena font fléchir, dans les Euménides, la rigidité des lois primitives représentées par les anciennes divinités et qui continuaient aveuglément les causes par les effets, sans tenir compte de la personne ; des femmes, une Antigone, conquièrent leur personnalité, leur liberté morale par la piété de la conscience.

Ce sont là des indices notables ; mais ils sont rares, ils sont épars. Le théâtre antique est occupé en grande partie par un être collectif, le chœur, et toute foule, même réglée, est un élément, n'a qu'une âme encore élémentaire. Le théâtre antique est une forme d'art qui eut pour essence la représentation dramatique de ce moment où l'âme humaine oscilla entre cet état élémentaire et un état plus individuel, plus personnel ; et ce fut sa beauté d'exprimer cette critique suspension de l'âme, à ce tournant de sa destinée, avec une perfection qui ne laisse rien à souhaiter. Aussi cette forme d'art, harmonique dans ses membres et ses proportions, contribua au progrès de la personnalité, mais ne put l'accompagner fort loin : plutôt que de se disloquer pour la suivre, elle dépérit quand la personnalité avança et s'accentua. Celle-ci se traduisit de diverses façons plus librement que dans un genre où la place faite aux individus était sensiblement restreinte. Telle est, indépendamment de plusieurs autres, la raison de la décadence du théâtre et surtout de la tragédie antique. Le genre, tel qu'il avait été fixé dans de grands modèles, put bien tenter encore les érudits et les artistes, séduire un Sénèque ; il cessa de vivre et d'agir en public.

Notre théâtre du moyen âge est né dans le moment qui est analogue à celui où s'est produit le théâtre ancien, avec cette différence qu'il faut toujours prendre chez nous le point de départ à l'opposé de celui de l'antiquité ; c'est-à-dire que si le théâtre ancien paraît au moment où l'âme semble à moitié détachée de la vaste nature ambiante, le nôtre se montrera quand l'âme aura pris un contact un peu étendu avec la nature des choses sensibles. C'est alors qu'elle sera capable de les appeler au service de l'imagination dramatique.

Tout ceci va de soi : il faut, pour que la scène s'élève, que le public s'émeuve de l'histoire des âmes qui viendront s'y manifester par la parole ; il faut qu'il prenne quelque intérêt et quelque plaisir à la fiction matérielle par laquelle on lui représentera les choses sensibles, les cadres de l'action, les événements extérieurs qui pourront expressément y contribuer.

Par ce côté, tout poème dramatique, relativement aux autres poèmes, est réaliste, j'entends qu'il met en œuvre une figuration, une machinerie, un décor. Le théâtre est le lieu de coïncidence des fictions concrètes et des fictions pures. Il suppose donc que la technique de ces deux éléments, choses et âmes, est suffisamment avancée. Dans l'antiquité, la technique, la connaissance de la nature concrète a précédé la technique des choses de l'âme ; au moyen âge, la connaissance pure de l'âme a précédé la connaissance de la nature concrète. Mais c'est toujours d'une certaine coïncidence de ces deux sortes de connaissance, plus ou moins parfaites d'ailleurs, que le théâtre est fait, et c'est historiquement quand elle se produit que le spectacle paraît.

Notre théâtre est né du culte, comme le théâtre ancien. Mais les mêmes raisons en vertu desquelles l'épopée, même chrétienne, n'avait pu se développer que dans une région laïque, agirent pour rejeter le théâtre hors de l'église. La tragédie antique demeura une cérémonie religieuse en l'honneur de Bacchus, l'autel du dieu ne quitta pas la scène. Les premiers essais de nos mystères ne furent que des intermèdes de la liturgie sans rien de sacré et, dès qu'ils s'accrurent au point de devenir de vraies pièces de théâtre, ils durent aller se déployer sous le porche et sur les places publiques. L'Église, chez nous, peut créer, inspirer, susciter, utiliser les arts : son culte, étant d'une autre essence, ne s'identifie avec aucun, il agit par influence, sans mélange.

Une ressemblance du théâtre antique et de celui du

moyen âge, c'est que, de part et d'autre, les représentations furent temporaires, limitées à de certaines époques de l'année. De là une grande effervescence dans la cité, un grand effort, une grande joie.

Mais de grandes différences suivent de la diversité des origines, des principes.

L'âme, dans une civilisation chrétienne, est un principe nettement individuel en chacun de nous. Il n'y aura donc plus de place pour le chœur. Il pourra y avoir sur la scène des groupes : on ne comprendrait plus du tout un groupe qui parlerait de lui-même, comme le chœur antique, à la première personne du singulier. Ce chœur, chœur ou demi-chœur, était un personnage ; sur un théâtre de chrétiens, un personnage, c'est une personne. Chez les peuples de civilisation chrétienne, quand le théâtre se sera développé conformément à sa logique intérieure, ce qui remplacera le chœur et le lyrisme du chœur, ce sera le monologue qui exprime, lyriquement aussi, l'émotion d'une âme, ses mouvements, ses élans, ses chutes, ses doutes, ses angoisses, ses retours, ses combats, ses espoirs, l'intime de sa foi. Ce sera Rodrigue disant :

> Percé jusques au fond du cœur
> D'une atteinte imprévue aussi bien que mortelle ;

ce sera Esther priant :

> ... ô mon souverain roi !
> Me voici donc tremblante et seule devant toi

ce sera Hamlet méditant : « être ou ne pas être, cela est la question » ; ce sera Charles-Quint dialoguant tout seul avec un mort :

> ... Charlemagne, pardon !
> ... être empereur ! ô rage ! ne pas l'être !

Et dès le théâtre du moyen âge, on trouverait de beaux germes de cette analyse des sentiments par celui qui les éprouve, dès la première œuvre qui nous en soit venue, déjà dans le *Mystère d'Adam.*

Dans le théâtre antique, la personnalité s'essayait. Aussi, ce théâtre ne hasarda-t-il que peu de personnages à la fois. La personnalité, au moins intérieure et mystique, est toute faite au moyen âge : des personnes, c'est là la matière du théâtre de cette époque. Aussi en appelle-t-il un grand nombre dans chacun de ses mystères.

Et qu'aurait-il à faire du masque ? Cette figure immuable, qui était encore un objet, une chose, convenait à un personnage qui, de par la force de la fatalité ou d'un déterminisme intérieur, était, d'un bout à l'autre de l'action, pour ainsi parler, tout d'une pièce. A un acteur qui devra représenter les mouvements variés de la liberté morale, il faudra toutes les ressources de l'expression.

On trouve des représentations théâtrales dès le XIIe siècle. Ces œuvres se ressentent de leur origine religieuse : ce sont des mystères. Il faudra attendre la seconde partie du XIIIe siècle pour voir sur une scène des œuvres moins graves, comme les jeux d'Adam de la Halle.

D'ailleurs, comme l'épopée, après avoir commencé par chanter des types héroïques de chrétiens directement assistés de Dieu et des saints, en vint assez vite à traiter des hasards et des affections terrestres et prit enfin de la condescendance pour Renart, le théâtre, après avoir offert les principaux personnages de l'histoire chrétienne agissant sous l'œil de Dieu, fit plus de place à l'imitation des conditions et des mœurs de l'humanité et s'ébaudit enfin dans des farces où la morale même, pas plus que la religion, n'avait rien à revendiquer.

Toutefois, pas plus que Renart n'avait empêché les épopées plus nobles de maintenir et même d'étendre leur faveur, les farces, moralités ou soties n'empêchaient nullement les mystères et les miracles de s'épanouir sur les scènes. Au contraire, il semble qu'il y eût une fureur générale de spectacles qui en fit goûter toutes les sortes. La période de l'efflorescence la plus touffue du théâtre va environ du milieu du XIVe siècle au milieu du XVIe. C'est pendant ce temps que les Bazochiens et les Enfants Sans-Souci réjouissent tout le peuple, attardé devant leurs tréteaux ; c'est pendant ce même temps que jouent les Confrères de la Passion, que des mystères immenses absorbent parfois la vie de villes entières et appellent sur des échafauds quatre ou cinq cents personnages.

La forme sérieuse du théâtre n'a donc pas cédé la place aux formes moins graves, elle leur a fait une place à côté d'elle et elle leur avait préparé la place. elle les avait précédées. L'avènement de la tragédie antique précéda de même celui de la comédie. L'homme s'émeut d'abord au théâtre avant de songer à y rire. Le rire n'est pas premier dans la nature humaine ; il naî du jugement, par les contrastes subits et irrationnels et il faut que l'esprit ait passé par la phase de l'attentio et qu'il soit déjà avisé pour qu'un genre de littératur se propose tout spécialement de faire rire. Il est vra que le rire étant en somme naturel à l'homme, il n'es pas rigoureusement exclu des formes primitives de l littérature ; par exemple, il a ses moments dans le tragédies grecques et dans les mystères ; mais ce n'es qu'après quelque temps que l'élément comique se différencie tout à fait et donne lieu de naître à un genre nouveau.

Et que valait-il, ce théâtre du moyen âge ?

Nous pensons déjà qu'il n'était pas aussi négligeable que l'a cru Boileau. Nous ne le méprisons plus. Peut-être que parfois nous tournons vers lui un œil d'envie. Dans la dégoûtante platitude de la production théâtrale qui au jour le jour occupe nos scènes, nous admirons par la pensée ces fêtes extraordinaires que se donnait tout un peuple et qui, ne fût-ce que par là, nous font un beau spectacle. C'est à un retour vers ces coutumes où l'art n'est pas vicié par un appétit de lucre, où l'argent, loin d'être une fin, est un moyen, où la dépense est affrontée et joyeusement dédaignée, où rendez-vous est assigné aux sentiments et aux idées communes de tout un peuple, c'est à une imitation de ces coutumes que nous devons quelques-unes des plus nobles et des plus grandes manifestations de l'art théâtral de notre temps.

Autre chose est la beauté intrinsèque des œuvres dramatiques considérées en elles-mêmes. Et d'abord avouons que nous les connaissons mal ou point. Celles qui ont été remises au jour, nous n'en avons pas encore pris assez l'habitude, nous ne nous sommes pas encore fait pleinement l'éducation avec laquelle nous pourrions les apprécier : car la très grande différence esthétique déconcerte le jugement, et nos longues erreurs en ce qui regarde le moyen âge doivent nous rendre modestes et circonspects dans ce cas particulier (1).

(1) Je trouve, par exemple, dans les lignes suivantes, l'indication d'un principe de beauté avec lequel nous ne sommes plus familia-

Mais avouons encore que ces réserves faites et si certaines parties de nos vieux mystères nous semblent dignes de la lumière, à les prendre ensemble, et puissions-nous être aveugles, nous tromper ! il ne nous paraît pas qu'ils se recommandent par une beauté qui serait répandue sur eux. Et n'éclate-t-elle pas, la merveilleuse et poignante splendeur des *Perses*, de l'*Orestie*, d'*Œdipe roi* ?

Il est bien possible, je veux croire même que notre poésie dramatique du moyen âge enferme et cache

risés : « ... Les chrétiens du moyen âge avaient l'âme toute pleine de Jésus-Christ : c'est lui qu'ils cherchaient partout, c'est lui qu'ils voyaient partout. Ils lisaient son nom à toutes les pages de l'Ancien Testament. Ce genre de symbolisme donne la clef de beaucoup d'œuvres du moyen âge qui, sans lui, demeurent inintelligibles. Nous ne parlons pas seulement des œuvres d'art, mais de telle composition littéraire célèbre. Les habitudes symboliques du moyen âge peuvent seules, par exemple, expliquer l'économie d'une œuvre aussi décousue, en apparence, que le *Mistère du viel Testament*. Pourquoi les poètes inconnus du XVe siècle qui composèrent cet immense drame sacré n'ont-ils pas cru devoir donner la même importance à toutes les parties de l'Ancien Testament, pourquoi ont-ils choisi tel personnage plutôt que tel autre ? Pourquoi nous parlent-ils surtout d'Adam, de Noé, d'Abraham, de Joseph, de Moïse, de Samson, de David, de Salomon, de Job, de Tobie, de Susanne, de Judith et d'Esther ? C'est évidemment parce que ces héros et ces héroïnes bibliques étaient les figures les plus populaires de Jésus et de Marie. Les auteurs, d'ailleurs, n'ont pas voulu nous laisser ignorer leurs intentions, et, au commencement de l'histoire de Joseph, ils ont fait dire par Dieu le Père lui-même que tous les malheurs des patriarches n'étaient que des figures des souffrances réservées à son fils. Le mystère tout entier est donc ordonné comme un portail de cathédrale. Les personnages du drame sont ceux-là mêmes qui ont été représentés, pour des raisons analogues, à Chartres ou à Amiens. Tous les arts concouraient donc, au moyen âge, à donner au peuple le même enseignement religieux. » Émile MALE : *L'Art religieux du XIIIe siècle en France*. Paris, 1898, p. 210-211. M. Clédat, par des choix très judicieux, dans son *Théâtre du moyen âge*, a réussi à nous donner une idée bien avantageuse de beaucoup de scènes des Miracles de Notre-Dame.

encore des sources d'émotion qu'on saura faire sourdre et raviver. J'ai comme un espoir que des âges prochains et habilement pieux sauront exploiter — ce ne sera que continuer une œuvre commencée et par places déjà avancée — les merveilleuses mines d'amusement, d'information morale, d'idéalité qui s'enfoncent dans les profondeurs de notre littérature médiévale. Que ne ferait-on point de ces imaginations si ingénieusement fantastiques qui tenaient lieu au moyen âge d'histoire naturelle ? J'ai peine à penser que Lancelot, Lahire, Argine, Hogier ne puissent, pour toute récréation, que nous céder leurs noms à inscrire sur des jeux de piquet. Et je viens de dire par où il conviendrait de considérer d'abord notre vieux théâtre français et quels conseils on pourrait lui demander, ce qui nous amènerait sans doute à le mieux comprendre.

Mais de ce que Wagner a tiré, de nos anciens romans, *Lohengrin* et *Parsifal*, il ne suit pas qu'il y ait eu au moyen âge des poèmes de *Perceval* (1) et du *Chevalier au cygne* dont la forme fût belle. Si on nous rendait l'éclat public et l'émotion d'un mystère, cela ne prouverait pas que ceux qui gisent actuellement dans les parchemins aient beaucoup de perfection d'art verbal.

C'est un des problèmes qui inquiètent le plus, quand on étudie le moyen âge, que la grande inégalité qu'on remarque, au point de vue de la beauté, entre les arts et la littérature. Le peuple qui bâtissait le Parthénon acclamait aussi Sophocle, Euripide, Aristophane. Au

(1) Un bon et fidèle rajeunissement du *Perceval* de Chrestien de Troyes (comme M. Clédat sait les faire) serait bien à souhaiter. J'en trouve une analyse bien attachante chez M. Maurice KUFFERATH : *Parsifal de Richard Wagner*, 1890.

moyen âge, on voit d'une part des monuments où il n'est plus guère question de contester que le génie a produit ses plus grandes merveilles, et d'autre part des œuvres à travers lesquelles se sont constitués sans doute quelques types immortels de héros, mais qui par elles-mêmes paraissent trop souvent comme informes.

La nature du pays de Grèce fut bien pour quelque chose dans le goût des habitants. C'est un pays où les montagnes donnent des leçons d'architecture. L'air très pur permet à la vue de s'étendre, mais aussi il rapproche les lointains ; la contrée tout entière est composée d'une série d'amphithéâtres, de cirques, de paysages nettement circonscrits, limités, où la vision s'arrête et se pose. Les anciens Grecs ont horreur de ce qui ne leur paraît plus comme bien distinct. Malgré la curiosité à laquelle des marins comme eux ne sauraient demeurer tout à fait étrangers et qui, de Jason et d'Ulysse, fait des héros de la race, ils aiment mieux s'amuser et s'effrayer de leur histoire que les imiter. Quelques-unes des explorations géographiques de l'antiquité, loin d'être des entreprises arrachées par le désir et la volonté d'un homme, comme celle de Colomb, sont imposées comme des punitions équivalentes à la peine capitale (1). Jusque dans les *Argonautiques* d'Apollonius, il reste de curieuses traces de l'aversion épouvantée des Grecs pour les profondeurs qui leur semblaient imprécises dans la mer, dans la montagne. L'esprit des anciens se détourne instinctivement de ce qui est trop vaste.

D'ailleurs la nature, d'où naquit en Grèce la littéra-

(1) V. Hérodote, IV, xliii.

ture comme les autres arts, la nature, surtout dans le midi méditerranéen de l'Europe, nous présente toutes choses comme arrêtées d'un trait qui les borne. Les choses y finissent les unes aux autres, comme le jour à la nuit, la nuit au jour, la vie à la mort, la mer au rivage, le corps solide à l'air qui le baigne, les couleurs aux couleurs voisines. Les cieux ont beau se reculer dans une profondeur incommensurable, la nature pour nos yeux en fait une calotte qu'elle pose sur les proches rebords de l'horizon.

Ajoutons ceci : la civilisation hellénique correspond assez bien à la prépondérance de cette partie de l'esprit qui est l'entendement ; il exerça alors l'hégémonie. Sa fonction est de fournir à l'esprit des cadres où, malgré ses tendances indéfinies, il se comprenne lui-même et saisisse d'une vue fixe le mouvement ininterrompu de sa vie. L'entendement s'empare des choses telles que les sens les lui passent, arrêtées dans leurs contours, il les précise encore en les définissant, il applique ce procédé à toutes les données de l'esprit pour en faire des concepts. On voit la pensée grecque travailler longuement et fortement à cette œuvre par la philosophie, par la dialectique (1). Autant que possible, elle conçoit l'essence de chaque chose comme finie. L'ensemble des choses, le monde, elle veut qu'il soit fini aussi et avec précision dans sa réalité physique et dans sa raison dernière. Il y a quelque part pour les anciens Grecs un lieu qui ne serait pas bien loin au regard de notre astronomie moderne et où le monde se termine absolument. Et pour Platon, la raison

(1) Voir Georges Dumesnil : *Du rôle des concepts*, pp. xv, 46, 78, 79, etc.

supra-sensible du monde, c'est une idée, une forme précise, je dirai un concept parfaitement achevé, dont la perfection réside dans cet achèvement même de la forme, exactement terminée, définie et finie. Qu'imaginer de plus fini que le Dieu d'Aristote, la pensée qui se termine à soi-même, la pensée de la pensée ? Au contraire, ce qui est indéfini, imprécis, sans limites propres, est considéré comme un principe monstrueux que seul le concept peut informer. Cette action de l'entendement, si franchement caractérisée dans la philosophie des Grecs, ne l'est pas moins dans leurs systèmes scientifiques et dans leurs arts; on ne risque pas de l'exagérer quand il s'agit d'expliquer pourquoi les œuvres de leur littérature, comme leurs autres productions esthétiques, se distinguent par la netteté du dessin, et pourquoi ils ont su enfermer les genres littéraires dans des proportions mesurées.

Enfin, en délimitant si exactement les choses et les idées les unes par les autres, ils en faisaient comme autant de pièces d'un mécanisme exact qui ne laissait que bien peu de place ou point du tout à l'indétermination des volontés et des événements. C'était même le postulat de cette théorie du monde, un postulat de l'entendement, que le mécanisme du monde était beaucoup plus parfait que les hommes n'en pouvaient juger par leurs faibles procédés d'examen. Le déterminisme, que quelques philosophies et le progrès de l'individualité ébranlèrent et pour ainsi dire lézardèrent, dut être le vrai schème d'une croyance que conseillait l'entendement. Le véritable Dieu de cette croyance, qui présume un ordre parfaitement immanquable, était le Destin. A peine le destin, d'après l'opinion populaire, souffrait-il parfois quelques secousses ou quelques retardements dus à l'initiative morale des hommes ou des dieux : il était l'ordre imposé aux dieux mêmes et à plus forte raison aux hommes. De là l'idée d'un ordre logique qui menait les événements par des règles, qui devait assujettir les hommes à des lois, et comme cet ordre était réfracté en toutes choses et résultait même de l'exacte structure des éléments de toute la nature, il devait enfin procurer une certaine harmonie, au moins extérieure, réalisée de gré ou de force, et qui ne pouvait manquer d'être perceptible ou sensible. Cette idée d'harmonie sensible, qui pouvait rencontrer ailleurs bien des obstacles et se traduire avec plus ou moins d'aisance, n'exerçait nulle part son efficace plus pleinement que dans l'âme des artistes et ne leur permettait guère de perdre de vue l'image d'une certaine perfection objective.

Tout autres, tout opposées sont les idées qui animent la civilisation chrétienne et qui, de l'intérieur, en suscitent les manifestations. Le destin est exclu, je ne dis pas la destination ou même la prédestination qui peut être un point de vue à un certain moment inévitable pour se représenter la relation des choses humaines avec Dieu : mais ce n'est qu'un point de vue et particulier. Il est expressément affirmé que la raison dernière de la création est Dieu que rien n'asservit, affirmé que l'homme contribue par l'action de sa liberté morale à sa destinée (1). Et encore qu'aucune épithète ne convienne strictement à l'Être qui est purement et simplement Celui qui Est, par cela même que nos qualificatifs ne sauraient jamais l'enserrer dans leurs prises bornées et qu'il déborde en tous sens le

(1) Voir Georges Dumesnil : *Du rôle des concepts*, pp. 75 et suiv.

compas de notre intelligence étroite (1), rien ne sied mieux à l'intelligence de l'homme que dire de Dieu qu'il est infini, et c'est une des pensées dont on doit se nourrir. Celui dont on peut penser sans erreur positive qu'il est infini, qu'il n'est limité, arrêté par rien, on pense du même coup qu'il est libre, et infinité et liberté sont deux idées qui ont une affinité mutuelle.

Voilà donc un principe de liberté qui réside à la fois en Dieu et dans l'homme fait à l'image de Dieu. Et comme l'âme chrétienne puise directement en Dieu infini et de l'infinie grâce de Dieu son énergie et sa vie, elle ne se laissera pas aisément borner, entraver, fixer; elle aura un élan extraordinaire pour franchir toutes les limites et toutes les barrières. Elle aura plus d'inclination primitive à traduire sa liberté par l'extension de ses actes qu'à concevoir les effets possibles de ses actes dans une mesure bien concertée. Elle sera, en vertu de son principe, presque assurément excessive.

Prêtant, à cause même de sa vie tout idéaliste, peu d'attention d'abord à la nature objective des choses, elle n'entendra pas promptement les leçons que donne le spectacle du monde, elle ne se laissera pas conseiller et instruire dès le début par l'exemple et les modèles que semble nous offrir la nature en mettant partout quelque distinction et quelque contour, quelque terminaison sensible ou quelque cessation apparente.

Il se trouva en outre qu'à partir du moyen âge, l'âme chrétienne essaya presque toujours en premier

(1) Voir saint Denys l'Aréopagite : *Des noms divins*, livre sublime.

lieu et en toute spontanéité ses créations esthétiques dans un pays où une lumière un peu moins nette, un air moins lucide et comme un peu plus brouillé donne aux objets, aux choses, je dirais aux sons mêmes, un contour moins précis, où les formes du sol, des végétaux sont comme moins dessinées et où plus de part de l'obscur dans le clair prolonge davantage les sensations diverses les unes dans les autres, les profils colorés dans les nuances des pénombres, les nuances dans leurs entours, les pénombres sur les profils et les perspectives dans un fonds indéterminé.

Il serait téméraire, au moment où on cherche les raisons de l'esthétique du moyen âge, de ne tenir aucun compte de ces circonstances extérieures, dont certains systèmes voudraient d'ailleurs exagérer au suprême degré l'influence. Elles ne méritent qu'une considération accessoire et sont de peu d'importance, en comparaison des principes spirituels qui agissaient directement dans l'âme des artistes, les rendaient moins aptes à se tenir d'eux-mêmes dans une juste mesure et leur donnaient une pente à glisser vers l'infini, en sorte qu'il y eût dans leurs œuvres moins d'ordre extérieur facilement perçu, moins de proportion et d'harmonie sensible.

Pour le dire en passant, cette tendance à l'indétermination que le moyen âge prenait dans certains de ses principes métaphysiques et religieux, rendait d'autant plus nécessaire une fixation de dogmes où la foi pût s'arrêter et s'établir. Si, d'une part, la métaphysique religieuse incitait à considérer Dieu comme infini, il convenait que la religion donnât quelque forme intelligible à cette idée, car nous ne saurions que penser d'une divinité infinie sans des dogmes précis. Et du moment que la foi oblige à croire à la liberté de Dieu, cette foi définie devient pour l'âme un principe de liberté en tout ce qui n'est pas strictement de foi, en tout ce qui tombe dans le domaine temporel, particulièrement dans les arts.

L'âme des artistes du moyen âge fut donc, en vertu de leur foi, essentiellement libre : et comme à la lettre elle s'alimentait d'infini, ce n'est pas de son propre mouvement, de son élan qu'il faut attendre d'abord qu'il s'assigne lui-même des limites et s'interdise de les dépasser. Il y a là une source merveilleuse d'inspiration, mais en même temps une disposition peu favorable à l'achèvement d'œuvres conformes à une conception arrêtée.

Aussi peut-on dire que les arts au moyen âge ont donné des résultats d'autant plus parfaits qu'ils rencontraient plus de contrariété dans la matière à ouvrer, plus de limitation inéluctable dans l'objet à produire.

La pierre, avec sa dureté, son obéissance obstinée à la cohésion et à la pesanteur, fut la rude antagoniste qui, en résistant utilement aux artistes, les contraignit de laisser de leur rêve les images les plus belles. Encore ce rêve marcha-t-il précipitamment vers d'immenses exagérations. Après avoir soulevé la voûte romane aux sublimités de l'ogive, il jeta les commencements des cathédrales sur des plans si colossaux qu'ils en étaient bien souvent irréalisables ; il semble qu'à de certains moments on bâtissait des ruines ruines dans la nature, constructions dans l'âme, architectures de désir. La pierre, dont la maîtrise de l'âme ne souffrit plus qu'elle demeurât, même dans les murs, une chose inerte, mais dont elle fit la « pierre vive », la pierre s'anima aussi à miracle dans ce peupl sculpté qui se répandit à tous les étages en dedans et au dehors de l'église et qui va quelquefois à quinze ou vingt mille figures, sans que la troupe en soit jamais complète.

Le moyen âge fut admirable dans la décoration, d'autant que toute surface à décorer, si vaste soit-elle, est, en somme, limitée, mesurée. Outre les statues, il eut de grandioses mosaïques, de très nobles fresques, il enserra dans le cadre inextensible des fenêtres d'inimitables vitraux, il se plia à inscrire entre les marges d'un parchemin de douces et puissantes miniatures. De même il couvrit les murs de tapisseries dont le style confond toute notre science. Et il exerça aussi son industrie avec un étrange bonheur dans tous les ustensiles qui servent au culte, dans les châsses, les chasubles, les ciboires, encore dans les lames et dans les tombeaux, dans l'orfèvrerie, les lampes, les bijoux, la joaillerie, les ornements, en un mot, dans tous les objets qui, à cause d'une destination pratique, durent garder d'exactes proportions.

En musique, sa tendance à l'immensité lui fit adopter et perfectionner l'orgue. Mais là encore la mathématique et le nombre, qui sont la loi de l'harmonie des sons, lui imposèrent des limites qu'il remplit et qu'il ne dut pas franchir.

Mais la langue n'offre pas à la poussée de l'esprit la même résistance objective.

Et d'abord, au lieu que l'esprit grec, portant là aussi son goût d'achèvement et de perfection, arrêta de bonne heure un instrument d'expression flexible, mais bien ordonné et, pour l'essentiel, suffisamment immuable, notre moyen âge employa une langue, image mouvante de sa libre invention, qui jamais ne se fixa de façon définitive et ne cessa d'évoluer dans un devenir indéterminé, imprécis. De là quelque chose de plus informe, à tout prendre.

Puis le mot s'ajoute au mot, la page à la page, dans une civilisation qui sait écrire, tant que l'esprit le veut. Et si ce libre esprit tend à l'infinité, la parole ne lui résiste pas, elle le suit, se multiplie pour l'accompagner où qu'il aille. De là l'infinité des poèmes qu'un auteur reprend où l'autre les a laissés, qui bientôt ne sont plus à personne, qui se gonflent, s'allongent, dont on ne saura tantôt plus où ils commencent ni s'ils finiront jamais, qui n'offrent plus au lecteur ni contours saisissables, ni dessin, ni proportion, ni correspondance des parties.

Aussi voit-on que les meilleurs types de poèmes au moyen âge sont les plus anciens en date, ceux qui n'ont pas encore subi les effets du vertige de l'immensité et qui portent quelque trace du soin de leurs auteurs. La *Chanson de Roland* est la première de nos chansons dans l'ordre chronologique, elle est aussi la plus belle. Le *Mystère d'Adam* est le plus vieux de nos mystères et il se pourrait qu'il en fût le meilleur. Mais l'esthétique ou la critique purement littéraire est tentée de résigner ses droits devant des œuvres dramatiques qui, comme celles du xve siècle, oscillent entre trente mille et quatre-vingt mille vers. Ce qu'elle y trouve à glaner ne peut sans doute lui servir que d'une petite consolation pour l'imperfection de tout le reste.

Par un contraste qui peut surprendre d'abord, mais qui, après un peu de réflexion, ne fait que confirmer les observations précédentes, cette même période littéraire qui prodiguait des œuvres d'une longueur démesurée, sans forme déterminée, sans fin, s'attache avec acharnement à des genres où la forme au contraire était prévue avec la dernière rigueur, où le poète s'asservissait à des exigences tyranniques, minutieuses, absurdes, particulièrement en ce qui concerne les rimes, leur enchevêtrement, l'usage et le retour des refrains (1). C'était le même esprit qui, incapable de trouver en lui-même la norme et la mesure, se jetant d'un excès dans l'autre, s'imposait du dehors, pour prévenir ses écarts, une discipline tracassière, s'embarrassait dans des liens étroits, s'assujettissait à des règles scolastiques.

Cette contention de l'effort ne fut pas toute perdue et n'alla pas sans résultats. Nombre de morceaux créés d'après des types d'une étendue calculée ont un mérite analogue à celui d'une œuvre d'art de dimension limitée, vitrail, mosaïque, haut ou bas-relief, tapisserie. Ces types, en évoluant, ont donné des formes qui ont du charme, comme le rondeau ou la ballade, qui, après avoir été délaissées, ont repris quelque droit de cité parmi nous ; l'un d'eux, après nous être revenu d'Italie sous la figure du sonnet, n'a plus jamais cessé d'être en faveur, et après avoir constamment et de bien des manières transformé sa destinée et maintenu sa fortune, est encore, à l'heure qu'il est, très vivace et fort éclatant.

(1) « Les poètes, très soucieux en général de la mécanique de leur art, se sont plu à accumuler les difficultés pour briller en en triomphant. » (Jeanroy : *Poésie lyrique au moyen âge*, p. 363.) On pourrait dire de plusieurs de ces formes de poèmes ce que M. Jeanroy dit de l'une d'entre elles, le rondet : « Elle étouffe les sujets qu'on y fait entrer. » (*Ibid.*, p. 424.) Cf. toute la *troisième partie* de cet ouvrage consacré aux « études de versification ». Pour comble de difficulté, le poète s'astreignait souvent à écrire sur les rimes et le rythme d'un autre, quoique pour soutenir un sentiment opposé. (*Ibid.*, p. 48, not.) C'est une aggravation des bouts-rimés.

VII

FIN DU MOYEN AGE OU RENAISSANCE

Cette France du moyen âge, si naïve, si inventive, si majestueuse et si agissante, si exercée, si adroite avec des gaucheries énormes, fut l'institutrice de l'Europe, au moins de ce qu'il y avait d'Europe dans ce temps-là. Elle ne lui communiqua pas seulement son style et son architecture. Son goût pour l'aventure merveilleuse passa en Allemagne où il trouva un air favorable. Elle donna aux nations du midi son décasyllabe qui demeura leur vers héroïque. Elle éveilla l'Italie au renouveau de la sculpture (1), et la poésie italienne fut fille de la nôtre et de celle de la Provence.

Accomplissant ses destinées séparées avec force et originalité, la littérature italienne, douée immédiatement d'un sens de la perfection esthétique dû à son propre génie et peut-être à un certain ressouvenir de la tradition classique, chanta d'abord avec Dante l'incomparable poème de l'âme qui se meut à travers les cercles chrétiens. Son horizon est déjà plus borné à la nature, sa dévotion plus restreinte au culte de la femme avec Pétrarque ; et ce dernier sentiment qui confine au culte du plaisir trouve dans le même temps un interprète très réaliste dans Boccace : la moralité de ses contes vaut-elle mieux que celle de nos fabliaux,

(1) V. Marcel Reymond : *La Sculpture florentine*, Florence, 1897.

si la forme en est plus élégante ? Laissons passer un peu plus d'un siècle : l'âme italienne sera redescendue du ciel sur la terre avec Machiavel et, en gardant je ne sais quoi encore de la noblesse de son origine, s'ingéniera à justifier cette parole que Satan est le prince de ce monde. Arioste, avec une imagination admirable et une éloquence exquise, verra matière à rire dans les anciens héros sublimes, et Roland sous son pinceau magique prendra figure de fou.

L'Espagne nous dut également son initiation à la poésie. Du romancero à Cervantès, elle aussi ferma le cycle qui va de l'héroïsme tout idéaliste au désenchantement, à l'ironie.

Et la France, qui avait imprimé le mouvement à ces nations, n'a pas manqué d'en compléter toutes les phases pour son propre compte.

La guerre de Cent ans a peut-être empêché chez nous plus d'essor du génie littéraire, bien que je n'en sois pas sûr et que je n'en voie pas très bien les raisons, car pourquoi au contraire les catastrophes de la patrie et son rétablissement miraculeux n'auraient-ils pas puissamment exalté nos poètes ? Je veux encore que cette guerre ait retardé la marche de notre littérature, elle ne l'a pas changée. On en voit la preuve au lendemain de ce tournoi historique beaucoup plus long par ses péripéties et plus extraordinaire par son dénouement que ne fut jamais la guerre de Troie avec toutes ses fables. La mort de Jeanne d'Arc, autrement touchante que celle de Roland, ne suscita pas de trouvères : nous n'en avons d'écho que dans deux vers émus et attendris du pauvre Villon. Les tableaux que celui-ci nous découvre sont pris à un niveau fort bas sur l'échelle de la dignité des êtres et des choses, et ce qui se mêle de poignant à cette poésie, ce qui en fait le lyrisme, c'est l'angoisse de l'âme chrétienne qui se sent fort tombée et engluée dans un monde de crapule et de vileté. On ne l'avait pas toujours contemplé, ce monde des vices naturels, d'un cœur si serré et si contrit : du temps que l'idéal était plus haut et se croyait plus ferme, on en avait parlé d'une meilleure humeur. La souffrance du mauvais garçon est un signe, il élève un cri que recueillera l'oreille du lointain avenir. Le vilain train du monde trouve des acteurs, des spectateurs et des historiens moins dégoûtés. Philippe de Commines est de cette époque et, en dépit de tant de différences, il est impossible de ne pas apercevoir des analogies entre le serviteur du roi Louis XI et son contemporain le secrétaire de la République de Florence.

Quand on vient à décrire les passions, les sentiments, les pensées des hommes, je ne dirai pas avec cette vérité, car la vérité largement entendue est ou peut être de toutes les époques littéraires et éclate dans une geste héroïque comme elle se répand dans les mémoires d'un politique, mais avec cette netteté, cette perspicacité avertie et délibérément précise, quand on a cette science des rouages, des ressorts et des leviers psychologiques, quand on suit d'un fil si aigu les replis du cerveau, il ne se peut qu'on n'atteigne et qu'on ne blesse pas les organes mystérieux du merveilleux : et du même coup il semble que le moyen âge soit mort. Tant il est vrai que l'âme du moyen âge s'est éveillée dans la région des merveilles, tant il a vécu de merveilles et tant l'idée que nous nous faisons de lui est intimement liée en nous à celle du merveilleux !

C'est ainsi qu'on peut bien se demander de bonne foi si son théâtre a été tué, comme il paraît, en pleine vie, par arrêt du Parlement de Paris ou si ce n'est pas parce qu'il allait expirer qu'il est tombé sur le champ et n'a essayé de se relever sur aucun point du territoire français. Le merveilleux s'en allait : le théâtre des miracles et des mystères pouvait-il subsister ? Le coup, toutefois, fut subit : c'est comme une cognée qui aurait fait son œuvre. S'il est permis de hasarder quelque idée sur ce que ce théâtre si populaire, si libre de règles, contenait en puissance de beauté et de charme, n'ira-t-on pas chercher de cette souche détruite quelque rejeton poussé dans un autre sol où des circonstances moins critiques lui ménageraient une croissance heureuse ? Quelqu'un a dit : « Une grande variété de tons règne dans les mystères ; le comique et même le bouffon s'y mêlaient au sérieux, et le gracieux au pathétique (1). » Ceci ne s'appliquerait-il pas aussi bien au theâtre de Shakespeare ? Et la part faite, la première, au génie de cet homme, ne trouve-t-on pas chez lui ce goût du merveilleux ou de l'étrange, cette complaisance pour les légendes et les contes de fées, cette poétique imagination, cette façon tout aventureuse d'en user avec la géographie, l'histoire, les mœurs et le costume qui fut la tradition constante de la littérature du moyen âge et que Shakespeare semble avoir toute recueillie et directement continuée ?

C'est à cause de son rire irrévérencieux devant tout ce qui fut cher et sacré au moyen âge, devant toutes les formes et les expressions du merveilleux, que Rabelais semble un homme d'un âge nouveau. Cet âge, à pre-

(1) V. PETIT DE JULLEVILLE : *Morceaux choisis : Moyen âge et XVIe siècle*, p. 90. Si M. Petit de Julleville a établi ce groupement dans un seul volume, il y a là sans doute quelque chose de plus qu'une petite convenance d'imprimerie.

mière vue, est si différent des siècles précédents, que le sentiment public l'a noté d'un nom particulier, la Renaissance. Il semble que ce ne soit plus le moyen âge, dès que l'Arioste, en bel esprit incrédule et sceptique, s'amuse du merveilleux, et dès que Rabelais le conspue énormément d'une longue huée à laquelle répondra bientôt l'ironie triste de Cervantès.

Et cependant la Renaissance n'est que la suite et la fin du mouvement dont l'esprit des peuples de l'Occident de l'Europe s'est imprimé la direction depuis qu'il a été recréé dans le christianisme. Il a marché sans cesse, à travers la connaissance de l'homme, vers la connaissance de la nature. Il a commencé par imaginer ce dont il n'avait pas encore acquis de notion exacte. Mais peu à peu il s'est observé lui-même et il a fait des expériences. Il a pris conscience de lui-même et conscience des choses; et comme cette double notion consciente est un commencement de science, il est venu un moment où les hommes se sont trouvés tout surpris et tout enivrés de cette idée de la connaissance de la nature, idée qui les charmait à l'improviste, bien qu'ils l'eussent façonnée eux-mêmes. Animés de cette idée nouvelle qui n'était que le résultat du long travail antérieur, ils se sont tournés irrespectueusement vers leurs chimères de la veille et ils ont ricané de leurs anciennes fantaisies. Mais cela n'a pas changé tout de suite leur esthétique.

Rabelais met la nature, Physis, au centre et peut-être à la fin de son œuvre, et il attribue à Antiphysis, sa bête noire, à peu près toutes les institutions et toutes les croyances où s'étaient attachés l'enthousiasme et la foi du moyen âge. D'ailleurs, c'est-à-dire pour tout le reste, il est tout médiéval. Quand il se mêle de faire des vers, qu'il fait très mauvais, il s'empêtre dans les complications les plus enchevêtrées, les recherches de son ou de résonance les plus puériles. Il n'a qu'une vue courte et pénible des choses concrètes et, dépourvu de l'inspiration idéaliste qui élargissait la manière des artistes des siècles passés, il accumule sans fatigue, mais assez gauchement, les petits traits et les détails. Son œuvre est, comme beaucoup de celles du moyen âge, toute pleine d'allégories, Manduce, Gaster, Entéléchie, Quinte-Essence, la dive Bouteille, Quaresmeprenant, Thélème, l'Ile sonnante, bien d'autres que j'oublie ou que je passe. Ennemi redoutable du merveilleux, pour le décrier, il y substitue le monstrueux qui en est la forme caricaturale. Et riche d'une intarissable imagination, d'une fécondité verbale inépuisable, d'une verve saisissante et puissante, son œuvre, à lui aussi, s'en va indéfinie, énorme, accrue en marchant, sans proprotions concertées, sans terme certain.

La connaissance exacte et critique où, de proche en proche, on arrive avec le XVIe siècle, peut prendre deux figures en apparence assez distinctes : l'une, qui est la connaissance de la nature des choses, reçoit le nom général de science ; l'autre, qui est, au fond, un chapitre de la science, s'attache et s'applique aux monuments de l'esprit humain et est mise sous le nom d'érudition.

De ces deux formes de la connaissance consciente, l'érudition, tant bien que mal, est la première prête, car il est plus court d'arracher des manuscrits aux bibliothèques que des secrets à la nature. Il y a, dès la Renaissance, de magnifiques efforts pour étendre et affermir la connaissance des choses concrètes, et ils ne sont pas tous étrangers, tant s'en faut, à l'inspiration du moyen âge : le commencement de la découverte du globe par Christophe Colomb est fait d'une croisade autant que d'une aventure. Toutefois, ce n'est qu'au XVIIe siècle que la science marche d'un pas assuré, indépendante, vers le but qu'elle s'assigne. L'érudition, surtout livresque, prend les devants de beaucoup. Elle avait dès longtemps ses sources chez les clercs. Si elle se propage alors si largement, c'est au moyen âge qu'elle le doit : à défaut d'une méthode générale et abstraite, il avait poussé à une étonnante perfection les arts pratiques et, en inventant enfin l'imprimerie, il lègue à la Renaissance un instrument de diffusion indéfinie des écrits.

L'imprimerie profita d'abord aux écrits des anciens. Ils eurent alors le charme de la nouveauté. Bon nombre d'entre eux présentaient une beauté à la fois aisée et coordonnée dont on ne trouvait guère d'exemplaires dans le moyen âge et que, pourtant, grâce au progrès de la technique des arts et du sentiment de la forme, on était disposé à comprendre. Surtout on retrouvait, on exhumait une civilisation naturaliste au moment où, pas à pas, d'un mouvement spontané, on était venu en contact avec toute la nature ; et comme les œuvres de l'antiquité respiraient nécessairement un autre esprit que celles de la culture chrétienne, il sembla qu'elles ouvraient le champ à la liberté. En les faisant renaître, on croyait renaître soi-même. Tous les pensers nouveaux allaient rechercher leurs titres dans l'antiquité ou prétendaient fonder sur elle l'autorité de leur forme. Bientôt c'est un entraînement, une rage, une religion, une folie : on ne tente plus rien qu'on ne le consacre par l'érudition.

Rabelais est tout gonflé d'une érudition robuste et gourmande. Marot est un érudit, bien qu'il garde en partie les anciennes formules françaises, le rondeau, la ballade. Et le mouvement s'épanouit à plein dans toute la fin du XVIe siècle.

L'honneur de tous les vaillants hommes de ce temps est de n'avoir pas perdu de vue la langue nationale et d'avoir toujours tendu à la hausser au-dessus de toutes les autres, sans en faire le sacrifice même aux langues de l'antiquité dont ils étaient éblouis. Rabelais fait saisir rudement à la gorge par un Pantagruel assez brutal l'écolier qui déambulait par les compites de Lutèce et parce qu'il « contrefaisait », lisez : déformait le langage français, le contraint d'écorcher le renard jusqu'à ce qu'il parle « naturellement (1) ». Comme Montaigne, comme Molière plus tard, il étoffe le parler français des dépouilles cossues de maint patois de nos provinces. Joachim du Bellay entreprend à la fois la défense et l'illustration de la langue française. Henri Estienne plaide de la précellence du langage français ; en traitant de la conformité de ce langage avec le grec, il entend le mettre au plus haut point de révérence, et Pasquier « en qualité de vray François, natif du cœur de la France », a le bon sens de ne pas vouloir laisser perdre le suc du vieux vocabulaire indigène qui circule dans nos Romans. Ronsard, par-dessus tous les autres, dans sa vaste compréhension de la beauté où les anciens ont la première place mais n'excluent personne, ne fait de rêve de gloire qu'en y associant l'idiome de son pays et veut qu'on enrichisse son vocabulaire par les termes de métier, qu'on étende ses ressources verbales et qu'on fortifie son élocution par les expressions et les vives images des artisans. Sans doute, il y a chez lui bien du

(1) Voir *Pantagruel*, II, VI.

bouillonnement et, dans la cuve où il fait affluer pêle-mêle tant de vendange, le départ n'est pas fait de ce qui sera réservé et de ce qui sera rejeté. Pourtant Malherbe, qui prétendra ne rien garder de lui, ne fera que purifier et clarifier ce moût généreux et il le purifiera par quelques-uns des principes mêmes que Ronsard a accueillis : en déclarant qu'il va, pour en donner à son tour, prendre des leçons de français chez les crocheteurs, il ne fera qu'énoncer d'une humeur bourrue et dans une boutade d'artiste les règles d'éloquence française par lesquelles son devancier, le noble poète lauré, détournait l'érudition dans le courant de notre langue et de notre civilisation.

Et nous voici tantôt au terme de cette assez longue étape que nous commençâmes quand Berthe filait et que la langue française balbutiait. Bien pourvus de notre âme pour guide, nous avons exploré progressivement la nature morale et la nature des choses. Nous avons traversé quelques bourbiers d'où nous nous évadâmes, et c'est une nature magnifique et gracieuse que nous contemplons en compagnie de Ronsard, du Bellay, Baïf, Belleau, Vauquelin de la Fresnaye, Desportes et autres gentils esprits de ce temps. La nature est fée et Mélusine ; elle a un beau corps de femme qui, depuis le péché d'Ève notre mère, s'achève en queue de serpent. La question est si, dans la douceur de son embrassement, elle sucera l'âme chrétienne, si elle la dissoudra dans son venin et dans ses membres.

Cela ne sera pas. L'esprit de l'homme a pris une vie si active, si distincte, si indépendante, qu'il ne consentira plus jamais à se laisser résorber tout de bon par les forces élémentaires au-dessus desquelles il a été élevé. On croit qu'il va se ranger sous les lois de la nature, un sujet de cette reine toute-puissante ou plutôt un objet de ce grand État mystérieux. On verra que c'est tout le contraire.

Déjà l'esprit s'inquiète et recommence sur lui-même l'enquête qui n'est jamais finie. « Que sais-je ? » dit-il : il ne tardera pas à se répondre : « Que je pense. » Avec Montaigne, il institue son doute et la merveilleuse sagacité qu'il déploie pour se ravaler, lui, l'homme, au rang des autres animaux, montre assez qu'il fait une gageure, qu'il cherche là un moyen d'exercer sa virtuosité bien plus que de se nier ; l'intérêt qu'il prend à sa vie intérieure et à la figure qu'il fait dans l'histoire (Plutarque et Amyot le servent bien aussi en cette occasion) atteste qu'il ne se considère pas comme un accident indifférent parmi tant d'autres. On sent qu'il ne joue avec ses preuves que pour fortifier sa vigueur et qu'il n'en jonche le sol que pour se préparer à en user mieux. Aussi le scepticisme de Montaigne n'est-il pas trop triste et il est souvent gaillard. Je ne laisse pas d'y apercevoir des germes de pessimisme et de tristesse qui ne seront pas perdus ; je vois même qu'il a suivi de près de très douloureux déchirements de la conscience des hommes et de l'organisme social, et qu'il est présenté un peu comme un calmant et un baume dans un reste de fièvre traumatique. Encore est-ce un cordial plutôt qu'un stupéfiant ; il réveille l'esprit plus qu'il ne l'abat, l'époinçonne plus qu'il ne l'amortit.

Mais ce n'est pas de là que l'âme peut reprendre vie, ce n'est pas dans le seul doute qu'elle peut rajeunir son affirmation de soi-même. Elle pose maintenant la prise des ses sens sur toute la matière que lui offre la nature des choses, et de la connaissance qu'elle en a, de l'analyse qu'elle en fait, elle tire ce jugement qu'elle-même n'est pas une chose. Au bout de l'expérience qu'elle acquiert du monde sensible où elle est engagée, elle se retrouve elle-même avec ses caractères distincts, ses facultés déconcertantes, ses besoins surnaturels, son histoire divine.

C'est là plus qu'ailleurs que se fait la renaissance. Ce n'est pas en touchant le sol comme Antée, c'est au contraire en le quittant de nouveau que l'esprit va recouvrer assez d'énergie pour inaugurer son labeur des temps modernes et ouvrir un nouveau cycle à l'histoire. Le protestantisme violemment l'avertit de l'opportunité de remonter vers les sources d'en haut. Marot, inégal à la tâche et d'une langue ici insuffisante, écrit des psaumes et fait ses efforts pour raviver le lyrisme par l'inspiration chrétienne. D'Aubigné, pour refaire l'âme, la passe à feu et à sang, et de quelle vigueur! de quelle rage effroyable et sublime! Ronsard, assagi et élevé, comme s'il s'était initié à travers son orgie antique et sa licence épicurienne à des mystères plus hauts, perçant d'un front serein et éclairé la légère fumée du breuvage d'ivresse qui se disperse au rayonnement de sa raison, retrouve derrière Apollon le Christ, au delà de la nature l'Église, au-dessus de la littérature la France, et répand ses pensées dans une éloquence d'une telle beauté qu'elle contente le désir de la perfection. Il n'y a pour ainsi dire pas d'intervalle de ces « Discours » à la poésie de Corneille.

La langue s'est recréée comme l'âme. Jusqu'ici elle a évolué rapidement, acquérant la souplesse, l'étendue, la finesse, les articulations nécessaires pour comprendre et analyser toutes choses, augmentant sa puissance d'abstraire à proportion que l'homme perfectionnait sa connaissance des phénomènes moraux et concrets. Maintenant le contact en somme est établi de l'esprit et de toutes choses et la langue n'aura plus autant à se mouvoir, à se développer, à changer. On conçoit que Boileau, appartenant à l'époque qui jouit la première de ce résultat, méconnaisse ce qu'à d'autres égards la théorie littéraire qu'il représente doit à l'âge antérieur, expressément à la Pléiade, et que dans la vue peu exacte qu'il jette sur le passé, chaque âge ayant modifié la langue, il en juge, sans excepter la Renaissance, l'ensemble à peu près barbare.

Le Tasse, par le sujet de son poème et l'inquiétude de son cœur, appartient à ce renouvellement chrétien. Milton en accusera la propagation en Angleterre avec ce retard qui fut, jusqu'au XVIIIe siècle, la loi de la littérature de cette nation. Et la France va reprendre l'initiative du mouvement, comme elle avait fait dès le début de l'activité esthétique de la période médiévale.

TROISIÈME PÉRIODE

ÉVOLUTION

DE

LA LITTÉRATURE MODERNE

I

L'AGE DE LA VOLONTÉ.

Ce qui frappe d'abord quand on entre dans les temps modernes, c'est comme l'âme avait pris une forte trempe dans cette tempête morale et sociale qui dura environ du milieu du XVIe siècle au commencement du XVIIe. Toutes choses avaient été bouleversées ; peu à peu les éléments se calmaient et, après leur mêlée, se séparaient. On voit alors comme l'âme énergiquement s'était de nouveau distinguée des choses et, d'un très fougueux entrain ou d'un effort extrême, voulut du même coup se hausser au-dessus d'elles.

Un roi donnait l'exemple d'être volontaire et de conquérir, avec sa destinée, sa part de ce monde. Encore dut-il plier aux circonstances; d'autres faisaient au fond d'eux-mêmes le pacte de les faire plier et quelquefois ils réussissaient.

L'évêque du diocèse « le plus pauvre et le plus crotté de France » se donnait pour but de réduire à l'ordre dans le royaume ces têtes dures des huguenots, d'abaisser la plus puissante maison souveraine de l'Europe et de mettre la volonté du roi au-dessus des autres pouvoirs traditionnels qui paraissaient la balancer; et par la volonté d'un roi, il achevait son œuvre.

De moindres têtes n'avaient pas de moindres desseins et, même chimériques, y travaillaient avec passion ou avec suite. Le P. Joseph voulait chasser les Turcs de l'Europe, reprendre la tâche des croisades, écraser pour cela l'obstacle, l'Autriche, et il s'y employait obstinément, toute sa vie, en priant, dans quelque chambre du palais de Richelieu.

Bientôt on vit des femmes courir la fortune de capitaines, soulever des provinces, faire s'entre-choquer des troupes et vaciller l'Etat, subjuguer, conduire, pousser des héros, figurer elles-mêmes des héroïnes. La grandeur des vues, la profondeur des ambitions avait ses singes : tel de Retz.

Condé au besoin violentait le sort pour lui arracher des victoires, Turenne cherchait à lui imposer les siennes et il les avait, sauf qu'un boulet en passant le rencontrât.

Une philosophie paraissait, hautaine, altière, quoiqu'elle se fît simple et de facile abord, dont il semble qu'elle soit « gentilhomme » et qu'elle porte l'épée, encore qu'elle ne veuille rien devoir au passé, aux ancêtres, qui met la volonté au-dessus de tous autres ordres et l'exalte à l'égal de l'infini, si l'on peut accoter ces deux mots. C'est la philosophie d'un grand et rigoureux mathématicien, mais elle s'indigne si l'on soutient que Dieu ne puisse faire que deux et deux ne soient tout autre chose que quatre; et si l'on croit qu'il soit assujetti à laisser aux angles d'un triangle leur somme de deux angles droits, elle s'écrie que c'est l'asservir comme un Jupiter aux arrêts du destin ou aux serments du Styx. Elle prétend que dans la grande machine de ce monde la liberté de l'homme demeure maîtresse de soi et qu'il n'est pas une âme qui ne soit capable de commander à son corps et de contraindre ses passions.

Et n'était-ce point parce qu'ils étaient d'autre manière pénétrés d'une volonté raide et inflexible qu'ils tendaient, ces Jansénistes, à la faire toute venir de Dieu? Quelle passion dans ce Saint-Cyran, quelle ambition immense sous ce crâne tourné dans du bois de buis, enté sur un cou bref! Quelle appétition aiguë et lointaine sort de ces yeux moyens (1) qui voient, au delà de celui qu'ils mirent, toute l'Eglise réformée par la secte et un jeune prince élevé pour l'Eglise.

M. de Rancé, après avoir étonné le monde par son génie, ses désordres, ses violences, le clouait d'admiration et quasiment de terreur devant ses mortifications et ses intraitables austérités.

Le scepticisme s'était tourné à Dieu avec Charron, le stoïcisme avec du Vair. C'est jusqu'en Dieu que l'esprit tout ardent des meilleurs « penseurs » (le mot est à sa place quand il s'agit de celui qui a dit : Je pense), c'est jusqu'en Dieu que leur ardent esprit va retrouver la

(1) V. le portrait de Saint-Cyran par Philippe de Champagne au musée de Grenoble.

flamme de vie, la provision de volonté, la tension d'énergie, la source d'action. Descartes conçoit sa méthode dans une extase, comme par une opération surnaturelle, au milieu de « songes » où il croit que la méditation humaine n'a eu nulle part, et il traverse l'Europe pour faire un pèlerinage d'humble reconnaissance à Notre-Dame de Lorette. Pascal écrit : « Depuis environ dix heures et demie du soir jusques environ minuit et demi, Feu. » Et il s'enferme à Port-Royal.

Il ne faut pas s'étonner si dans ce renouvellement et cette restauration de l'âme, le lyrisme a continué de vivre d'une vie ininterrompue et grandement florissante. Desportes, que Boileau ne méprisait pas, donne la main à Baïf, à Ronsard, à Belleau, à la Pléiade. Malherbe, par les *Larmes de saint Pierre*, ne surpasse point peut-être, mais il accompagne ou même devance Bertaut ; il reparaît après lui, triomphant et de ses rivaux et de lui-même. Et sous prétexte qu'il fut un grammairien et un regrattier de syllabes, qu'importe ? qu'il y a dans ses œuvres bien des parties qui sont lourdes, traînantes, que nous ne pouvons plus guère lire, il ne faut pas dire qu'il n'est pas un lyrique, car il rencontre admirablement par places, il se soutient souvent et il a le nombre, il a le son.

D'autres encore vers ce temps, Théophile, Tristan, Saint-Amand, ont eu plus d'une fois l'inspiration vraie, la verve, l'émotion, l'expression même ; ils ont jeté un regard d'artiste ou poussé une plainte nombreuse vers cette belle nature que Ronsard avait connue et célébrée dès son printemps, cette nature agreste et bocagère, à son automne maintenant, dont les feuilles jaunies tombent dans des eaux mélancoliques, car de nouveau l'âme humaine va se détourner d'elle.

En cette ferveur chrétienne, c'est dans les régions religieuses que la lyrique établit de préférence son séjour. Quel est le poète lyrique qui, depuis le commencement des affaires de religion, n'ait pas essayé d'accorder son luth et son psaltérion à la harpe des prophètes et à l'hymne des fidèles (1) ? Non content d'avoir inséré dans ses tragédies les stances que tout le monde sait, le pieux Corneille au cours du siècle ramène l'âme en deçà des Psaumes vers son intérieur, et dans des vers qui ont toutefois plus de solidité et d'esprit que le modèle, il imite l'*Imitation*. Puis il vient, lui aussi, aux Psaumes et rime les Louanges et l'Office de la sainte Vierge. Et je ne pense pas que de grandes parties de cette œuvre le cèdent à ce qu'il a écrit de plus beau ni qu'il ait rien donné qui par places soit plus curieux. Il a plus de soixante ans et comme il arrive à de tels ar-

(1) Il y aurait une étude à faire de l'influence que la Bible a pu exercer sur la littérature, à ne prendre la Bible que comme modèle littéraire. La Bruyère se place à ce point de vue en parlant de Moïse ; Boileau tire des exemples de la *Genèse* dans ses *Réflexions sur le sublime*. On voit assez bien ce que tel ou tel auteur, Bossuet par exemple ou Lamennais, doit aux Ecritures. Mais il n'y a pas de travail d'ensemble sur la question, ni même, que je sache, de travaux partiels un peu suivis. Notre littérature a des origines visibles dans le moyen âge et dans l'antiquité classique. Que doit-elle directement à la forme d'imagination et de style si spéciale qui a ses monuments dans l'*Ancien Testament* ? Y a-t-il là pour nous une autre source, un affluent tout entier, ou bien n'y a-t-on puisé que par un labeur voulu, par une méthode artificielle ? La connaissance des *Ecritures* n'a-t-elle pas contribué à élargir le goût, à donner l'idée d'une couleur, de toute une tonalité différentes de celles qui étaient naturelles dans nos races ? A quels moments ? par quels ouvriers ? avec quel succès ? Faudrait-il mettre à part les actions qui se sont propagées du *Nouveau Testament* ? Une telle étude demanderait une grande science et un discernement rare. A quelques résultats qu'elle dût aboutir, il me semble qu'elle serait d'un extrême intérêt.

tistes, il a accru par son long travail sa perfection technique et son illustre maîtrise dans le métier de poète. Je ne sais pourquoi ce recueil n'est pas un des bréviaires de ceux qui veulent faire des vers français (1). Le texte de l'*Imitation* a quelque chose qui est en nuances et en fuites d'âme qui n'a pu décourager l'homme qui avait façonné tant de caractères et qui priait ; il a su être lyrique et abstrait, toutefois il a précisé les perspectives psychologiques. Il se pourrait que les « hymnes, proses » (2) et psaumes aient mis son génie plus à l'aise. Il est vrai, et ce point est de grande importance, que son temps s'est mieux reconnu dans la première des deux œuvres, mais nous pourrions avoir des raisons, sinon de nous plaire mieux, du moins de trouver plus d'agrément à la seconde.

Au moment où ceci est composé (1670), le siècle déjà relâche quelque chose de son intime tension d'âme et respire de nouveau quelques bouffées d'air des champs dans La Fontaine ; la nature extérieure timidement et par places reparaît. Corneille y applique sa vision juste et cette émotion qu'il avait souvent renouvelée dans sa maison normande de garde forestier, à l'orée des bois et sur la lisière des prairies de la rivière de Seine. C'est avec des images vues qu'il nous avertit de n'être point « pareils

> ... à ce foin inutile
> Qui sur le haut des toits pousse un tuyau débile,

(1) V. par ex. *Œuvres de P. Corneille*, t. IX, p. 636 (édit. des Grands écrivains de la France) la note où M. Marty-Laveaux compte le nombre des traductions du *Gloria Patri* par Corneille. On ne saurait imaginer une virtuosité plus prodigieuse au service d'une théologie toujours exacte.

(2) V. préface *Au lecteur*, *op. cit*, p. 5.

Et ne s'y montre aux yeux que pour le voir sécher
Avant qu'on l'en puisse arracher ;
.... à ces méchantes herbes
Dont jamais moissonneur n'a ramassé des gerbes,
Que tient le glaneur même indignes de sa main
Et n'en daigne remplir son sein (1).

Il s'épand magnifiquement dans des strophes comme celles-ci :

Enfin le Seigneur règne, enfin il a fait voir
Son absolu pouvoir :
Terre, fais voir ta joie en tes cantons fertiles,
Et toi, mer, en tes îles ..

Le feu qui le précède et partout lui fait jour
Se répand tout autour
Et de ses ennemis qu'enveloppe sa flamme,
Il brûle jusqu'à l'âme.....

Les rochers les plus hauts fondirent devant Dieu
Comme la cire au feu
Et virent sous le bras qui lançait le tonnerre,
Trembler toute la terre...

Les filles de Juda dans toutes leurs cités
Bénirent ses bontés ;
Et tous ses jugements à leurs âmes ravies
Semblèrent d'autres vies.... (2) ;

N'épargnez point vos luths à votre psalmodie,
De la plus douce harpe ajustez-y les tons ;
Joignez-y l'éclatante et forte mélodie
Des trompettes et des clairons.... (3).

. . . .

Anges qui le voyez dans sa splendeur entière,
Bénissez le Seigneur ;
Cieux qu'il a peints d'azur et revêt de lumière,
Exaltez sa grandeur. .

(1) V. *Œuvres*, t. IX, p. 321.
(2) *Ibid.*, p. 115-117.
(3) *Ibid.*, p. 119-120.

Soleil qui fais le jour, lune qui perces l'ombre,
Bénissez le Seigneur ;
Étoiles, dont mortel n'a jamais su le nombre,
Exaltez sa grandeur...

Admirables trésors des neiges et des glaces,
Bénissez le Seigneur ;
Jour, qui fais la couleur, et toi, nuit, qui l'effaces,
Exaltez sa grandeur...

Poissons qui sillonnez la campagne liquide,
Bénissez le Seigneur ;
Hôtes vagues des airs, qui découpez leur vide,
Exaltez sa grandeur..... (1).

Outre le souffle qu'on entend dans ces vers, on y remarque l'habile tour de main d'un excellent élève des Jésuites, expert dans toutes les curiosités du vers latin. C'est de la même main exacte, pieusement chaste, qu'il modèle ses offrandes à la Vierge :

Ce grand roi que de la nature
Servent l'un et l'autre flambeau,
D'un flanc que de la grâce un doux torrent épure
Devient l'enflure sainte et le sacré fardeau... (2).

Voici comme il la prie :

Étoile de la mer, mère du Tout-Puissant,
Toujours vierge, toujours étoile sans nuage,
Porte du ciel ouverte au pécheur gémissant... (3)

et voici de quoi il la prie à l'heure de Ténèbres :

Le chaos de la nuit étend son voile noir,
Écoute les soupirs de mon âme étonnée... (4).

Oh ! le beau vers, profond et tragique ! Et ne retrou-

(1) V. *Œuvres*, t. IX, p. 141-143.
(2) *Ibid*., p. 83.
(3) *Ibid*., p. 221.
(4) *Ibid*., p. 321.

vons-nous pas tout notre poète dans une stance comme celle-ci :

> Ce créateur de tout, ce maître du tonnerre
> S'est réservé là-haut le ciel pour habiter ;
> Mais se le réservant, il vous donne la terre :
> C'est de là qu'il y faut monter... (1).

Corneille jette ces voix de croyant et de prophète à Joad, à l'écho des chœurs exquis, grandioses d'Esther et d'Athalie ; puis, pour ne rien dire, après de tels accents, de Racan ou de Santeul, l'âme pour la première fois en France depuis six ou sept siècles, s'abat tout à fait et perd le chant.

Ce qui ne laisse pas de surprendre, d'affliger, c'est que, dans ces commencements de temps nouveaux, la France n'ait pas produit un poème épique, je veux dire un vrai chef-d'œuvre d'épopée. Il se placerait quelque part entre 1570, époque où la *Franciade* va succomber avant de naître, et 1630, date qui marque à peu près le terme après lequel il serait décidément trop tard. Il tendrait vers une langue sinon abstraite, du moins haute et un peu resserrée, puisque l'âme se relève alors au-dessus des choses, et par là il ressemblerait à ces étonnants *Tragiques* qui font douter parfois si ce poème qu'on désire n'existe pas. Mais puisque le poème épique est de sa nature synthétique, et c'est là peut-être la première définition qui ne lui répugne pas, il n'aurait pas dépouillé entièrement ce goût de la nature concrète qui donne quelque sève à la *Semaine* de du Bartas et se ressent encore dans l'*Astrée* ; il retiendrait en la perfectionnant cette faculté d'être touché de toutes choses qui prête du charme à saint François de Sales et

(1) V. *Œuvres*, t. IX, p. 317-319.

entre comme un élément ineffaçable, même alors, dans la poésie lyrique.

C'est lui qui ferait faire ses classes et sa rhétorique à la nouvelle langue française, au lieu que le travail s'accomplisse froidement sur divers points et de diverses façons méthodiques, plus laborieuses qu'artistiques, par des régents bien intentionnés comme Balzac, des grammairiens têtus comme Malherbe, de belles pédantes comme les Précieuses de l'hôtel de Rambouillet, de lents aréopages comme l'Académie française.

On peut dire que ce poème a manqué à la langue française, et je ne sais si elle ne s'en est fort ressentie, et jusques à quand ?... La fécondité littéraire d'un peuple a ses productions un peu tératologiques qui sont parfois utiles, elle a aussi ses suspensions qui font vide. Ou tout au moins il y a un maigre là où une riche veine nourricière n'aurait peut-être pas mal fait. L'espèce qu'on attend n'est représentée que par des types moindres. Je ne me défends pas de penser que ce maigre a laissé quelque chose de sa maigreur à ce qui est venu après lui et que par exemple, après un noble et large poème de ce genre, un peu plus de chair et de sang aurait enveloppé la forte et nerveuse géométrie de la tragédie française.

Et je ne vois pas pourquoi il a manqué, ce poème. L'Italie, l'Angleterre ont bien eu le leur. Faut-il en accuser les guerres civiles? Comme si Milton n'émergeait pas précisément des discordes civiles de l'Angleterre ; à moins qu'on ne veuille dire que la tête qui l'aurait conçu a été fracassée, jeune encore, contre une borne par quelque soudard en peau de buffle ; à moins encore que cet esprit qui l'aurait enfanté ne soit resté quelque part dans les limbes du possible...

Et on en est réduit à chercher des causes secondes qu'on trouve à la rigueur.

D'abord il aurait fallu que ce poème fût chrétien et voilà une épineuse matière, le poème épique chrétien. Si tout s'y passe selon l'ordre de la nature, est-il chrétien ? Et si l'ordre de la nature y subit à chaque instant des rebroussements et des altérations subites par la toute-puissante intervention du ciel, cela est-il supportable ? Que devient l'attente du spectateur là où il n'y a plus de question ?

Remarquons que cette difficulté n'existait pas du tout pour la littérature ancienne. Les dieux étaient à leur place dans les poèmes épiques de ce temps, parce qu'après tout ils n'étaient pas en dehors de la nature. Ils avaient fort à faire de se combattre les uns les autres, même à l'aide des hommes, chacun avec les forces déterminées qui lui étaient départies, et de tâcher à donner quelque déviation au destin dont ils subissaient, comme l'homme, la contrainte. Il y avait là un dramatique intérêt répercuté dans les choses humaines et qui n'était pas moindre dans la région des actions divines, puisque de l'humanité aux dieux, il n'y avait qu'une différence de degré enveloppée dans l'idée commune de l'identique nature. La part qu'y avaient les dieux ne faisait qu'ajouter au poème l'attrait du merveilleux.

Il n'en va pas du tout ainsi dans le système de la littérature chrétienne, qui conçoit Dieu « tout-puissant » au-dessus de sa création. Plus de tergiversations dans ses conseils, plus de contrariétés dans ses desseins. S'il agit à la manière d'un héros de poème par une démarche personnelle, tout est fini ; il n'y a plus qu'à lui remettre le prix de la lutte et à prononcer que l'action est terminée.

Ira-t-on, pour en faire un personnage qui tienne l'intérêt en suspens, lui prêter des hésitations, des retours sur lui-même, des négligences, des insuccès dont il se relèverait par de meilleures mesures, et quand il est Dieu et peut tout, faudra-t-il qu'on nous représente un Père Eternel insuffisant ? Non, c'est là le thème facile de la parodie. Ses conseils sont impénétrables. Il n'y a que la Bible qui parle le monologue de Dieu ou son dialogue avec l'homme. Le poète épique doit craindre de faire de Dieu, au lieu d'un héros qu'il ne peut être, un je ne sais qui, que Scarron guette.

Il faut donc que Dieu, semble-t-il, demeure tout au moins au-desus de l'action et que celle-ci reste le drame de l'homme. Il n'en est que la fin dans la *Divine Comédie* de Dante.

Il y a plus, et fût-il tenu au-dessus de l'action comme dans le Saint des saints, il ne se peut guère que même par ses ministres il en brise trop souvent et trop visiblement l'enchaînement. Les anges, dans la *Chanson de Roland*, n'y sont que pour quelques lumineuses et transparentes silhouettes au travers desquelles on voit les choses suivre leur cours naturel. Ils reçoivent le gant des barons mourants, portent leur âme en paradis, détournent légèrement un coup d'épée qui blesse Charlemagne ; c'est une prière qui fait s'arrêter le soleil. Ces accidents multipliés supprimeraient tout drame. Ils paraissent convenir davantage à la machinerie d'un spectacle, et pourtant n'est-ce pas pour s'en être sursaturé que le théâtre du moyen âge, mystères et miracles, manquant trop à la condition d'être dramatique, s'est développé en représentations scéniques et s'est écroulé, sans laisser une œuvre où se reconnaisse l'anxiété de l'homme ?

En somme, et c'est là que gît l'essence de la question, dans l'antiquité, il n'y avait pas de surnaturel, il n'y avait que du merveilleux ; et dans un poème chrétien, il peut y avoir aussi du merveilleux tant qu'on voudra, mais dès que ce merveilleux vient de la religion, il est surnaturel.

Et c'est ce qui complique tout. Il y a là deux ordres qu'il faut coudre et sans que l'un déchire l'autre : ceci est d'un ordre et « cela est d'un autre ordre ». Ce qui est de la religion est de l' « au-delà », de l'au-delà de la nature.

Boileau montrait donc un grand sens, à son ordinaire, quand il combattait le merveilleux chrétien et tel qu'il l'entendait, non pour la raison janséniste qu'il donne que le christianisme « n'offre à l'esprit que mystères terribles, pénitence à faire et tourments mérités », mais parce qu'il est burlesque (je pense encore à Scarron) de faire agir « Dieu, ses saints et ses prophètes », comme Mars, Vénus et Pluton. A titre de machines poétiques, j'aimerais encore mieux, comme lui, ces anciens dieux. Seulement il ne faut pas de machines, et elles ont plutôt fait tort à l'énergique génie de Camoëns.

Il y avait d'autres partis à prendre. Tasse en prit un qui fut de se placer si bien au niveau des passions de ce monde qu'on sentît que l'intervention d'en haut, parcimonieusement employée, n'était qu'un accessoire sans grande importance. Ce parti n'était pas très sérieux, je ne regrette pas qu'il fût peu d'accord avec notre génie, et le noble et douloureux esprit du poète, par la suite, s'en affecta. Après tout, son œuvre naquit viable.

Milton trouva un autre biais et ne mêla point les choses du ciel avec celles d'ici-bas, se plaçant tout entier d'avance au-dessus des choses terrestres telles qu'elles ont découlé du péché. Il peut donc traiter toute sa matière comme naturellement surnaturelle. C'est un parti qui n'est pas si différent de celui de Dante, et son poème inondé de beautés ne saurait mourir. Encore la solution ne va-t-elle pas si bien qu'on ne fasse ses réserves, car il demeure une lutte de Dieu et du diable qu'il faut peindre par le moyen des imaginations humaines dans une région qui est hors de la sphère de l'humanité, et, comme dit la logique, cela répugne. Autrement satisfaisante est la conception de Dante avec Dieu en haut, Satan en bas et l'homme dans tout l'entre-deux.

Au fond la matière du poème chrétien ne pouvait manquer d'être celle-là : la lutte de l'homme entre le bien et le mal dans sa relation avec la Cause des causes. D'Aubigné n'écrit qu'une diatribe sur le résultat d'un épisode de ce drame des drames, il n'en donne pas un exemplaire, qui aurait pu être légendaire, historique, mystique. C'était une forme à trouver. — Laquelle ? — Je vous réponds qu'il n'a manqué qu'une chose, un poète de génie à l'inventer. Ces difficultés que nous venons de montrer, il en aurait triomphé et nous saurions comment. On peut rêver qu'il aurait concilié la vraisemblance humaine avec le miraculeux, allié le surnaturel au naturel, par la grâce peut-être. — Elle n'est pas un personnage épique. — Je n'en sais rien, si Corneille, je ne dis pas tant par la conversion de Pauline, mais par l'exaltation de Polyeucte et la conversion de Félix, en a fait un personnage dramatique.

Cette lacune de notre littérature nous donne sans doute à connaître que dans l'Occident de l'Europe, « toujours solidaire depuis Charlemagne », comme énonce Comte, le champ d'une nation, même de la

France qui est au centre des autres, est trop étroit à renfermer le complet tracé de l'histoire de la littérature et que, tout de même qu'il a fallu, pour embrasser d'une même vue le développement total de l'esprit dans l'antiquité, dépasser les limites strictes de la Grèce et étendre son attention à toute une région méditerranéenne, il est indispensable, même sans étudier de près l'influence des littératures étrangères sur la nôtre, de jeter quelques regards à nos alentours pour avoir une figure entière du mouvement littéraire décrit par l'esprit chrétien et moderne.

Ces défaillances en un lieu, compensées ailleurs, doivent contribuer à donner leur caractère aux littératures nationales, puisqu'après tout il y en a ici cinq ou six qui chevauchent les unes sur les autres et que, dans ce mouvement solidaire, chacune garde sa physionomie et son allure particulière.

Et ce manque d'un poème un peu synthétique au début de notre littérature moderne, à quoi il est permis de rapporter le caractère remarquablement abstrait de la poésie qui a suivi et en particulier de la tragédie, on peut justement le considérer comme un indice de certaines qualités de l'esprit français qui par moments sont bien capables de s'opposer à la naissance de l'épopée.

C'est qu'il y a dans l'esprit français une tendance reconnue à l'abstraction même. Cette tendance fut très forte dès la première partie du XVIIe siècle. Cet esprit qui s'était vigoureusement remis à part de la nature des choses, rétabli en lui-même et raccordé à sa cause transcendante, se mut volontiers dans les hautes régions où la contingence des choses et des faits a moins d'accès. Tandis que Bacon se tourne tout entier vers la physique, nos plus grands savants, sans la perdre de vue, sont surtout des mathématiciens. Descartes, Pascal, bien que doués tous deux de la plus vive imagination, sont d'abord des géomètres, et il semble que ce soit leur patrie d'origine, ce pays des vérités toutes pures, des idées immuables, des intuitions spirituelles d'un ordre de science où on pense sentir le voisinage et comme l'indéfectible irradiation de l'Esprit éternel vers qui l'âme avait alors remonté. L'aptitude géométrique des Français est une des manifestations de leur idéalisme. Le goût de la mathématique n'est nullement contraire au génie épique et poétique, témoin Dante ; mais le goût de l'abstraction, qui s'accuse facilement par le génie mathématique, sans être exclusif de la poésie épique, n'y peut jouer un rôle que s'il concourt avec un sentiment très vaste et très étendu de l'homme et des choses.

Ainsi le génie poétique français donna peut-être dans un excès d'abstraction, parce qu'il manqua alors d'un grand poète épique ; et s'il en manqua, une cause occasionnelle s'en trouve dans sa tendance à l'abstraction même. En ne produisant pas de poète épique, il abonda dans son propre sens.

Et de la défaillance que je signale, j'aperçois une seconde cause superficielle dans notre esprit de société qui ne se montra peut-être jamais dans une fleur plus vive qu'au lendemain des temps où toute la société avait souffert de sa désunion et des discordes civiles. Les salons des femmes sont très propres à quintessencier les sentiments et à affiner la langue, mais un grand poème ne saurait croître dans la ruelle des précieuses, d'esprit si généreux qu'elles puissent être.

Si ce poème avait paru et s'il existait, comme il toucherait au moins par le faîte aux régions supérieures de l'âme, il serait aisé de lui opposer en manière de contraste les œuvres où se sont manifestées les parties moins hautes de notre nature, les comédies de Larivey, les poèmes de Théophile, de Saint-Amand, les satires de Mathurin Régnier, les fantaisies de Cyrano, le roman comique de Scarron; car à partir des temps modernes et en l'état d'une certaine érudition livresque, il ne faut plus s'attendre à ce que les genres littéraires n'osent se remontrer que dans un ordre chronologique : chaque artiste peut s'en servir, avec plus ou moins de chances de les vivifier selon son génie et selon la faveur ou l'obstacle des circonstances; chacun peut même en imaginer des altérations, des mélanges originaux, des formes nouvelles, et on voit qu'on y trouva de façon et d'autre tout ce qu'il fallait pour nous parler des mêmes travers et des mêmes faiblesses, des mêmes ridicules et des mêmes vices qui avaient défrayé la littérature naturaliste du moyen âge et fourni une contre-partie à la poésie lyrique et à l'épopée; mais de ce dernier genre un type alors manqua.

Et il est à remarquer que la société, dont l'esprit s'opposait peut-être très efficacement à la création d'un vrai poème épique, en sentit très vivement le manque et désira de propos délibéré qu'on lui en fît un. On s'apercevait de la lacune, on voulut expressément faire revivre ce genre, comme il semblait qu'on réussît à rendre une nouvelle vie aux autres; on s'y appliqua à la réflexion, c'est-à-dire un peu tard. On n'y renonça guère que dans le dernier quart du siècle. Il y a jusque-là dix poèmes épiques, tous chrétiens, tous « contrefaits en dépit de nature » et mort-nés (1). Un reste

(1) V. Lanson, *Histoire de la Littérature française*, p. 381 et suiv., not. 1.

de cette volonté nous a donné encore, au premier quart du XVIIIe siècle, un avorton, la *Henriade*. C'est cent ans plus tôt au moins que le prodige, de lui-même, aurait dû se montrer. Il était de moins en moins probable qu'il consentît à naître à toute force, à mesure que l'élan de l'âme s'alentit et s'embarrassa de critique littéraire dans une société de plus en plus réfléchie et avisée.

Mais cet esprit de société qui faisait une atmosphère peu propice à l'épopée était au contraire tout à fait favorable à une certaine forme du théâtre. On avait la passion de causer et on commençait de le savoir bien faire; on ratiocinait sur les sentiments, les achevant en idées, et on s'exerçait à en aiguiser l'expression en formules frappantes et pénétrantes : c'est ce qui aboutit, grâce au désenchantement de certaines âmes enfin lassées et amèrement désillusionnées, au recueil des *Maximes* de La Rochefoucauld. Avant que la Fronde, pour retomber à rien, eût fatigué chez beaucoup les ressorts et les énergies, l'imagination s'excitait aux aventures, aux hautes entreprises, et elle n'avait pas à capituler devant la force des choses. Étaler ces dispositions généreuses en d'amples histoires, c'était l'affaire des romans; pour les exalter aussi, le théâtre, pressé maintenant d'en finir avec chaque représentation, précisément parce qu'il était devenu permanent, pouvait s'emparer de cet art de la conversation, susceptible, on le vit, de devenir quelque chose de puissant. Et c'est ce qu'il fit par le génie de Corneille.

C'est en vérité un beau spectacle, quoiqu'il ne soit pas partout glorieux, de voir dans la première partie du XVIIe siècle l'esprit travailler à se rendre maître de la langue comme l'âme se veut maîtresse des choses, et tout cela enfin chanter victorieusement dans les vers de Corneille. Une gratitude respectueuse et cordiale va à tous les bons ouvriers qui lui ont préparé sa langue, l'eussent-ils un peu condensée : martelé de près, l'instrument verbal fut d'un ferme alliage, le poète lui donna la trempe et la vibration. On laissait derrière soi les derniers efforts du moyen âge expiré, le roman courtois et bucolique de l'*Astrée*, et on s'éprenait d'une nouvelle espèce d'amour, courtois encore, mais plus viril et qui se débattait dans une perspective plus humaine. La tragédie cornélienne, dans l'ombre de qui on aperçoit des Scudery et des La Calprenède, elle aussi, fut romanesque et héroïque. Par ce qu'elle tient du roman, de l'aventure, par la place qu'elle fait aux événements, aux grands accidents de l'histoire, par quelque caractère mystique et lyrique qu'elle eut surtout en ses commencements, on la sent encore proche d'un âge qui aurait pu être épique ; par là on l'a trouvée plus ressemblante à la tragédie d'Eschyle qu'à celle des autres dramaturges grecs, d'autant que la tragédie d'Eschyle est comme un fragment d'épopée qui s'anime, et on a remarqué que les tragédies de Racine, le costume ôté, se laissaient plus facilement ramener aux termes d'un événement quotidien, d'un fait-divers. Au surplus, le système de la tragédie de Corneille est précisément l'opposé de la tragédie d'Eschyle, puisque dans celle-ci les grands faits se déploient à titre d'éléments principaux du drame où l'autonomie des personnages s'ébauche seulement, avec une vigueur encore barbare il est vrai, tandis que les héros de Corneille sont maîtres d'eux comme ils prétendent l'être de l'univers ou tout au moins des circonstances auxquelles ils touchent. Les événements sont donc amenés dans le champ du drame et cités sur la scène comme des comparses, moins encore, comme des accessoires dont l'utilité est d'offrir à l'âme des occasions de se rehausser en s'élevant au-dessus d'eux ; et plus le poète excessivement les accumule et les multiplie, plus l'âme se dresse pour les dominer et les ravale par ses propres triomphes. L'intime tension va jusqu'au surhumain, surtout avec l'aide de Dieu, et enfin jusqu'à l'inhumain. La gloire, la vertu, le devoir sont dans ce théâtre autant de noms de la volonté. Cette conception éminemment admirable de la vie de l'âme, adoucie et simplifiée par le cœur et le génie d'une femme, quand le vieux Corneille s'est enfin réduit au silence, donne, même dans le dernier quart du siècle, une œuvre d'une irréprochable beauté, le roman de la *Princesse de Clèves*.

De cette action de la volonté dont le premier âge du XVIIe siècle est tout plein, Pascal est comme une catastrophe. Il est lui-même tout drame. Il est ce que l'humanité lettrée a produit de plus déchiré comme génie. Il est né géomètre et il ne veut plus l'être. Il est né pour briller et pour aimer peut-être, et non seulement il s'enferme en une retraite, ce qui ne serait pas rare à un homme de cette sorte, mais dans une secte de couleur triste et terne qui, échauffée de sa propre ferveur, de passion âpre et âcre, trop persuadée de sa prédestination à réformer et à dominer pour vouloir obéir ni savoir se résigner, concentre une humeur batailleuse et tiraille les liens de la charité qui doivent l'unir à l'Église jusqu'aux déchirements et aux ruptures. Il a dit : « heureux ceux qui jouissent d'une santé robuste », et il est malade. Il est audacieux, paradoxe, de terrible dénégation, et il se veut respectueux, docile, usager. Il est emporté à la rencontre, injuste, et il se veut doux, équitable, charitable. De son fonds, il n'est pas sceptique, et il veut et il sait l'être pour croire ; il est stoïcien par l'intime fierté et il ne veut pas l'être, car sa vraie difficulté d'âme est bien plutôt du côté de l'orgueil que du côté de l'incertitude, et précisément s'enclave dans un parti dont les vicissitudes l'obligent à gagner ce qu'il désire le plus, « une réputation glorieuse », dont le service accorde sa conscience à son ambition essentielle d'avoir raison et en qui il peut confondre sans la perdre son irrémissible appétition de primer. Et voici qu'au moment décisif, la secte, en dépit de lui, donne dans « une voie moyenne qui est abominable devant Dieu, méprisable devant les hommes », embrasse de fait cette morale casuiste et relâchée dont il avait, au profit de la secte, si cruellement et avec tant d'exultation triomphé en déchirant des Jésuites. S'il y eut de l'orgueil chez ces gens, le sien ne fut-il pas brisé là ? ou ne fut-il pas expié par cette atroce souffrance ? Qui n'espérerait ardemment que Dieu l'ait attendu à ce martyre pour l'assister dans l'éternité ?

II

L'AGE DE L'EURYTHMIE.

Le second âge du XVIIe siècle et qui ne se prolonge guère au delà de ce siècle s'accuse par des caractères parfaitement nets.

Le premier de ces caractères, et auquel se rapportent les autres, c'est une connaissance beaucoup plus exacte et peut-être aussi accomplie qu'il se puisse de la nature morale de l'homme. L'âge précédent en avait surtout répercuté la nature idéale. Ainsi la marche de l'esprit est parfaitement analogue à ce qu'elle avait été au moyen âge. Elle se propage du centre de l'âme vers une exploration plus complaisante des fonctions ordinaires de notre âme et de ce qui en fait comme la zone habituelle ; sans qu'elle oublie ce que j'appellerai le surhumain dont nous sommes capables par l'héroïsme ou par la grâce, elle se détourne de préférence et s'avance vers la connaissance et la description des formes de notre action qui, au lieu de nous séparer des modes quotidiennement observables de la vie et du train commun des choses, nous en rapprochent au contraire et nous y mêlent. C'est ce que La Fontaine exprimait, quand il marquait par des vers bien connus la différence qu'il fallait mettre entre la méthode de son temps et l'esthétique de l'âge qui venait de finir :

Mais maintenant il ne faut pas
Quitter la nature d'un pas.

Le même précepte est à toutes les pages de Boileau. Il est bien évident qu'il s'agit ici de la nature humaine et qu'il n'est pas encore question de la nature des choses, du grand objet pittoresque qui s'offre à nos sens et auquel on prête fort peu d'attention. Comme c'était la dernière province que le moyen âge avait retrouvée et comme il ne s'en était bien emparé qu'à la fin, voire dans une période à laquelle on donne déjà le nom distinct de Renaissance, de même on n'y rentrera derechef qu'en dernier lieu, au XVIIIe siècle, après la phase que nous envisageons actuellement et où l'on est tout occupé de la nature humaine.

C'est déjà un symptôme instructif que le mot de « nature » soit si souvent prononcé et tienne alors une si grande place. Cela donne à penser qu'on sera moins disposé à accueillir le récit souvent fantastique des merveilles que la libre volonté de l'âme peut produire et qu'on entend ramener l'étude de ses mouvements à des termes qui les rendent plus intelligibles. Les divers articles des théories à l'aide desquelles on cherchera à se rendre raison des mouvements, des actions, des productions de l'âme, seront autant de traits distinctifs de cet âge et subordonnés à son caractère principal, la connaissance de notre nature.

Dans l'ordre esthétique et littéraire où présentement nous tenons nos yeux surtout attachés, la théorie de cet âge est formulée excellemment par Boileau en son *Art poétique.* Elle consiste dans cette idée générale qu'il y a des genres littéraires et que chacun d'eux est une essence séparée :

> Tout poème est brillant de sa propre beauté.

Ainsi, l'idylle a les champs, les vergers pour domaine ; sa musique est de la flûte et du hautbois et elle ne doit point entonner la trompette ; l'élégie exprime la mélancolie de la mort, la joie et la tristesse des amants, elle s'affadit et se glace par le style précieux qui n'énonce que des sentiments faux. L'ode éclatante et énergique est toute en mouvement comme le vol de l'aigle, ardente à son ouvrage comme l'abeille et marche impétueusement par une logique intérieure qui ne s'ajuste nullement à un ordre didactique. Au contraire, le sens s'enferme dans le sonnet sous des règles rigoureuses qui donnent à ce genre de poème une suprême beauté. L'épigramme, c'est le bon mot, et c'est un abus déraisonnable si on va le mêler au madrigal, au sonnet, à la tragédie, à l'élégie, à la plaidoirie, au sermon ; ce n'est qu'avec discrétion qu'il est permis parfois de l'aiguiser en pointe. Le rondeau, c'est l'expression même de la naïveté. Le caprice des rimes ou des sons a trouvé sa forme dans la ballade, les sentiments doux et tendres de l'amour ont la leur dans le madrigal. La satire, c'est la vérité qui offre aux hommes la candeur de son miroir. Le vaudeville ou chanson est la voix de la joyeuse liberté française, mais qu'il n'aille pas se prendre aux choses saintes, ses plaisanteries, étant déplacées, seraient affreuses et appelleraient un triste châtiment. A la tragédie les pleurs, les alarmes. La poésie épique, c'est la fiction, et voilà pourquoi il ne saurait y avoir de poésie épique chrétienne ; c'est que le christianisme est un mystère vrai : il n'y a point de place pour un Dieu de vérité au milieu des mensonges des poètes. Le rire, c'est la comédie ; encore doit-elle se tenir soigneusement au-dessus de la saleté et de la bassesse, de l'équivoque, de la diffamation, de la méchanceté et de la fadeur, de l'aigreur, du bouffon et de la mascarade. Quand Boileau écrit qu'il ne reconnaît plus l'auteur du *Misanthrope* « dans le sac ridicule où Scapin s'enveloppe », il est évident que le reproche qu'il lui fait, c'est d'avoir mélangé les genres, la comédie et la farce : non seulement il lui semble que ce voisinage ne peut aller sans une sorte de contamination du genre noble par l'autre, mais, même « en ses doctes peintures », Molière a eu le tort de faire « souvent grimacer ses figures » pour plaire au peuple.

Boileau ne nous entretient pas ici des genres qui relèvent de la prose, et il passe même sous silence quelques genres poétiques dont il avait plus qualité que personne pour parler, l'épître, le poème didactique, le poème héroï-comique. Sa pensée n'en est pas moins nette et sensible. Évidemment, chacun des genres dont il traite est à ses yeux une essence à la mode platonicienne ou, pour parler avec plus d'à-propos peut-être le langage de Descartes, une idée distincte qu'on ne doit point confondre avec les autres, sous peine de brouiller et en somme de faire évanouir l'art. On peut remarquer en effet qu'outre qu'il prend la peine de définir chacune de ces idées par ses caractères essentiels, il a soin ordinairement de la distinguer de tout élément voisin avec lequel on pourrait être enclin à en adultérer la pureté.

Cette théorie de Boileau enferme en somme une grande part de raison. Sans doute nous n'entendons plus mettre entre les genres littéraires ces cloisons étanches, comme on dit ; mais ce qui reste à titre d'observation exacte et impérissable, c'est que l'homme étant lui-même une essence qui foncièrement ne change pas, les catégories d'objets qui peuvent l'émouvoir, les formes de sentiment, les passions dont il est capable sont très loin d'être en nombre infini ni même en grand nombre, par suite les types de son activité poétique ou esthétique ne sont pas fort multiples, et il y a chance pour que les principaux types aient été manifestés « depuis sept mille ans qu'il y a des hommes et qui pensent », et même pour que les anciens, Grecs et Latins, en aient inventé la plupart. Afin de parfaire tout de suite l'exposé de la pensée de Boileau sur ce point, disons que pour lui et ceux qui, comme lui, furent partisans des anciens, les genres ayant une origine naturelle dans les fonctions normales de l'âme et les objets dont elle s'affecte, il pouvait paraître probable qu'ils s'étaient montrés plus parfaits et plus expressifs dans la spontanéité première de leur efforescence, alors que des élaborations curieuses, recherchées, hasardeuses n'avaient pas encore risqué d'en altérer la figure et d'en mêler les lignes. Ainsi et quelques réserves qu'on soit bien fondé à faire d'ailleurs, cette théorie des « anciens », bien loin d'être un préjugé pédantesque, était un hommage raisonné à l'excellence de la fraîche nature. Et même après que nous nous sommes débarrassés de la superstition des démarcations impénétrables, il ne nous est pas malaisé de reconnaître dans une satire une invention épique, de démêler dans une chanson telle partie d'idylle, dans une poésie lyrique tel vers élégiaque. Ces qualifications et les autres de même sorte dureront autant que l'homme.

Sans doute aussi Boileau ne prévoyait pas quelques genres littéraires qui ont paru avec éclat depuis son *Art poétique* et qui d'ailleurs sont nés de préférence hors du cercle d'observation qui était le sien, tels le drame, la ballade légendaire ou populaire, surtout la poésie lyrique et profondément psychologique, qui est sans doute la meilleure part de notre gloire poétique depuis une centaine d'années. Mais à les bien prendre, il n'y a rien dans les principes esthétiques de Boileau qui dénie à ces genres ni à tout autre leur droit à l'existence, il s'en faut.

En effet, la théorie de Boileau n'est nullement platonicienne en ce sens que nous verrions les idées des genres comme siégeant dans une sorte de monde surnaturel ou que nous en apporterions une façon de réminiscence dans ce monde-ci. Il ne les conçoit pas du tout, pour parler comme l'école, *a parte rei*, séparés des choses, mais au contraire il ne s'en forme le concept que sur expérience et ne les connaît que réalisés positivement et sensiblement dans des êtres ou des monuments concrets. De là une acceptation toute franche et naïve de ce que l'histoire lui offre comme des manifestations certaines de l'art, sous cette condition que son goût un peu strict, pas encore très élargi, les trouve belles. Dès lors que c'est la nature qui ainsi les lui apporte et les lui offre, il les accueille. Il n'a aucun moyen ni aucune prétention de discerner ni de déterminer les types avant qu'ils se montrent, ni par conséquent d'en fixer et d'en arrêter le nombre ; loin de là, il croit que la preuve qu'il y a une essence d'un genre, c'est qu'elle se produit dans des œuvres visibles, observables et viables.

De cette docilité à l'expérience pratique suit même cet éclectisme fort peu rigoureux ni exclusif avec lequel il admet parmi les genres qui sont l'expression d'un sentiment distinct, des formes qui ne sont caractérisées que par l'arrangement extérieur des vers et des rimes, le sonnet et la ballade. Elles vivent, elles sont, elles demeurent à travers le temps, c'est donc qu'elles ont leur raison d'être et leur solide principe d'existence. Faute de quoi, la nature aurait eu bientôt fait de les éliminer comme des avortons et des monstres ; elle les avoue, puisqu'elle leur permet ou plutôt leur donne de subsister. De ce fait, il n'y a aucune difficulté à les enregistrer.

Mais aussi (et nous touchons à un nouvel article, à un nouveau trait qui caractérise cet âge et qui se déduit de son respect pour la nature) les manières d'être selon lesquelles se sont produites les œuvres qui ont prouvé leur valeur en durant, ont droit de passer pour des exemples décisifs et de valoir en conséquence à titre de règles ou de lois des genres. C'est ainsi et en se mettant perpétuellement sous les yeux les procédés de Théocrite, de Tibulle, d'Ovide, de Pindare, d'Horace, de Perse, de Juvénal, de Régnier, de Linière, d'Eschyle, de Sophocle, de Corneille, d'Homère, de Virgile, de Ménandre, de Térence, de Molière, procédés manifestés dans leurs œuvres, que Boileau énonce avec un soin judicieux et une précision délicate les lois de chaque genre. Et ce principe descend dans les détails, il fournit les lois auxquelles doivent s'accorder les diverses parties du discours, les narrations, les descriptions, l'exposition d'une action scénique, le début d'un poème, l'action même et les moments divers liés par un mouvement passionné et naturel.

Et ce serait une grande pauvreté d'imaginer qu'en se réglant sur les idées distinctes des genres littéraires et en se rangeant à l'observance de leurs lois, la matière se trouvera mince et le champ étroit ; c'est ignorer la fécondité de la nature qui tire d'un dessein très simple une extrême variété : c'est un préjugé dont il est fort éloigné, celui qui fait de la nature « son étude unique »,

> Quiconque voit bien l'homme et d'un esprit profond
> De tant de cœurs cachés a pénétré le fond...

Assurément le rapport intime du langage à l'idée distincte qu'il exprime demande que la colère, l'abattement, la plainte, la douleur aient chacun leur style, et que, pour tout dire d'un mot, « chaque passion parle un différent langage ». Mais la rencontre et le heurt des différentes passions, l'opposition des humeurs naturelles à chaque âge de la vie et surtout le tempérament qui se fait dans chaque âme des passions inhérentes à l'essence de l'homme fournissent une matière indéfinie à l'art du poète :

> La nature féconde en bizarres portraits,
> Dans chaque âme est marquée à de différents traits.

La théorie des essences et des lois se prolonge donc dans un traité des passions ; on l'avait bien vu quand Descartes, après avoir démêlé les fonctions essentielles de l'âme pensante unie au corps, avait écrit ce curieux et étonnant *Traité des passions* dont on a bien fait de marquer l'analogie avec l'inspiration dramatique de Corneille. Mais c'est encore trop peu dans ce pays des passions que la logique ingénieuse et supérieure du philosophe ; pour s'y orienter et en pénétrer les étranges secrets, peut-être faut-il davantage cette perspicacité d'esprit que demande Pascal. A cette finesse seule, la merveilleuse complexité de la nature en chaque homme se laisse saisir :

> Un geste la découvre, un rien la fait paraître,
> Mais tout esprit n'a pas des yeux pour la connaître.

S'il les a, ces yeux, s'il est lui-même un de ces bizarres produits de la nature féconde qu'on appelle un artiste, il est Racine. Il saisit les nuances les plus subtiles du cœur et il expose à nu la vie des passions et jusqu'à leurs apparentes contradictions, sans que chaque personnage manque pourtant à demeurer d'accord avec lui-même. A quel point le théâtre de Racine est naturel en s'ajustant à ces lois de raison qu'a recommandées Boileau, voici plus de deux siècles qu'on ne se lasse pas de s'en rendre compte. Les jansénistes, après s'être fâchés contre leur élève, avaient fini par voir dans ses poèmes la peinture même de notre nature. Si l'on joint à cet incomparable mérite le charme d'une langue dont l'harmonie contenue et la force présente et concentrée peuvent toujours s'éployer et s'épandre en un chant puissant comme la musique, c'est un art d'une telle perfection qu'il faut peut-être, pour l'estimer à son prix, avec les aptitudes d'un goût assez délicat, les enseignements de la vie.

La comédie telle que l'écrit Molière et malgré le dépit que donnent à Boileau certaines farces, est conforme à cette théorie des essences ou des types, et souvent elle l'annonce par ses titres : l'*Étourdi*, les *Précieuses ridicules*, le *Misanthrope*, l'*Imposteur*, l'*Avare*, le *Bourgeois gentilhomme* qui est une variété du vaniteux, les *Femmes savantes*. Selon les préceptes de Boileau, elle « sait bien ce que c'est qu'un prodigue, un avare, un honnête homme, un fat, un jaloux, un bizarre » ; elle sait aussi « manier finement les passions » dans ses discours, liant les scènes les unes aux autres d'un mouvement qui réveille autant qu'il attache l'attention, elle montre comment ces passions se propagent et les contagions qu'elles opèrent dans les âmes. Corneille avait donné un premier exemple de la méthode dans le *Menteur* ; jusqu'à la fin du siècle et au delà, la comédie y reste fidèle : Regnard donne le *Joueur*, Lesage peint le financier et le parvenu dans une pièce où pas un personnage ne s'élève, il est vrai, au-dessus du niveau de la plus basse et ignoble nature, et son roman, s'il lui est un moyen de peindre la société et les accidents de la vie à la manière de Molière dans ses comédies à intrigue et ses farces, il lui est aussi une occasion de nous faire parcourir une galerie d'originaux.

Bien que la fable de La Fontaine soit un drame à cent actes divers, le nombre des personnages qui s'y meuvent n'est pas très grand ; il est juste ce qu'il faut pour que chacun des caractères qui sont le plus aisément discernables parmi les hommes puisse prendre un corps et d'un bout à l'autre de l'œuvre, dans ses centaines de compartiments, chaque personnage reste fidèle à lui-même et se fait reconnaître par la vive silhouette de sa figure et la vérité de son geste naturel.

Enfin, quand on vient aux *Caractères* de La Bruyère, il ne faut pas oublier qu'ils ont eu pour point de départ les *Caractères* de Théophraste, livre où, selon qu'il est probable, ce philosophe, continuateur de la doctrine aristotélicienne et chef à son tour de l'école péripatéticienne, a retracé une trentaine de types distincts dont l'explication, appuyée sur une définition préalable, se traduit dans une action diverse et concrète. Sans doute la pensée de La Bruyère a une tout autre portée que celle de l'auteur grec ; elle est d'un homme qui se souvient, comme il le dit, d'avoir lu Pascal et La Rochefoucauld, auxquels il a joint Nicole, Bourdaloue, et qui admire Montaigne pour « penser beaucoup » et avoir « des pensées qui sont naturelles » ; et il marque avec pénétration la différence grande qu'il y a entre son modèle et lui-même et qui vient du retour que le christianisme a fait faire à l'homme sur son âme, quand il écrit : « l'on s'est plus attaché aux vices de l'esprit, aux replis du cœur et à tout l'intérieur de l'homme que n'a fait Théophraste » (1). D'ailleurs, sa théorie esthétique est toute conforme à celle de l'*Art poétique* ; lui aussi a d'abord en vue l'essence de l'homme ou plus expressément les modes permanents de cette essence, « les hommes en général » (2), et il a remarqué que nous pouvons

(1) *Discours sur Théophraste.*
(2) Préface.

nous reconnaître nous-mêmes dans les hommes de qui nous sommes séparés par un grand nombre de siècles (1). Il est convaincu que chez ces hommes, « la nature se montrait plus aisément dans toute sa pureté et sa dignité » que chez nous, en qui la vanité, le luxe, la sotte ambition ont altéré et brouillé la naïveté des premières effigies. Mais il ne déduit pas moins de ses principes que la différence des esprits des hommes est aussi prodigieuse en eux que celle de leurs visages ; et c'est en se réglant sur une idée de la comédie noble entièrement conforme à l'esthétique de Boileau qu'il donne à son tour sa comédie humaine et que, pour mieux éclairer les traits à la fois permanents et divers de notre nature, il envisage l'homme sous tous ses jours, de son mieux le perce à jour et le place ensuite dans l'atmosphère réelle de ses travaux, de ses occupations, de ses conditions, de ses actions coutumières et de ses différents milieux.

Ainsi de toutes parts, cet âge de notre littérature s'offre à nous comme ayant pour principe et pour caractère saillant l'étude délibérée de la nature et, subsidiairement, comme ayant en commun ces pensées : que les objets de notre étude, observés dans des manifestations concrètes, se rapportent à des essences ou idées distinctes dont l'expansion, pour ainsi dire, se fait par des procédés réguliers ou se rend sensible sous les formes de certaines lois. Tout récemment, Descartes n'avait-il pas tenté déjà de faire que le monde fût intelligible en quelque mesure en le rapportant à deux essences distinctes, l'étendue et la pen-

(1) *Discours sur Théophraste.*

sée, et en s'efforçant de donner aussi bien les lois du mouvement que les règles de la pensée ? Suivant cette direction, l'idée de loi, qui avait eu assez peu de part à l'état d'âme héroïque de l'âge précédent, gagne pied ; elle étend sensiblement son action. On peut considérer l'œuvre de Pascal comme un drame où on voit le duel de l'idée de loi avec l'âme de Pascal qu'elle dompte, si celui-ci, de tempérament si foncièrement anarchiste et tyrannique, tend son effort pour se donner une loi et pour l'imposer aux autres aussi dure que possible. Que fait Bossuet, sinon sonder avec son regard d'aigle la région où sont les essences et démêler dans le monde des faits l'action immuable des essences propagée dans des lois ? A quoi se réduit, détails à part, sa polémique avec les protestants, sinon à leur faire voir que l'Église, unie à Dieu, ne peut manquer d'être une essence immuable avec l'invariabilité pour signe ? Mais de cette Église même il s'attache à rechercher les lois, et sa confiance dans la théorie des lois l'induit à la présomption de mettre ce qu'il considère comme les lois de l'Église sur le même plan que ce qui est essentiel. Et il veut aussi distinguer comme une sorte d'essence une Église de France avec ses lois propres reçues pour immuables. Le royaume de France à son tour attestera sa vie distincte par la permanence de certaines lois, maximes inhérentes au royaume et si parfaitement inviolables que même la volonté souveraine des rois ne peut les changer valablement. De l'idée de la politique il tirera par la même méthode les règles incluses dans les documents auxquels il attribue le plus de valeur expérimentale, comme étant dictés de Dieu pour durer toujours. Bourdaloue appartient à la même lignée d'esprits par son aptitude à décrire « des formes d'âmes » (1), à mettre en œuvre pour ses sermons la psychologie la mieux informée de la nature humaine, une psychologie si profonde et si étendue qu'elle va des observations qui font trembler et qui éclairent tout jusqu'à des parties qui sont de vraie comédie ; il est encore de ce temps par le souci qu'il a de régler l'homme sur des maximes permanentes et pratiques de morale qu'il tire de son christianisme, ce qui est bien sans doute de l'essence du sermon, mais qu'on ne trouve pourtant pas au même point chez tous les sermonnaires. Et il est superflu d'indiquer quelle large préoccupation des effets de la nature on remarque en Malebranche et comment il se range comme moraliste parmi les connaisseurs les plus fins de la nature humaine ; mais si l'on veut mesurer tout le terrain qui a été conquis dans cette période par l'idée de loi, il suffit de lire son œuvre et singulièrement tel passage où les miracles mêmes sont ramenés à n'être pour l'ordinaire que les suites de quelques lois générales (2).

Toutefois, et c'est ce qui donne à cet âge de notre littérature la perfection de sa valeur, l'idée de loi, on l'a senti déjà, n'y fait pas oublier la personnalité humaine. Boileau est un législateur, mais c'est la personnalité de l'individu qui est à ses yeux le commencement de tout ; sans elle, il n'y a point de poésie : c'est par un homme, Malherbe, que notre langue a acquis sa force et c'est grâce à lui qu'elle a reconnu ses lois et les règles de son devoir. Cette solide pensée nous vaut tout cet admirable quatrième chant de l'*Art poétique*

(1) Lanson, *Histoire de la Littérature française*, p. 579.
(2) *VIIIe Méditation chrétienne.*

qui met toutes choses en place et au point, égalant exactement au talent la valeur pourtant « divine » de l'art d'écrire qui par lui-même n'élève personne au-dessus d'un maçon ou d'un ouvrier et risque entre tous de mettre au-dessous, affirmant en termes d'un haut et splendide accent que jamais l'œuvre ne sera belle, si l'âme qui la crée ne se nourrit de vertu. Les œuvres de Racine, de Molière sont toutes pleines de personnages qui gardent à jamais une intense vie personnelle. Les bêtes de La Fontaine ont une physionomie qui en fait autant de gens que nous connaissons, et si, avec cela, l'œuvre souvent pèche si fort quant à la beauté, c'est encore au quatrième chant de l'*Art poétique* qu'il faut en demander la raison. Le livre de La Bruyère est tout animé de portraits. Les lettres de Mme de Sévigné sont débordantes de la vie des personnages et toutes vibrantes de la personnalité de l'auteur. Dans les *Oraisons funèbres* de Bossuet, dans son *Histoire des variations*, la vie des hommes et des femmes dont il parle éclate partout ; dans le *Discours sur l'histoire universelle*, Dieu, comme dit l'Évangile, « agit sans cesse », et on sent pour quelle grande part la personne de Bossuet contribue au caractère de son œuvre, qu'il ne voulut pourtant que toute raisonnable et utile. La vie des individus est alors si présente à l'art de tout homme qui pense, ou du moins si proche, qu'on soupçonna le discours religieux de Bourdaloue de s'en être laissé envahir et on se demanda s'il n'avait pas mis des portraits dans ses sermons. Je doute s'il y a une philosophie uniquement occupée de « la recherche de la vérité » qui se sente plus de la personne de l'auteur que le système de Malebranche. Et enfin si, dans la perspective de l'histoire littéraire, Saint-Simon se projette naturellement sur le plan du XVIIe siècle, bien qu'il appartienne au XVIIIe, n'est-ce pas par le secret qu'il a gardé d'animer ses portraits d'une prodigieuse vie et le don, poussé chez lui au superlatif et à l'excessif, de mettre sa personne au centre de ses écrits ?

Ainsi l'idée de ce grand objet qu'on peut appeler d'un mot la nature, qui agit sur nous et en nous, que nous éprouvons par nos sens et que nous connaissons par des lois, émeut déjà ses ondes concentriques autour de l'homme, les ramène sur lui ; mais l'homme, le sujet y fait équilibre et même en prend occasion d'y déployer sa personnalité et de l'élever au-dessus du niveau des choses. Il y a, au moment de cette réciprocité et de cet échange dont l'âme humaine s'enrichit, un mouvement nombreux, une eurythmie analogue à celle qui parut lorsque l'âme antique se mit en équilibre avec les choses. Mais alors elle se dégageait des choses pour tenter de s'en délivrer, maintenant elle vient de la haute région de la liberté et elle a gardé ouvertes les routes qui l'y relient. Le même homme qui, par jeu d'esprit, écrit le *Lutrin*, ne prend pas seulement le christianisme au sérieux, il le prend au tragique. Racine s'élève sans peine au drame religieux, il y retrouve sa patrie. Molière, bien que d'éducation et de complexion naturalistes, sent la dignité des choses divines et les venge sur la personne des impudents comme don Juan et des hypocrites comme Tartufe. La Bruyère, avec plus de conviction que de force, raille du moins et essaye de convaincre les libertins, ceux qu'il appelle « les mondains, terrestres ou grossiers », ceux qui, à cause de cela, sont à ses yeux, non des esprits forts, mais « faibles ». Si Bossuet se détourne un moment des affaires, c'est du côté de Dieu qu'il s'échappe, et nous entendons dans ses *Méditations* et ses *Élévations sur les Mystères* les accents d'une âme qui exprime ses ardeurs religieuses dans une des formes de discours les plus complètes, les plus parfaites, les plus simplement sublimes qui aient jamais été sur les lèvres d'un homme. Et c'est parce que les individus ont alors cette physionomie propre et ce caractère personnel qu'il ne serait pas possible de les faire entrer dans des dialogues à la manière de Platon, où ils seraient un à un les porte-paroles de quelque doctrine qu'on leur prêterait arbitrairement ; et c'est parce qu'on a trop le sentiment de la vie de chaque âme qu'un philosophe ne songera pas encore à mettre en œuvre les vagues Théophiles et les incolores Philalethes dont on se servira bientôt comme de signes pour connoter des systèmes. Impasse, semble-t-il, et qui en serait une en effet, si l'ingéniosité créatrice ne savait comment en sortir et si nous n'écoutions avec une surprise charmée un homme d'une imagination toute platonicienne nous conter naïvement les colloques de son esprit avec le Verbe de Dieu (1).

III

L'AGE DE LA NATURE.

Que pense-t-on au XVIIe siècle de la nature des choses, je veux dire cette fois : du monde matériel qui

(1) Ces deux périodes qui embrassent le XVIIe siècle correspondent en quelque façon aux époques où le moyen âge a inventé ses types héroïques et s'est avancé, avec ses procédés symboliques et abstraits, sur le terrain de la psychologie.

du dehors frappe nos sens ? On ne s'en occupe guère. Ou plutôt il y a des savants qui s'en occupent, Descartes, Pascal, la naissante Académie des sciences. Mais justement il semble que ce soit l'affaire de la science toute seule. On laisse un philosophe construire le monde depuis le tourbillon jusqu'aux minéraux, aux végétaux, aux animaux, jusqu'au corps de l'homme lui-même, et le tout comme une machine ; cela peut enthousiasmer les esprits pour la régularité des lois mathématiques abstraites qui régissent l'étendue concrète, cela n'intéresse pas à la beauté des aspects. Dans ce temps, deux grands peintres, l'un de la forme, l'autre de la lumière, Poussin, Lorrain, prouvent que le génie français pourrait bien être le plus admirable miroir où se reflète le paysage : ils vivent en Italie. Pour trouver des vers pittoresques dans Corneille, il faut aller les chercher dans les traductions qu'il fait du psautier latin ; une exception tout accidentelle et nullement voulue dans le *Cid* s'impose à la mémoire parce qu'elle est unique parmi cinquante mille vers. On découvre à grand'peine quelques stances de Racine d'où la nature n'est pas absente. La Fontaine lui fait un peu plus de place, c'est un des secrets par où il agit sur nous que ce ressouvenir et comme ce courant d'air qui passe très discrètement dans son œuvre de la poésie alors bien abolie de Ronsard ; mais son trait est à l'ordinaire assez sec, et du décor il ne manque guère de ramener notre attention vers ses personnages, la carpe qui est une « commère » et le brochet qui est un « compère ». S'il détermine un lieu pour y placer la conversation de quelques amis, il choisit le parc de Versailles. Théophile Gautier se donne bien de la peine, et une charmante peine, pour retrouver quelques vestiges du goût de la nature chez ses « Grotesques ». En somme, la nature non arrangée, non humanisée n'est aimée de personne, et il y a une épithète où se rencontrent tous les écrivains pour la lui appliquer : ils l'appellent « affreuse ».

Que pense-t-on de l'homme de la nature ? On ne s'en soucie nullement. Il reste sans honneur, à l'écart, dans quelques vieilles pages de Montaigne. Il tente une brève apparition en sayon de poil de chèvre dans une fable de La Fontaine, il ne fait que passer, et si on lui donne un coup d'œil, c'est d'un œil tout distrait. Celui qui retient toute l'attention, c'est l'homme social dont la tragédie, la comédie, dont tout et la fable même est plein. Au surplus, cet homme naturel, on estime qu'il n'existe pas. Pascal soupçonne que la prétendue nature que nous voudrions démêler dans l'homme serait une première coutume. S'il a pu être, on croit que le péché originel l'a déformé. Si on le prend là, au sortir du péché, comme naturel, on juge du même coup qu'il n'est pas bon, et les Jansénistes affirment même qu'il est extrêmement mauvais. Tout le monde, pour ainsi dire, est d'accord pour croire que l'homme dans aucun cas n'est ce que Rousseau appellera « un tout naturel », pour croire qu'il y a en lui un élément ou principe, l'âme, qui dépasse la nature des choses.

Et que pense-t-on de la société politique ? On en raisonne moins que de l'homme social ; toutefois on peut reconnaître quelques vues générales : à savoir, que l'histoire a un sens divin ; que les nations ont une essence permanente, inaltérable, plus haute que tous les accidents historiques ; que le pouvoir, quelle que soit la forme du gouvernement légitime, monarchie ou république, vient de Dieu ; que le fait de la société humaine est du plan divin ; mais qu'aucune société politique ne saurait être très bonne ni parfaite, la perfection n'étant pas de ce monde. Aussi ce qu'on demande surtout au pouvoir, c'est la correction des abus, une fonction de justice ; la fonction de gouvernement est considérée comme plutôt odieuse et tyrannique, quoique nécessaire en quelque mesure. Pendant longtemps on ne voit que gens occupés à défendre leurs « libertés » ou leurs « privilèges », ce qui pourrait bien être la même chose, malgré le discrédit du second terme, si nos libertés modernes ne sont en grande partie que l'extension théorique des anciens privilèges de quelques-uns à tout le monde. Cette disposition d'esprit a du bon ; elle a aussi un très mauvais côté, c'est qu'on est enclin à faire tomber le poids du gouvernement sur ceux qui ne peuvent pas se défendre, le menu peuple, les paysans.

Or, si l'on rapproche sous ces trois aspects le XVIIIe siècle du XVIIe, on aperçoit aisément que le XVIIIe siècle s'est donné pour tâche de contredire en tout ceci son devancier et on peut résumer son œuvre dans ces trois points qui n'en font qu'un : exalter, glorifier, chanter la nature ; éliminer progressivement tout élément surnaturel de l'homme, de sa destinée, d'une part, et, d'autre part, du milieu social où il l'accomplit.

Et de tout ce mouvement l'origine est dans l'œuvre d'un évêque, de Fénelon qui devint à cause de cela et bien qu'il soit mort sans se douter de ce qui l'attendait, le Père de l'église de la secte philosophique.

A peine ouvre-t-on au hasard le poème de *Télémaque*, on sent tout de suite que l'auteur a promené sur la nature le regard le plus indulgent et même le plus prévenu. C'est bien le même homme qui, dans son

Traité de l'existence de Dieu, discerne partout, en observant l'ordonnance du monde, les intentions, on pourrait dire les attentions les plus délicates et trace de l'univers un tableau si optimiste que les rêveries de Bernardin de Saint-Pierre n'en seront guère que la caricature (1). Sans doute, quand il nous décrit le séjour de Calypso, une déesse, on peut s'attendre qu'il la logera dans un lieu de délices (2). Mais c'est assurément par une disposition qui lui est propre qu'il ne fait aucune peinture d'un pays qui ne soit séduisante, qu'il s'attarde et se complaît si fort sur les rives du fleuve Bétis (3) et qu'en tous lieux la Terre se présente à lui avec je ne sais quel air maternel et prévoyant à l'égard des hommes. Même les tempêtes, en passant de Virgile dans son ouvrage, s'y adoucissent et ne demandent qu'à laisser les voyageurs aborder à la côte, sans qu'il soit besoin du trident de Neptune pour les calmer ; elles grondent pour instruire la jeunesse, ce sont des tempêtes pédagogiques. La terre est si généreuse qu'elle est prête à nourrir « cent fois plus d'hommes qu'elle n'en porte », à « tirer de son sein » tout ce qu'il faut pour en nourrir « un nombre infini » (4) ; jamais le travail de la terre n'y paraît incertain, âpre et rude. La vie pastorale y est célébrée de temps à autre par de doux airs de flûte (5). Mais aussi ne sent-on pas que quelque chose comme le paysage du Lorrain a passé dans la littérature, quand on lit des lignes comme celles-ci : « un

(1) V. les deux premiers chapitres du Traité, qui font plus que la moitié de l'ouvrage.

(2) *Télémaque*, liv. I.

(3) Description de la Bétique. *Télémaque*, liv. VIII.

(4) *Traité de l'existence de Dieu*, chap. II. *Télémaque*, liv. X, e *Aventures d'Aristonoüs*.

(5) *Télémaque*, liv. II et XIII.

vent favorable remplissait déjà nos voiles, les rameurs fendaient les ondes écumantes, la vaste mer était couverte de navires ; les mariniers poussaient des cris de joie ; les rivages d'Égypte s'enfuyaient loin de nous ; les collines et les montagnes s'aplanissaient peu à peu. Nous commencions à ne voir plus que le ciel et l'eau, pendant que le soleil, qui se levait, semblait faire sortir du sein de la mer ses feux étincelants : ses rayons doraient le sommet des montagnes que nous découvrions encore un peu sur l'horizon : le ciel, peint d'un sombre azur, nous promettait une heureuse navigation » (1). Quel sens nouveau de l'épithète dans une phrase comme celle-ci : « l'Aurore vint chasser du ciel, par ses feux naissants, les inconstantes étoiles » (2). Et Flaubert n'a-t-il pas admiré l'emploi des noms propres, quand il a récité ce passage : « dans un transport semblable à celui des Ménades lorsqu'elles tiennent le thyrse en main et qu'elles font retentir de leurs cris insensés les rives de l'Hèbre, avec les monts Rhodope et Ismare » (3). Et vraiment n'est-ce pas déjà une silhouette de René que j'aperçois dans « cet inconnu » errant dans le milieu d'une île, montant sur le sommet des rochers « et considérant de là les espaces immenses des mers avec une tristesse profonde » (4) ?

Comme la nature dans le *Télémaque* s'offre toujours riante et bienveillante, l'homme naturel y apparaît avec un avantage marqué sur tous autres. Les bergers éduqués par la flûte d'Apollon y font honte aux grâces ap-

(1) *Télémaque*, liv. III.
(2) *Ibid.*, XIV.
(3) *Ibid.*, XVIII.
(4) *Ibid.*, XVIII.

prêtées des habitants de Chypre (1). L'âge d'or paraît à peine un mythe, tant il semble aisé de le faire fleurir à nouveau (2). Les louanges de la simplicité naturelle sont à profusion; les habitants de la Bétique, si heureux, si sages, si sains, si vertueux, si champêtres, si chastes, si bucoliques et démocratiques, « détestent les arts comme des inventions de la vanité et de la mollesse » et « ont horreur de notre politesse » (3). Les peuples sauvages et grossiers valent mieux que les autres : « ... ils rencontrèrent ces sauvages fugitifs. Alors les chefs de ces sauvages leur dirent : n'oubliez jamais que c'est d'un peuple que vous nommez grossier et sauvage que vous recevez cette leçon de modération et de générosité » (4).

Au surplus, dans la vie sociale, de bonnes lois, un bon roi peuvent tout et suffisent ; et c'est là que nous allons voir triompher pleinement l'idée de loi qui s'était fait place dans le XVIIe siècle. Les lois doivent être telles qu'elles laissent au roi « une puissance absolue pour faire le bien » et que pouvant d'ailleurs tout sur lui, il ait « les mains liées dès qu'il veut faire le mal ». Telles sont les lois de Minos. Elles étaient écrites en « un grand livre qu'on tenait d'ordinaire renfermé dans une cassette d'or avec des parfums. Tous ces vieillards le baisèrent avec respect... Ceux qui ont dans leurs mains les lois pour gouverner les peuples doivent toujours se laisser gouverner eux-mêmes par les lois. C'est la loi et non pas l'homme qui doit régner. » On donne « à Hasaël les lois de Minos écrites de la main de Minos même » (5), présent

(1) *Télémaque*, II et IV.
(2) *Ibid.*, XVIII.
(3) *Ibid.*, V, VII, XIV.
(4) *Ibid.*, IX.
(5) *Ibid.*, V.

qui eût, dit-on, fait grand plaisir à la Convention. Mentor n'est pas plus emprunté que Minos à former par des lois un État parfait : quand il fonde les institutions de Salente, un de ses premiers soins est d'établir « des règles pour faire en sorte qu'il fût aisé de ne faire jamais banqueroute ». Il régla aussi les habits, la nourriture, les meubles, la grandeur et l'ornement des maisons, le nombre des castes, l'uniforme de chaque caste, une fois pour toutes et de manière invariable, de telle façon qu'on n'y dût jamais souffrir aucun changement. « Il régla de même la nourriture des citoyens et des esclaves », la musique, la distribution des appartements dans chaque logis, la peinture, la sculpture. « Il retrancha un nombre prodigieux de marchands qui vendaient des étoffes façonnées des pays éloignés, des broderies d'un prix excessif, des vases d'or et d'argent avec des figures de dieux, d'hommes et d'animaux, enfin des liqueurs et des parfums... Il défendit toutes les marchandises de pays étrangers qui pouvaient introduire le luxe et la mollesse... D'ailleurs la liberté du commerce était entière (1) », comme à Tyr (2), car le libre échange, on le voit, est un des articles de foi de la doctrine économique de Fénelon. Grâce à ce régime, les Salentins sont vite contents et vertueux à miracle. L'éducation prépare les enfants à goûter et à perpétuer cet heureux état : « Ils appartiennent moins à leurs parents qu'à la république ; ils sont les enfants du peuple... c'est peu de les exclure des emplois, lorsqu'on voit qu'ils s'en sont rendus indignes ; il vaut bien mieux prévenir le mal que d'être réduit à le punir... C'est dans la fleur qu'il faut préparer

(1) *Télémaque*, X.
(2) *Ibid.*, III.

les fruits : que le roi ne dédaigne pas de veiller et de faire veiller sur l'éducation qu'on donne aux enfants ; qu'il tienne ferme pour faire observer les lois de Minos... » (1).

Si de telles institutions sont de nature à combler de bonheur les sages vieillards, on le pense de reste : « les vieillards, étonnés de voir ce qu'ils n'avaient osé espérer dans la suite d'un si long âge, pleuraient par un excès de joie mêlé de tendresse ; ils levaient leurs mains tremblantes vers le ciel (2) ». Les vieillards forment, aux yeux de Fénelon, une sorte de magistrature naturelle d'un Etat où règne « cette bonne et exacte police » (3). Toutefois, comme le *Télémaque* est destiné à l'éducation d'un prince, l'esprit de toutes les magistratures y est condensé dans celle du roi et les passages sont innombrables où Fénelon traite du roi. Les types du bon et du mauvais roi sont constamment opposés. La fonction royale n'apparaît plus guère à Fénelon environnée de ce mystère que la génération précédente avait vénéré et dont Joseph de Maistre a tenté en vain de raviver le sentiment chez les hommes du XIXe siècle : l'auteur du *Télémaque* nous apprend comment on fait un roi (4) ; il annonce aussi en termes d'une éloquence menaçante comment une « révolution » peut le défaire (5). Le mauvais roi, c'est celui qui gouverne avec mollesse ou fierté, hauteur ou caprice, qui écoute les flatteurs ou qui est défiant, avare, soupçonneux, qui est dur ou avide de conquêtes ; et tout cela est d'autant

(1) *Télémaque*, XI.
(2) *Ibid.*, X.
(3) Sur les vieillards, cf. *Télémaque*, V et VIII.
(4) *Ibid.*, V.
(5) *Ibid.*, X, XVII.

plus grave aux yeux de Fénelon que, selon lui, avec le pouvoir, on peut faire immanquablement le bonheur des hommes et que « les peuples ne souffrent que par la faute des rois » (1). En revanche, le bon roi est commode à ses sujets et par des plans bien concertés et bien conduits ne tarde pas à procurer le bonheur de ses États et à faire rayonner l'influence du bien jusque chez ses voisins. Son secret est de ne s'appliquer à régner aux termes des lois « que pour faire régner la raison » (2). Un tel roi ne redoute pas d'être vaincu, mais il aime mieux recourir à des arbitrages qu'à la guerre, il devient lui-même l'arbitre des peuples ; il a devant les yeux de son esprit « le monde entier qui est la république universelle » et où chaque peuple n'est « que comme une grande famille » ; il tend toujours vers la paix perpétuelle ; il ne se mêle point de régler les choses de la religion (3).

« Il faut changer le goût et les habitudes de toute une nation ; il faut lui donner de nouvelles lois. Qui le pourra entreprendre, si ce n'est un roi philosophe (4) » ? Mais il faut faire un roi philosophe : qui le pourra entreprendre, si ce n'est Fénelon ? Ce livre, où les intentions généreuses et les vues lointaines se mêlent aux naïvetés puériles et aux tendances despotiques, ne respire un optimisme si absolu qu'à cause de la confiance immense que Fénelon a dans Fénelon. On remplirait cinquante pages de citations, s'il fallait faire toucher du doigt tant de passages où Fénelon pétrit son disciple comme une matière ou tire à lui tous les

(1) *Télémaque*, XVIII.
(2) *Ibid.*, V.
(3) *Ibid.*, XVII et *passim*.
(4) *Ibid.*, XVII.

fils qui feront mouvoir le mannequin : « Défiez-vous de vous-même et attendez toujours mes conseils » (1)... « Mentor réglait tous les moments de la vie de Télémaque » (2) (quel terrible « régleur » que ce Mentor !). Si Mentor regarde Télémaque, le disciple façonné « entendait d'abord ce que signifiait ce regard » (3)..... « Il cherchait dans les yeux de Mentor » (4)... « il n'osait lever les yeux de peur de rencontrer ceux de son ami » (5)..... « il se défiait de lui-même ; il sentait le besoin de suivre toujours les sages conseils de Mentor ; et quand il ne pouvait lui parler pour lui demander ses avis, du moins il consultait ses yeux et tâchait de deviner toutes ses pensées » (6). Et enfin Télémaque de s'écrier : « arrachez-moi la vie ; la vie n'est rien : mais ne m'arrachez pas Mentor » (7).

Le piteux enfant ! et le redoutable maître ! Comme cette lecture du *Télémaque* fait comprendre le portrait que Saint-Simon nous a laissé de Fénelon ! Il faudrait rapprocher de tout ceci ce qu'on sait de l'éducation du duc de Bourgogne, éducation dont le roman de *Télémaque* n'est que la dernière pièce ; il en faudrait rapprocher ce *Traité de l'éducation des filles* où l'abbé Fénelon montre déjà son art subtil d'atteindre à la racine des volontés par des « instructions indirectes ». Le *Télémaque*, ce n'est point le roman de l'éducation de Télémaque, c'est le roman du gouvernement absolu de Fénelon. Et Fénelon, ce n'est pas seulement Mentor ; à mesure qu'on lit

(1) *Télémaque*, I.
(2) *Ibid.*, I.
(3) *Ibid.*, XIII.
(4) *Ibid.*, XVII.
(5) *Ibid.*, VI.
(6) *Ibid.*, VII.
(7) *Ibid.*, XVII.

ce roman, il sort des Fénelon de partout : c'est Termosiris, c'est Narbal, c'est Hasaël, c'est Aristodème, c'est Baléazar, c'est Philoclès, c'est Polydamas, tantôt rois eux-mêmes, tantôt régnant sous des rois maniables, mécanisés, *télémachisés*, et près de qui Mentor intervient avec ce refrain dont l'opérette tirerait parti : « laissez-moi faire » (1) !

Assurément Fénelon est mort sans avoir compris que Louis XIV ni la Providence ne l'aient « laissé faire ». C'était si facile ! et tout allait être si bien dès qu'il commanderait ! Étrange homme ! étrange livre ! dont l'influence fut si prodigieuse et est loin d'être épuisée, même chez ceux qui ne le lisent plus. On y voit déjà la langue française se faire apte à conquérir les immenses provinces du sentiment et de la description, où elle s'est magnifiquement répandue dans les deux siècles suivants. Et quand on le ferme, ce livre, une question vient d'elle-même : « A quoi donc le christianisme est-il bon ? — A rien, si tout est si aisé par le mécanisme de la plus simple sagesse. » Il n'y a pas loin de là à dire : « le christianisme est nuisible, puisqu'il obstrue les voies à cette sagesse si humaine et si naturelle ».

Telle est bien la conclusion que le temps qui vient tire de ces prémisses. Il développe quelques belles conséquences virtuellement impliquées dans le mouvement naturaliste, non point créé tout entier, mais animé par Fénelon, et quelques autres conséquences aussi que Fénelon eût jugées abominables (2).

(1) *Télémaque*, X et XI (*bis*).

(2) A regarder de près l'œuvre de Fénelon et quelque soin qu'on doive apporter à déterminer les autres origines de la doctrine de Rousseau, il semble que celui-ci n'ait tiré d'aucune source une in-

L'effort qu'avaient fait les Cartésiens pour rendre intelligibles les choses de la nature ne pouvait avoir pour seul effet leur prétention de tout réduire à l'étendue et au nombre; l'état d'esprit inauguré par des ouvrages comme les *Principes* ou le *Traité du monde* (1664) devait faire ouvrir sur le spectacle de l'univers des regards moins prévenus par l'abstraction que ceux du philosophe géomètre; et la science ne devait guère

spiration aussi vive que de Fénelon. Il ne fait bien souvent que reprendre les pensées de son devancier, en les rendant, d'insinuantes qu'elles étaient, saisissantes et frappantes. Le sentiment de la bonté de la nature épars dans toute l'œuvre de Fénelon se change chez Rousseau en un dogme rigide. Des paysages comme celui qui ouvre la *Profession de foi du vicaire savoyard* ont été faits visiblement par un homme de génie qui est allé à l'école dans le *Télémaque*. La description de la Bétique contient déjà le pamphlet de Rousseau contre les sciences et les arts. La superstition de l'efficacité absolue des lois est peut-être plus entière encore chez Fénelon que chez Rousseau, qui sent toute l'importance qu'il y a à ce que les lois soient doublées par les mœurs, et qui fait résulter celles-ci de celles-là d'une façon moins simpliste, moins directe que Fénelon. Rousseau croit sans doute appuyer sa singulière théorie du législateur sur quelques exemples historiques, mais où en prend-il l'image sinon du Minos de *Télémaque* et dans les miracles de Mentor ? Il a dépouillé la *Polysynodie* et le *Projet de paix perpétuelle* de l'abbé de Saint-Pierre, mais l'idée des fédérations et d'une république universelle, l'idée d'une paix inébranlable sont déjà dans le *Télémaque*, on vient de le voir. Fénelon ne parle pas des révolutions d'une voix moins grondante que Rousseau dans le *Discours sur l'inégalité*, et les causes qui en sont apportées sont à peu près les mêmes de part et d'autre. L'importance sociale attribuée à l'éducation publique par Fénelon semble avoir dicté le chapitre de l'éducation dans les *Considérations sur le gouvernement de Pologne*. Dans son *Traité de l'éducation des filles*, Fénelon demande déjà que l'instruction ne soit pas hâtive : Rousseau voudra qu'on perde du temps. Rousseau n'a eu qu'à lire le chapitre des « gouvernantes » pour imaginer son gouverneur d'Emile. Où Rousseau a-t-il pris, dès l'époque où il est précepteur chez M. de Mably, l'idée des scènes arrangées pour éblouir le disciple, sinon dans le Traité de Fénelon ? Ne lui a-t-il pas suffi d'outrer, selon son tempérament, la méthode de Fénelon tarder à tenter par une méthode moins exclusive l'inventaire des objets que le monde lui propose. A cette œuvre travaillent nombre de bons et grands ouvriers, entre lesquels il serait bien injuste d'oublier Linné. Elle est poursuivie chez nous avec une ampleur singulière par Buffon, dont l'activité scientifique s'étend, entre ses premières et ses dernières publications, de 1735 à 1788, qui en ces quarante années décrit successivement et sans se lasser la Terre, l'homme, les quadrupèdes, les oiseaux, les minéraux et qui d'ailleurs, comme on peut s'en assurer par les théories du *Discours sur le style* (1753), demeure cartésien dans un temps déjà tout pénétré de la philosophie de Locke et de Newton. En 1778, il interrompt un moment le développement de ses travaux et donne les *Époques de la nature*. L'objet en est grandiose, ainsi qu'il l'indique dès le début, en annonçant qu'il va « fouiller les archives du monde » ; et l'introduction est un commentaire des premières pages de la Genèse.

pour transformer les « instructions indirectes » en éducation dite « négative » ? De l'éducation de l'homme, Fénelon a écrit dans le *Télémaque* le roman princier, Rousseau dans l'*Emile* le roman bourgeois, mais c'est dans le même esprit : le succès de la méthode est de faire également de Télémaque et d'Emile des hommes-machines. Ainsi, lorsqu'en lisant Rousseau on se reporte aux doctrines de Fénelon, souvent on ne croit avoir affaire qu'à un Fénelon brutal. Signalons une page où Fénelon (*Télémaque*, VII) fournit à Rousseau les conclusions du *Discours sur les arts* touchant la supériorité de la simple nature : Rousseau y rencontre jusqu'à l'indication de son apostrophe à la conscience. Sophie est une Antiope plus piquante et moins sage, toutefois « elle aime Télémaque ». Enfin, pour toucher ce point, si Rousseau a toujours soutenu la cause de la musique passionnée, n'en faudrait-il pas chercher au moins une des raisons dans cette particularité que la voix de Mentor, quand il chantait en s'accompagnant de la lyre, « passionnait jusqu'aux moindres choses » ? (*Télémaque*, VII.)

L'œuvre est à la fois une histoire et un poème, un poème large et par places nombreux, moins éclatant et beaucoup moins coloré que les célèbres descriptions qu'on trouve dans l'Histoire des animaux. Oserai-je dire qu'on a pu faire quelque tort au poème de Lucrèce en le rapprochant des sept Époques de Buffon qui, toutes ensemble, ne constituent que ce que l'on serait tenté d'appeler au point de vue littéraire un bon morceau ? Et l'accent est si différent d'une œuvre à l'autre ! Combien nous sommes loin ici de l'âme tourmentée, de l'angoisse poignante du grand Latin ! Une certaine sérénité assez tranquille s'étend sur les pages de Buffon. Les révolutions de la nature y sont décrites comme plus majestueuses que terribles. Une confiance foncière dans la nature y respire. Tout aboutit à l'établissement d'un peuple très heureux et très savant et pacifique qui a dû habiter pendant des milliers d'années les régions du pôle, alors favorisées par la température. Le mal ne se présente guère à Buffon que sous la forme des invasions de barbares, ces « animaux à face humaine » qu'il hait (il n'a garde de réprouver au même titre les sauvages) et qui viennent toujours du Nord (1). C'est lors du refroidissement du pôle que des hordes ruées sur les pays voisins ont dû causer une désastreuse révolution où les sciences ont été englouties, mais où toutefois les arts mécaniques ne périrent pas. Cependant les sciences renaissent, l'époque où nous sommes peut s'orienter vers la félicité, pourvu que « la puissance de l'homme seconde celle de la nature ». Les animaux sont soumis, les plantes sont améliorées, les effets de la civilisation

(1) VIIe époque.

peuvent aller jusqu'à empêcher le refroidissement de la Terre. L'œuvre s'achève par une sorte d'hymne au progrès, que Buffon conçoit surtout sous la forme de la science. En somme, c'est la nature qui, après avoir été reconnue et décrite dans les phases de sa transformation, de son perfectionnement, est donnée pour norme à l'activité future de l'homme.

Cette idée de la bonté de la nature, après avoir passé tout au travers de l'œuvre de Rousseau, est recueillie par Bernardin de Saint-Pierre et est portée par lui à une sorte de paroxysme doux et délirant. Elle circule ainsi à travers tout le siècle en accroissant sa force. Dans le concert des cantiques qui sont chantés à la louange de la nature, on ne perçoit guère qu'une fausse note donnée par Voltaire, quand il écrit son poème du désastre de Lisbonne (1756) et c'est peut-être à la Providence que va son attaque. On sait de quel enthousiasme la nature échauffe Rousseau, jusque là qu'en dépit de Voltaire et en dépit sans doute de la nature même, il se refuse à prendre aucun mal physique pour un mal. Cette foi obstinément aveugle dans la parfaite bonté de la nature est chez Bernardin de Saint-Pierre une superstition entière, ses œuvres en sont l'expression la plus naïve.

Il est amusant de rencontrer un homme qui trouve le moyen d'outrer les idées de Rousseau. Celui-ci avait écrit : « Tout est bien sortant des mains de l'auteur des choses. » Le système de Bernardin, c'est que tout ce que fait la nature est conçu parfaitement en vue de l'homme. Les *Études de la nature* (1784) sont la reprise du dessein général de Rousseau qui s'était proposé, dès son *Discours sur l'origine de l'inégalité*, de justifier la Providence et de prouver qu'il n'y a de mal dans la nature que celui qu'on y met.

Bernardin poursuit l'achèvement de ce plan à travers les règnes minéral, végétal, animal. La partie de ses Etudes qui traite ensuite de l'homme et de la société vient pour ainsi dire doubler la *Nouvelle Héloïse* et le *Contrat social* ; celle qui nous entretient de Dieu et de l'immortalité de l'âme est visiblement parallèle à la *Profession de foi du vicaire savoyard*. Parvenu à ce faîte, Bernardin croit pouvoir énoncer « quelques lois générales de la nature » et les appliquer, dans une sorte de résumé synthétique qui sera l'idée même de ses *Harmonies*, à l'homme et à la société. L'ensemble se termine par un plan d'éducation qui correspond à *Émile*.

La méthode est simple : elle consiste à dire que tout est bien, à prêter à la nature des intentions prodigieusement bienveillantes, des soins merveilleusement bienfaisants à l'égard de tous les êtres et particulièrement à notre égard. C'est pour nous faire plaisir qu'elle « harmonise » partout les contraires, sauf quand nous aurions quelque risque à courir, car alors elle les « oppose ». Quand y a-t-il harmonie ? quand opposition ? Mystère. La mer et les rochers forment une opposition, la mer et le rivage une harmonie..... (1).

Il faut se distraire en glanant quelques exemples du système qui ne sont pas tous célèbres. Avant de quitter le rivage de la mer, apprenons de Bernardin que la nature l'a « fortifié » exprès de « bancs de sable, de récifs, de rochers et d'îles qui en sont placés à des distances convenables » pour protéger les terres contre l'Océan (2).

Le point important, c'est que « toutes les harmonies

(1) *Etud.* X.
(2) *Etud.* IV.

sont faites pour l'homme », pour son agrément, en vue même de son dilettantisme et de sa volupté d'artiste, car la nature n'est pas seulement une mère, elle est une esthète minutieuse (1). Sans doute, si la puce est noire, c'est pour qu'on puisse l'attraper plus aisément sur le linge blanc (2) ; si la nature met près des marécages « des plantes vénéneuses qui ont des couleurs meurtries et des odeurs rebutantes », c'est comme une enseigne pour nous faire entendre de nous éloigner de ces lieux malsains (3) (mais pourquoi, bon Bernardin, sont-ils donc malsains ? ma candeur te le demande) ; et certes les cerises et les prunes sont « taillées » pour la bouche de l'homme, comme les poires et les pommes pour sa main, et « les melons sont divisés par côtes » parce qu'ils « semblent destinés à être mangés en famille » (4); mais ces raisons d'utilité sont loin d'expliquer toutes les délicates recherches de notre bonne mère. En effet, si le cheval et le taureau, par exemple, aiment à parcourir les mêmes prairies, c'est uniquement parce qu'il plaît à l'homme de voir un « solipède » à côté d'un animal qui a un « pied fourchu » ; si l'âne et la chèvre sont également d'humeur à gravir les rochers, c'est parce qu'il nous est agréable de voir une bête aussi lourde auprès d'une autre si inconstante ; pour les mêmes raisons, le chien et le chat « vivent en paix aux mêmes foyers » ; et s'il y a dans la nature des chutes d'eau, c'est parce qu'elles font dans le paysage le même effet qu'un signe qui rend un beau visage plus piquant (5).

(1) *Etud.* X.
(2) *Ibid.*
(3) *Etud.* XI.
(4) *Ibid.*
(5) *Etud.* X.

Rien de plus intrépide que le dédain de Bernardin pour la science. Il décrète que la nature dispose la couleur des animaux en contraste avec leur milieu, parce que cela est bien plus joli ainsi à nos yeux (1). Qu'on ne lui parle pas de la gravitation, de la force centripète ni de la force centrifuge. Si tout cela avait lieu, on verrait sur ce globe « les animaux qui n'ont point de griffes tourner autour de lui en l'air » ; inversement, comme les jambes sont la partie la plus légère du corps des animaux, ils auraient les pattes dans le dos (2). Rien ne lui paraît plus absurde que d'étudier les effets naturels avec des instruments de physique (3).

Le sentiment, par une exagération de la philosophie de Rousseau, est mis ainsi au-dessus de la science ; c'est lui aussi qui, à la mode de Rousseau, est fait juge des questions dont la raison a coutume de s'arroger l'examen. C'est lui, cela va sans dire, qui est chargé de prouver ou du moins de prononcer l'existence de Dieu et l'immortalité de l'âme. Quelques-uns des paradoxes qui avaient été laborieusement et parfois tristement déduits par Rousseau, reparaissent ici avec un air dégagé : « Les hommes se plaignent de la mort ; mais si les hommes ne mouraient point, que deviendraient leurs enfants ? Il y a longtemps qu'il n'y aurait plus de place pour eux sur la terre. La mort est donc un bien (4). » Le système inébranlable de la bonté de la nature arrange tout. Que l'homme soit naturellement bon, c'est ce qui va de soi dans ce système inspiré de

(1) *Etud.* X.
(2) *Ibid.*
(3) « Notes de l'auteur. »
(4) *Etud.* VIII. cf. *Emile*, II.

Rousseau (1) ; et que la société soit attaquée en style sensible, c'est ce qui ne peut manquer d'arriver pour les mêmes causes (2).

Les sottises se mêlent de trouvailles ingénieuses, de pressentiments exprimés avec éloquence. Dans un mémoire fabuleux sur les marées, on s'aheurte à cette phrase qui arrêtera tous les philosophes : « N'est-elle pas une loi morale elle-même, cette loi de la raison universelle qui a créé dans la nature les lois mécaniques et qui les emploie, les développe et les perfectionne ? L'architecte d'un palais en a sans doute précédé les maçons. » On rencontre telles pages sur l'au-delà de la mort où passent des aspirations qui font qu'on songe à Lamartine (3), telles autres sur la nullité de la vie humaine sans Dieu où déjà le futur « mal du siècle » semble annoncer ses raisons (4). Sur ce « sentiment de la mélancolie » qui va faire ravage, il y a des lueurs; mais « la nature est si bonne, qu'elle tourne à notre plaisir » même « ce phénomène » ; et si Bernardin énonce que, selon lui, « les sensations de la mélancolie sont les affections de l'âme les plus voluptueuses », il interprète cette intuition par un commentaire d'une platitude si dégoûtante et si vraiment « bourgeoise », que nous ne pouvons plus jouir de ce qu'il montre là d'imagination. Qui sait si Comte, pour sa détermination d'ailleurs tant arbitraire du caractère fondamental de chaque race humaine, ne s'est pas servi du bizarre chapitre sur « les premières idées des peuples » ? Pour le traitement de la folie, des suggestions de philanthrope

(1) *Harmonies de la nature. Science des enfants.*
(2) *Etud.* XIII
(3) *Harmonies solaires sidérales.*
(4) *Etud.* XII.

préparent les réformes de Pinel. Ailleurs, quand il dédie un petit vase de plâtre avec une inscription aux mânes de ses amis et un autre « à la mémoire de Jean-Jacques et de Fénelon », les souvenirs de l'innocence étant « aussi touchants que ceux de la vertu », la sensibilité qui se montrait tout à l'heure ingénieusement humaine, se laisse voir sous le jour le plus faux, le plus artificiel et le plus répugnant.

Les *Harmonies* renferment des inventions plus surprenantes encore que celles des *Études*, bien qu'en général on les connaisse moins. La classification des montagnes en montagnes à parasol et montagnes à réverbère n'est pas d'une petite fantaisie. Le soleil est en or, ses montagnes en diamants. Bernardin décrit les planètes comme s'il y était allé et chaque planète porte des habitants dont la vie est d'une durée justement proportionnée au temps qu'il faut « pour la parcourir en entier et en entrevoir toutes les harmonies » (1). Tout pour l'harmonie ! Il sait et il dit quelles sont les occupations des habitants de Vénus, de Mars, de Jupiter (ceux-ci comparés à des Hollandais), de Saturne. D'un anneau de Saturne à l'autre, on fait l'amour : rien n'est plus ravissant pour les Saturniens que de voir au-dessus de leur tête « des amants et des amantes opposés par leurs pieds et qui se donnent les mains aux extrémités de leur anneau ». Tous ces planétaires sont heureux : « Ces tableaux de leur bonheur, dit Bernardin de Saint-Pierre, ne sont point produits par mon imagination exaltée par le sentiment d'une Providence toute-puissante : je n'en offre ici qu'un misérable croquis,

(1) *De Mercure.*

mais tracé avec une précision astronomique (1). » Quant à la lune, comment ne la connaîtrait-il pas mieux que ceux qui sont assez entêtés pour la regarder avec une lunette ? Elle semble être la vraie patrie de notre auteur. Et quelle que soit l'autorité d'un « Kepler ou d'un Herschell », il ne faut admettre « que celle de l'expérience et de la raison, quand il s'agit de la recherche de la vérité ». Sur ce fondement, on établit avec certitude que ce que les astronomes prennent pour des montagnes dans la lune, ce sont des « réverbères célestes paraboliques ». Il ne faut pour cela que « du sens commun » et pour être assuré aussi que les habitants de la lune, quand ils dorment, y font des rêves délicieux durant leur nuit longue comme quatorze de nos nycthimères.

Cette apologie de la nature ne parut point ridicule au XVIIIe siècle finissant ; elle n'était que l'amplification d'un dogme qui avait passé dans tous les esprits. En même temps, on procède à la réhabilitation de l'homme naturel. Je vois deux façons d'en préconiser l'idée.

Le premier procédé, c'est la philosophie matérialiste. Celle-ci à son tour peut s'introduire sous deux formes. On peut se borner à considérer la matière même, la machine de notre corps, en niant l'esprit : c'est ce que fait La Mettrie dans l'*Homme-machine* (1748), étendant à l'homme la théorie de Descartes sur la brute. Ou bien on peut ne considérer que la sensation et faire de l'homme une simple mécanique psychologique : c'est ce que fait Helvetius dans ses livres de l'*Esprit* (1758) et de l'*Homme*, où il ne met entre l'homme

(1) *De Saturne.*

et l'animal d'autre différence que celle des organes, entre les hommes d'autre différence que celle de l'éducation ; c'est ce qu'entreprend d'Holbach dans son *Système de la nature* (1770), tout matérialiste et athée ; c'est à quoi travaille avec plus de retenue et de sérieux Condillac qui, tout d'abord, pense faire découler toute la vie de l'esprit de la seule sensation (*Traité des sensations*, 1754).

Une autre voie pour introniser l'homme naturel, c'est de mettre l'homme qui vit tout proche de la nature au-dessus de l'homme façonné par nos sociétés compliquées et d'affirmer que l'homme est naturellement bon. C'est cette voie qu'avait montrée Fénelon dans son *Télémaque* par la peinture de l'âge d'or, sa description des mœurs de la Bétique, son éloge des sauvages Manduriens et dans cent autres passages. Rousseau fraya complètement cette route dès son *Discours sur les arts*, puis encore par son *Discours sur l'inégalité* et les *Notes* qu'il y joint. Le *Supplément au voyage de Bougainville* de Diderot, tout cynique qu'il est, est un signe de la même idée. Bref, vers la fin du XVIIIe siècle, nul ne pense que l'homme naturel est un mythe, et l'opinion n'est pas moins persuadée de la bonté naturelle de l'homme que de la bonté de la nature. Il n'y a plus qu'à s'embrasser. Tout aboutit en 1792 au baiser de Lamourette, qui fut guillotiné en 1794.

Il reste à chasser tout l'élément surnaturel de la société humaine. Avec le *Télémaque* a paru cette idée, qu'on peut faire les lois comme on veut et, qu'une fois la loi faite, elle forme le peuple comme on veut qu'il soit. Cette doctrine tend à faire table rase de l'état de choses qu'on trouve, pour établir à la place un monde parfait. Elle est donc (et c'est ce qu'on remarque au

Télémaque) par une de ses faces, critique, et par l'autre, dogmatique.

Voilà justement le double aspect de l'œuvre de Montesquieu, qui aussi bien appelle le *Télémaque* « l'ouvrage divin de ce siècle » (1). Les *Lettres persanes* ont pour but de faire paraître absurdes toutes les lois et coutumes nationales qui ne sont pas inventées de toutes pièces par un législateur raisonnable. La méthode employée est piquante et je ne dis pas qu'elle ne puisse parfois atteindre où il faut ; mais en soi elle est injuste, car un Persan, avec qui s'identifie trop souvent le profond Montesquieu, ne peut apercevoir que la superficie de nos usages, sans en découvrir les racines ni par suite le principe intérieur. Et d'autre part, rien ne peut faire pardonner à Montesquieu, là ni ailleurs, l'infamie de ses peintures licencieuses d'une perversité insinuante qui rompent les genoux. Et quant à l'*Esprit des lois*, ce livre infiniment pénible à lire et parfois curieux à consulter, j'avoue qu'on y peut distinguer quatre ou cinq veines différentes qui s'y entremêlent sans se confondre toujours, mais il ne me semble pas moins inspiré et dominé par l'idée essentielle du *Télémaque*, en ce sens que toutes les observations ou théories particulières et la théorie même des climats y sont réabsorbées par l'idée d'un mécanisme social qui peut se superposer à tous les climats et s'appliquer partout. La « carte pour l'intelligence du livre intitulé l'esprit des loix » est une carte de l'univers, et cette « *proles sine matre creata* » y a son champ d'action non moins que son champ d'étude. C'est une lecture d'où on sort aplati, n'ayant pas rencontré une de ces deux mille

(1) *Pensées diverses*, édit. Laboulaye, tom. VII, p. 158.

pages qui se souvînt qu'il y a une âme humaine, et on est à la longue consterné par cette atmosphère où il semble qu'il n'y ait aucun sens à la vie humaine ni à l'histoire de l'homme, la législation pouvant tout à n'importe quel endroit et à n'importe quel moment.

Voltaire et Rousseau, qui se font d'ailleurs une si dure guerre(1), sont d'accord sur ce point que la société est pleine de folies et de mensonges, et c'est sur quoi il serait aventureux de les chicaner. Bernardin de Saint-Pierre n'est pas plus tendre à l'ordre social de son époque et le vieillard qui épand sa sagesse dans le roman de *Paul et Virginie* en fait à l'amoureux des leçons qui ne trompent pas l'ennui de ce fils de la

(1) Cette polémique de Voltaire et de Rousseau est continuée contre Rousseau après la mort des deux adversaires par un homme dont le nom n'est pas tout à fait oublié, Volney (Chasseboeuf, dit Boisgelais, dit Volney). Les curieux sommaires de ses cinq leçons à l'École normale montrent le plan d'une forte attaque contre Rousseau ; les prêtres sont d'ailleurs donnés là comme des gens « madrés » qui ont l'art de se faire prendre par les hommes pour d'utiles médiateurs. Volney dépiste « l'astuce » de Samuel : on reconnaît un disciple, peu madré il est vrai, de Voltaire. Il en veut surtout aux sauvages que Rousseau avait tant exaltés. Il les maltraite dans sa *Loi naturelle* ; il les abîme dans ses *Éclaircissements* sur les Etats-Unis et, à ce propos, détruit, non sans netteté ni vigueur, les arguments et les doctrines de Rousseau. Il avait fait ses enquêtes sur la nature par des voyages en Égypte, en Syrie et dans les Etats-Unis d'Amérique, et il a laissé de ces contrées de bons tableaux tracés sur des observations solides. Il a prétendu traiter philosophiquement des langues. Il semble avoir emprunté à Addison l'idée de son génie des *Ruines*. Un génie des tombeaux, avec qui il dialogue, lui montre du haut de l'espace la Terre ; Volney apprend que les prêtres sont des imposteurs ; il assiste à une sorte de congrès des religions ; elles sont, par leur genèse, naturalistes, et le christianisme est un mythe solaire. Sa déclamation fait attendre et désirer la période nombreuse de Chateaubriand.

nature. Mais par où ils sont tous optimistes, c'est qu'ils sont également persuadés qu'il y a des procédés pour refaire très vite une société très bonne, Voltaire comptant davantage sur un despotisme éclairé et Rousseau faisant fonds uniquement sur l'institution du *Contrat social* et la force de la loi. C'est cet état d'une certaine illusion optimiste quant au pouvoir des législations bien concertées qui est répandu en France à la fin du XVIIIe siècle et qui aboutit aux multiples efforts constituants que l'histoire a enregistrés.

En somme, la littérature du XVIIIe siècle est occupée presque tout entière à restituer partout ce qu'elle croit être la nature, tantôt sous ce nom même de nature, tantôt sous le nom de raison (1). Mais il faut remarquer que, tout en professant une confiance excessive et presque exclusive dans le pouvoir direct de l'idée formulée, ce qu'elle promulgue ordinairement sous le nom de raison, ce sont les impulsions spontanées de la machine sensible et par là encore elle tend à ramener la raison au niveau de la nature toute seule. A consulter la littérature, le siècle appartient visiblement à la sensibilité. Si Vauvenargues examine la nature morale de l'homme, il fait ses plus pénétrantes découvertes dans la zone de l'influence immédiate du cœur. Marivaux et Sedaine sont sensibles, l'un d'une sensibilité plus alambiquée, l'autre plus commune. Les personnages de la *Nouvelle Héloïse* sont mus par une sensibilité où ne manque pas la grossièreté. D'ailleurs, en s'avançant dans l'exploration de la nature de l'homme tandis qu'elle perdait de plus en plus la notion de l'âme,

(1) V. Georges Dumesnil : *Du rôle des concepts*, le chap. intitulé *Des concepts de nature et de raison*, pp. 140, 156, et Louis Ducros : *les Encyclopédistes, les Principes*, pp. 311, 360.

la littérature psychologique de ce temps devait rencontrer des régions de moins en moins nobles et produire des types d'une médiocre valeur morale. Il me plaît (et pour cause) de ne parler que par prétérition des nombreux romans de luxure qui sont éclos à cette époque. Manon et des Grieux ne sont pas d'une qualité psychique fort relevée. Le neveu de Rameau est un merveilleux impulsif, qui participe d'ailleurs de la vie et de la verve extrême de son inventeur. Dans Figaro, on a pu reconnaître une nouvelle incarnation de Panurge et de Renart, et Chérubin qui se glisse derrière lui, est pire. Les personnages des romans de Voltaire ne sont pas vivants, pas plus que ceux de ses tragédies ; toutefois ils ne sauraient passer pour les représentants d'une moralité haute.

Un sentiment d'angoisse morne se dégage aujourd'hui de ces pages de *Candide* ou de *Micromegas* qui furent autrefois légères. C'est que l'homme vrai en est absent et que la vibration que propage la personne de l'auteur lasse pour être toujours la même. Tout est sec. Sans doute Voltaire a donné à la langue française une phrase d'une allure directe qu'elle n'avait pas encore attrapée à ce point. La phrase barbelée siffle vers le but, suivie d'une autre, et... toujours... L'œuvre aussi, qui parut si verte, est sèche maintenant, sauf peut-être les volumes d'histoire. La cause principale en est dans l'inintelligence. Mais nous applaudirons à ce rieur, s'il fut, comme il semble, un des plus ardents médecins de la férocité humaine. Nul ne peut se plaire à penser qu'on rompait les membres aux gens sur la roue, qu'on les tenaillait aux mamelles, qu'on leur arrachait la langue avec des pinces, qu'on les brûlait vivants. Si nous devons à Voltaire en quelque mesure que l'idée de ces horreurs nous soit devenue insupportable, nous lui sommes reconnaissants ; car si la sensibilité est un personnage digne d'être éconduit quand il prétend occuper la scène pour y jouer le rôle de la raison, les progrès de notre sensibilité en tant qu'elle est une sympathie nerveuse pour la douleur d'autrui sont des plus précieux que nous paraissions capables de faire, quand bien même la quantité de la douleur devrait être par là accrue dans le monde.

Et c'est une chose notable que la région de l'âme étant désertée, la poésie fut comme morte. La source du lyrisme était offusquée, la poésie végétait, se traînait dans d'informes lignes de vers, sans que la tige s'élevât et fleurît. Quelques strophes de Lefranc de Pompignan ou de Gilbert, qui par fortune (une fortune rare alors) ont le son poétique, quand bien même elles n'auraient que cela, par cela seul valent quelque chose quand tout le reste ne vaut rien, et sont plus significatives au point de vue de l'art que toute la prose rimée (mal rimée) du siècle. Enfin, lorsque quelques souffles vinrent émouvoir de si lourdes vapeurs et annoncer aux germes un retour de vivifiantes influences, les efforts qui avaient été faits pour chanter la nature, pénibles par des Roucher et des Saint-Lambert, plus intelligents par Delille, eurent tout à coup un succès admirable dans un poète plein de génie, tout imprégné de philosophie naturaliste et passionnément sensuel. Ses doctrines sont celles des autres, c'est son goût, c'est son âme toute frémissante qui diffère. On a eu bien raison de comparer Chénier à Ronsard, d'autant que leurs modèles sont les mêmes, que les œuvres correspondent assez (on peut très bien rapprocher les *Iambes* des *Discours*) et que le moment historique est très analogue : l'homme s'est engagé de nouveau aussi loin qu'il le pouvait dans le sens de la nature des choses et déjà l'âme tressaille pour se reconnaître et s'arracher. Les hommes de ce temps ne connurent pas la magnifique fleur de poésie qui était éclose au bord du cataclysme. La langue, devenue de plus en plus incolore et impersonnelle, sous prétexte d'être raisonnable, ne jette encore quelque éclat que dans les harangues de Mirabeau et des premiers orateurs de la Révolution ou dans les invectives de Desmoulins. On la voit fluer dans le pathos le plus déplorable et qui malheureusement est identique dans la bouche de tous.

APOLOGIE DE LA NATURE

JEAN-JACQUES ROUSSEAU

Cette étude sera un peu longue. La raison en est double. Rousseau a excité de son temps, par son œuvre et par sa personne, une sorte de mouvement universel ; peu après lui, ses idées, portées par beaucoup de ses plus ardents disciples, ont passé dans les faits ou lutté contre eux et donné en partie sa forme à la Révolution ; celle-ci, à l'heure qu'il est, remue encore tout chez nous : ainsi l'œuvre de Rouseau, quand bien même on n'y trouverait pas maints détails qui ont des rapports étroits avec quelques problèmes pressants, est sourdement toute présente et mêlée à notre vie de chaque jour. Et d'autre part l'œuvre est oubliée, l'homme est perdu de vue. Les principaux ouvrages, à part peut-être les équivoques *Confessions*, sont devenus, pour des générations de lecteurs, de purs noms. De ces modèles il a été tiré tant d'épreuves différentes et affaiblies, on les a reproduits sous tant de perspectives, on en a copié et altéré tant de détails, on s'en est inspiré de proche en proche pour tant de productions multiformes et nouvelles que le souvenir en est refoulé, dénaturé, déformé. Un siècle a entassé sur eux les jugements, les discours, les études, les déclamations bonnes ou médiocres, laudatives, enthousiastes ou non ; et sous cet amas grossissant, on les voit et on les discerne de moins en moins. Mon dessein a été de retourner jusqu'à l'œuvre et à l'auteur, de suivre un à un les traits du coin primitif et original, pour ainsi dire sans lever la pointe. J'ai gagné à cela de donner une construction de la doctrine de Rousseau calquée sur sa pensée même et, la suivant d'un bout à l'autre, de mettre en saillie l'articulation qui en fait l'unité essentielle, la jointure qui fait à la fois la force et l'infirmité du tout. Cette entreprise est infiniment attachante pour le critique attentif, elle a de quoi intéresser le lecteur patient; plus d'un parmi les autres tournera sans doute quelques pages d'un doigt rapide.

I

BIOGRAPHIE DE JEAN-JAQUES ROUSSEAU JUSQU'AU MOMENT OU IL CROIT SE RÉFORMER.

Naissance de Jean-Jacques Rousseau : ses ascendants. — Mort de sa mère. — Ses parents, sa famille. — Jean-Jacques sensible et souffrant. — Son père. — Leurs lectures en commun. — Oppositions du caractère de Jean-Jacques. — Son père quitte Genève. — Jean-Jacques à Bossey : violence de sa passion affective. — L'accident du peigne. — Trouble sensuel de Jean-Jacques ; ruine du petit paradis de Bossey. — Jean-Jacques à Genève : son imagination, traits de son caractère.

Jean-Jacques, grapignan, puis apprenti graveur : ses vices, son ardeur de lecture. — Il quitte Genève : ses illusions sur la destinée qu'il y aurait eue. — Sa rencontre avec Mme de Warens. — Son départ pour Turin. — Son père le laisse aller : importantes réflexions à ce sujet. — Son séjour à l'hospice des catéchumènes de Turin et sa conversion. — Son vagabondage à Turin. — Jean-Jacques en service. — Conseils de modération de l'abbé

Gaime. — Soins et leçons de l'abbé de Gouvon. — Fuite avec Bâcle.

Le tempérament moral de Jean-Jacques dès lors déséquilibré. — Jean-Jacques autodidacte. — Sa façon d'écrire : du rôle qu'y joue l'autosuggestion. — Jean-Jacques au séminaire, à la maîtrise d'Annecy. — Absence de Mme de Warens : vagabondages et aventures de Jean-Jacques. — Son retour de Paris à Lyon et à Chambéry. — Ses occupations, ses études, sa névrose : comment il se garde de la peur de l'enfer. — Ses élévations de cœur aux Charmettes. — Ses lectures philosophiques. — Ses premiers écrits. — Rousseau à Lyon, chez M. de Mably ; à Paris ; à Venise. — Limites de Jean-Jacques comme artiste. — Son retour à Paris. — Place qu'il se fait dans le monde lettré. — Sa réforme « personnelle ».

Le 28 juin 1712 naissait à Genève un enfant du nom de Rousseau et qui reçut à son baptême, survenu le 4 juillet (1), les prénoms de Jean-Jacques. Il descendait d'aïeux français, libraires à Paris, qui, au moment des guerres de religion, en 1550, étaient venus s'établir à Genève ; mais ses parents n'en savaient plus rien et lui-même ne l'apprit jamais.

Il eut ce malheur que sa mère (Suzanne Bernard) mourut le 7 juillet, d'une « fièvre continue (2) ». Il peut donc bien dire qu'il lui coûta la vie. Elle avait trente-neuf ans, il était son second fils.

Son père, Isaac Rousseau, était horloger et maître de danse, d'une condition plutôt inférieure à celle de sa femme. Celle-ci savait dessiner, chantait, faisait des vers ; elle avait été réprimandée en 1695 par le

(1) Rousseau croyait être né ce 4 juillet. Pour rectifier les inexactitudes et combler les lacunes des *Confessions*, on s'aidera utilement de Henri Beaudouin : *La Vie et les œuvres de Jean-Jacques Rousseau*, Paris, 1891. Beaudouin profite des recherches qui ont été faites jusqu'à lui, tant en France qu'en Suisse, sur la biographie et les œuvres de Rousseau.

(2) Ne faut-il pas entendre une fièvre puerpérale ?

Consistoire pour avoir souffert les assiduités d'un « grand » de Genève, marié et père de famille, et pour s'être déguisée en paysanne afin d'assister à des comédies et à des farces jouées sur la place du Molard. Isaac Rousseau, bien qu'il se soit remarié plus tard, paraît avoir professé et gardé pour elle ce culte d'une nuance particulière qu'ont certains hommes pour leur femme d'une éducation plus fine que la leur. Une circonstance l'aida certainement à obtenir la main de Suzanne Bernard : sa sœur, Théodore Rousseau, avait épousé Gabriel Bernard, frère de Suzanne. Mais pourquoi Bernard, ingénieur, avait-il épousé Mlle Rousseau ?

Celle-ci, dit Jean-Jacques (1), « ne consentit à épouser le frère qu'à condition que son frère (Isaac) épouserait la sœur (Suzanne Bernard). L'amour arrangea tout, et les deux mariages se firent le même jour... Il naquit un (enfant) de part et d'autre au bout d'une année ».

Rousseau se trompe de près de neuf mois sur le moment de la naissance de son cousin. Le premier-né de son oncle et de sa tante fit son entrée dans ce monde huit jours après leur mariage (2). Et il y avait cinq ans que ceux-ci étaient mariés quand Isaac épousa Suzanne. Il y eut certainement sympathie et amitié entre les deux femmes. C'est chez sa belle-sœur que Suzanne fut prise des douleurs, accoucha de Jean-Jacques et mourut.

(1) *Confessions*, I, p. 2. Il n'y a pas d'édition complète ni tout à fait satisfaisante et critique des œuvres de Jean-Jacques Rousseau. Je citerai donc d'après l'édition Didot, comme plus répandue et plus commode.

(2) Nouvelle censure du Consistoire qui suspendit les époux de la Sainte-Cène pour « anticipation scandaleuse » et parce que Mlle Rousseau « s'estoit espousée avec la couronne ».

Outre Théodore Rousseau, femme Bernard, Isaac Rousseau avait une sœur, Suzanne ou Suzon Rousseau, qui devint plus tard Mme Gonceru. Elle fut pour Jean-Jacques une tante affectueuse et charmante.

Aussi haut que Rousseau peut remonter par ses souvenirs vers le premier cours de sa vie, il se voit lui-même comme un enfant d'un « cœur sensible ». Cette sensibilité, il est permis de penser qu'il la devait aux influences féminines que nous venons de deviner. Bien que notre censure ait chance d'être plus indulgente que celle du Consistoire, qui censurait « grièvement », les menus faits qu'on vient de lire donnent l'idée de mœurs naturelles et naïves, tendres et relâchées à ce qu'il paraît, non d'un milieu à principes et vertueux. On comprend que Rousseau, par la suite, se soit fait une vertu de tête plutôt qu'il ne l'eut de fait et par tradition ni héritage. Un autre de ses souvenirs, c'est d'avoir eu tout de suite la sensation de souffrir, d'être un malade, sensation qu'il ne devait plus guère perdre jamais (1).

Son père, Isaac Rousseau, revisé par l'histoire (et il est honorable à Jean-Jacques d'avoir toujours parlé de lui dignement), semble un assez brave homme, cerveau brûlé, un peu violent, enthousiaste, sans suite, aventureux, vaniteux. On se demande si c'est la contention du travail, la loupe dans l'œil sous la lumière de la lampe et de la carafe, qui lui échauffait les esprits, ou si de se frotter au beau monde auquel il apprenait à baller, et de porter l'épée, il n'en était pas rendu chatouilleux. Jean-Jacques apprit à lire comme tant d'autres enfants, sans savoir comment ; à peine

(1) *Conf.*, I, 2.

a-t-il acquis ce talent que son père en profite pour se faire lire tout haut les livres que sa femme lui a laissés. Ce sont les romans du temps, ceux de Mlle de Scudéry, de Mme de Lafayette, de la Calprenède, l'*Astrée* d'Honoré d'Urfé. Par eux se prolonge l'influence sentimentale de la mère disparue. Bien longtemps après, Rousseau, homme fait, se détournait de sa route, dans un de ses nombreux voyages à pied, pour visiter le Forez où il pensait entendre encore les soupirs de Céladon et d'où il fut repoussé par le bruit des marteaux des chaudronniers. Tout enfant, il apprenait ainsi les passions et leur méthode sans en soupçonner encore le moindrement la matière. Ces leçons, il les prenait dans la fièvre et l'excitation de la lecture à haute voix poursuivie toute la nuit, jusqu'à ce que le chant des hirondelles, pépiant à la fenêtre, envoyât se coucher le père honteux et le fils l'imagination tout animée. D'autres fois, les lectures dévoraient la bibliothèque d'un oncle qui avait été, comme dit Jean-Jacques, ministre du saint Évangile, et notre futur philosophe parcourait l'*Histoire de l'Église*, le *Discours sur l'histoire universelle*, les *Mondes* de Fontenelle, complétait son initiation romanesque par les édifiantes *Métamorphoses* d'Ovide, allait des *Dialogues des morts* aux *Caractères* de La Bruyère pour commencer son éducation de moraliste; Molière lui présentait déjà son Alceste, dont il dut recevoir quelque première impression; surtout, avec son bonhomme de père, il s'enthousiasmait pour les *Vies* de Plutarque et exaltait son caractère, qu'il crut si fier et si farouche qu'il en fit, par ses éloquentes déclamations, passer quelque chose de trop dans les hommes et dans les épisodes de la Révolution française. En même temps, on aperçoit chez lui déjà ce don de se faire aimer des gens qui éclate à tous les moments de sa vie, si bien qu'il ne put jamais guérir tout à fait certaines personnes amies du désir de lui vouloir du bien et de la manie de lui en faire. Tandis qu'on laissait son frère aîné partir pour l'Allemagne et s'y perdre, on le choyait, on le gâtait, on l'idolâtrait, dit-il. Il payait ces sentiments et ces soins par des défauts qui n'étaient pas pires que ceux qu'on remarque à bien des enfants : il était « babillard, gourmand, menteur, voleur » quelque peu, mais il aimait ceux qui l'aimaient ; sa petite âme s'ouvrait à la musique quand il entendait sa bonne tante Suzon chanter, tout en brodant, avec deux accroche-cœurs sur les tempes, selon la mode du temps :

Tircis, je n'ose
Écouter ton chalumeau.....

Arrivé à ce point de l'histoire de son développement, Jean-Jacques, anticipant sur toute sa vie ou plutôt l'embrassant d'un coup d'œil rétrospectif, dresse un bilan en partie double des qualités et des défauts de son âme ; c'est un bilan d'oppositions. Il trouve en lui un cœur fier, mais tendre, un caractère indomptable et efféminé, flottant entre le courage et la faiblesse, entre la vertu et la mollesse ; si l'on songe, d'autre part, que ses organes travaillés par la maladie ou du moins par « l'incommodité » n'étaient pas pour ainsi dire d'accord et en harmonie ni entre eux ni avec cette âme qui y était jointe, on s'explique que Rousseau constate mélancoliquement qu'il a toujours été en contradiction avec lui-même, laissant échapper l'abstinence aussi bien que la jouissance, la sagesse aussi bien que le plaisir ; et pour parfaire la vérité de ce jugement, au moment où il le consigne dans ses *Confessions*, c'est-à-dire quand il est vieux, il ne sait s'il doit dire si ce caractère, dès les premières années, « se forme » ou « se montre », laissant voir par cette indécision de son style qu'il oscille jusqu'au bout entre une philosophie franchement spiritualiste, selon laquelle il aurait apporté en naissant l'essentiel de sa propre personnalité, et cette philosophie sensualiste dont il a entendu, avec son siècle, les leçons et d'après laquelle un caractère, si elle permet de maintenir ce mot, serait la résultante des circonstances et l'agrégat d'éléments disparates fortuitement assemblés.

Comme il avait dix ans environ, son père se fit une affaire avec un capitaine genevois (et non français, comme le dit Jean-Jacques par erreur). Isaac Rousseau y paraît emporté, vaniteux à son ordinaire ; il est condamné à la prison, à l'amende et, qui pis est, à « demander pardon genoux en terre à Dieu, à la Seigneurie et au sieur Gautier » qu'il a offensé. L'infatigable Consistoire lui inflige un blâme. Cette fois, Isaac Rousseau se brouille tout de bon avec une ingrate patrie ; s'il le fait par un coup de tête, il faut avouer qu'il a le courage de se tenir à sa fière résolution : il passe en Allemagne, quittant Genève où il ne reviendra plus. Voici Jean-Jacques pour ainsi dire orphelin et à tout jamais (1).

Il est placé d'abord, sous la tutelle de son oncle Bernard et avec son cousin, à Bossey, chez le pasteur Lambercier. Pour la première fois, il apprend un peu la valeur de la régularité du travail et il fait une

(1) V. François Mugnier, *Mme de Warens et J.-J. Rousseau*, pp. 33-35

étroite connaissance avec la nature, avec la campagne qu'il devait toujours aimer. Ses sentiments, qui avaient été jusqu'alors tout enfantins, deviennent un peu plus conscients ; mais c'est un trait de son caractère qu'incapables de se maintenir dans aucun équilibre, ils sont dès lors poussés à une extrême violence et à une passion superlative : le séparer de son cousin, c'était « l'anéantir ». Pour les autres personnes de son entourage, son affection est vive, mais plus calme. Il semble qu'en se reportant à cette période de sa vie, il y fasse par la pensée comme une première expérience naturelle et sans apprêt de cette doctrine de la sympathie qu'il essaya de traduire en un dogme philosophique.

Ces premières pages des *Confessions* (1) sont bien attachantes, bien prenantes, bien instructives par une psychologie très fine, en mouvement et en action, qui retrace au vif, sans pédantisme, l'éveil des affections, des sentiments, des passions dans la jeune nature d'un enfant. Est-il bien sûr qu'il y eut alors, dans cette continuité régulière du développement, une rupture violente ? ou Rousseau, quand il écrit les *Confessions*, en possession depuis longtemps de sa théorie la plus chère, a-t-il besoin d'un événement qui vienne la confirmer par un exemple pris de lui-même, seul genre d'exemple qui à ses yeux puisse avoir une valeur absolue ? on ne sait trop. Il est accusé avec son cousin d'avoir cassé un peigne de Mlle Lambercier ; ils nient, on les frappe ; ils persévèrent, on les déchire, sans venir à bout de leur obstination ; le soir dans leur lit, ils soulagent leur honte et leur indignation en criant, les poings en l'air : *carnifex ! carnifex !* Une correction

(1) *Conf.*, jusqu'à la p[illegible].

d'un autre genre infligée par Mlle Lambercier, selon ce qu'il raconte (car le fait, étant donné son âge, est bien invraisemblable), éveille chez lui une sorte de sensualité maladive, pathologique. Dès lors, la sérénité de la vie de Bossey est finie. Le mal est entré dans cette petite société et il y est entré conformément à la doctrine de Rousseau, par l'action arbitraire de l'homme sur l'homme. L'innocence du Paradis terrestre est perdue, l'autorité mystique des grandes personnes est détruite et, par une suite funeste, la conscience des enfants se gâte ; leurs relations avec leurs propres pensées et avec les autres hommes sont corrompues, et cette chute des sentiments originels va jusqu'à altérer à leurs yeux le charme et la simplicité de la campagne. Il n'y a plus rien d'utile à attendre pour eux de leur séjour chez le pasteur de Bossey et ils sont ramenés à Genève chez l'oncle Bernard (1).

Ils n'y font pas grand'chose de bon. Jean-Jacques y apprend bien un peu de dessin, les éléments d'Euclide et, par amusement, fait à temps perdu de la menuiserie ou de l'horlogerie ; mais sa grande affaire à ce moment, à part les batailles dans les rues avec les polissons de Genève, paraît avoir été de laisser éclore avec impétuosité sa naissante imagination. Il assiste à un spectacle de marionnettes et à son tour il fabrique des marionnettes et leur fait jouer des comédies de sa façon. Son oncle écrit un sermon et le voilà fabricant de sermons. Pendant combien de temps, Jean-Jacques, continueras-tu ces deux métiers ? Dans ces batailles

(1) Ce que Rousseau ne dit pas, et je l'en loue, c'est que déjà son père l'avait fort maltraité. Le pauvre enfant était destiné à être longtemps battu. Il s'en venge noblement dans l'*Émile* en excluant les châtiments corporels à titre de procédé méthodique.

des rues, il se croit « redresseur de torts » : ne fut-ce pas toujours son ambition ? Il s'éprend naïvement d'une demoiselle qui, à son insu, est fiancée et qui s'amuse de lui : à combien de semblables mésaventures notre philosophe est-il réservé ?

L'âge lui venait cependant. Après avoir délibéré si on ferait de lui un horloger, un procureur ou un ministre, on le fit « grapignan », c'est-à-dire clerc de greffier. Il se fit renvoyer pour cause d'insuffisance, et enfin on le mit en apprentissage chez un graveur. Le seul profit que Jean-Jacques y fit peut-être, ce fut d'y acquérir cette belle sûreté de main qu'on admire dans ses manuscrits, qui va malaisément sans un certain ordre et une certaine netteté dans les pensées (j'ai d'ailleurs connu un fou achevé qui était un remarquable professeur d'écriture) et qui tout au moins lui procura plus tard l'avantage d'un irréprochable gagne-pain. Au surplus, brutalisé par son maître, il descend promptement les échelons du vice. Il dégénère et cette fois encore c'est par la faute des hommes. Il s'avilit, devient un bas polisson, un menteur, un fainéant, un impudent exemplaire d'effronterie et de crainte. Il vole, d'abord sous l'influence d'un de ses compagnons (le mal entre toujours, d'après lui, par cette porte de l'action de l'homme sur l'homme) ; enfin il vole pour lui-même, de lui-même, par délire, dit-il : il cède en somme à l'impulsion de cette cleptomanie dont il avoue qu'il n'a jamais bien pu se guérir. Pourtant il n'aime pas l'argent, il n'est pas avare, mais on le déprave ; il devient presque fou, un vrai loup-garou, misanthrope, mais par tendresse. Ici encore, il y a de bien belles pages d'analyse psychologique, pleines d'enseignements pour ceux qui s'intéressent à la surprenante complexion des caractères, et c'est d'un tour merveilleux qu'il explique comment il peut être à la fois tout de passion et l'indolence même, comment le commencement de la manie de la persécution, à laquelle il devait succomber dans son âge mûr, dès lors le trouble, l'inquiète, l'arrête, l'empêche de se servir de son argent pour l'achat des choses qu'il désire le plus, comment enfin la passion de la lecture s'empare de lui, le relève, l'ennoblit. Il faudrait rapporter à cette période de sa vie plus d'un trait qui serait à son honneur, que ses biographes ont dû rechercher et qu'il a eu la discrétion de taire. Emporté par son amour de la campagne et peut-être un peu aussi du vagabondage, un dimanche, un soir de congé, il ne parvient pas à regagner Genève avant que les portes de la ville soient fermées. Qui lui en ferait un grand crime ? Il sait quel indigne traitement l'attend chez son tyran, s'il y reparaît le lundi matin, comme il lui était arrivé deux fois. Il prend son parti et se met aux champs. Son frère, son père, avaient fui Genève, c'est de famille ; ses raisons certes valaient bien les leurs. Remémorant ce pas décisif, Jean-Jacques a l'illusion que, sans l'accident de ce dimanche, il aurait vécu à Genève, bon artisan, « contenu dans sa sphère sans aucun moyen » ni d'ailleurs aucun désir « d'en sortir », amusé par sa propre imagination et pour le reste coulant ses jours dans un milieu gracieux, paisible, toujours le même, dont l'idée le fait pleurer de tendresse et dont il nous fait un tableau que peindrait Greuze. On peut voir par la suite des *Confessions* que toutes les fois qu'il y a quelque apparence, même absurde, que la vie de Jean-Jacques se fût fixée dans une condition humble ou modeste, il attribuera comme ici à tout plutôt qu'à lui-même le tour que prendra sa vie. J'ai toujours remarqué chez les gens qui présentaient de la sorte leur histoire, à moins qu'elle ne fût vraie ou naturelle, un grand fonds d'orgueil : ils sont ceux sur qui le Destin a des vues, qui sont appelés même malgré eux, dont le monde, qui pour l'ordinaire n'en sait rien, n'aurait pas pu se passer, qui dans la condition qu'un apparent hasard leur a faite et qu'accepte la simplicité de leur âme, ont reçu mission de réformer les hommes. Quelle gratitude nous leur devons de consentir à sceller de leur volonté les mystérieux décrets qui les ont élus pour les mettre comme des lumières sur notre chandelier ! Jean-Jacques ne manque pas d'invoquer « la fatalité de sa destinée » qui l'a arraché à la douceur de l'obscurité rêvée pour faire de lui tout ce qu'on sait ou plutôt encore tout ce qu'il croit être (1).

Hospitalisé par des paysans, accueilli par un curé, enivré d'ailleurs, comme un poulain, de grand air et d'indépendance, voyant dans toutes les bicoques qu'il rencontre ses châteaux en Espagne et bien persuadé qu'avec l'aide des dames il va occuper de lui tout l'univers, bornant parfois sa fantaisie à être comme le dieu d'un manoir, favori du seigneur et de la maîtresse, amant de la demoiselle, ami du frère et protecteur des voisins (c'est autant de rêves qu'il réalisera parfaitement plus tard dans la *Julie* et dans l'*Émile*, c'est-à-dire dans des romans), au demeurant très gueux, chantant sous les fenêtres qui restent fermées et mal nourri, sauf les aubaines, de proche en proche il arrive chez Mme de Warens. C'est le moment de nous tracer de lui-même un portrait plutôt avantageux.

(1) *Conf*, jusqu'à la p. 21.

Celui qu'il nous donne de Mme de Warens est d'un enthousiaste. Sa doctrine de la sympathie ne sera pas sans se ressentir de cette rencontre où, d'après les dires ridicules de Rousseau, le salut des hommes était si intéressé qu'ils ne devraient s'approcher qu'à genoux du lieu où elle se fit et qu'on en devrait entourer l'heureuse place d'un balustre d'or.

Mme de Warens le confie à un compagnon de voyage pour aller faire sa conversion à Turin. Cependant, son père, averti de sa fugue et ayant botte à botte un ami, court à cheval sur la piste du drôle ; ils arrivent chez Mme de Warens comme il venait d'en partir à pied et versent force larmes sur la cruelle aventure avec la sensible dame, puis ils montent en selle et s'en retournent chez eux, tout juste comme avait fait l'oncle Bernard après avoir manqué le fugitif à Confignon. Comment un père doué d'une « âme forte » si propre à loger « les grandes vertus » et « aimant » son fils « très tendrement » ne donne-t-il pas un petit coup d'éperon pour l'atteindre ? C'est qu'il aime aussi ses plaisirs, que d'autres goûts ont attiédi son affection pour l'enfant dont il est éloigné depuis quelques années ; c'est qu'il s'est remarié à Nyon ; c'est que, sans que l'idée s'en offrît à lui directement, il touchait les revenus de ses fils tandis qu'ils n'étaient pas là.

Jean-Jacques fut, semble-t-il, frappé de ce qu'il y avait d'inattendu dans la volte-face du cavalier qui jadis lui avait donné le jour ; il paraît avoir fait là-dessus mainte réflexion et il prétend qu'il a tiré de cet épisode le principe essentiel de sa morale, qui est qu'il ne faut pas que « nos devoirs soient en opposition avec nos intérêts », et qu'il convient d'éviter les situations qui nous mettent dans cette alternative. Cette prudente maxime, si sagement traduite du *ne nos inducas in tentationem*, s'applique, d'après lui, même aux hommes de devoir, aux héros à la Plutarque comme son père ; elle s'applique même à Jean-Jacques. Il n'hésite pas à dire qu'elle contient « la bonne philosophie, la seule vraiment assortie au cœur humain » et « d'une profonde utilité », et que c'est cette philosophie même qu'il a retournée dans tous ses principaux écrits. Mais il accuse le public de son siècle d'être frivole et de n'avoir pas su l'y remarquer. Nous prendrons le plus grand soin de ne pas tomber dans la même faute (1).

Son séjour à l'hospice des catéchumènes de Turin lui a laissé des souvenirs qu'il ne tourne pas à l'édification de son lecteur ; il n'est pas téméraire de penser que cette maison n'était pas peuplée de sujets irréprochables. Jean-Jacques veut y avoir discuté, « ergoté » sur les dogmes avec la compétence la plus embarrassante pour les ecclésiastiques chargés de le convertir. Il se convertit enfin et après quelque temps est mis, à sa grande joie, hors de la cage, avec une vingtaine de livres de menue monnaie qui ont été recueillis pour lui à la cérémonie de son abjuration. Le voilà battant les rues, abandonné de nouveau, écoutant avec délices à la messe du roi « la meilleure symphonie de l'Europe » et y prenant sans doute ce goût de la musique italienne qui fut chez lui, comme on sait, très

(1) *Conf.*, jusqu'à la p. 28. Depuis Rousseau, je vois Kant qui l'a parfaitement compris. Cf. p. 32. Jean-Jacques ne fait pas de réflexions sur ce qu'on avait laissé son frère aîné se perdre en Allemagne, sans qu'on s'en fût soucié, à ce qu'il semble. On dirait que dans la famille Rousseau, où on avait les mœurs un peu trop naturelles, on aimait les petits jusqu'à un certain âge.

exclusif et même polémique (1), courant de porte en porte pour offrir ses petits talents de graveur, couchant à un sou la nuit, commençant un roman avec une certaine boutiquière de cœur tendre et de mœurs sages. Il entre enfin chez une vieille dame en qualité de laquais, elle meurt et Jean-Jacques est derechef au hasard.

La vie de flâneur à Turin ne lui est pas saine. Il nous en fait de sales histoires qui attestent chez lui un triste détraquement, que ces histoires soient d'ailleurs vraies ou fausses ; mais il n'y a guère à douter qu'elles soient vraies. Et le voici de nouveau laquais, cette fois chez le comte de Gouvon. Il s'y fait remarquer par ses connaissances littéraires très supérieures à la condition dans laquelle momentanément il se trouve (2), s'amourache de la fille du maître et entre temps reçoit les soins dévoués de deux hommes dont il n'a plus oublié ni les leçons ni la figure : l'abbé Gaime, qui n'eût peut-être pas été aussi flatté que Jean-Jacques l'imaginait d'avoir été l'un des modèles sur lesquels il fit son vicaire savoyard (3), et l'abbé de Gouvon. Le grand service que M. Gaime voulut rendre à Jean-Jacques, ce fut de lui apprendre à se connaître lui-même, lui recommandant une voie moyenne qui pouvait paraître tout

(1) V. *Lettre sur la musique française, etc., etc.* Œuv., t. III. Plus tard, atteint de la manie de la persécution, il se demande si ce n'est pas pour avoir attaqué la musique française qu'il s'est attiré la haine de toute la nation. V. *Conf.*, I, 200.

(2) Au surplus, il n'y a pas tant de quoi se vanter parce qu'on sait que « fiert » vient de *ferire*. Il y a beaucoup de gonflement pédantesque chez cet ami de la nature. Il peindra sur cet idéal ce déplaisant cuistre de Saint-Preux.

(3) Ces deux modèles dont il fit « l'original du vicaire savoyard » sont les abbés Gaime et Gâtier. V. *Conf.*, I, 61.

particulièremont convenable à un tempérament composé de qualités et de défauts si contraires, et il lui enseignait de son mieux à « se mettre à sa place ». Il appuyait ce conseil, qui relève, comme le dit Jean-Jacques, de la droite raison et de la saine morale, et qui à ce titre vaut pour tout le monde, il l'appuyait par des considérations justes touchant les hommes en général et la loi qui leur est faite de ne tendre au bonheur que par la prudence et la sagesse. Pour fortifier ces avis, il dissipait aux yeux du jeune homme le prestige de bonheur apparent dont la grandeur mondaine est enveloppée et, tâche plus délicate et plus malaisée, il s'attaquait aux idées de grandeur personnelle que sans doute il discernait bien dans ce vigoureux esprit, enthousiaste et ampoulé. Il couronnait ces leçons par les aperçus d'une philosophie religieuse que très probablement le disciple, quoi qu'il en dise, n'a pas reproduite fidèlement, mais qu'il a traduite à sa manière dans la *Profession de foi* du Vicaire. En somme, l'idée que Jean-Jacques a très bien retenue de cette doctrine qui lui fut libéralement et discrètement dispensée, c'est qu'il est bon que chacun se tienne paisiblement à sa place, car le bonheur est de tous les états, la sagesse est que chacun demeure dans le sien, et il n'y a pas de bonheur sans sagesse ; et cette idée qu'il faut que chacun demeure dans sa condition et que les conditions modestes sont les meilleures, c'est pour notre auteur une acquisition faite une fois pour toutes, nous la retrouverons dans tous ses écrits, à toutes leurs pages. Le rôle et l'influence de l'abbé de Gouvon, pour être d'une portée moins grande, ne furent pas moins charitables ; il prodigua ses soins au jeune homme intéressant et de belle espérance qu'il voyait près de lui sous l'habit d'un valet et se donna beaucoup de peines, qui ne furent pas inutiles, pour lui faire faire des progrès en latin, étendre ses connaissances dans la littérature, lui apprendre à discerner les bons livres et, tout en lui enseignant l'italien dans sa pureté, lui former ou lui affermir le goût.

Si ses protecteurs eurent l'intention de faire de lui un secrétaire de la maison de Gouvon pour la diplomatie, ils furent bien déçus. Rousseau dit que sa destinée n'était pas là, et il faut convenir qu'il l'a étonnamment prouvé. Il décampe sans raison, uniquement parce que son imagination est « en délire », avec un vaurien du nom de Bâcle dont il fait un portrait frappant. Le voilà en route, toujours en pleine ivresse dès qu'il voyage à pied, montrant dans les villages une fontaine de Héron qui ne manque pas de se casser bientôt et, tout d'un coup, quand il arrive à Annecy, lâchant au détour d'une rue M. Bâcle qui, de son côté, lui dit adieu en faisant une pirouette.

Je pense qu'à ce moment le tempérament moral de Rousseau va être, autant qu'on peut le dire en cette matière, déterminé. Il est né avec une santé mal équilibrée et des inclinations opposées entre elles ; peut-être un milieu très raisonnable, des influences prolongées et droites auraient réussi à faire un même tout de ces éléments très divers, à le réunir, à le rassembler, à l'unifier, à l'asseoir. Il y aurait fallu d'abord, le sujet étant si sensible, si nerveux, si passionné, si frémissant en un mot, de la douceur, de la tendresse. Mais il n'a pas eu de mère et son père fut absurde, passant de l'exaltation des sentiments affectueux à des violences que Jean-Jacques a eu le mérite de nous taire ou qu'il a oubliées. A Bossey (et là il est déjà chez des étrangers) c'est la même inconséquence dans la conduite de ceux qui le gouvernent, avec des effets plus fâcheux, parce que l'enfant est plus âgé, plus conscient du juste et de l'injuste et moins disposé sans doute à souffrir l'injustice de la main d'un homme qui, il le sait, n'a sur lui qu'une autorité empruntée (1). Son séjour chez le graveur empire les choses, puisque les bonnes parties de sa nature n'y ont plus d'emploi ni d'exercice, tandis qu'au contraire ce qu'il a de bas et de mauvais réagit à sa manière contre la brutalité de la discipline qui lui est infligée. Bientôt, à sa première religion peu établie une nouvelle est substituée qui ne rencontre pas un sol bien propice pour y pousser des racines : il fera peu de cas plus tard de toute forme confessionnelle de la religion, et c'est avec un véritable dédain qu'il en permettra le choix aux individus, tandis qu'il remettra au pouvoir civil le soin et le droit de fixer le dogme métaphysique et social. Il est vrai qu'il n'a guère encore que dix-neuf ans ; ses idées auraient peut-être pu prendre une forme consistante et harmonique si, à son retour de Turin, il s'était trouvé sous une conduite ferme, sage, haute et saine. Il s'en manqua de beaucoup. Il tombe dans les mains ou plutôt dans les bras d'une femme, baronne plus ou moins authentique, mais, selon toute vraisemblance, authentique catin, tracassière, personnage interlope, espionne politique, croit-on, sans que le naïf Jean-Jacques s'en soit douté, échappée du logis conjugal, brouillonne, charitable, bonne femme ou plutôt bonne fille, de petit esprit, entreprenante, de cœur accommodant, sans délicatesse

(1) Dans l'*Émile*, il voudra que le précepteur ait sur son pupille une autorité pleine et sans partage dès le premier jour, dès avant le premier jour.

dans ses choix ou plus exactement ne choisissant pas, le désordre incarné, également éloignée de savoir et ce que c'est que la méchanceté et ce que c'est du tout que la morale. Jean-Jacques se dit avec emphase « l'élève de Mme de Warens » ; son souvenir tendre, sa reconnaissance l'abusent : un esprit de sa force et de son originalité n'a rien reçu positivement d'un être aussi faible et à bien des égards nul ; ou, à part la subsistance matérielle, il n'en a rien reçu d'utile. Le prestige d'une femme notablement plus âgée que lui et d'une condition supérieure à celle de Jean-Jacques, deux points importants en cette rencontre aux yeux de ceux qui connaissent un peu le cœur de l'homme jeune, n'a pu qu'enfoncer fortement dans ses sens et dans son esprit ce préjugé que la morale n'est pas intéressée aux choses où précisément elle a fort à voir, et cette dernière leçon à rebours, cette leçon de choses, si j'ose dire, n'était pas faite pour remettre de l'ordre dans les idées divergentes du futur philosophe. C'est là pourtant toute l'initiation qu'il aura reçue jusqu'à ce qu'il soit homme fait et homme à idées. Et quel décousu dans cette vie, quand même elle va graviter longtemps dans la même orbite !

Tout ce qu'il y aura de suivi dans la vie de Jean-Jacques à partir de ce moment jusqu'au jour où il passera homme de lettres, c'est l'effort persévérant qu'il fera pour s'instruire lui-même et grâce auquel il méritera de demeurer en exemple à ceux qu'on appelle les autodidactes. Il continue tout seul et en somme il refait son éducation, au hasard sans doute, avec force interruptions et distractions ; mais ce qui met l'unité en tout cela, c'est l'ascension laborieuse de l'esprit, l'avidité d'apprendre, le perfectionnement par soi-même. Le voilà lisant le *Spectateur* d'Addisson, Puffendorf, Saint-Evremond, la *Henriade*, y faisant sa rhétorique et même y apprenant le français : ajoutons-y La Bruyère à qui il revient, La Rochefoucauld, un peu de conversation avec sa protectrice. C'est pour lui le moment de nous expliquer les procédés par lesquels à son tour il a écrit plus tard d'une manière amplement digne de tels maîtres. Nous y voyons que le point de départ de la composition, c'est pour lui l'émotion toute pure, violente, impétueuse, éblouissante, incapable de s'exprimer. Puis, au cours d'une lente fermentation, s'opère un classement des idées où il semble toutefois à Jean-Jacques que quelque chose est perdu de la beauté de l'aperception première : c'est ce je ne sais quoi d'incommunicable où les artistes s'imaginent volontiers qu'était le meilleur et le plus sublime de ce qui a fait leur rêve. Ensuite vient un travail de style obstiné, pénible, acharné, méditatif. A ce point de l'élaboration, Rousseau est bien loin de ce qui en a été le premier mobile, le premier objet. Il convient d'ailleurs que dans le premier moment, s'il s'agit de personnes et non plus d'idées, il n'a rien su observer, sinon peut-être la superficie, le signe extérieur de ce qui l'a frappé. Mais il se persuade que sa mémoire réveillée par l'imagination reconstitue avec une prodigieuse précision toute la scène : « Le lieu, le temps, le ton, le regard, le geste, la circonstance, rien ne m'échappe. Alors sur ce qu'on a fait ou dit, *je trouve* ce qu'on a pensé ». C'est de l'hallucination toute pure et de l'autosuggestion (1).

Il entre pour un temps au séminaire et a la bonne fortune d'y connaître l'abbé Gâtier dont il fait un por-

(1) *Conf.*, I, 58.

trait charmant et doux et à qui il témoigna sa durable sympathie par deux attentions dont l'abbé se serait bien passé, s'il les avait jamais connues : l'une est de lui prêter gratuitement une scandaleuse affaire d'amour, l'autre est de le réunir avec M. Gaime pour faire « de ces deux *dignes prêtres* l'original du vicaire savoyard ». D'ailleurs, il n'apprend rien au séminaire, n'ayant, dit-il, « appris que seul ». On le remercie. Il entre à la maîtrise d'Annecy, reconduit jusqu'à Lyon son chef de musique Le Maître, quand celui-ci fuit en abandonnant son poste la veille de Pâques, pour jouer un tour aux chanoines avec qui son humeur vicieuse l'a peu à peu brouillé. Jean-Jacques profite de ce que Le Maître est atteint en pleine rue de Lyon d'une attaque d'épilepsie pour lever le pied lestement après avoir ameuté la foule par des cris déchirants, et revient comme un trait à Annecy, d'où Mme de Warens, de son côté, a filé.

Il rôde autour d'Annecy, reconduit à Fribourg la pauvre servante, la Merceret, qui ne savait plus que devenir ; il regrettera, bien entendu, de ne l'avoir pas épousée, car elle était un parti fait pour lui et qui aurait fixé sa destinée dans une condition modeste. Il mène la vie de bohème à Lausanne, cherchant à enseigner la musique qu'il ne sait pas, trotte dans le pays de Vaud qu'il aime fort et où il placera la scène de la *Nouvelle Héloïse*, enseigne derechef, à Neuchâtel, la musique qu'il finit par apprendre un peu, à force de se piquer de l'apprendre aux autres, et subitement se fait le secrétaire d'un magnifique archimandrite qui va quêtant pour le Saint-Sépulcre et a tout l'air d'un franc chevalier d'industrie. C'est en qualité de secrétaire de Monseigneur l'Archimandrite qu'il est éloquent devant le Sénat de Berne. M. de Bonac, ambassadeur de France à Soleure, le sépare de son patron de rencontre, discerne son mérite naissant, et après qu'on l'a fait coucher dans une chambre en lui apprenant qu'elle a été occupée jadis par Jean-Baptiste Rousseau et en lui disant avec cette ancienne exquise politesse française qu'il ne tient qu'à lui d'égaler un jour la réputation de son homonyme, on l'expédie à Paris pour faire une carrière militaire auprès du neveu d'un colonel. L'extrême partialité de Jean-Jacques pour la France (atavisme inconscient peut-être, ou plutôt déjà effet de la littérature française), partialité qu'il ressentit vivement à peu de temps de là, pendant la guerre de la France et de l'Empire, tout en la cachant par une singularité de son caractère fait de contradictions, cette affection innée pour la France lui aurait rendu facile le devoir de la servir par les armes. Mais, après avoir rêvé de devenir le maréchal Rousseau, il s'aperçoit que ses goûts sont plutôt bucoliques. Paris ne lui plaît pas ; il se remet en route, décochant une satire au colonel Godart, ravi de coucher à la belle étoile, arrive à Lyon où une dame lui prête *Gil Blas* qu'il ne goûte nullement ; il ne s'en fait d'ailleurs aucune application, malgré quelque apparence qu'il y en pourrait avoir, vit au jour le jour, affamé, copiant de la musique pour vivre. Après des incidents de qualité douteuse, il apprend que Mme de Warens est installée à Chambéry. Il part ; sa joie est grande d'entrer, toujours à pied, dans un pays de montagnes, il n'y a de beaux pour lui que ces pays-là. Enfin il tombe chez Mme de Warens, qui sur-le-champ le fait employer au cadastre (1).

(1) *Conf.*, I, jusqu'à la p. 90 où Rousseau marque fortement la

Voilà bien des aventures pour un jeune homme de vingt ans. La période qui s'ouvre maintenant est moins riche d'événements et mieux fournie de besogne. Il devient fort en arithmétique, grâce au cadastre ; mais le travail du cadastre l'écœure si fort qu'il ne tarde pas à le négliger complètement. Il fait du lavis, du dessin, peint des fleurs, des paysages ; il ne réussit guère, bien qu'il s'y passionne ; mais, chose singulière, il ne s'intéresse nullement, malgré les invitations du jardinier Claude Anet, à la botanique dont il devait s'engouer, étant déjà presque vieux ; il orne, comme il dit, « une guinguette », et il s'en souviendra quand il fera faire la même chose à Émile. Il lit surtout les auteurs français, entre autres Brantôme. Il s'occupe fort de musique ; il étudie le traité de l'harmonie de Rameau, les cantates de Bernier, de Clérambault, organise des concerts avec de bons musiciens et quitte enfin le cadastre pour enseigner de nouveau la musique ; il a des élèves. En même temps, il prend des leçons de danse et d'escrime : ici son insuccès est complet. Le voilà parti subitement pour Besançon, afin de prendre des leçons de musique de l'abbé Blanchard ; mais sa malle ayant été confisquée en route, il en revient comme il y était allé. Il lit les *Lettres philosophiques* de Voltaire, qui lui inspirent le désir d'apprendre à écrire avec élégance. Entre temps, il voyage à droite et à gauche pour les affaires très embrouillées de Mme de Warens, à ce qu'il paraît. Il s'attache aux mathématiques, puis incline à la littérature. Tout à coup et tandis qu'il tripote je ne sais quelle chimie, une bouteille fait explosion dont les

nécessité de tous ces détails que j'ai dû reproduire, avec un peu de choix, dans leurs traits les plus essentiels.

éclats lui sautent à la figure. Il se croit mort, fait son testament. Une première crise de franche névrose se déclare ; il n'en faut voir dans cet accident que l'occasion : ce qui altère sa santé, dit-il, c'est la passion, la passion en général qui se porte tantôt dans ses rêveries à propos des femmes, tantôt dans la prévision de malheurs imaginaires, tantôt sur la musique, sur les moindres incidents de la vie, tantôt dans des fantaisies « forcenées », comme plus tard celle d'apprendre les échecs et d'où il ne sortit qu'exténué. Pour le guérir de sa mélancolie ou de son hypochondrie, que nous aurions l'avantage d'appeler aujourd'hui neurasthénie, on l'envoie aux Charmettes. Il se persuade qu'il a un polype au cœur ; c'est alors que se place le voyage de Montpellier qui le ragaillardit un peu. Les médecins ne lui trouvent nul polype, Mme de Warens ne lui envoie nul argent ; il revient, est repris de plus belle. On le met au lait, le mal persiste. On le met à l'eau, il en boit immodérément, cela va sans dire. L'effet cette fois est net : il a une épouvantable défaillance, accompagnée d'une palpitation de cœur, à la suite de quoi il gardera toute sa vie ce qu'il appelle un battement d'artères et demeurera dur d'oreille. La science a marché depuis lors : cet accident tout névropathique a été décrit et on l'appelle une lipothymie. La description de Jean-Jacques est d'ailleurs merveilleusement exacte, avec ce détail bien typique que, tout près qu'il se croie du trépas, il garde toujours bon appétit. Ce piteux état a cela de bon qu'il lui élève fort les idées. Il se fait une religion consolante, d'autant plus facilement que Mme de Warens a une religion optimiste ; et quand il prend peur de l'enfer, il a deux ressources pour se rassurer : l'une est d'avoir recours aux bons Pères

Jésuites qui le confessent et à qui il garde un souvenir si sympathique ; l'autre est de pronostiquer son salut en lançant des pierres contre les arbres, qu'il doit toucher s'il a droit à une bonne espérance de l'autre vie : et il les touche, tout maladroit qu'il est, parce qu'il les choisit fort gros et fort proches.

Jean-Jacques a bien de la chance d'être entouré de gens d'esprit. Son médecin Salomon est cartésien, homme intelligent qui, d'instinct, sent qu'il y a peu à faire dans un tel cas et qu'il s'agit moins peut-être d'ôter la maladie au malade que d'arracher le malade à la maladie. Il lui laisse lire les *Entretiens sur les sciences* du P. Lamy, et il se trouve que le travail de l'esprit ne fait que du bien à notre moribond. Cette lecture le maintient dans les hautes régions où son âme alors se sent naturellement portée. Il ouvre ses journées par des prières qu'il fait volontiers dehors dans un bien beau paysage, et nous en avons gardé des spécimens écrits ; on y entrevoit l'esquisse, un peu pâle il est vrai, du Dieu du vicaire savoyard : ce sont des élévations de cœur vers l'Être des êtres, avec quelques sentiments d'humilité (1). Ce soin pris, il se consacre à ses auteurs. Tout d'abord il ne sait pas les lire ; il est trop méthodique, trop pointilleux, trop logique pour tout dire, il ne voudrait rien laisser derrière lui d'indécis ni de provisoire. Avec ces scrupules, impossible d'avancer ; il se heurte à chaque mot, s'épuise tout alentour. Mais enfin, sur les conseils de Salomon, il trouve la vraie méthode de lecture qui est d'entrer de droit fil dans le sens de son auteur pour le pénétrer, afin de se mieux mettre en état de le juger. C'est ainsi qu'il lit la *Logique*

(1) V. Fr. Mugnier, *Mme de Warens, etc.*, pp. 198-200.

de Port-Royal, l'*Essai* de Locke, Malebranche, Leibniz, Descartes et d'autres (2). Il s'applique à la géométrie du P. Lamy, et même à l'algèbre, suivant ce même guide ; mais il saisit mal l'application de l'algèbre, son génie est sans doute trop imaginatif et concret, même dans l'abstrait. Il étudie encore la *Science du calcul* et l'*Analyse démontrée* du P. Reynaud, mais ne va pas bien loin dans cette voie. Il prend beaucoup de peine pour faire des progrès en latin et croit qu'il a été ici gêné et arrêté par un certain défaut de mémoire qui lui a toujours interdit de rien retenir par cœur ; il s'exerce à la traduction mentale, et nous avons de lui, comme on sait, la traduction écrite du premier livre de

(1) *Le Verger des Charmettes*, qui se réfère à la même période, dresse un catalogue très étendu et mêlé :

Là, portant avec moi Montaigne ou La Bruyère..
Où bien avec Socrate et le divin Platon...
Alors suivant de loin La Hire et Cassini,
Je calcule, j'observe...
Je pousse en raisonnant Huyghens et Fontenelle...
Tantôt avec Leibniz, Malebranche et Newton ..
Avec Locke, je fais l'histoire des idées ;
Avec Kepler, Wallis, Barrow, Raynaud, Pascal
Je devance Archimède et je suis L'Hospital...
Je tâtonne Descarte et ses égarements,
Sublimes, il est vrai, mais frivoles romans...
Là, Pline et Nieuwentit...
Télémaque et Séthos me donnent leur leçon ;
Ou bien dans Cleveland j'observe la nature...
Tantôt aussi, de Spon parcourant les cahiers,
De ma patrie en pleurs je relis les dangers ..
O vous, tendre Racine ! ô vous, aimable Horace !...
Claville, Saint-Aubin, Plutarque, Mézerai,
Despréaux, Cicéron, Pope, Rollin, Barclai,
Et vous, trop doux La Mothe, et toi, touchant Voltaire,
Ta lecture à mon cœur restera toujours chère...

Œuvres, III, 357-359.

Tacite. La prosodie latine lui échappe à peu près, malgré un labeur incroyable. Le programme de ses études se complète par l'histoire, la géographie, un peu d'astronomie : il observe les constellations sur le ciel et il est donné pour sorcier, mais ses jésuites n'en veulent rien croire.

C'est vers ce temps (1739) qu'il commença aussi d'écrire. Outre les prières dont j'ai parlé, il nous reste de ses premiers essais une *Épître à Fanie*, une pièce de vers sur le *Verger des Charmettes*, la comédie de *Narcisse* et, s'il ne faut rien omettre de ce qui a été tracé par une telle plume, son *Mémoire au gouverneur de Savoie* pour demander une pension justifiée par ces essais mêmes et qu'il promet de résigner par une mort prochaine.

C'est vers ce temps aussi (1740) que, se trouvant supplanté près de Mme de Warens par l'aventurier Wintzenried et sentant tout de bon pousser ses ailes, il part pour Lyon et entre chez le grand prévôt de la ville, M. de Mably, en qualité de précepteur des enfants. Nous avons de cette époque son *Projet pour l'éducation de M. de Sainte-Marie*, qui en était l'aîné ; il convient de rapprocher ce morceau de l'*Émile*, on y aperçoit déjà certains des principes que préconisera Rousseau, et particulièrement l'idée que l'autorité du précepteur doit être entière, non partagée, et qu'il lui appartient d'organiser de petites scènes pour jeter de la poudre aux yeux de l'enfant et le moraliser par ce moyen. Ses vues théoriques ne l'empêchent pas, il en convient, d'être un fort mauvais précepteur. Il est amoureux de Mme de Mably, « selon sa coutume », et vole du vin à la cave pour faire de petits goûters, tout seul, bien tranquille, dans sa chambre. Au bout d'un an, il prend congé : tout le monde en somme en est fort aise.

Pendant ces deux dernières années, il a composé le livret d'un opéra : *la Découverte du Nouveau-Monde*, il a accommodé une épître à M. Bordes et une autre à Parisot, chirurgien ; surtout il a inventé la notation de la musique par chiffres, projet dont sa tête est extrêmement échauffée. Il ne demeure que quelques mois aux Charmettes et se rend à Paris. Son système laisse indifférente l'Académie de musique. Toutefois Rousseau fait connaissance avec des artistes, des hommes de lettres, parmi eux Diderot, écrit une petite pièce de théâtre, *les Prisonniers de guerre*, est introduit dans le monde parisien et, comme il faut vivre, accepte d'être le secrétaire de M. de Montaigu, ambassadeur de France à Venise. Je ne rappellerai pas les démêlés qu'il eut avec son chef et où la raison et l'honneur paraissent avoir été de son côté. Ce qui me frappe, c'est que cet homme, si accessible aux émotions et aux impressions du dehors, semble n'en avoir reçu aucune de l'aspect et de la vie de Venise. Je ne dis pas qu'à cet égard il fait un étrange contraste avec son illustre élève George Sand et qu'il n'annonce en rien les *Lettres d'un voyageur* : ce serait chercher pour lui un terme de comparaison trop nécessairement désavantageux. Mais on est surpris que Jean-Jacques se trouve ici moins artiste, moins ému du pittoresque, moins romantique, si j'ose dire, qu'un vieux diplomate et politique du moyen âge comme Philippe de Commines. Il est vrai qu'il n'a rien compris ni senti de la beauté des ouvrages des hommes (j'excepte les ouvrages de l'esprit). Tout au plus aperçoit-on chez lui un soupçon d'intérêt pour les monuments de l'antiquité. Dans son voyage à Montpellier, il se prend tout un jour d'un grand enthousiasme pour le pont du Gard ; mais cet aqueduc a été bâti par les Romains et il est en pleine campagne, il fait partie d'un paysage. En somme, il faut convenir que l'ami de la nature n'a pas le moindre sentiment de ce que les hommes ont jamais pu ouvrer et édifier de beau.

Revenu à Paris, il se lie avec Thérèse, travaille aux opéras des *Muses galantes* et des *Fêtes de Ramire*, est secrétaire de Mme Dupin et de M. de Francueil (1), fait le premier numéro du journal le *Persifleur*, dont le second devait être écrit par Diderot qui n'y songea plus, renoue ses relations avec les philosophes, Diderot, Condillac, bâcle des comédies de salon, l'*Engagement téméraire*, et même les joue, fort mal il est vrai, tourne de petits vers, l'*Allée de Sylvie*, élabore des articles sur la musique dans l'*Encyclopédie*, s'occupe de chimie, apprend le grec, garde au milieu de cette vie mondaine l'allure d'ours mal léché et la brusquerie qui ne nuisent pas à son succès, car elles réveillent le goût un peu affadi de la société excessivement civilisée à laquelle il est mêlé. Tout à coup il écrit son *Discours sur les arts* et tandis qu'il mène une vie assez crapuleuse avec Grimm et commence à mettre ses enfants à l'hospice, l'Académie de Dijon lui donne le prix.

A peu de temps de là, il tombe malade. Ce lui est une occasion de réfléchir sérieusement sur sa conduite. Il prend la résolution de vivre conformément à ses principes et il institue ce qu'il appelle « sa réforme personnelle ». Il donne sa démission de caissier chez Francueil, ne voulant plus gagner sa vie qu'à copier de

(1) George Sand est sa petite-fille.

la musique, quitte la dorure et les bas blancs, prend une perruque ronde, pose l'épée et vend sa montre, enchanté de n'avoir plus besoin de savoir l'heure qu'il est. Tout d'abord il n'a pas le courage de renoncer à son linge fin ; mais le frère de Thérèse vient à son aide dans cette circonstance et le détermine, en lui volant toutes ses chemises, à se vêtir d'une toile plus grossière.

Rousseau est convaincu qu'il a accompli en ceci un haut fait sans exemple, et cette conviction, il me semble qu'il l'a fait partager à des esprits extrêmement sérieux, comme Kant (1). Et il faut bien avouer que la démarche n'est pas ordinaire : quitter la route qui s'ouvre du côté de la commodité mondaine, du succès immédiat dans une société conquise qui se serait chargée d'en répercuter le bruit par mille voix, répudier l'exemple des autres triomphateurs prêts à ouvrir le rang, Diderot, Grimm, Duclos, tourner le dos à cette fortune qui se présente comme aisée, pour s'enfoncer dans un genre de vie tout au moins original, plutôt difficile, en apparence austère et bien propre par là à susciter des jaloux, des malveillants, des ennemis, ce n'est point une aventure si commune que nous puissions en parler légèrement et sans sympathie. Toutefois, à voir les choses comme elles furent, il est certain que la réforme de Rousseau fut beaucoup plus d'attitude et d'intention que de fait. Elle est une réaction

(1) Je suis persuadé que la théorie si étrange de Kant sur la formation subite et comme miraculeuse du caractère moral dans l'individu est la traduction philosophique des suggestions que Kant a prises dans ce passage des *Confessions*. V. le *Traité de pédagogie de Kant* et dans mon ouvrage *De tractatu Kantii paedagogico* divers endroits et particulièrement les articles 86 à 92.

volontaire et à ce titre très remarquable contre cette incohérence de sa vie qui éclatait, à mesure que nous le suivions pas à pas ; mais elle n'y mit dorénavant, pas plus que par le passé, aucune unité vraie : elle n'en donna à Rousseau que l'illusion, ce qui en réalité aggrava le désaccord perpétuel qu'il y avait entre la doctrine de l'homme et sa conduite. Ce fantôme de réforme ne lui sauva ni une inconséquence, ni un entraînement, ni une injustice, ni une dureté, ni une faute, ni une folie, ni même enfin la folie, et ce dernier mot est sans doute l'excuse pour ceux qui précèdent. Cette orgueilleuse réforme sous les dehors d'une certaine modestie fut ce qui contribua très certainement à précipiter la chute de Rousseau dans la voie fatale de la manie : en effet, fortement prévenu du préjugé qu'il est devenu tout de bon vertueux, parce qu'il s'est décidé à l'être, et exerçant sur lui-même, comme d'habitude, une autosuggestion complète, halluciné en un mot par sa propre impeccabilité telle qu'il l'a décrétée à son profit, tout ce que ses actes présenteront de contraire à ses idées, tout ce qu'ils auront ou auront eu de fâcheux, de répréhensible ou de monstrueux, il le mettra désormais sans scrupule et avec une audace effrénée sur le compte de la société ou des autres hommes, jusqu'à voir enfin des ennemis partout, jusqu'à imaginer une conjuration du genre humain contre lui, sans en excepter les enfants, jusqu'à entrer dans cette forme extrêmement douloureuse, lamentable, mais aussi un peu irritante et assez dangereuse de la démence qui est connue sous le nom de folie de la persécution. Et cette réforme même, s'il convient qu'il n'en est pas venu entièrement à bout, il ne manquera pas à en expliquer l'imperfection par ses sentiments d'amitié, c'est-à-dire encore par ses mérites et par la méchanceté d'autrui, en sorte qu'il dit qu'il a réussi « autant qu'il était possible ». Dès lors la question de savoir si Rousseau saura unifier sa vie cesse d'être posée, parce qu'en se persuadant qu'il l'a fait, il ôte toute espérance qu'il le fasse jamais ; et c'est maintenant du côté de ses idées qu'il faut se tourner, pour chercher s'il y saura surmonter cette contradiction où il se débat et réaliser l'harmonie que sa vie a manquée.

II

LES PREMIERS OUVRAGES ET LE DISCOURS SUR LES ARTS.

Premières lettres. — Le *Verger des Charmettes*. — Premières pensées à la Rousseau. — La *Découverte du Nouveau-Monde* : apparition des sauvages — *Épître à M. Bordes* : fierté et pauvreté ; la soie. — *Épître à Parisot* : âcreté misanthropique ; honorable gratitude de Jean-Jacques pour Mme de Warens. — Maximes sociales qui lui viennent de son enfance. — Jean-Jacques civilisé.

Le *Discours sur les Arts*. — L'inspiration en est bien de Rousseau. — Première partie : vues historiques. — Seconde partie : vues morales. — Attaques contre les sciences, l'inégalité, l'éducation, la philosophie, l'imprimerie.

Polémique qui s'ensuit. — Réponse au roi de Pologne. — Plan anticipé du *Discours sur l'Inégalité*. — Conclusions modérées. — Réplique à M. Bordes, violente, — Idées qui apparaissent : la bonté originelle de l'homme. — Condamnation de la propriété — et de la dépendance, d'où naissent l'hypocrisie, les vices. — Conclusions brutales.

Suite des méditations de Rousseau. — *Le Devin de village*. — *Lettre sur la musique française*. — *Narcisse*. — *Préface de Narcisse* : reprise en ordre de ses idées. — Elles le mènent à traiter de l'inégalité.

Les premiers ouvrages de Rousseau sont fort intéressants, parce qu'ils sont de Rousseau.

On voit dans ses *premières lettres* un garçon qui, à vingt et un ans, ne sait pas quatre mots de français, mais qui a déjà de la vanité à revendre (1).

Le *Verger des Charmettes* (2) est rimé d'un meilleur style. Rousseau a vingt-quatre ans. Malgré la part d'imitation, tout le début respire un sentiment sincère de la nature. Outre le fort catalogue des auteurs qui occupent Jean-Jacques et des études auxquelles il se livre, on y lit l'éloge de Mme de Warens en bonne place :

> Si le cœur plus sensible et l'esprit moins grossier
> Au-dessus du vulgaire on m'a vu m'élever ;
> Enfin si chaque jour je jouis de moi-même,
> Tantôt en m'élançant jusqu'à l'Être suprême,
> Tantôt en méditant dans un profond repos
> Les erreurs des humains et leurs biens et leurs maux...
> Si, dis-je, en mon pouvoir j'ai tous ces avantages,
> Je le répète encor, ce sont là vos ouvrages,
> Vertueuse Warens...

On y trouve quelques indices qu'il convient de ne pas négliger tout à fait :

> ... dans Cleveland j'observe la nature
> Qui se montre à mes yeux touchante et toujours pure.

(1) « Si je voulais, Madame, vous marquer toutes les honnêtetés que j'ai reçues du révérend Père, j'aurais pour longtemps à dire... Je suis ici le mieux du monde et le révérend père m'a dit résolument qu'il ne prétend pas que je m'en aille que quand il lui plaira et que je serai bien et dûment lactifié.

« Le frère Montant, qui n'a pas le temps de vous écrire parce que le courrier est pressé de partir, dit comme ça qu'il vous prie de croire qu'il est toujours votre très humble serviteur. » Cité par M. François Mugnier, *Mme de Warens, etc.*, pp. 114-115. Et « ce serait un trésor et en même temps un miracle de voir un musicien en Savoie ». *Ibid.*, p. 144.

(2) *Œuvres*, III, 357-359.

Tantôt aussi, de Spon parcourant les cahiers,
De ma patrie en pleurs je relis les dangers.
Genève, jadis sage, oh ! ma chère patrie !...

plus loin :

... mon goût se refuse à tout frivole écrit
Dont l'auteur n'a pour but que d'amuser l'esprit...
Il a beau prodiguer la brillante antithèse,
Semer partout des fleurs, chercher un tour qui plaise ;
Le cœur plus que l'esprit a chez moi des besoins
Et s'il n'est attendri rebute tous ces soins...

Et encore :

D'Épictète asservi la stoïque fierté
M'apprend à supporter les maux, la pauvreté...
Et le mal dont mon corps se sent presque abattu
N'est pour moi qu'un sujet d'affermir ma vertu.

Dans la *Découverte du Nouveau-Monde* (1), qui est de 1740, relevons un petit hommage aux sauvages. C'est Christophe Colomb qui parle (il n'est pas inutile d'en être averti, car on ne s'en douterait guère : il est vrai que ce sont des vers à mettre en musique) :

Je songe, quand je te pardonne,
Moins à leurs pleurs qu'à ta vertu...
Vante-nous désormais ton éclat prétendu,
Europe... en ce climat sauvage
On éprouve autant de courage,
On y trouve plus de vertu.

Il paraît que c'est le cacique qui a eu le beau rôle dans une intrigue qu'il est superflu d'approfondir ; d'ailleurs, tout fini bien, selon l'aphorisme que voici :

Découvrir
De nouveaux mondes,

(1) *Œuvres*. III, 254, et pour les citations, pp. 260-261.

C'est offrir
De nouveaux myrtes à l'amour...
Triomphe, amour ! règne en ces lieux !
Fille de la vertu, tranquillité charmante,
Tu n'exclus point des cœurs l'aimable volupté ;
Les doux plaisirs font la félicité,
Mais c'est toi qui la rends constante.

Voici qui est plus caractéristique ; je l'emprunte de l'*Épître à M. Bordes* qui fut écrite vers la même époque (1) :

Quoi ! j'irai sur le ton de ma lyre rustique
Faire jurer en vers une muse helvétique
Et prêchant durement de tristes vérités,
Révolter contre moi les lecteurs irrités...
Tout poète est menteur et le métier l'excuse...
Mais moi qui connais peu les usages de France,
Moi fier républicain que blesse l'arrogance,
Du riche impertinent je dédaigne l'appui,
S'il le faut mendier en rampant devant lui...
La sotte vanité me révolte et m'irrite ;
Le riche me méprise et malgré son orgueil,
Nous nous voyons souvent à peu près du même œil.

Convenons que ceci a quelque accent et nous met loin des fadeurs de l'opéra. Les quelques vers que je viens de citer nous montrent déjà le personnage que Rousseau joue au naturel ; et ceux qui suivent nous présentent une idée qui n'est peut-être pas fort originale, mais d'où Rousseau toutefois ne se départira plus :

O vous qui, dans le sein d'une humble obscurité
Nourrissez les vertus avec la pauvreté,
Dont les désirs bornés dans la sage indigence
Méprisent sans orgueil une vaine abondance,
Reste trop précieux de ces antiques temps

(1) *Œuvres*, III, 359-360.

Où des moindres apprêts nos ancêtres contents,
Recherchés dans leurs mœurs, simples dans leur parure,
Ne sentaient de besoins que ceux de la nature,
Illustres malheureux, quels lieux habitez-vous ?
Dites, quels sont vos noms ? Il me sera trop doux
D'exercer mes talents à chanter votre gloire ..

Puis Rousseau, par un détour qu'il ne cessera de prendre dans tous ses ouvrages ultérieurs, ou, si l'on veut, par une concession apparente, mais dont il fera la théorie, relâche quelque chose de cette doctrine de la rusticité qu'il vient d'exposer la première et il passe à l'éloge d'une industrie de la civilisation ; il chante ici la soie :

Non, célébrons plutôt l'innocente industrie
Qui sait multiplier les douceurs de la vie
Et, salutaire à tous dans ses utiles soins,
Par la route du luxe apaise les besoins...

L'*Epître à Parisot*, lyonnais comme Bordes, qui est de 1742, est bien plus significative encore. Il faudrait la mettre tout entière sous les yeux du lecteur ou qu'il eût le courage d'aller la chercher dans les œuvres de Rousseau. Je suis obligé d'en reproduire de longs extraits (1).

Voici comment Rousseau amasse de la bile :

Ami, daigne souffrir qu'à tes yeux aujourd'hui
Je dévoile ce cœur plein de trouble et d'ennui...
Né dans l'obscurité, j'ai fait dès mon enfance
Des caprices du sort la triste expérience ;
Et s'il est quelque bien qu'il ne m'ait pas ôté,
Même par ses faveurs il m'a persécuté.
Il m'a fait naître libre, hélas ! pour quel usage !
Qu'il m'a vendu bien cher un si vain avantage !
Je suis libre en effet ; mais de ce bien cruel

(1) *Œuvres*, III, 361-363.

J'ai reçu plus d'ennuis que d'un malheur réel.
Ah ! s'il fallait un jour, absent de ma patrie,
Traîner chez l'étranger ma languissante vie,
S'il fallait bassement ramper auprès des grands,
Que n'en ai-je appris l'art dès mes plus jeunes ans !...
Quand je me vis enfin, sans appui, sans secours,
A ces mêmes grandeurs contraint d'avoir recours !
Non, je ne puis penser sans répandre des larmes
A ces moments affreux, pleins de trouble et d'alarmes,
Où j'éprouvai qu'enfin tous ces beaux sentiments,
Loin d'adoucir mon sort, irritaient mes tourments.
Sans doute à tous les yeux la misère est horrible,
Mais pour qui sait penser elle est bien plus sensible.
A force de ramper, un lâche en peut sortir ;
L'honnête homme à ce prix n'y saurait consentir.
Encor, si de vrais grands recevaient mon hommage
Ou qu'ils eussent du moins le mérite en partage,
Mon cœur par les respects noblement accordés
Reconnaîtrait des dons qu'il n'a pas possédés :
Mais faudra-t-il qu'ici mon humble obéissance
De ces fiers campagnards nourrisse l'arrogance ?
Quoi ! de vils parchemins, par faveur obtenus,
Leur donneront le droit de vivre sans vertus !
Et malgré mes efforts, sans mes respects serviles,
Mon zèle et mes talents resteront inutiles !
Ah ! de mes tristes jours voyons plutôt la fin
Que de jamais subir un si lâche destin...
Le succès cependant trompe ma confiance :
De mes faibles progrès je sens peu d'espérance ;
Et je vois qu'à juger par des effets si lents,
Pour briller dans le monde il faut d'autres talents.
Eh ! qu'y ferais-je, moi, de qui l'abord timide
Ne sait point affecter cette audace intrépide,
Cet air content de soi, ce ton fier et joli
Qui du rang des badauds sauve l'homme poli ?

On voit s'il est copieux sur ce sujet, et âcre. Tous ces vers médiocres sont d'une profonde sincérité, très personnels et par là ne risquent pas de plaire à cette société que Rousseau voudrait conquérir. Si Mme de Warens lui a rendu quelque service, c'est d'adoucir cette humeur farouche :

Tu sais, cher Parisot, quelle main généreuse

Vint tarir de mes maux la source malheureuse...
Je puis compter pour peu ses bontés secourables :
Je lui dois d'autres biens, des biens plus estimables,
Les biens de la raison, les sentiments du cœur,
Même par les talents quelques droits à l'honneur.
Avant que sa bonté, du sein de la misère,
Aux plus tristes besoins eût daigné me soustraire,
J'étais un vil enfant, du sort abandonné,
Peut-être dans la fange à périr destiné,
Orgueilleux avorton, dont la fierté burlesque
Mêlait comiquement l'enfance au romanesque,
Aux bons faisait pitié, faisait rire les fous
Et des sots quelquefois excitait le courroux.

Ici une maxime qui contient en deux mot l'*Émile* et le *Contrat social :*

Mais les hommes ne sont que ce qu'on les fait être :

Et il reprend :

A peine à ses regards j'avais osé paraître
Que, de ma bienfaitrice apprenant mes erreurs,
Je sentis le besoin de corriger mes mœurs :
J'abjurai pour toujours ces maximes féroces,
Du préjugé natal fruits amers et précoces,
Qui, dès les jeunes ans, par leurs âcres levains,
Nourrissent la fierté des cœurs républicains.

Quelles avaient donc été ces maximes que Rousseau avait puisées de son milieu genevois pendant son enfance ? Voici, dit-il, les « leçons » sur lesquelles

... on forma ma jeunesse.
On me dit de remplir mes devoirs sans bassesse,
De respecter les grands, les magistrats, les rois,
De chérir les humains et d'obéir aux lois ;
Mais on m'apprit aussi qu'ayant par ma naissance
Le droit de partager la suprême puissance,
Tout petit que j'étais, faible, obscur citoyen,
Je faisais cependant membre du souverain ;
Qu'il fallait soutenir un si noble avantage
Par le cœur d'un héros, par les vertus d'un sage ;

Qu'enfin la liberté, ce cher présent des cieux,
N'est qu'un fléau fatal pour les cœurs vicieux.
Avec le lait, chez nous, on suce ces maximes,
Moins pour s'enorgueillir de nos droits légitimes
Que pour savoir un jour se donner à la fois
Les meilleurs magistrats et les plus sages lois.

Dans les lignes qui suivent, on reconnaîtra les idées chères à Rousseau sur l'excellence des petites républiques et son hostilité contre les arts, mot qui chez lui, on le sait, a un sens très large :

Notre plus grande force est dans notre faiblesse :
Nous vivons sans regret dans l'humble obscurité ;
Mais du moins dans nos murs on est en liberté.
Nous n'y connaissons point la superbe arrogance,
Nuls titres fastueux, nulle injuste puissance.
De sages magistrats, établis par nos voix,
Jugent nos différends, font observer nos lois.
L'art n'est point le soutien de notre république.
Être juste est chez nous l'unique politique.
Tous les ordres divers, sans inégalité,
Gardent chacun le rang qui leur est affecté.
Nos chefs, nos magistrats, simples dans leur parure,
Sans étaler ici le luxe et la dorure,
Parmi nous cependant ne sont point confondus :
Ils en sont distingués, mais c'est par leurs vertus.
Puisse durer toujours cette union charmante !
Hélas ! on voit si peu de probité constante !
Il n'est rien que le temps ne corrompe à la fin ;
Tout, jusqu'à la sagesse, est sujet au déclin.
Par ces réflexions ma raison exercée
M'apprit à mépriser cette pompe insensée
Par qui l'orgueil des grands brille de toutes parts
Et du peuple imbécile attire les regards.

On a distingué au passage ces pensées qui, elles aussi, sont, pourrait-on dire, de la moelle et de la substance de Rousseau : que les magistrats doivent être élus, que l'observance des lois est le premier bien des républiques, qu'il y doit régner une égalité qui n'exclut pas la hiérarchie, enfin que les institutions, toutes bonnes qu'elles soient, ont une pente à dégénérer. Écoutons encore cette condamnation des grands États :

> Vois-tu, me disait-on, ces nations puissantes
> Fournir rapidement leurs carrières brillantes ?
> Tout ce vain appareil qui remplit l'univers
> N'est qu'un frivole éclat qui leur cache leurs fers.
> Par leur propre valeur ils forgent leurs entraves :
> Ils font les conquérants et sont de vils esclaves ;
> Et leur vaste pouvoir que l'art avait produit
> Par le luxe bientôt se retrouve détruit.

Il fallait remettre en pleine lumière, même au prix de ces longues citations, toutes ces pensées qui sont celles de Rousseau, sept ou huit ans avant que s'ouvre sa carrière philosophique. Elles rendent inutiles, si on y prend garde, bien des discussions et fixent en particulier les limites de l'influence exercée sur lui par Genève. Nous sommes fondés à dire qu'on n'aura pas besoin de lui souffler ses diatribes contre le luxe et les arts. Mais dans une seconde partie de l'épître (car en vérité il ne s'en faut guère que Rousseau soit là tout entier) il adoucit, sans crainte de se contredire, la rigueur et l'âpreté des jugements qu'on vient de lire ; l'homme à talents qu'il y a en lui demande à son tour à être satisfait et lui inspire des sentiments plus doux, moins « féroces », moins sauvages, qui lui font trouver du charme à la vie de société et d'une société très civilisée :

> Il ne serait pas bon dans la société
> Qu'il fût entre les rangs moins d'inégalité.
> Irai-je faire ici, dans ma vaine marote,
> Le grand déclamateur, le nouveau don Quichote (1) ?..

(1) Veut-on bien prendre la peine de remarquer que toute cette

(Mais oui, bientôt, le « grand déclamateur » va paraître.)

Je connus que surtout cette raideur sauvage
Dans le monde aujourd'hui serait de triste usage ;
La modestie alors devint chère à mon cœur ;
J'aimai l'humanité, je chéris la douceur...
J'appris à cultiver les douceurs de la vie.
Du Portique autrefois la triste austérité
A mon goût peu formé mêlait sa dureté ;
... des faux biens un mépris généreux
Par la seule vertu prétend nous rendre heureux.
Longtemps de cette erreur la brillante chimère
Séduisit mon esprit, raidit mon caractère ;
Mais malgré tant d'efforts, ces vaines fictions
Ont-elles de mon cœur banni les passions ?...
Otez les passions, il n'est plus de bonheur.
C'est toi, cher Parisot, c'est ton commerce aimable,
De grossier que j'étais, qui me rendit traitable :
Je reconnus alors combien il est charmant
De joindre à la sagesse un peu d'amusement.
Des amis plus polis, un climat moins sauvage
Des plaisirs innocents m'enseignèrent l'usage :
Je vis avec transport ce spectacle enchanteur
Par la route des sens qui sait aller au cœur.
Le mien qui jusqu'alors avait été paisible
Pour la première fois enfin devint sensible ;
L'amour, malgré mes soins, heureux à m'égarer,
Auprès de deux beaux yeux m'apprit à soupirer.
Bons mots, vers élégants, conversations vives,
Un repas égayé par d'aimables convives,
Petits jeux de commerce et d'où le chagrint fuit,
Où, sans risquer la bourse, on délasse l'esprit ;
En un mot les attraits d'une vie opulente...
Tous les plaisirs du goût, le charme des beaux-arts
A mes yeux enchantés brillaient de toutes parts.
L'innocence est le bien le plus cher à mon cœur...
(Sans être vertueux je déteste le vice)...
Les coupables plaisirs sont les tourments de l'âme...
Mais il n'est pas moins vrai que de notre carrière
Le ciel ne défend pas d'adoucir la misère...

épître a déjà la même matière que les *Confessions* et la même inspiration ?

Rien ne doit être outré, pas même la vertu.

La vertu, à ce moment de la vie de Rousseau, eût consisté, d'après lui, à présenter « chaque jour » à Mme de Warens, avec « un zèle pur », les « vœux » qu'elle a « trop mérités » (ce « trop » est bien juste) ; malheureusement, ce zèle serait inutile et cette vertu paraît à Rousseau devenir bien malaisée :

Hélas ! de ses tourments le spectacle funeste
Bientôt de mon courage étouffera le reste...

Il y a surtout « un affreux procureur, nourri d'encre et de fiel », dont « la griffe terrible » et « le voisinage horrible » surmonteront toute la constance de Rousseau ; et voilà pourquoi dans quelques mois il sera à Paris.

Des autres ouvrages qui se placent entre l'*Épître à Parisot* et le *Discours sur les Arts*, je ne verrais rien à rappeler, que quelques stances assez connues de *l'Allée de Sylvie* (1) qui furent écrites à Chenonceaux et qui expriment avec aisance ce goût de la nature inné chez Rousseau et qu'un tel séjour avait facilement réveillé. Il y a un abîme de tous les ouvrages écrits avant 1750 au *Discours sur les Arts*. Après tout, il n'est pas si grand, sans doute, que de l'imitateur de Parny au poète du Lac, pour prendre un exemple entre vingt. Il est ici dans le style, nullement dans les idées. Le philosophe du *Discours* est préformé et reconnaissable aux traits les plus caractéristiques dans les essais qui ont précédé son départ définitif de la Savoie. Devant ces faits, la querelle que Diderot fit à Jean-Jacques, et la prétention qu'il eut de lui avoir inspiré la pensée de prendre parti contre la culture humaine, tombe d'elle-

(1) *Œuvres*, III, 307.

même. Tout au plus la conversation pétulante de Diderot, qui tentait toutes les voies à propos de toutes les idées, aurait-elle pu rappeler Rousseau à lui-même ; car il faut convenir que depuis sept ou huit ans, c'était le Rousseau mondain, le Rousseau des *Muses galantes*, de *la Princesse de Navarre,* des *Fêtes de Ramire*, qui semblait primer l'autre. Et j'avoue que je ne fais pas non plus un bien grand cas du récit de Rousseau nous contant qu'il a mouillé son gilet de larmes sans s'en apercevoir à la lecture de la question de l'Académie de Dijon. Je crois que cet homme merveilleusement averti de ses sensations, pénétré de sa propre sensibilité et de sa bonté, n'a jamais commencé d'avoir une larme au bord des yeux sans s'en faire en dedans de lui-même compliment : je me défie donc beaucoup de cette cataracte. Mais ce dont je tiens compte, c'est du témoignage des gens qui l'ont connu pendant cette période et qui tous le représentent comme un homme qui promenait ses idées antimondaines dans le monde même et qui les affichait pour ainsi dire par ses allures sur sa propre personne. Et ce que je vois, c'est un homme qui se sent désuni dans sa vie passée, puisqu'au lieu de rester dans une condition simple dont il a toujours rêvé, il en a traversé trente sans être encore fixé ; désuni dans sa vie présente où parmi les personnes qu'il hante, petit secrétaire d'une dame et homme de lettres, il est un déclassé ; désuni dans sa vie morale, alors qu'ayant une aspiration sincère à la vertu, il subsiste par un monde exceptionnellement vicieux, est établi fournisseur de plaisirs pour vices et répudie pour son compte les devoirs de la paternité, et qui, en querelle avec sa conscience ou éprouvant du moins de tout cela un réel malaise et un sourd dépit, est empressé à se soulager par un dérivatif en faisant un violent procès à la civilisation des sociétés. C'est dans cet esprit qu'il s'assimile quelques paradoxes de Montaigne et de Charron (1) et les jetant dans la fournaise des idées qui bouillonnent et montent en lui depuis de longues années, lance comme un jet de lave le *Discours contre les Sciences et les Arts*.

Discours sur les Sciences et les Arts (2).

La *première partie* du Discours est historique. Rousseau fait un rapide et grandiose tableau de la

(1) Il faudrait peut-être aussi faire état de la source suivante : « M. Perrault triomphe à nous faire voir combien cette simplicité est éloignée de notre mollesse et de notre luxe, qu'il regarde comme un des grands présents que Dieu ait fait aux hommes, et qui sont pourtant l'origine de tous les vices, ainsi que Longin le fait voir dans son dernier chapitre, où il traite de la décadence des esprits, qu'il attribue principalement à ce luxe et à cette mollesse. M. Perrault ne fait pas réflexion que les dieux et les déesses, dans les fables, n'en sont pas moins agréables, quoiqu'ils n'aient ni estafiers, ni valets de chambre, ni dames d'atours, et qu'ils aillent souvent tout nus ; qu'enfin le luxe est venu d'Asie en Europe, et que c'est des nations barbares qu'il est descendu chez les nations polies, où il a tout perdu, et où, plus dangereux fléau que la peste ni que la guerre, il a, comme dit Juvénal, vengé l'univers vaincu, en pervertissant les vainqueurs ;

saevior armis
Luxuria incubuit, victumque ulciscitur orbem.

J'aurais beaucoup de choses à dire sur ce sujet ; mais il faut les réserver pour un autre endroit. » Boileau, *Réflexions critiques sur quelques passages du rhéteur Longin*. Refl. IX. Le lieu commun est ancien, mais Rousseau a su le renouveler à propos et le faire sien.

(2) Le discours est publié en 1750. La question expressément est : « Si le rétablissement des sciences et des arts a contribué à épurer les mœurs. » Il porte en épigraphe, avant les préambules :

Barbarus hic ego sum, quia non intelligor illis.
Ovid., Trist. V, élég. 10, v. 37,

et en tête de la première partie : *Decipimur specie recti* (Hor. *Art* beauté du génie humain alors qu'il se développe, tableau qui rappelle le célèbre chœur de Sophocle dans *Œdipe-roi* ou les chapitres consacrés par Rabelais à célébrer le Pantagruelion. En revanche, le moyen âge est peint à la mode du XVIIIe siècle avec les couleurs les plus noires, jusqu'à ce que la Renaissance vienne mettre fin à cette barbarie. Mais les arts sont toujours ce qui enguirlande la tyrannie, témoins Athènes, Rome, le temps présent. Toute cette politesse est au fond sans la vertu. La rusticité seule est sincère. Chacun, dans nos sociétés policées, porte un masque et le vice est dessous; cette dépravation est en corrélation permanente avec le progrès des sciences et des arts, comme on peut s'en convaincre par l'exemple, sommairement indiqué, de l'Égypte, de la Grèce, de Rome, de Constantinople, de la Chine. En regard de cette série de peuples dégénérés, Jean-Jacques dresse les Perses, les Scythes, les Germains, les Suisses; il leur prête à tous ce surprenant trait de mœurs d'avoir été ignorants exprès. Le philosophe, très échauffé, s'adresse à Sparte, invoque le témoignage de Socrate, de Caton, fait parler Fabricius dans une prosopopée qui devint célèbre : il aurait pu prêter le même langage à Louis XII ou à Henri IV. La nature, qui est sage, nous voulait ignorants; elle voulait nous préserver de la science. Que valent en effet les sciences? Et c'est ce qui nous amène à la :

Seconde partie du Discours, qui est morale. Chaque

poet., 25). Le frontispice de la première édition « représentait Prométhée tenant à la main un flambeau et prêt à animer sa statue. Un satyre, attiré par l'éclat du feu, s'en approchait pour le saisir. Prométhée lui criait : N'approche pas, satyre ; le feu brûle quand on y touche » (note de Petitain). *Œuvres*, I, 463-476.

science naît d'un vice ; c'est ce qui est exposé avec une brièveté si saisissante qu'elle en est comique, et toutes les sciences servent le luxe. Toutes sont acquises au prix d'une infinité d'erreurs et par conséquent nous font perdre le temps inutilement. Elles ont ce grave inconvénient de donner des armes aux philosophes pour décrier la patrie et la religion ; elles substituent la recherche de l'argent et de la somptuosité à l'étude de la vertu. Cependant la pauvreté et la vraie valeur vont ensemble. Rousseau fait une vigoureuse diatribe contre ce qu'on appelle aujourd'hui le point de vue économique. Bientôt la futilité, le désir du succès corrompent même le goût : Rousseau, en passant, donne un fort coup de griffe à Voltaire. La peinture, la sculpture se ravalent, s'abaissent, comme l'exigent les jeunes gens et les femmes, ceux qui font les connaisseurs et ceux qui sont des dilettantes. Le courage militaire s'éclipse et s'éteint. Aucun remède à attendre d'une éducation qui est plus qu'inutile, immorale. Toute cette recherche dans les études produit la funeste inégalité, la plus dangereuse de leurs conséquences ; c'est à peine s'il reste quelques citoyens dispersés dans les campagnes et qui achèvent d'y périr. Ici se place un hommage à Louis XIV, fondateur des Académies, qui sont considérées comme un moyen d'enrayer ou de localiser le mal ; c'est une façon assez adroite de satisfaire à la tradition académique respectueuse envers ce roi et de ménager les juges du concours. La suite des idées est ressaisie dès que Rousseau passe à parler de la philosophie, dont il fait un tableau ridicule et une satire particulièrement cuisante pour les philosophes de son temps. Ces égarements de la raison humaine sont propagés par la plus funeste des inventions, l'imprimerie. Ce comble d'infortune oblige Rousseau à lever les mains au ciel et à s'adresser directement à Dieu pour le supplier de nous délivrer des lumières et des arts. Il loue fort (dans une note) le calife Omar d'avoir brûlé la bibliothèque d'Alexandrie. Enfin, et c'est le dernier point de notre malheur, des auteurs élémentaires écartent, dit-il, du temple des Muses les difficultés qui défendaient son abord ». Ce jargon inspiré des Muses signifie ce que nous exprimons dans le nôtre, qui, je l'avoue, ne leur doit pas grand'chose, en disant qu'on en vient à vulgariser les sciences. Il faudrait qu'elles ne fussent cultivées que par quelques hommes, obéissant à une vocation reconnue et protégés par les princes; quant aux autres, le mieux pour eux est de rentrer dans leur conscience pour y entendre la voix de la vertu, cette science sublime des âmes simples, ainsi que Rousseau la qualifie très justement, et c'est elle qu'il invoque avec éloquence dans la péroraison.

On sait que le *Discours sur les Arts* fit un bruit incroyable et donna immédiatement la célébrité à Rousseau. Selon la mode du temps, il y eut des objections, des réfutations auxquelles l'auteur répondit, en un mot toute une polémique. Si l'on veut essayer de bien comprendre le développement et l'organisation progressive des idées de Rousseau, il faut s'attacher avec soin à ces morceaux « à coté » qui, d'un ouvrage à l'autre, font comme l'entre-deux et manifestent la liaison; il est naturel que la pensée de Rousseau se précise par la contradiction et qu'aux trouvailles de ses adversaires il oppose des idées nouvelles qui viennent à la rescousse des premières. C'est ce que nous voyons tout de suite dans les

Réponses que Rousseau dut faire aux défenseurs que les sciences et les arts ne pouvaient manquer de trouver. De ces réponses, j'en retiens deux, très différentes l'une de l'autre, moins encore par la doctrine que par le ton.

La *première* (1) est adressée à Stanislas, roi de Pologne et duc de Lorraine, qui s'était peut-être fait aider par le P. Menou, jésuite. Rousseau se pique d'avoir démêlé ce qui venait du jésuite et ce qui venait du prince, et d'avoir malmené le premier en prenant la précaution de ménager le second. La science est très bonne en soi, il en convient, seulement elle n'est pas faite pour l'homme (pour qui, diable ! alors est-elle donc faite ?) et elle est détestable par ses résultats, parce qu'on en abuse toujours. Il en revient là qu'il faut qu'il y ait peu de gens qui la cultivent. Stanislas n'a pas manqué de lui signaler la contradiction qu'il y a entre ses opinions et sa conduite. Cette objection touche Rousseau à un point vif, il regimbe avec une extrême souplesse ; il fait remarquer que s'il embrasse son ennemi, c'est pour l'étouffer, que, s'il se sert des sciences, c'est pour les attaquer, pour les détruire, et il invoque, pour se justifier du reproche, l'exemple des Pères de l'Église : ceci sans doute allait au jésuite. La science n'est pas nécessaire pour s'élever de la nature à Dieu. Et, chemin faisant, voici qu'il invente presque un plan de son futur discours sur l'inégalité : « Ce n'est pas des sciences, me dit-on, c'est du sein des richesses que sont nés de tous temps la mollesse et le luxe. Je n'avais pas dit non plus que le luxe fût né des sciences, mais qu'ils étaient nés ensemble et que l'un n'allait guère sans l'autre. Voici com-

(1) *Œuvres*, I, 483-495.

ment j'arrangerais cette généalogie. La première source du mal est l'inégalité : de l'inégalité sont venues les richesses ; car ces mots de pauvre et de riche sont relatifs, et partout où les hommes seront égaux, il n'y aura ni riche ni pauvre. Des richesses sont nés le luxe et l'oisiveté ; du luxe sont venus les beaux-arts, et de l'oisiveté les sciences... les riches et les savants ne servent qu'à se corrompre mutuellement (1). »

Il suffira à Rousseau de déranger un peu ou d'ordonner un peu autrement « cette généalogie » pour avoir le plan de son prochain discours. Dès à présent, suivant ces idées principales, il flagelle de nouveau l'hypocrisie : ce vice, dont il fera une des raisons essentielles de sa doctrine, le préoccupe de plus en plus. Forcé enfin de préciser son sentiment sur l'ignorance qu'il a tant exaltée dans son Discours, il faut bien qu'il en rabatte et il en vient à définir ce qu'il appelle « une ignorance raisonnable », « une ignorance modeste », « une douce et précieuse ignorance » qui n'est « ni féroce, ni brutale », mais qui « borne sa curiosité à l'étendue des facultés qu'on a reçues ».

Je doute si une telle ignorance n'est pas précisément la science. Quoi qu'il en soit, il me semble que Kant fera son profit de cette idée-là. Rousseau, après qu'il l'a trouvée ou formulée ici, ne s'en dessaisira plus, car elle le tire d'affaire. D'ailleurs il est trop tard pour détruire les sciences ; il y faudrait une grande révolution (c'est un mot que nous rencontrons pour la première fois et que nous verrons reparaître en plus d'une occasion), « grande révolution presque aussi à crain-

(1) *Œuvres*, p. 491. Plus tard, il fera venir l'inégalité civile des richesses.

dre que le mal qu'elle pourrait guérir et qu'il est blâmable de désirer et impossible de prévoir ». Pour le moment il faut laisser les sciences et les arts « adoucir en quelque sorte la férocité des hommes qu'ils ont corrompus ». De là une nouvelle justification des Académies, car pour les établissements politiques, l'occasion décide. Tout se termine par un éloge très chaud et très délicat de Stanislas.

C'est tout autrement qu'est traité M. Bordes. Nous avons déjà rencontré ce Bordes, lyonnais, à qui Rousseau naguère dédiait une épître en vers. Ce Bordes, profitant de ce qu'il avait jadis connu Jean-Jacques, voulut sans doute se tailler un petit lambeau de notoriété dans la gloire nouvelle de son ancien ami. Mal lui en prit ; la réponse au roi de Pologne, malgré les malices que Rousseau se pique d'y avoir mises à l'adresse du jésuite, gardait partout un ton mesuré et des plus courtois. La *polémique avec M. Bordes* (1) nous donne le premier exemple de ces répliques terribles où Rousseau, s'emparant de son adversaire, le laisse pour ainsi dire sur la place, déchiqueté. La violence est dans le fond, comme le mépris écrasant est dans la forme. Nous savons enfin à qui seraient bonnes les sciences : c'est à des intelligences célestes. Je glane de place en place les autres idées qui doivent nous intéresser, celle-ci par exemple, qui deviendra une des vues d'économie politique les plus familières à Rousseau : que c'est parce qu'il y a du luxe qu'il y a des pauvres. En voici une autre et bien importante qui sera un des points fondamentaux de sa philosophie : les hommes sont bons naturellement. Le reste de la réponse sent

(1) *Œuvres*, I, 495-508.

l'irritation et dans ce sens va aux extrêmes. Les mots de « tien » et de « mien » sont des mots affreux ; tout le mal qui abonde en ce monde vient de la dépendance mutuelle des hommes qui rend les uns cruels, brutaux, abominables, les autres fripons, menteurs, fourbes, jaloux, traîtres. Brutus a bien fait de faire périr ses enfants. Il vaut mieux pendre les gens que les laisser devenir méchants. Plutôt que les hommes fussent ce qu'ils sont, Rousseau préférerait que, broutant l'herbe, ils fussent comme des bêtes. Et dans une dernière *réplique* à un académicien de Dijon, il affirme que c'est un crime d'avoir une terre et appelle une révolution qui apprenne aux peuples quelle est la vanité de la spéculation philosophique et que nous ne savons rien. On voit quels pas énormes fait dans cette polémique notre misanthrope, et même quelques-uns qu'il aura de la peine à retirer.

Le succès du *Discours sur les Arts*, où il maltraite le monde si rudement, eut pour effet de mettre notre ours, notre bourru tout à fait à la mode dans le monde ; il avait beau s'en défendre, chacun voulait le connaître, le produire, l'obliger, et ses « gouverneuses » recevaient malgré lui en cachette les dons qu'il refusait de parti pris. Pour avoir la paix, il allait se promener seul et il nous dit qu'il rêvait à son grand système, jetant ses idées en note sur un calepin à mesure qu'il les rencontrait (1). Ceci prouve évidemment que nous avons bien fait de ne pas lui attribuer, dès son début dans la philosophie, un système complet et arrêté, qu'en vue de ses productions futures il inventait, trouvait, imaginait bon

(1) *Confessions*, I, 192.

nombre d'idées nouvelles, et que pourtant celles qu'il possédait déjà faisaient un fond, des linéaments, un plan sur lequel il pouvait bâtir systématiquement. Dans ces méditations, il porte « la bile et l'humeur » (1) qu'il amasse alors, parce que le monde le tracasse, parce qu'il souffre d'y faire mauvaise figure, parce que son être moral est en contradiction avec le milieu grossier et bas qu'il trouve chez lui, parce que la carrière qu'il continue de courir jure avec l'idéal de vertu qu'il s'est tracé et l'espèce de réforme qu'il s'impose.

En effet, il travaille comme par le passé pour le théâtre et même il y remporte un franc succès avec le *Devin de village* (2), joué devant le roi en 1752 et à Paris en 1753. La pièce, d'après lui, alla aux nues et l'auteur avec elle. Il a en ce moment des liaisons avec tous les hommes de lettres du temps, Diderot, Grimm, Raynal, d'Holbach, Duclos, l'abbé Prevost, etc., qui sont tous des mondains, si Rousseau ne l'est pas ou ne sait ou ne veut pas l'être. Il se jette dans la grande querelle musicale qui fait alors fureur et, partisan déterminé de la musique italienne, il écrit sa *Lettre sur la musique* (3), où il maltraite la musique française de telle sorte qu'il croit s'être aliéné par là le cœur de la nation et qui produit une si grande fermentation que Rousseau s'imagine tout de bon qu'on fut sur le point d'expédier contre lui une lettre de cachet. Du moins il gagne de l'argent avec son opéra, mais aussi il s'attire des jalousies et son succès rend ses amis envieux : c'est Rousseau qui le pense, et qui

(1) *Confessions*, I, 192.
(2) *Œuvres*, I, 248.
(3) *Ibid.*, III, 522.

oserait assurer qu'en ceci Rousseau a tort? En même temps on joue à la Comédie-Française cette petite pièce de *Narcisse* (1) qu'il avait écrite avant l'âge de vingt-cinq ans, en Savoie. La pièce est extrêmement faible, Rousseau le sait ; elle tombe, il en prend le plus tranquillement du monde son parti, mais il la publie et, la publiant, y met une préface.

Rousseau a beaucoup de tendresse, de faiblesse pour cette PRÉFACE ; autant il affecta plus tard de faire peu de cas de son Discours sur les arts, autant il loue cette préface qui est, dit-il, un de ses bons écrits. D'où vient cette préférence pour ces quelques pages ? Après les avoir lues attentivement, je ne vois pas qu'elles effacent par le style l'éclat du Discours, ni qu'elles apportent des idées qu'on ne trouverait pas dans le Discours même ou dans les réponses polémiques qui l'ont suivi. Mais, et dans le Discours et dans ces réponses, les idées avaient été jetées par Rousseau un peu témérairement, telles qu'il les portait en lui depuis longtemps ou que l'occasion les avait dégagées ; et pendant un moment il sentit le risque qu'il courait en les envoyant de par le monde assez mal rangées en bataille, en désordre et peut-être se combattant les unes les autres. D'où un malaise pour l'auteur, pour le philosophe théoricien. Mais, quand il écrit la préface de Narcisse, tout cela s'est clarifié, ordonné, les idées se sont déposées en quelque sorte les unes au-dessus des autres de manière à former une série ; il a trouvé le moyen d'établir entre elles un lien logique ; et il se sent apaisé, momentanément il se contente, et c'est cette satisfaction intérieure qu'il projette sur son petit

(1) *Œuvres*, III, 912.

ouvrage et qui le lui fait voir sous un jour très avantageux.

On a prétendu, dit-il, mettre ses principes et sa conduite en contradiction et on l'a accusé d'écrire de propos délibéré des paradoxes ; il est sincère, on doit le croire, et il pourrait l'être même en vivant et en agissant autrement que d'après son idéal, c'est le fait de tous les hommes. Longtemps il a pensé que les sciences et les lettres étaient admirables, et c'est alors qu'il a aspiré à la qualité d'auteur. « La science prise d'une manière abstraite mérite toute notre admiration. La folle science des hommes n'est digne que de risée et de mépris. » Les lettres naissent de l'oisiveté dans un État mal constitué et ne contribuent qu'à hâter la corruption. L'étude épuise l'homme : elle n'est donc pas faite pour nous. Le philosophe s'exalte dans sa vanité, dans son goût de se distinguer par des doctrines absurdes, et bientôt il méprise la famille, la patrie ; cette vanité des lettrés fait naître une foule de vices. La philosophie relâche donc les vrais liens de la société, tandis que les arts multiplient ces faux et ces mauvais liens qui mettent les hommes dans une dépendance mutuelle et en concurrence les uns avec les autres, au lieu que leurs forces devraient conspirer toutes ensemble. Le sauvage, qui ignore tous ces pernicieux raffinements, est homme de bien et vaut mieux que l'Européen. La science n'est passable qu'à quelques hommes de génie. Les peuples qui ont des mœurs doivent donc bannir les sciences, surtout les savants, et ne rien changer aux coutumes qui sont la morale du peuple. Toutefois, dès que le mal a commencé, il est irrémédiable : les sciences deviennent un palliatif, sans cesser d'être un poison. Ces conjonctures étant données, on peut vouloir le progrès des arts et des sciences à ce titre de palliatif, pour empêcher les vices de se tourner en crimes, et c'est dans cet esprit qu'il y travaille. Au surplus, il interdit à qui que ce soit de le juger ; il consent qu'on commence à l'accuser quand on verra que la littérature l'aura rendu malhonnête homme ; en attendant, il s'élève au-dessus des reproches et des critiques avec un orgueil qui ne laisse rien à désirer (1).

On le voit, cette préface de Narcisse, ce « bon écrit », à part cet argument que l'étude n'est pas faite pour les hommes, puisqu'elle les épuise (nous le retrouverons dans le *Discours sur l'Inégalité*), n'apporte, ce me semble, aucune pensée que nous n'ayons déjà rencontrée dans le Discours sur les arts et dans la polémique qui le suivit ; et elle laisse de côté beaucoup de points qui ont été touchés là et qui sont d'importance ; mais ce qu'elle dit, elle le dit dans un ordre assez logique pour que l'analyse de ce morceau soit comme un résumé, un sommaire abrégé des écrits antérieurs.

L'habileté et l'assurance invincible de l'auteur ne doivent pourtant pas nous aveugler sur le caractère artificiel et encore superficiel de sa doctrine. On se souvient d'avoir rencontré des aphorismes sur lesquels il n'est pas revenu et qui attendent leur justification, par exemple que les hommes sont bons originellement. Quant à cette théorie que les vices naissent avec la civilisation ou la culture et marchent de pair avec

(1) Rousseau laisse à d'autres le rôle de Philinte, mais par une originalité très neuve, il prétend être à son aise Alceste et Oronte tout à la fois.

elle, si c'est une vérité (et pour ma part je ne le crois pas), c'est une vérité un peu grosse, si générale, sujette à tant d'objections, de remarques, de réserves, de distinctions, qu'à l'user il n'en resterait sans doute pas grand'chose. Les arts sont présentés d'abord comme un poison, puis comme un contre-poison. Je sais qu'on trouverait à la rigueur dans la pharmacopée ou dans l'histoire médicale des microbes des analogies qui paraîtraient autoriser les deux termes quasiment contraires de cette double assertion. Mais les arts seront-ils rendus responsables des vices tout seuls ou bien des vices et des crimes ? Il semble, d'après certains passages de Rousseau mentionnés plus haut, qu'ils sont surtout une cause et un moyen de propagation des vices, qu'on pourrait tout au plus voir une corrélation étroite entre eux et certains états d'esprit criminels, comme l'oubli ou le dédain de la famille et de la patrie; et chez les peuples policés, ils serviraient même à empêcher les vices de se tourner en crimes. Aux crimes proprement dits, il faudrait assigner des causes plus capables que les arts d'exciter des mouvements violents, et on ne les trouverait, ces causes, que dans le fond des passions. Rousseau a effleuré cela, l'a entrevu, l'a déjà signalé en passant dans la partie de sa polémique où il a touché à l'idée de la propriété. On aperçoit tout de suite, on comprend que le désir de s'emparer définitivement d'une certaine portion des dons de la nature et de les mettre avec soi-même à l'abri des entreprises des autres hommes puisse devenir pour chacun le mobile des actes les plus énergiques, les moins scrupuleux, les moins respectueux de la personne et même de la vie d'autrui. Dès lors, les beaux-arts sont en grande partie innocentés ; si on constate leur présence dans les sociétés civilisées, ils y accompagneront le mal plutôt qu'ils n'en seront la cause. Celle-ci résidera dans cet effort des individus pour s'arroger des privilèges et le mal se manifestera par l'inégalité ; les beaux-arts pourront servir, favoriser l'inégalité, contribuer peut-être à l'accroître tout en la rendant moins funeste : ils ne l'auront pas fait naître. Il resterait donc à examiner la nature de l'inégalité elle-même, ce qu'elle est dans son fond, dans son origine, d'où elle vient, comment elle a pu s'établir, le droit qu'elle a eu de commencer et de subsister ; et si l'on veut qu'elle ait eu dès le début quelque chose à voir avec les arts, il ne s'agira donc plus ici des beaux-arts qui en ont été une suite, mais de cette partie des arts que l'on embrassait au XVIIIe siècle sous ce même vocable et à laquelle nous donnerions plutôt maintenant le nom de connaissances pratiques ou de notions techniques ou, si l'on veut, d'arts mécaniques primitifs. Ainsi, l'idée de sciences et d'arts dont Rousseau a traité jusqu'ici d'une manière à la fois synthétique et confuse se résoudrait en catégories diverses, dès qu'on viendrait à en faire une analyse un peu exacte. Et enfin cette inégalité où se ramènerait en dernier ressort la corruption humaine, est-elle réellement un mal ? Car si l'on voit comment elle peut ouvrir le champ à bien des vices et même à bien des crimes, est-il sûr qu'il n'y eût ni vices ni crimes avant elle, qu'il n'y en aurait pas sans elle ; et si elle n'était pas, s'il n'y avait pas une certaine solidarité des hommes qui a pris cette forme, est-ce qu'il pourrait y avoir du bien parmi eux et en eux ? Voilà la question. Tous les travaux antérieurs de Rousseau y mènent, y aboutissent, et en vérité on peut se demander si ce n'est pas pour lui que l'Académie de Dijon l'a posée. Je ne trouve sur ce point aucun renseignement, mais il ne me paraît pas improbable que le Discours de Rousseau, qui fit trop de bruit pour que cette Académie de province n'en ait pas été fière, et la polémique dont il le fit suivre, polémique où il indique expressément un plan de travail sur l'idée d'inégalité, ont agi dans l'Académie de Dijon sur le choix de la question de concours pour l'année 1753.

III

LE DISCOURS SUR L'INÉGALITÉ.

Rousseau à Genève. — Ses travaux. — Le *Discours sur l'Inégalité.* — *Préface* : Recherche de l'homme naturel. — Il n'y a pas de droit naturel. — La loi naturelle n'a rien à voir avec les institutions. — *Introduction* : Qu'il faut rétrograder. — *Première partie* : Peinture de l'homme naturel, animal. — L'homme moral : liberté, malheureuse perfectibilité. — Mystère des commencements des arts, du langage. — La pitié. — Bonheur de l'homme primitif. — *Seconde partie* : Diatribe contre la propriété. — Premières industries de l'homme, son orgueil légitime. — La famille, l'amour, la jalousie, naissance des beaux-arts. — La vanité, encore légitime. — Sang versé sans qu'il y ait de mal. — État le meilleur du monde. — Accident qui introduit le mal. — L'inégalité de combinaison ou dépendance d'homme à homme. — L'hypocrisie ou mensonge. — Premier contrat social vicieux. — Les États politiques et la guerre. — Établissement des magistratures ; leur dégénérescence. — Le cycle fermé par les révolutions. — Voir en note comment les *Confessions* font partie intégrante et essentielle du système tracé ici. — *Notes.* — La descendance animale de l'homme ; vues diverses.

Rapprochement du Discours et de la Genèse. — Divers points d'analogie. — Différence remarquable : l'homme naturel de Rousseau est un paresseux. — Rédemption possible par un nouveau Contrat social.

Sur ces entrefaites, Rousseau se rend à Genève en

compagnie d'un certain M. de Gauffecourt qui paraît avoir été un assez vilain personnage. Au passage, il revoit Mme de Warens, qu'il trouve bien avilie ; ce fut, je crois, leur dernière entrevue. A Chambéry, il écrit la dédicace de son *Discours sur l'Inégalité* « à la république de Genève » ; mais le discours n'est pas encore imprimé et la dédicace n'est pas communiquée. A Genève, où il se livre « à l'enthousiasme républicain », il est merveilleusement fêté par ses compatriotes, flattés de la gloire qu'il vient d'acquérir. Il reprend son titre de citoyen et, pour ce faire, abjure le catholicisme, pensant qu'il appartient au souverain de fixer en chaque pays le dogme et le culte (1). D'ailleurs la fréquentation des encyclopédistes n'avait fait qu'affermir ce qui était sa foi : partout, dans l'homme et dans l'univers, il avait démêlé « les causes finales (2) et l'intelligence qui les dirigeait ». En outre, il lisait la Bible et l'Évangile et il en tirait l'essentiel de la philosophie religieuse que nous lui verrons exposer plus tard. Il se promène sur le lac et fait provision de ces paysages qui se retrouveront dans les descriptions de la *Nouvelle Héloïse*. En même temps, et on jugera par là de l'activité de son esprit, « il digère le plan » de son grand ouvrage *les Institutions politiques*, médite une *Histoire du Valais*, rêve à une tragédie en prose dont le sujet est *Lucrèce* et traduit *le premier livre des Annales* de Tacite.

Il fait imprimer son *Discours sur l'Inégalité* en

(1) Rousseau en ceci, comme dans tant de cas, est « rétrograde », s'attache à une idée historiquement antérieure, celle qui avait prévalu pour pacifier tant bien que mal l'Europe cent ans auparavant, à savoir que le sujet suit la religion du prince.

(2) Cf. le constant respect de Kant pour la preuve sentimentale et populaire de l'existence de Dieu par les causes finales.

Hollande et les Genevois peuvent lire la dédicace par laquelle il le leur adresse (1). Nous sommes en 1755. « Magnifiques, très honorés et souverains seigneurs », c'est par ces mots, par cette formule que commence cette Dédicace à la République de Genève, où Jean-Jacques rappelle avec à propos et en termes louables la mémoire de son père et où il rend aux Genevoises un adroit et galant hommage. Le sujet, tel qu'il est proposé par l'académie de Dijon, est le suivant : « Quelle est l'origine de l'inégalité par les hommes et si elle est autorisée par la loi naturelle ? » Rousseau le traite en une préface et dans un discours divisé lui-même en préambule, première et seconde partie. Rappelons tout de suite que Rousseau n'eut pas le prix (2).

Préface. — La connaissance de l'homme est la moins avancée de toutes; et elle serait de toutes la plus utile, car on ne peut connaître la source de l'inégalité si on ne connaît d'abord l'homme tel que l'a formé la nature. Or le temps et les circonstances l'ont changé, défiguré ; la passion et l'entendement sont chez lui en lutte, en contradiction (3) et plus il va, plus il est difficile de démêler ce qu'il a été originellement. Ces changements seuls ont pu détruire l'égalité qui, « d'un commun aveu », existait dès l'origine entre les hommes comme entre les animaux d'une même espèce. Mais de même qu'il s'introduit des variétés dans les espèces animales, il arrive que dans l'espèce humaine, les in-

(1) Pour tout ceci, v. les *Conf.* I, 203-206.

(2) Le discours de Rousseau porte en épigraphe : « Non in depravatis, sed in his quæ bene secundum naturam se habent, considerandum est quid sit natura. » Arist. *Polit.*, lib. I, cap. II.

(3) Kant ne donnera pas une autre définition du péché originel.

dividus ne sont pas tous affectés de la même manière par le changement : quelques-uns s'éloignent plus vite que les autres de leur état originel, et c'est la première source de l'inégalité. Le Discours de Rousseau est une tentative pour débrouiller « ce qu'il y a d'originaire et d'artificiel dans la nature actuelle de l'homme et bien connaître un état qui n'existe plus, qui n'a peut-être point existé, qui probablement n'existera jamais et dont il est pourtant nécessaire d'avoir des notions justes pour bien juger de notre état présent ». Voilà une recherche bien difficile, il y faudrait le concours des travaux des philosophes et de la protection des princes ; cependant, tant qu'on n'y a pas réussi, on ne peut définir le droit naturel.

A partir d'ici, il est évident que le dessein de Rousseau est, sinon d'éliminer, du moins d'interpréter à sa façon la seconde partie de la question qui est posée. En effet, s'il veut bien chercher « quelle est l'origine de l'inégalité parmi les hommes », il n'entend pas admettre qu'il y ait aucune « loi naturelle » qui régisse l'homme en société, puisque tout l'effort de son Discours sera de démontrer que la société, du moins la société policée, celle qui reconnaît des lois, n'est pas naturelle. Il montre donc avec complaisance qu'en prononçant ce nom de loi, on ne sait guère ce que l'on dit et qu'on y attache facilement des sens contradictoires. Ainsi pour les anciens philosophes ou plutôt pour les jurisconsultes romains, la loi est un rapport général établi par la nature entre tous les êtres animés, pour leur commune conservation, tandis que les modernes y voient une règle prescrite à un être moral, intelligent et libre ; on ne s'accorde donc pas sur la définition de la loi. Mais pour qu'une loi soit naturelle, il faut, semble-t-il,

« qu'elle parle immédiatement par la voix de la nature » et qu'elle ne suppose pas des connaissances scientifiques et des hypothèses métaphysiques, en un mot des raisonnements qui sont ou impossibles à entendre ou assurément étrangers à la plupart des hommes (1). Si l'on considère « les premières et les plus simples opérations de l'âme humaine » avant que la raison y soit constituée, on n'y aperçoit que deux principes : l'instinct du bien-être et de conservation et la commisération. On n'y voit pas l'instinct de sociabilité, on n'en a pas besoin pour expliquer les événements humains et, ainsi, dans la recherche que l'on poursuit maintenant, il est inutile de s'en embarrasser. Parlant de la sorte, il est clair que Rousseau ne veut pas que l'homme naturel soit à aucun degré un homme social ni qu'il y ait par conséquent une loi naturelle qui s'applique à la société humaine dès que la raison a commencé de s'y montrer nettement par des institutions et des connaissances.

En voyant l'homme dans cet être en qui il n'a pas mis la raison, Rousseau triomphe, disant qu'ainsi on est homme avant d'être philosophe ; et comme il nous a donné dès le commencement la commisération, il en tire cette heureuse conséquence que les animaux mêmes, ayant comme nous en partage la sensibilité, ont droit à cette commisération qui est une des formes de la loi naturelle. Cette étude profonde de l'homme naturel est, ajoute-t-il, la seule qui puisse nous éclairer sur la constitution du « corps politique » ; et en séparant « ce qu'a fait la volonté

(1) Voilà justement les caractères que Kant reconnaîtra à la loi morale.

divine d'avec ce que l'art humain a prétendu faire », elle seule aussi peut nous apprendre à bénir la main bienfaisante de Dieu (1).

Discours

INTRODUCTION OU PRÉAMBULE. — Il y a deux sortes d'inégalités : l'inégalité naturelle ou physique, l'inégalité morale ou politique. Celle-ci est une inégalité de privilège, fondée par exemple sur la richesse, les honneurs, ayant pour effet le commandement. Elle ne va pas du tout de compagnie avec l'égalité naturelle : on ne voit pas que ce soit le meilleur ni le plus fort physiquement qui commande d'ordinaire dans la société. Comment une telle inégalité, à qui manquent ainsi les fondements naturels, a-t-elle pu s'établir ? Pour le trouver, il faut d'abord chercher dans quel état se trouvaient les hommes avant elle, c'est-à-dire déterminer l'état de nature. Mais la foi nous enseigne avec évidence qu'il n'a jamais existé. Il faut donc écarter tous les faits : il s'agira d'une hypothèse comme celles des physiciens sur la formation du monde, Buffon ou Descartes peut-être. Et Rousseau s'adresse aux sages, à l'homme ; sans se soucier de ce qu'il vient de dire, il déclare que « les temps » dont il va parler sont bien éloignés, qu'il va lire « dans la nature qui ne ment jamais », tandis que les livres des hommes sont menteurs, et il annonce qu'il inspirera peut-être à son lecteur, en présence des malheurs qui accablent et qui attendent les hommes, le désir de « rétrograder ».

(1) Ce problème qui est ici posé, celui de justifier la Providence, n'échappera pas à Kant ; il est vrai qu'en cette question on ne saurait oublier Leibniz.

PREMIÈRE PARTIE. — Il ne recherchera pas si l'homme fut d'abord un animal « marchant à quatre pieds » ou ce que nous appellerions aujourd'hui un anthropoïde ; il considère l'homme même, sans « dons surnaturels » ni « facultés artificielles », et il le peint sortant « des mains de la nature ». L'homme n'a point d'instincts déterminés comme les autres espèces, mais il est capable de s'approprier toutes les industries diverses des animaux. La nature, agissant comme fit Sparte, élimina les individus faibles. L'homme se fait craindre de toutes les bêtes et s'il en rencontre de plus fortes que lui, il les fuit sur les arbres. Menant cette vie sauvage, il a peu d'infirmités, souffre la mort sans presque s'en apercevoir et ne connaît guère les maladies, car elles viennent d'une vie contraire à la nature et surtout de l'activité mentale. Rousseau « ose presque assurer que l'état de réflexion est un état contre nature et que l'homme qui médite est un animal dépravé ». Au surplus les maladies ne sont pas pires que les médecins et la nature sait des secrets pour guérir. L'homme par les arts qu'il a inventés s'est fait dégénérer. Ce n'est pas un être à plaindre que cet homme animal qui n'a pas dégénéré encore, qui se passe fort bien d'habits et de logement et qui, à part le goût et le toucher qui demeurent obtus chez lui, a tous les sens aiguisés, comme par exemple les sauvages actuels.

Envisageons maintenant l'homme du côté moral. L'animal n'a que l'instinct, l'homme a la liberté. L'animal a certes des idées, mais l'homme seul a la perfectibilité. Cette « faculté distinctive et presque illimitée est la source de tous ses malheurs... ce fut un être bienfaisant celui qui le premier suggéra à l'habitant des rives de l'Orénoque l'usage de ces ais qu'il applique sur les tempes de ses enfants et qui leur assure du moins une partie de leur imbécillité et de leur bonheur originel ».

Rousseau sent le besoin d'innocenter la nature qui a mis en nous cette fâcheuse faculté de la perfectibilité et il trouve pour cela que « les progrès de l'esprit se sont précisément proportionnés aux besoins que les peuples avaient reçus de la nature » même ; il en donne pour preuve l'apathie des sauvages actuels, si peu perfectionnés. Mais, puisque des peuples ont évolué à travers les formes historiques de la civilisation, puisque les sauvages, après tout, présentent des traits de mœurs qui ne sont pas de la nature toute pure, ces questions se posent : Comment l'homme a-t-il passé « des pures sensations aux plus simples connaissances » ? Comment a-t-il trouvé l'usage du feu ? Comment a-t-il inventé l'agriculture qui lui était inutile et dans un temps où les fruits de la culture ne pouvaient être assurés à celui qui se serait donné la peine de les faire croître ? Comment le langage a-t-il pu prendre naissance quand il n'y avait même pas de famille (1) ? Il est à craindre qu'en nous expliquant comment ces arts, qui sont évidemment à l'origine de toute civilisation, ont pu se produire, si c'est par un développement naturel, Rousseau n'accuse du même coup la nature, car elle deviendrait à ses yeux une coupable si elle était pour quelque chose dans l'avènement de la civili-

(1) Il y a ici (I, 543) un passage intéressant sur la façon dont chaque enfant invente sa langue, cela annonce l'auteur de l'*Émile* dans ses bons moments. On peut voir aussi (III, 495 et suiv.) à l'*Essai sur l'origine des langues*, qui est de 1759, comment Rousseau y a repris avec moins de mystère cette question, expliquant la naissance des langues, non par les besoins, mais par les passions.

sation. Il faut donc de parti pris qu'il l'absolve de ces commencements du mal, de ces premiers rudiments des arts et qu'il en laisse la cause dans le mystère. En somme le langage a été inventé, dit-il, par « des moyens qu'il ne conçoit pas ». Il plaide les circonstances atténuantes ; le langage a dû être d'abord un art fort borné. Encore, et il y revient, ne comprend-il pas comment les langues auraient pu s'établir par des moyens « purement humains », et il ne sait si c'est la société qui a institué les langues ou les langues qui ont établi la société. Bien que ces raisonnements, on le voit, ménagent autour de la question beaucoup d'incertitude, Rousseau conclut que la nature a pris peu de soin pour faciliter aux hommes l'usage de la parole et a peu préparé leur sociabilité, mettant peu du sien dans tout ce qu'ils ont fait pour en établir les liens. En effet, l'homme est plus heureux sans aucune société et sans l'exercice de cette raison dont la culture ne lui sera utile que pour vivre en société. Il n'est alors ni bon ni méchant ; il a seulement la pitié qui est un pur mouvement de la nature, qui sera plus tard la source de toutes les vertus sociales et dont Rousseau fait un bel éloge (1). Même l'amour, qui est alors purement physique, ne mettra pas en guerre ces hommes sauvages ; ils sont heureux, sans éducation, sans progrès et ce qu'il y a entre eux d'inégalité naturelle n'engendre ni maux ni esclavage.

(1) Ici se trouve le passage célèbre où Rousseau, déniant la pitié au philosophe, le représente qui se bouche les oreilles pendant qu'on égorge quelqu'un sous ses fenêtres. C'est Diderot, dit-il, qui lui a inspiré ce morceau et dont les conseils ont donné à ses premiers écrits « ce ton dur et cet air noir » qu'on y remarque. *Conf.*, I, 203. Diderot sent où est l'originalité de Rousseau, le pousse, avec excès peut-être, à abonder dans son propre sens.

Tel est le soin qu'a pris Rousseau d'exclure toutes les causes naturelles d'une évolution humaine ; il faut bien qu'il s'adresse à des causes fortuites : « Quelles causes fortuites, étrangères, qui pouvaient ne jamais naître, quels différents hasards ont donc perfectionné la raison humaine en détériorant l'espèce et rendu un être méchant en le rendant sociable, jusqu'au point où nous le voyons aujourd'hui ? »

SECONDE PARTIE. — Une violente diatribe, imitée de Pascal, contre la propriété, nous avertit que cette institution sera chargée de tous les péchés du monde. Mais, avant qu'elle paraisse, il faut que l'humanité fournisse plusieurs étapes.

Sous l'empire du besoin, l'homme apprit la lutte, la guerre avec les autres animaux, les combats entre hommes mêmes, quelque industrie de pêche, de chasse, peut-être sut-il domestiquer quelques espèces. Dès lors, se comparant aux autres animaux de la terre, il éprouva un mouvement d'orgueil ; mais, qu'on y prenne garde, il n'y a pas de mal dans cet orgueil, parce qu'il est juste : si l'homme se compare aux autres animaux, il est vrai qu'il a le droit de ressentir de l'orgueil de cette comparaison. Rousseau ne fait pas lui-même cette remarque et je l'ajoute à son texte, car elle est essentielle.

Ce premier stade franchi, les hommes s'associent pour la chasse et c'est alors vraisemblablement qu'ils commencent à parler. Leur industrie se perfectionne, ils se font des habitations et, en même temps, les familles se forment et se distinguent les unes des autres. C'est ici à proprement parler le stade de la famille. Cette famille primitive est encore bonne, à cause de la sympathie qui en fait le seul lien : toutefois cela ne va pas sans quelques inconvénients et, en se procurant des commodités nouvelles, les hommes de cette époque préparent plusieurs maux à leurs descendants. Les hommes étant plus rapprochés les uns des autres, le langage se perfectionne et sans doute cela arrive d'abord quand certaines circonstances resserrent les groupes, par exemple dans des cantons isolés, dans des îles. On se connaît davantage, l'amour de comparaison et de préférence vient à naître et avec lui se montre la jalousie furieuse : « La discorde triomphe et la plus douce des passions reçoit des sacrifices de sang humain. » Sous quelque grand arbre on s'amuse à chanter et à danser. « Celui qui chantait ou dansait le mieux, le plus beau, le plus fort, le plus adroit ou le plus éloquent devint le plus considéré ; et ce fut là le premier pas vers l'inégalité. » (Entendez l'inégalité d'homme à homme, celle qui distingue l'homme de l'animal étant déjà établie par la nature et fortifiée par l'homme même.) Ce pas vers l'inégalité est un pas vers le vice. En effet, avec les mœurs que nous venons de décrire, la vanité vient à poindre qui a pour contrepartie le mépris, la honte, l'envie.

Mais qu'on ne s'y trompe pas, là encore il n'y a pas de mal, il n'y a que des conditions du mal à venir. Il n'y a pas plus de mal dans cette vanité qu'il n'y en avait tout à l'heure dans l'orgueil de l'homme quand il se comparait aux bêtes, parce que cette vanité, elle aussi, est justifiée, elle a un fondement vrai : on est jugé et on se juge soi-même sur ce qu'on est, sur le talent ou la force qu'on a, qu'on montre et dont on fait preuve. Peu importe donc que ces mœurs engendrent des outrages, des vengeances terribles poursuivies par des hommes sanguinaires et cruels. Cela n'empêche pas que cet état ne soit « le meilleur » (1). Une fois pour toutes, pour bien entendre Rousseau, il faut faire attention qu'il ne prend jamais aucun mal physique, quel qu'il soit, pour un mal. Ainsi, maintenant, en dépit des cruautés, des guerres, de l'effusion du sang et du raffinement des supplices auxquels Rousseau vient de faire allusion, cet état est pour lui la véritable jeunesse du monde, l'époque la plus heureuse et la plus durable ; « tous les progrès ultérieurs ont été en apparence autant de pas vers la perfection de l'individu et, en effet, vers la décrépitude de l'espèce ». Cet état, le moins sujet aux révolutions et le meilleur à l'homme, comment l'homme en est-il donc sorti ? Nous savons d'avance que Rousseau est décidé à ne pas attribuer ce genre de malheurs à la nature, c'est-à-dire aux dispositions innées et originelles des êtres et qu'il met de propos délibéré la faute de la corruption de la nature au compte d'une sorte de mystère. Pour cela et ne voulant pas faire intervenir un principe d'ordre moral, il est obligé de faire une distinction assez subtile et philosophiquement très faible entre la nature et les accidents, c'est-à-dire, après tout, les événements qui se déroulent dans la nature ; il est obligé d'appeler à son aide le hasard et ici il dit, en effet, que l'humanité n'a dû sortir de l'état qu'il vient de dépeindre « que par quelque funeste hasard qui pour l'utilité commune eût dû ne jamais arriver ».

Cependant dans les stades ou dans les époques précédentes, nous avons vu déjà se réaliser les conditions et comme se former les assises du mal ; nous avons

(1) Sur la bonté de la simplicité primitive. Cf. Platon, Lois III.

senti que nous marchions vers une catastrophe, et le Discours de Rousseau, si oratoire, a en même temps l'intérêt d'un drame où la destinée de l'homme se joue et où tout annonce sa perte.

Expliquons toutefois que le mal, tel que l'entend Rousseau, n'est pas encore dans le monde : les arts, au point où ils sont dans cette période, peuvent être encore exercés par l'homme individuel ; ils ne produisent que des ouvrages « qu'un seul pouvait faire ». Mais dès que les choses en vinrent au point où « un homme eut besoin du secours d'un autre (1) », dès qu'on vit qu'il pouvait être utile à un seul d'avoir des provisions pour deux, l'égalité disparut, la propriété s'introduisit et, avec elle, le travail, l'esclavage et la misère.

L'occasion désastrueuse de cette révolution, il faut la chercher précisément dans les arts auxquels on a l'habitude de rapporter l'honneur de la civilisation, la métallurgie et l'agriculture ; et quant à la cause, cause fortuite bien entendu, ce sera « la circonstance extraordinaire de quelque volcan vomissant des matières métalliques en fusion ». La métallurgie exigea ce que nous appelons la division du travail, non seulement entre ceux qui s'occupaient de forger le fer, mais encore entre ceux-ci et les autres hommes, obligés de leur procurer la subsistance. L'agriculture à son tour exigea la division des terres, leur partage, par conséquent la propriété, et, dès qu'il se trouva que quelqu'un put avoir quelque chose, il fallut la justice qui rend à chacun le sien. Le droit de propriété a expressément sa source dans la main-d'œuvre, dans le tra-

(1) Kant trouvera ici la suggestion de sa célèbre idée que l'homme doit être pour l'homme une fin, jamais un moyen.

vail (1) ; ce travail incorporé à la terre de récolte en récolte, implique une possession continue qui se transforme en propriété.

Dès lors l'égalité naturelle, celle de la force, du talent, de l'adresse qui jusqu'alors ne s'était pas traduite dans des résultats permanents et par conséquent laissait subsister l'égale indépendance de tous les individus, cette inégalité naturelle se fixe pour ainsi dire dans des effets durables et met entre les hommes des différences constantes, les établissant par là les uns vis-à-vis des autres dans un état d'inégalité sociale, d'inégalité « de combinaison », comme dit Rousseau. Aussitôt et dès le moment que l'un dépend de l'autre, chacun a intérêt à tromper l'autre. « Être et paraître » deviennent « deux choses tout à fait différentes » (2). De là sortent tous les vices, qui ont, comme on le voit, leur racine dans le mensonge ou hypocrisie et leur cause dans la dépendance mutuelle d'homme à homme. Enfin le voilà, le mal : c'est la dépendance ou ce que nous appellerions aujourd'hui la solidarité ; le voilà, à l'envisager du dehors. Et pris en soi, c'est, quelque nom particulier qu'on lui donne, la fausseté, le contraire de la vérité. Il est superflu de retracer en détail tous les désordres qui suivent de cette chute morale une fois consommée. Les riches dominent les pauvres et, se servant de leurs anciens esclaves pour en soumettre de nouveaux, deviennent « semblables à ces loups affamés qui, ayant une fois goûté de la chair humaine... ne veulent plus que dévorer des hommes » ; les pauvres

(1) Cf. l'exposition en quelque sorte dramatique de cette doctrine au second livre d'*Emile*, II, 444.

(2) Cf. Platon. Lois V.

se livrent vis-à-vis des riches à des brigandages effrénés. Et comme après tout ce sont les riches qui ont le plus à perdre, comme ce sont eux qui sont pressés par leur mauvaise conscience qui leur représente qu'ils ont usurpé ce qui auparavant était à tous, ce sont eux qui les premiers songent à faire cesser cet état de guerre et, « par le projet le plus réfléchi qui soit jamais entré dans l'esprit humain », méditent d'employer en leur faveur les forces mêmes qui les attaquent. A cet effet, sous couleur de garantir de l'oppression les faibles et de contenir les ambitieux, ils proposent aux pauvres d'établir une loi qui s'impose à tout le monde en assurant à chacun la possession de ce qui lui appartient. En somme, ils sont les bénéficiaires de cet arrangement qui se trouve avoir à son origine un dessein machiavélique ou, autrement dit, à sa base un prétexte hypocrite, un mensonge encore. Mais comme en vertu même de l'évolution que Rousseau vient de décrire, les pauvres sont justement ceux qui ont été les plus faibles et surtout les plus sots et comme aussi ils ont tout autre chose à faire qu'à épiloguer et à réfléchir, comme enfin ils ont déjà des vices qui les rendent mûrs pour la servitude, ils courent au-devant de leurs fers en croyant assurer leur liberté (1).

Le premier contrat social, celui que vient d'imaginer Rousseau, est donc un contrat vicié jusque dans son fond par le mensonge et si nous devons être tirés du mal par quelque contrat, il est clair que celui-ci, le nouveau, devra être d'une tout autre nature et d'une forme toute différente.

(1) Sur l'asservissement des classes inférieures par celle qui s'est enrichie, cf. Platon, *Rép.*, liv. VIII.

L'établissement d'une seule société sous forme d'État politique entraîne nécessairement la formation des autres. Tandis que l'état de nature est supprimé pour les individus, il reparaît entre ces sociétés. Le droit des gens remplace la pitié naturelle, sauf dans quelques grandes âmes cosmopolites (1). Entre les États éclatent de grandes guerres qui font plus de carnage en un jour qu'il ne s'en était commis durant des siècles lors de l'état de nature, qui ensanglantent la surface de toute la terre et implantent dans les cœurs ce préjugé « horrible » qu'il est honorable de répandre le sang humain (2).

Envisageons l'évolution sociale à l'intérieur de la société civile. Tout d'abord il n'y eut que des conventions générales, conventions expresses : ainsi le veut la théorie de Rousseau qui met les idées réfléchies avant les mœurs et les faits. Ces conventions, beaucoup les violent : pour les faire observer, on résolut de créer des magistrats, et ce fut un pas de plus vers la servitude. Toutefois on ne leur donna pas dès le commencement

(1) Faut-il rappeler le grand rôle qu'aura chez Kant l'idée cosmopolitique, son opuscule de 1784 sur « l'idée d'une histoire universelle au point de vue cosmopolitique », un autre sur « la paix perpétuelle » en 1795, et comment il mêle profondément cette idée à son système d'éducation. V. mon *De tractatu Kantii paedagogico*.

(2) Rousseau se trompe sans doute en décrivant toute cette évolution sans y faire la moindre place à l'action de la croyance ; il voit des desseins « réfléchis » là où il conviendrait de reconnaître aux événements le caractère le plus spontané. Il partage donc le sec préjugé de son siècle et suit la méthode de son ami Condillac, qui met toujours l'idée avant le fait et avant l'action. Quelques-uns des principaux livres du XIXe siècle, ceux d'Auguste Comte, de Summer Maine, de Fustel de Coulanges, sont écrits tout entiers à l'encontre de cette théorie de l'antériorité des idées claires et ces travaux semblent priver de valeur la déduction pseudo-historique de Rousseau, fondée sur une logique explicite. Il voit tout du point de vue de la

un pouvoir tyrannique, car les hommes, en les instituant, eurent l'intention de défendre ce qu'ils avaient de liberté ; et aussi bien, cette liberté, on n'a pas le droit de l'aliéner. Rousseau se refuse à voir l'origine du pouvoir politique dans l'autorité paternelle : nous rencontrerons de nouveau cette idée dans le *Contrat social*. L'établissement politique est un contrat entre le peuple et les chefs qui sont choisis pour l'observation des lois. Ce Contrat peut être dénoncé de part et d'autre, soit que le chef abdique, soit que le peuple prononce l'indépendance.

Dès l'établissement du contrat, il peut paraître des monarchies, des aristocraties, des démocraties, selon que la société qui se constitue compte un ou plusieurs hommes éminents ou beaucoup d'égaux. Du côté des sujets furent les richesses et les conquêtes, du côté des citoyens le bonheur et la vertu. Mais l'élection dégénéra bientôt en hérédité. Le progrès de l'inégalité peut être résumé en trois phases : dans la première, la loi et la propriété font des riches et des pauvres ; dans la seconde, les magistratures, toutes légitimes qu'elles sont, font des puissants et des faibles ; dans la troisième, les magistratures ou plutôt les pouvoirs héréditaires, c'est-à-dire arbitraires, font des maîtres et des esclaves « jusqu'à ce que de nouvelles révolutions dissolvent tout à fait le gouvernement en le rapprochant de l'institution légitime (1) ». S'il se trouvait d'ailleurs

politique et même de l'économie politique ; mais justement par là il se trouve l'ancêtre de théoriciens plus récents qui prétendent que l'histoire de l'humanité est l'histoire du ventre, que c'est celle-ci qu'il faut savoir démêler pour atteindre la vérité profonde des événements et que les phénomènes religieux et moraux ne sont que des épiphénomènes.

(1) Kant, à son tour, dans ses recherches sur le droit, a déterminé

un pays où personne n'éludât la loi et n'abusât de la magistrature, on pourrait s'y passer de lois et de magistrats (1).

Ces distinctions politiques amènent nécessairement des distinctions civiles telles que cette sotte institution de la noblesse ; mais en fin de compte, les distinctions sociales se réduisent toutes à la richesse, dont on se sert pour acheter tout le reste. De là les désordres moraux et matériels de la société, désordres au-dessus desquels le despotisme élève par degrés sa tête hideuse. Au point où se referme le cercle des révolutions, l'égalité primitive se retrouve sous la figure monstrueuse d'un esclavage commun. Mais la loi du plus fort qui a porté le despote aux sommets le renverse aussi bien, car elle appelle l'émeute.

En somme l'homme sociable, agité, se travaillant sans cesse pour se créer de nouvelles peines, vit hors de lui-même, dans l'opinion des autres, autant dire par le mensonge ; le sauvage, le Caraïbe par exemple, vit en lui-même, dans le repos, la liberté et la vérité (2).

dans quel cas était légitime la dissolution du lien noué entre les gouvernants et les gouvernés.

(1) Autant dire que si les mœurs étaient toutes bonnes, l'anarchie serait possible ; il n'y faut que ce point qui, il est vrai, est difficile ; c'est que tout le monde soit toujours vertueux. Ce passage de Rousseau a peut-être pu donner à quelques-uns l'illusion que l'anarchie serait possible, comme d'autres cités plus haut ont pu être interprétés en faveur du socialisme. Ici, il suffit de corriger comme il suit l'idée de Rousseau (et lui-même s'y prête bien un peu dans ce Discours) pour en tirer l'anarchisme : ce sont les lois mêmes et les gouvernements qui empêchent les hommes d'être vertueux, supprimons les lois et les gouvernements et tout sera bien.

(2) Il importe grandement de remarquer cette conclusion morale du *Discours sur l'Inégalité*, discours contre la société corrompue et d'y rattacher les *Confessions*. La société est mauvaise en tant qu'à un certain moment, la dépendance d'homme à homme venant à s'y intro-

L'état d'inégalité qui règne chez les peuples policés est un scandale pour la raison et une perpétuelle atteinte à la justice.

NOTES. — Je glane dès à présent dans les notes quelques détails intéressants. Rousseau s'y montre un complet adepte de la théorie de l'évolution, non pas du tout dans l'esprit où Darwin devait la concevoir, car rien n'est plus opposé à son système que la féroce concurrence vitale ou même la sélection sexuelle, mais selon des principes qui me paraissent s'approcher beaucoup de ceux de Lamark. Aussi bien, il n'est pas

duire, l'homme trouve intérêt à substituer le paraître à l'être, à vivre dans le mensonge, par le mensonge. Dès lors, quel et combien prodigieux, combien utile ne serait pas l'acte, le geste de l'homme qui, pareil au sauvage tout en étant sociable, découvrirait au milieu de la fausseté universelle son être véritable ! Ce sauvage sociable, c'est Jean-Jacques, ce geste, c'est les *Confessions*. C'est par là qu'elles font partie intégrante de l'exposition du système de Rousseau, que, toutes sales qu'elles soient par places, elles sont le corollaire public de sa réforme morale de 1752 ; c'est pour sentir cela d'instinct et non seulement à cause du talent et parce qu'elles sont dans la littérature moderne les premières, que le public leur garde une sorte de place à part, ne les confond pas avec tant d'imitations qu'elles ont suscitées, et c'est pour cela qu'elles ont contracté, comme l'a si bien vu M. Brunetière, le caractère d'une sorte de révélation (v. *Manuel de l'hist. de la litt. fr.*, p. 341). Jean-Jacques a pris au rite catholique le mot de confession et même il lui a pris la chose ; seulement le catholique se confesse en secret dans une sainte haine de lui-même pour être corrigé, Rousseau occupe tout le monde de ses vilenies sans se soucier de la contagion pour les autres et avec la prétention de corriger toute la terre. En somme par l'ambition de révéler un homme vrai dans une société toute fausse, les *Confessions* faisant corps avec le système tendent comme lui à faire révolution et à la faire par un homme autant que par le système de cet homme. Le préambule des *Confessions* découvre cela tout de suite. Quant au mode d'exposition, on peut voir dans la *Quatrième Promenade* comment, tout en témoignant de son horreur du mensonge, Rousseau se donne sur ce point les plus grandes libertés.

douteux qu'il ne s'inspire plus ou moins fidèlement de Buffon. Il admet fort bien que l'homme puisse provenir d'une souche ancestrale purement animale ; il n'est pas bien sûr qu'à l'heure actuelle les orangs-outangs, les pongos, les enjocos, les mandrils ne soient pas des hommes sauvages et qu'ils n'auraient pas l'intelligence d'entretenir au moins le feu. Pour décider la question il faudrait des explorations savantes, faites non point par des voyageurs sujets à précipiter leur jugement, mais par des naturalistes et des philosophes. Toutefois et peut-être pour échapper aux sarcasmes de Voltaire, il conclut que l'homme à proprement parler est bien un bipède, sans en apporter des raisons fort décisives à ses propres yeux. Il soutient contre Locke que la famille n'est pas naturelle et redouble ses attaques contre la guerre, contre l'amour tel que le fait ou tel que le contraint la société, contre les droits paternels qui produisent tant de désastres. Se fondant sur une distinction foncière de l'amour de soi-même qui est naturel et de l'amour propre qui est factice et mauvais, il plaide avec éloquence et subtilité la supériorité des barbares, des sauvages, veut que l'homme soit naturellement bon, croit l'avoir démontré et répète que c'est la civilisation qui le rend méchant.

Et ce serait dommage de ne pas remarquer, cachée pour ainsi dire dans quelques lignes, une idée dont Kant tirera un grand parti : c'est que les bornes mêmes du monde devaient mettre des bornes à la dispersion des hommes et les forcer enfin à se tenir assemblés. Seulement il ne fait intervenir cette considération qu'après le moment où la société a pris une constitution inique et ainsi l'idée demeure comme inutile. En reportant cette nécessité à l'origine de l'établissement des sociétés, Kant leur assignera une cause intelligible et pourra éliminer ce hasard auquel Rousseau faisait appel et à qui il donnait un rôle si important dans l'histoire de l'évolution humaine.

On a dès longtemps aperçu l'analogie profonde qu'il y a entre les premières pages de la Bible et le récit que nous déroule le *Discours sur l'Inégalité* (1). Tout d'abord l'homme est présenté de part et d'autre dans un état d'innocence ; puis, après une chute, le mal se précipite et de jour en jour s'aggrave. Ce rapprochement est juste ; et même, selon moi, on n'a pas marqué avec assez de soin ce parallélisme. Rousseau a reçu une première éducation protestante, il a connu la Bible de bonne heure, nous savons qu'il la lisait au moment où il était engagé dans les travaux dont le *Discours sur l'Inégalité* est une des pièces ; au surplus, il la lira encore pendant qu'il fuira la France après la condamnation de l'*Émile*; il en tirera le « Lévite d'Ephraïm » ; elle demeure au programme permanent de ses lectures. Ceci lui donne un grand avantage sur les persifleurs français qui, ou bien ne la connaissent ni ne la lisent, ou bien n'y voient qu'un texte à leurs calembredaines. Rousseau sans doute ne la lit pas comme pouvait faire le pasteur Lambercier, mais on peut affirmer du moins qu'il l'étudie dans cet esprit qui y cherche un sens moral (2). Qu'il transpose les événements de l'ordre surnaturel dans l'ordre naturel en y maintenant présent ce sens qu'il y a trouvé, et nous aurons un tableau

(1) Par exemple M. Saint-Marc Girardin dans ses deux volumes sur Rousseau. Paris, 1875.

(2) C'est dans ce même esprit que Kant en interprète le texte.

qui gardera un dessin analogue sous sa nouvelle couleur naturaliste (1).

Dans la Bible, l'homme est créé innocent et dès l'abord le texte marque en lui une double nature : il est tiré du limon de la terre, c'est-à-dire qu'il est un animal, parfaitement pourvu de toutes les facultés de la vie animale, et toutefois il est créé à l'image de Dieu. Rousseau, lui aussi, va chercher l'homme jusqu'à son point de rencontre avec la nature des animaux ; il le doue d'une sensibilité qui a deux formes, et toutes deux innocentes : l'amour de soi qui est légitime, nécessaire, et la pitié qui, sans transporter l'homme hors de lui-même, le relie à ses semblables. Celle-ci est comme une bonté, dénuée, il est vrai, de caractère moral, mais toute naturelle et qui imite de loin l'attribut le plus touchant de la divinité.

L'homme est innocent, d'après la Genèse, en tant qu'il a reçu cette âme que Jéhova lui a soufflée sur la face. De même Rousseau ajoute quelque chose aux dons purement naturels de l'homme, et ce quelque chose, c'est ce qu'il y a de précisément humain dans l'homme, ce qui est plus particulièrement de l'âme, ce qui est en somme le germe de la raison, à savoir le libre arbitre et la perfectibilité. L'homme, avec ces facultés supérieures, demeure parfaitement innocent, tant qu'il ne développe pas cette raison de manière à altérer le jeu de ses qualités sensibles, à se mettre ainsi en désaccord avec lui-même et avec la nature des choses, tant qu'il reste vrai et continue de vivre dans

(1) Rousseau indique lui-même explicitement et d'une manière expresse combien ces rapprochements occupaient son esprit. V. *Essai sur l'origine des langues*, chap. x. *Œuvres*, III, 505-507.

la vérité, en harmonie avec soi et avec le milieu où il est placé (1). On reconnaît la doctrine chrétienne: c'est par la faute de la volonté raisonnable que naît la concupiscence qui à la fois trouble les rapports des puissances de notre être intime et fait croître pour nous de la terre même des ronces et des épines.

Tant qu'il demeure dans l'innocence, il y a pour l'homme de Rousseau une sorte de paradis terrestre, un Éden non plus exquis, mais naturel; c'est un jardin de délices rudes, mais où tout de même l'homme jouit du bonheur. Cet état en quelque sorte édénique continue tant que l'homme vit isolé et encore tant qu'il vit en de petites sociétés ou groupes où la raison se développe d'abord avec la sensibilité, c'est-à-dire dans l'harmonie de la vérité. Là est même l'apogée de l'humanité innocente. C'est ce que M. Saint-Marc Girardin n'a pas fort bien vu. Il confond bien à tort l'état de chute avec l'état de société, sans considérer si, dans la société primitive, l'homme dépend de l'homme. Or tout est là, et c'est ce que je crois avoir fait remarquer suffisamment en son lieu. L'homme, pendant la période de ces groupements, n'est pas encore tombé. Assurément il connaît déjà l'orgueil et la vanité, mais j'ai expliqué que ces sentiments, aux yeux de Rousseau, n'étaient pas un mal, tant qu'ils avaient des fondements vrais. Toutefois ils sont une possibilité de mal. Ils sont plantés là comme l'arbre de la science du bien et du mal auprès d'Adam qui est encore innocent, mais qui est peccable et à qui ils présentent une occasion de pécher. J'ajoute que dans l'Éden de Rousseau, il y a

(1) De même pour Kant, il n'y aurait pas en nous de péché inné s'il y avait accord entre notre entendement et notre sensibilité.

des maux physiques, maladies, mort, violences; mais nous sommes convenus que tout ce qui n'est pas mal moral n'est pas, selon lui, un véritable mal.

Voici même des analogies de détail : d'après la Bible, l'homme est créé frugivore (1) ; Rousseau veut que les choses soient ainsi. D'ailleurs il n'a pas de principes pour empêcher l'homme d'être carnassier et ichthyophage, tel que la Bible nous le montre plus tard, et il ne faudrait pas alléguer que le meurtre des animaux est en contradiction avec la bonté de la nature, car il n'y a là que mal physique, donc pas de mal.

Il n'est que juste de noter une grande différence entre le texte de la Bible et la théorie de Rousseau. Adam est mis dans l'Éden avec mission de le garder et de le cultiver : le travail est si bien une de ses lois premières que la femme lui est donnée expressément comme une aide ; l'homme de Rousseau est un paresseux fieffé qui n'obéit qu'à la nécessité qui l'enveloppe et quand elle l'aiguillonne de près (2).

De part et d'autre il y a un rapport entre la science et la chute : la science est comme le moyen de la chute et il y a de cette chute une cause au moins occasionnelle, dans la Bible le serpent, chez Rousseau le hasard. Il est remarquable que Rousseau ait choisi la métal-

(1) V. *Genèse*, I, 29. Peut-être même faut-il penser que l'homme y est d'abord frugivore strictement, si c'est une punition pour lui de manger l'herbe de la terre. *Ibid.* III, 18.

(2) V. par ex. une note de l'*Essai sur l'origine des langues*, ch. IX, t. III, p. 507, qui commence ainsi : « Il est inconcevable à quel point l'homme est naturellement paresseux. » La suite de ce début en est si parfaitement digne que cette apothéose de la paresse est comique. C'est tout le contre-pied de la doctrine biblique. Kant reprend d'un ton plus grave, dans ses notes sur la pédagogie : « l'homme est de tous les animaux le seul qui doive travailler ». V. édit. Hartenstein, t. VIII, p. 486.

lurgie pour en faire la science connexe de la chute de l'homme : en effet, nous voyons dans la Bible que la métallurgie est pratiquée d'abord par les fils de Caïn. Tubalcaïn invente le marteau, les ouvrages d'airain et de fer. C'est aussi un fils du fratricide, Jubal, qui invente l'orgue, la harpe, c'est-à-dire ces beaux-arts que Rousseau a tant invectivés. Les Caïnites vivent sous des tentes et sont pasteurs. Mais il s'en faut bien que la Bible condamne, comme fait Rousseau, ni ces arts, ni l'agriculture, puisqu'elle enseigne expressément que Dieu a assigné à l'homme la domination sur les animaux et la garde de la terre : l'âpreté du labeur est seule donnée comme une punition. Enfin ici et là, après la chute, le mal s'accroît et de grandes catastrophes surviennent : c'est dans le texte sacré les vices et le déluge, dans l'histoire telle que la trace Rousseau, les révolutions par lesquelles, avec la dépravation grandissante, s'introduisent des fléaux affreux. Et de part et d'autre une réparation, une rédemption apparaît comme promise ou possible : là, c'est un mystérieux rédempteur, un nouvel homme qui est entrevu ; ici, c'est un nouveau contrat social qui rétablirait les hommes dans la justice et dans la vérité.

C'est donc vers le *Contrat social* qu'il nous faut tendre maintenant.

IV

DU DISCOURS SUR L'INÉGALITÉ AU CONTRAT SOCIAL

Le manuscrit de Genève. — Objection de Bonnet de Genève au *Discours sur l'Inégalité*. — Faible réponse de Rousseau. — Commencements de vues plus fortes.

Jean-Jacques en froid avec Genève. — Il se fixe à l'Hermitage. — Ses travaux. — Les *Institutions politiques*. — Les ouvrages de l'abbé de Saint-Pierre : la *polysynodie*. — La *Morale sensitive*. — *Émile*. — La *Nouvelle Héloïse*. — Ordre à suivre pour étudier l'œuvre de Rousseau.

Le nouveau Contrat social que nous proposera Rousseau aura en quelque sorte le devoir, sera tenu de corriger ce qu'il y a eu de dolosif, de mensonger dans le premier. C'est ce qui n'a jamais échappé à Rousseau dès qu'il y a songé et même il n'y songe que pour cela, pour corriger le mal moral qu'il voit dans la société corrompue. Le nouveau, le vrai Contrat social est donc comme une cause finale qui agit d'avance sur le système philosophique dont nous avons suivi jusqu'ici l'exposition.

Il faudrait pourtant se garder de croire qu'au moment où Rousseau écrit même le *Discours sur l'Inégalité*, tous les points du système soient si bien fixés et l'aboutissement si bien déterminé qu'il n'y ait aucune opposition entre les idées même principales des premiers ouvrages et celles que nous trouverons dans les œuvres ultérieures. Il s'en faut bien qu'il y ait un si parfait accord.

Un indice notable du flottement de pensées dans lequel Rousseau vécut aux environs de la date où nous sommes arrivés nous est donné par le manuscrit de Génève où l'on voit une première ébauche du *Contrat social* (1). Cette ébauche est encore assez loin de l'œuvre définitive. Sans doute Rousseau montre déjà tout à plein de quel côté il entrevoit le salut, où est selon lui l'issue du problème inquiétant que lui a posé la corruption sociale et par où il cherchera la justification définitive de la Providence : ce sera la vertu et la valeur morale de la vertu qui sera appelée à résoudre l'énigme. Toutefois, quand on lit le second chapitre de ce travail, on est frappé de la force que donne l'auteur aux arguments présentés et accumulés par « l'homme indépendant » et qui ont totalement disparu de la rédaction définitive du *Contrat social* ; on sent que les arguments de cet homme, Rousseau les a vivement éprouvés pour sa part il n'y a pas longtemps, et l'impression en ce passage rappelle celle qu'on retire de la lecture du *Discours sur l'Inégalité* et des notes qui l'accompagnent. Il est indéniable que des ouvrages philosophiques écrits jusqu'en 1756 à ceux qui vont paraître six ou sept ans après, il y a une différence très grande, si grande que M. Faguet n'aperçoit pas comment le sauvage effréné, l'iconoclaste, le Huron, le vagabond, le chemineau des *Confessions* et des premiers *Discours* est le même homme qui apporte bientôt dans ses imaginations politiques l'idéal d'une législation de fer et d'une action publique écrasante (2).

(1) V. *Du contrat social, édition comprenant avec le texte définitif les versions primitives de l'ouvrage, etc.*, par Edmond Dreyfus-Brisac. Paris, 1896.

(2) M. Faguet dans celle de ses études du XVIIIe siècle qu'il a consacrée à Jean-Jacques Rousseau. Sans doute, il ne me semble pas, comme à M. Bertrand (v. Alexis Bertrand : *le texte primitif du*

La vérité est qu'au cours de cette période, Rousseau a changé l'orientation de son esprit, que par suite certaines de ses idées ont évolué et se sont fortement précisées. Il n'apporte rien dont on ne puisse trouver des germes passablement développés déjà dans ses ouvrages antérieurs ; mais la première floraison est terminée, c'en est une seconde qui s'épanouit, d'aspect sensiblement neuf ; les premières couches de la doctrine subsistent, non sans subir quelques atteintes et quelques bouleversements de détail, mais sur cette première assise arrive toute une alluvion nouvelle et c'est un autre univers.

Je ne doute pas que ce renouvellement et cette transformation n'aient profité de la polémique qui suivit la publication du Discours sur l'Inégalité et qu'ainsi le même phénomène ne se soit reproduit en partie auquel nous avons assisté après le *Discours sur les Arts*.

Des objections qui furent faites à Rousseau et qu'il ne rétorqua pas toutes, il en est une qu'il ne put

Contrat social, Paris 1891), que le manuscrit de Genève nous découvre un Rousseau tout nouveau et qu'il ait été jusque-là l'adversaire de toute société quelle qu'elle soit, nous avons vu par l'analyse du *Discours sur l'Inégalité* que « le meilleur âge du monde » fut un âge social ; mais je ne saurais souscrire non plus à la thèse de M. Izoulet (v. Johannes Izoulet : *De J.-J. Russeo* (J.-J. Rousseau) *utrum misopolis fuerit an philopolis ex genevensi Codice, etc., quaeritur.* Thèse latine, Paris 1895) qui nous présente trop la doctrine de Rousseau comme un bloc où rien jamais n'aurait varié. Au surplus, il n'est pas mauvais d'observer qu'on lit dans la préface de l'*Encyclopédie* de l'Alembert, en 1751 : « ... un droit si légitime est enfreint par ce droit barbare d'inégalité... de là la notion de l'injuste... C'est ainsi que le mal que nous éprouvons par les vices de nos semblables produit en nous la connaissance réfléchie des vertus opposées à ces vices, connaissances précieuses, dont une union et une égalité parfaites nous auraient peut-être privés. » Il y a donc là des idées qui alors sont dans l'air et se raccordent à celles de Rousseau, les fortifient, les préparent.

dédaigner et qui lui fut proposée par Bonnet, le naturaliste de Genève, caché sous le pseudonyme de Philopolis : « Tout ce qui résulte immédiatement des facultés de l'homme, dit Bonnet, ne doit-il pas être dit résulter de la nature ? Or, je crois que l'on démontre fort bien que l'état de société résulte immédiatement des facultés de l'homme : je n'en veux point alléguer d'autres preuves à notre savant auteur que ses propres idées sur l'établissement des sociétés, idées ingénieuses et qu'il a si élégamment exprimées dans la seconde partie de son discours. Si donc l'état de société découle des facultés de l'homme, il est naturel à l'homme. Il serait donc aussi déraisonnable de se plaindre de ce que ces facultés, en se développant, ont donné naissance à cet état, qu'il le serait de se plaindre de ce que Dieu a donné à l'homme de telles facultés. L'homme est tel que l'exigeait la place qu'il devait occuper dans l'univers. Il y fallait apparemment des hommes qui bâtissent des villes, comme il y fallait des castors qui construisissent des cabanes... Quand M. Rousseau déclame avec tant de véhémence et d'obstination contre l'état de société, il s'élève, sans y penser, contre la volonté de celui qui a fait l'homme et qui a ordonné cet état, etc. (1)... »

Rousseau aurait pu répondre qu'il n'avait pas incriminé l'état de société en lui-même, mais qu'il s'était élevé contre la constitution condamnable d'une société qui se fondait sur le mensonge et l'hypocrisie. Il n'en serait pas moins resté ou que la nature a mis dans les facultés de l'homme le germe d'une mauvaise société et alors la nature n'est pas aussi innocente que le cla-

(1) V. le *Mercure* d'oct. 1755, cité par Saint-Marc Girardin dans son ouvrage sur Rousseau, t. I, p. 134.

mait Rousseau, ou elle a laissé la porte ouverte au hasard et, dans ce cas, elle est, pourrait-on dire, pavée de bonnes intentions, mais bien aveugle et peu digne de l'admiration que Rousseau veut nous extorquer pour elle.

Dans le système de Rousseau tel qu'il nous l'a exposé jusqu'ici, il n'y a rien à répondre au dilemne énoncé ci-dessus et dont l'idée est enfermée dans l'objection de Bonnet. Celle-ci démontre à Rousseau qu'il n'a pas justifié la Providence comme il s'y était engagé. Aussi Rousseau réellement n'a-t-il pas répondu. Disons tout de suite que jamais il ne saura lever nettement la difficulté de l'introduction du mal dans le monde et nous en retrouverons en son temps une preuve décisive au sommet même de la doctrine. Pour le moment, malgré son extraordinaire talent de polémiste, la souplesse vigoureuse de son style et l'esprit admirable qu'il met dans son essai de riposte, on sent qu'il a été touché, déconcerté et les idées à l'aide desquelles il se défend sont ingénieuses, curieuses, remarquables, mais elles ne sont pas probantes et ne vont pas au fond de la question. Je laisse de côté une brève et forte discussion de l'optimisme de Leibniz où il a peut-être raison contre Leibniz, mais non pas contre Bonnet. Car, du moment où Rousseau soutient qu'il y a du mal dans le monde, la question n'est pas de savoir si tout y est bien ou non, la question est de savoir pourquoi il y a du mal quand Dieu est juste et que l'homme est naturellement bon. Or, c'est ce qui n'est pas le moins du monde expliqué par l'idée qu'il propose à Philopolis, en guise de réponse, et où il se tient tout à la superficie du problème. Il est même si troublé par la justesse de l'attaque qu'il accepte d'être donné comme l'adversaire de la société, absolument parlant : « Selon moi, la société est naturelle à l'espèce humaine comme la décrépitude à l'individu. » Les lignes qui suivent sont tracées d'une pensée qui chancelle, incertaine d'elle-même : « Toute la différence est que l'état de vieillesse découle de la seule nature de l'homme et que celui de société découle de la nature du genre humain, non pas immédiatement comme vous le dites, mais seulement, comme je l'ai prouvé, à l'aide de certaines circonstances extérieures qui pouvaient être ou n'être pas, ou du moins arriver plus tôt ou plus tard et par conséquent accélérer ou ralentir le progrès. » Il se ressaisit un peu quand il ajoute : « Plusieurs même de ces circonstances dépendent de la volonté des hommes : j'ai été obligé, pour établir une parité parfaite, de supposer dans l'individu le pouvoir d'accélérer sa vieillesse comme l'espèce a celui de retarder la sienne. » Il achève en disant : « L'état de société ayant donc un terme extrême auquel les hommes sont les maîtres d'arriver plus tôt ou plus tard, il n'est pas inutile de leur montrer le danger d'aller si vite et les misères d'une condition qu'ils prennent pour la perfection de l'espèce (1). »

D'où vient à Rousseau l'idée qu'il soutient dans cette réponse : que le monde est corrompu comme un individu est décrépit quand il est vieux, que le moment de sa force, de sa santé, de son bonheur fut au commencement, et que c'est là qu'il faut remonter pour ralentir le mouvement de la décadence ? Est-ce la vieille tradition de l'âge d'or, du bon vieux temps, toujours vivace sous des formes diverses et prompte à renaître même dans le cerveau d'un philosophe, s'il est mélancolique ? Est-

(1) *Œuvres*, I, 579.

ce la leçon de Machiavel ? Est-ce l'idée protestante qu'il faut remonter aux origines ? Il y a là un trait de la doctrine de Rousseau qui a contribué à donner à sa physionomie de philosophe ce caractère grâce auquel certains de ses critiques, abusés par sa renommée, ont découvert avec surprise qu'il avait été le plus réactionnaire des hommes (1). Dans tous les cas, c'était une médiocre justification de la Providence et de la nature, de dire, en ne laissant à l'homme que la responsabilité douteuse de quelques mouvements, que le progrès du mal avait une évolution inévitable dont tout le jeu consistait en ce qu'elle pouvait être un peu ralentie. Quelque complaisance qu'on ait en général pour ses propres idées et bien que Rousseau en eût beaucoup pour les siennes, il avait aussi une trop grande pénétration pour ne pas apercevoir à part lui la faiblesse de cette réponse.

Il avait pourtant déjà des éléments pour en faire une meilleure. Certaine note (2) du *Discours sur l'Inégalité* a plus de portée que la réponse à Philopolis : « Quoi donc ! Faut-il détruire les sociétés, anéantir le tien et le mien et retourner vivre dans les forêts avec les ours ?... O vous à qui la voix céleste ne s'est point fait entendre... et qui ne reconnaissez pour votre espèce d'autre destination que d'achever en paix cette courte vie... allez dans les bois perdre la vue et la mémoire des crimes de vos contemporains et ne craignez point d'avilir votre espèce en renonçant à ses lumières pour renoncer à ses vices. Quant aux hommes semblables à moi dont les passions ont détruit pour toujours l'ori-

(1) Il s'agit d'un critique américain.
(2) La note 9, *in fine*, *Œuvres*, I, 572.

ginelle simplicité (1), qui ne peuvent plus se nourrir d'herbes et de glands ni se passer de lois et de chefs ; ceux qui furent honorés dans leur premier père de leçons surnaturelles... ceux, en un mot, qui sont convaincus que la voix divine appela tout le genre humain aux lumières et au bonheur des célestes intelligences : tous ceux-là tâcheront, par l'exercice des vertus qu'ils s'obligent à pratiquer en apprenant à les connaître, de mériter le prix éternel qu'ils en doivent attendre ; ils respecteront les sacrés liens des sociétés dont ils sont les membres; ils aimeront leurs semblables et les serviront de tout leur pouvoir ; ils obéiront scrupuleusement aux lois et aux hommes qui en sont les auteurs et les ministres ; ils honoreront surtout les bons et sages princes... mais ils n'en mépriseront pas moins une constitution qui ne peut se maintenir qu'à l'aide de tant de gens respectables qu'on désire plus souvent qu'on ne les obtient et de laquelle, malgré tous leurs soins, naissent toujours plus de calamités réelles que d'avantages apparents. »

Il suffira à Rousseau de rapprocher cette vue de certain passage de son article sur l'Économie politique, non pas pour assigner une destination plus haute à l'établissement de la société — quelle fin plus haute saurait-elle avoir pour l'homme que la vertu et des récompenses célestes ? — mais pour dépasser la conception d'une société condamnée en dépit de tout à s'enfoncer sans cesse dans une corruption décrépite et pour proposer une justification de la Providence, une théodicée supérieure à celle qui fait faillite dans le *Dis-*

(1) On voit par cette expression même que Rousseau a prétendu dépeindre dans les premières parties du Discours un état originel d'innocence d'où les hommes par la suite sont déchus.

cours sur l'Inégalité (1). On assiste dans le manuscrit de Genève au premier essai de construction de cette théodicée par une rectification de la doctrine sociale qu'il y entreprend déjà. Mais dans le *Discours sur l'Inégalité* et les documents qui l'escortent immédiatement, les rapprochements d'idées nécessaires ne sont-ils pas faits? ou ne sont-ils pas assez parfaits pour que Rousseau les découvre et les expose ? ou se réserve-t-il de ne manifester sa doctrine qu'après lui avoir donné plus de force et des développements qu'il pressent, qu'il entrevoit, qu'il combine déjà peut-être ? Le plus probable ou plutôt ce qui est certain, c'est qu'il y rêve et il y travaille (2).

Le *Discours sur l'Inégalité* avait eu à Genève un sort tout autre que celui qu'attendait un peu naïvement Jean-Jacques. Volontiers on avait reçu en pompe l'auteur du *Discours sur les Arts*, le nouvel élu de la gloire littéraire en France, on l'avait avec empressement admis à la Cène, mais quand on fut en face du texte de sa nouvelle production, l'enthousiasme s'arrêta net ; à vrai

(1) Je rappelle qu'il a annoncé expréssement à la fin de la Préface du Discours le dessein de nous « apprendre à bénir » la main de Dieu.

(2) Il le dit tout au long dans les *Confessions*, part. II, liv. IX, 1756, I, 211. « Des divers ouvrages que j'avais sur le chantier, celui que je méditais depuis longtemps, dont je m'occupais avec le plus de goût, auquel je voulais travailler toute ma vie et qui devait, selon moi, mettre le sceau à ma réputation, était mes *Institutions politiques*. Il y avait treize à quatorze ans que j'en avais conçu la première idée... » Si l'on songe que le *Contrat social* a paru en 1762, cela fait un espace d'une vingtaine d'années pendant lesquelles il n'est pas trop facile de situer la date du manuscrit de Genève. Pour ma part, j'incline à penser que la rédaction, au moins dans son ensemble, sinon dans quelques détails, s'en rapporte à une période ultérieure au Discours sur l'inégalité et profite des réflexions qu'a dû susciter la polémique avec Philopolis.

dire, on ne souffla mot et on fit même très grise mine à la solennelle dédicace par laquelle Rousseau avait déposé son ouvrage sur l'autel de la patrie. Les raisons de cela, je suppose qu'il est superflu de les donner. Rousseau fut froissé. D'autre part, Voltaire était établi près de Genève, c'en était assez pour donner de l'ombrage à Jean-Jacques. Après avoir dit bien haut que le mieux était de vivre dans sa patrie et qu'ayant repris le titre de citoyen dans la sienne, il allait y passer ses jours, après avoir avec sincérité stigmatisé la dépendance, il accepte chez Mme d'Épinay l'Hermitage et s'y établit pour longtemps. S'il se résout à dépendre des grands, des riches, c'est pour être indépendant des libraires et avoir la liberté et le loisir de bien penser.

Il s'installe avec transport dans son nouveau séjour qu'il devait illustrer par de célèbres travaux. Il faut les énumérer avec lui. C'était d'abord les *Institutions politiques*, d'où proviendra plus tard le capital fragment qui porte le nom de *Contrat social*. Il en avait conçu la première idée à Venise; il l'avait peu à peu étendue par « l'étude historique de la morale », et s'était enfin persuadé que « tout tenait radicalement à la politique et que de quelque façon qu'on s'y prît, aucun peuple ne serait que ce que la nature de son gouvernement le ferait être (1) ». De là il avait dû passer à des méditations sur le gouvernement, et celles-ci l'avaient amené à cette question, comme à la plus importante, comme à la clef de toutes les autres : « Quel est le gouvernement qui par sa nature se tient toujours le plus près de la loi ?...

(1) Pour ceci, v. *ibid.*, I, 211, et il n'est pas mal à propos de se rappeler le vers de l'épître à Parisot (1742) que j'ai cité plus haut :

« Mais les hommes ne sont que ce qu'on les fait être. »

Qu'est-ce que la loi ? » En élucidant ce problème, il espérait donner à Genève des leçons indirectes dont il estimait qu'elle avait besoin. À la prière de Mme Dupin, il allait s'occuper aussi des papiers et des ouvrages de l'abbé de Saint-Pierre : vingt-trois volumes, ces ouvrages, « diffus, confus, pleins de longueurs, de redites, de petites vues courtes ou fausses, parmi lesquelles il en fallait pêcher quelques-unes grandes belles et qui donnaient le courage de supporter ce pénible travail ». Rousseau l'eût, de guerre lasse, abandonné s'il n'eût contracté une sorte d'engagement en prenant les manuscrits de l'abbé des mains de son neveu, le comte de Saint-Pierre, à la sollicitation de Saint-Lambert. En somme, Rousseau n'y perdit ni son temps ni sa peine ; il en fit peu d'extraits, mais il examina de près avec profit la *polysynodie* du bon abbé et reçut de lui des vues sur la paix perpétuelle. Le gain n'était pas médiocre. Le programme ainsi tracé enferme tout ce qui concerne les rapports politiques et sociaux des hommes à l'intérieur de l'Etat et les relations extérieures des Etats entre eux.

D'autre part, l'attention de Rousseau se fixait sur l'homme même, et à cet égard il entreprenait deux livres.

Le premier, il comptait y mettre le titre de *Morale sensitive* ou *Matérialisme du sage*. Préoccupé de son ancienne idée qu'il n'est homme si vertueux qui ne succombe à la tentation et que le parti le plus sage est de prendre toutes les précautions possibles pour l'éviter, il voulait décrire une sorte d'hygiène, au sens tout physique du mot, qui nous prémunît contre nos défaillances : « Il est, sans contredit, plus pénible à l'honnête homme de résister à des désirs déjà tout formés qu'il doit vaincre que de prévenir, changer ou modifier ces mêmes désirs dans leur source, s'il était en état d'y remonter. Un homme tenté résiste une fois parce qu'il est fort et succombe une autre fois parce qu'il est faible... En recherchant... à quoi tenaient ces diverses manières d'être, je trouvai qu'elles dépendaient en grande partie de l'impression antérieure des objets extérieurs et que, modifiés continuellement par nos sens et par nos organes, nous portions sans nous en apercevoir, dans nos idées, dans nos sentiments, dans nos actions mêmes, l'effet de ces modifications. Les frappantes et nombreuses observations que j'avais recueillies étaient au-dessus de toute dispute ; et par leurs principes physiques, elles me paraissaient propres à fournir un régime extérieur qui, varié selon les circonstances, pouvait mettre ou maintenir l'âme dans l'état le plus favorable à la vertu. Que d'écarts on sauverait à la raison, que de vices on empêcherait de naître, si l'on savait forcer l'économie animale à favoriser l'ordre moral qu'elle trouble si souvent ! Les climats, les saisons, les sons, les couleurs, l'obscurité, la lumière, les aliments, le bruit, le silence, le mouvement, le repos, tout agit sur notre machine et sur notre âme par conséquent ; tout nous offre mille prises presque assurées pour gouverner dans leur origine les sentiments dont nous nous laissons dominer (1). »

Le second ouvrage que Rousseau entreprenait et dont l'homme était l'objet, c'est l'*Émile*.

Les *Institutions politiques* sont demeurées inachevées, mais si l'on rapproche du *Contrat social* les opuscules et les essais politiques, ce qu'on possède ne laisse

(1) *Œuvres*, I, 213.

pas bien sentir ce qui manque, et la doctrine politique apparaît complète.

Le *matérialisme du sage* resta à l'état de projet totalement inexécuté : il n'est pas sûr que la philosophie de l'homme ait beaucoup à le regretter. On distingue dans le plan de Rousseau l'inspiration de la philosophie anglaise de l'association des idées qu'il eût certainement traitée d'une manière originale et plus idéaliste qu'il n'imagine ; mais il n'est pas douteux que beaucoup de ses pensées sur cette matière n'aient passé dans l'*Émile*, et qu'on ne pût retrouver de nombreuses traces de cette morale sensitive dans *la Nouvelle Héloïse*, ce réservoir commun de toutes ses doctrines et le dernier des ouvrages auxquels il consacrait alors une si étonnante activité d'esprit. Au reste, il avoue lui-même dans ses Dialogues qu'après toutes ces publications et les *Confessions* à part, il n'avait plus rien à dire.

C'est dans l'ordre que je viens de suivre que Rousseau lui-même expose les projets dont il est occupé et c'est dans cet ordre aussi qu'il me paraît logique de les aborder et de les étudier. Il n'en irait pas de même avec un autre philosophe et il ne serait que rationnel d'étudier l'homme avant de passer aux relations politiques que les hommes soutiennent entre eux. Mais chez Rousseau c'est le cadre et la forme qui déterminent l'homme. Un peuple n'est que ce que son gouvernement le fait être, et un homme à son tour n'est que ce qu'on le fait être par le milieu où on le place, milieu politique ou milieu naturel. Il semble donc bien qu'il convienne de considérer d'abord la forme de la politique telle que la conçoit Rousseau et d'y ajouter ensuite l'homme tel qu'il le détermine.

V

Le Contrat social et les ouvrages politiques.

Refaire l'homme en le rendant indépendant de l'homme. — Faire l'homme de la loi. — Idée fondamentale : égaler les lois civiles aux lois de la nature. — Éloge de la loi. — Les lois de la nature nécessaires, à qui on ne ment pas. — Donner le même caractère aux lois sociales. — Mesure de l'influence due à Genève.

Le Contrat social. — Livre I. — Concilier l'utilité et la justice. — De l'origine du pacte social. — Le hasard ici est éliminé. — Formule du contrat social. — Son caractère absolu, impersonnel. — Sa réalité, d'après Rousseau, historique. — Comment le contrat a été faussé, il l'ignore. — Rousseau maintenant rasséréné. — Le corps politique. — La propriété droit sacré. — L'égalité des biens contraire à la doctrine de Rousseau. — Adoucissement progressif de ses idées en matière d'impôts. — La liberté à la Rousseau antipode du libéralisme. — Dithyrambe en l'honneur de l'état social. — La liberté morale.

Livre II. — *Du souverain.* — L'idée d'organisme social. — Limites de la loi : sa force.

Livre III. — *Du gouvernement, de ses formes et de sa vie.* — Le prince ou magistrat. — Rapports du magistrat à l'État. — La démocratie impossible par nature. — Évolution de l'aristocratie. — Élective, l'aristocratie est le meilleur gouvernement. — Monarchie mauvaise. — Influence des climats. — Tendance des États à dégénérer. — Corruption des formes de gouvernement. — Remède préventif : la souveraineté fortifiée contre le gouvernement. — Condamnation absolue du gouvernement représentatif.

Livre IV. — *Des magistratures.* — Importance des formes de la délégation du pouvoir.

Compléments de la doctrine du contrat social. — Théorie du législateur. — Son caractère miraculeux. — La personne de Rousseau. — Compte à tenir des mœurs. — Liaison logique du système. — Exemple pris des *Considérations sur le gouvernement de Pologne.*

Critique du christianisme au point de vue politique. — Le théisme évangélique moralement bon. — Qu'il faut supprimer tout clergé. — Les dogmes de la religion civile promulgués avec force de loi. — Place laissée aux opinions et traditions religieuses.

La paix perpétuelle comme conséquence de la doctrine civile. — Les confédérations.

Rôle des femmes dans l'État. — Les mœurs. — Exclusion des arts. Jugement du *Contrat social.*

L'homme est méchant parce qu'il est divisé d'avec lui même (1). Il vit hors de lui-même parce qu'il dépend d'autrui. Le problème est donc de supprimer cette dépendance d'homme à homme, de faire disparaître ce que Rousseau appelle avec une énergie et une concision admirables : « l'homme de l'homme » (2).

L'idée fondamentale et essentielle du *Contrat social* est extrêmement simple, il ne faut que la voir.

Cette idée, c'est de donner à la loi dans l'ordre politique la force et l'efficacité qu'ont les lois dans l'ordre naturel. Ainsi, puisqu'on ne peut restituer l'homme naturel, puisqu'il n'est même pas souhaitable, nous le verrons, de faire revivre l'homme de la nature, on abolira l'homme de l'homme et on fera paraître à sa place l'homme de la loi (3).

(1) Sur l'homme divisé d'avec lui-même, cf. Platon, *Rép.* liv. VIII, où Rousseau a beaucoup puisé. Que, d'autre part, la constitution civique ait pour fin la vertu des citoyens, c'est une idée que Rousseau trouvait expressément dans Arist. *Politiq.*, III-v. 11, *ibid.* VII-II, 3. (Par ces chiffres, je renvoie mon lecteur à l'estimable traduction de M. Thurot.)

(2) L'expression se trouve dans les *Confessions*, dans le passage qui se rapporte aux méditations de Rousseau pour le *Discours sur l'Inégalité*, part. II, liv. VIII, *Œuvres*, I, 203.

(3) Cette théorie se dégage suffisamment de l'œuvre politique de Rousseau. Au surplus, il l'a formulée lui-même expressément dans le texte suivant : « ... Ces considérations sont importantes et servent à résoudre toutes les contradictions du système social. Il y a deux sortes de dépendances : celle des choses, qui est de la nature, celle des hommes, qui est de la société. La dépendance des choses, n'ayant aucune moralité, ne nuit point à la liberté et n'engendre point de vices ; la dépendance des hommes, étant désordonnée, les engendre tous, et c'est par elle que le maître et l'esclave se dépravent mutuellement. S'il y a quelque moyen de remédier à ce mal dans la société, c'est de substituer la loi à l'homme et d'armer les volontés générales d'une force réelle, supérieure à l'action de toute volonté particulière. Si les lois des nations pouvaient avoir, comme celles de la nature, une inflexibilité que jamais aucune force hu-

Il y a déjà longtemps que Rousseau professe pour la loi l'admiration la plus haute et le culte le plus solide ; nous l'avons vu par ses tout premiers essais. Il tient cela sans nul doute de son éducation génevoise et de la lecture des auteurs de l'antiquité. Maintenant, ces sentiments sont poussés au plus grand enthousiasme : « Comment, dit-il dans son article de l'Économie politique, forcer les hommes à défendre la liberté de l'un d'entre eux sans porter atteinte à celle des autres ? et comment pourvoir aux besoins publics sans altérer la propriété particulière de ceux qu'on force d'y contribuer ? De quelques sophismes qu'on puisse colorer tout cela, il est certain que, si l'on peut contraindre ma volonté, je ne suis plus libre ; et que je ne suis plus maître de mon bien, si quelque autre peut y toucher. Cette difficulté, qui devait sembler insurmontable, a été levée avec la première par la plus sublime de toutes les institutions humaines, ou plutôt par une inspiration céleste, qui apprit à l'homme à imiter ici-bas les décrets immuables de la Divinité. Par quel art inconcevable a-t-on pu trouver le moyen d'assujettir les hommes pour les rendre libres ; d'employer au service de l'État les biens, les bras et la vie même de tous ses membres, sans les contraindre et sans les consulter ; d'enchaîner leur volonté de leur propre aveu ; de faire valoir leur consentement contre leur refus, et de les forcer à se

maine ne pût vaincre, la dépendance des hommes redeviendrait alors celle des choses ; on réunirait dans la république tous les avantages de l'état naturel à ceux de l'état civil. » *Émile*, liv. II, *Œuvres*, II, 434. Voilà évidemment l'objet du *Contrat social* ; et Rousseau y renvoie lui-même dans une note relative à ce passage. En somme, je définirais tout Rousseau, le sauvage et le politique, en disant qu'il transporte à la société telle qu'il la veut sa superstition de la nature.

punir eux-mêmes quand ils font ce qu'ils n'ont pas voulu ? Comment se peut-il faire qu'ils obéissent et que personne ne commande, qu'ils servent et n'aient point de maître ; d'autant plus libres en effet que, sous une apparente sujétion, nul ne perd de sa liberté que ce qui peut nuire à celle d'un autre ? Ces prodiges sont l'ouvrage de la loi. C'est à la loi seule que les hommes doivent la justice et la liberté ; c'est cet organe salutaire de la volonté de tous qui rétablit dans le droit l'égalité naturelle entre les hommes ; c'est cette voix céleste qui dicte à chaque citoyen les préceptes de la raison publique et lui apprend à agir selon les maximes de son propre jugement et à n'être pas en contradiction avec lui-même. C'est elle seule aussi que les chefs doivent faire parler quand ils commandent ; car sitôt qu'indépendamment des lois un homme en prétend soumettre un autre à sa volonté privée, il sort à l'instant de l'état civil et se met vis-à-vis de lui dans le pur état de nature où l'obéissance n'est jamais prescrite que par la nécessité (1). »

Ainsi la loi est capable de supprimer le mal qu'il y a dans le monde parce qu'elle est, de son essence, impersonnelle. Si elle règne comme elle doit le faire, on dépendra d'elle et non plus d'autrui, et en dépendant d'elle absolument, on sera libre.

En effet, ne dépend-on pas complètement et constamment des lois de la nature? Y a-t il un seul moment où nous soyons exempts de leur contrainte ? Est-ce que la pesanteur cesse jamais d'agir sur tout notre corps ? Ne devons-nous pas respirer du moment de la nais-

(1) *Œuvres*, t. I, p. 589. L'article parut en 1755. Sur la valeur éminente de la loi, cf. Arist , *Polit* , III-xi, 4 sqq.

sance jusqu'à la mort ? Ne faut-il pas que les battements de notre cœur assurent sans intermittence la circulation de notre sang, que nous nous réparions par le sommeil, par la nourriture, que chacun de nos organes conspire sans faute à l'ensemble ? Et cependant, si l'on ne nous met pas entre quatre murs, malgré ces inéluctables nécessités qui nous pressent perpétuellement et peut-être même, à les considérer comme des conditions de notre vie, à cause d'elles, nous nous sentons libres et nous le sommes. Qu'on parvienne, par un art politique achevé (1), à imiter ces décrets de la Providence, à donner à la loi civile le même caractère de vigueur incessante qui ne fait point acception de personnes, à la rendre donc parfaitement irrésistible et impersonnelle, on aura tout sauvé. On ne ment pas aux lois de la nature ; mais les lois humaines, quand elles sont fausses, issues d'un contrat social vicieux, c'est-à-dire quand, au lieu d'être des lois, elles sont des simulacres de lois, quand elles sont relatives à tels ou tels hommes et sont établies pour les uns, par les uns, contre les autres, elles provoquent l'hypocrisie de ceux qu'elles servent aussi bien que de ceux qu'elles atteignent ; on ment à ces sortes de lois et les uns aux autres et à soi-même ; ainsi le paraître est substitué à l'être, à la

(1) « Montrons-lui, dans l'art perfectionné, la réparation des maux que l'art fit à la nature » (*Manuscrit de Genève*, ch. II, éd. Dreyfus-Brisac, p. 254). C'est une idée fort analogue que Kant exprime dans ses notes sur la Pédagogie (éd. Hartenstein, t. VIII, p. 506) en disant : « Volkommene Kunst wird wieder zur Natur : l'art parfait se tourne de nouveau en nature. » Barni fait dans la traduction de cette phrase un contresens que j'ai signalé dans mon *De tractatu Kantii paedagogico*, pp. 18 et 127. On voit par ce détail à quel point Kant, qui ne connaissait pas le *Manuscrit de Genève*, a le sens de Rousseau.

vérité le mensonge, à l'harmonie intérieure de la vertu la désunion de nos facultés, dont quelques-unes nous transportent pour ainsi dire hors de nous-mêmes, dans l'opinion, également vicieuse d'ailleurs, d'autrui. Il s'agit de rendre les lois sociales aussi impersonnelles et aussi générales que les lois de la nature ; voilà le problème qu'il faut se proposer, et c'est justement pour le résoudre que Rousseau écrit le *Contrat social* (1).

Entreprenant cette tâche, qu'est-ce que Rousseau doit à la constitution de Genève ? On a pu le rechercher. Il lui doit quelque chose, moins peut-être qu'il n'a dit ou qu'on n'a cru. Que l'on compare le *Contrat social* avec la constitution de Genève telle qu'elle était établie au moment du travail de Rousseau, on trouvera fort peu d'analogies, de points de contact. Le *Contrat social* est une chose et la constitution de Genève en est une autre : l'un est un travail abstrait, l'autre est un certain accident historique qui participe beaucoup de la complexité des productions de la vie des peuples (2). Si, d'autre part, on considère que Rousseau espérait exercer sur sa patrie par le *Discours sur l'Inégalité* une influence de réformateur et sans doute par le *Contrat social* une action de législateur, que le livre fut brûlé

(1) C'est en faisant des lois sociales l'équivalent des lois naturelles qu'il va prétendre à faire cesser l'opposition des intérêts avec les devoirs, opposition dont il a eu jadis un exemple qui l'a frappé, lorsque son père a négligé de le suivre et de le rattraper sur la route de Turin. C'est cette « bonne philosophie, d'une profonde utilité », qu'il est en train de mettre « dans ses principaux écrits », et que plus tard il accuse son siècle frivole de n'avoir pas su remarquer.

(2) V. le tableau de la constitution de Genève dans l'article « Genève » de l'*Encyclopédie*, reproduit par Petitain dans son édition de Rousseau.

à Genève quand on le tolérait partout ailleurs, qu'après la publication qu'il en fit, ainsi que de l'*Émile*, l'auteur entra dans une ère de terribles démêlés avec ses concitoyens, que toutes les Lettres de la Montagne sont écrites, avec quelle passion ! pour démontrer l'absurdité du gouvernement de Genève au point de vue théologique, son iniquité au point de vue politique, qu'il reproche aux magistrats d'y être ou de s'y faire les arbitres des lois, au lieu de les appliquer seulement, ce qui est usurpation (1), j'estime qu'on peut transporter avec confiance et presque mot pour mot au *Contrat social* ce que Rousseau dit de la Polysynodie : « Il y avait une extrême différence entre la Polysynodie qui existait et celle que proposait l'abbé de Saint-Pierre ; et pour peu qu'on y réfléchisse, on trouvera que l'administration qu'il citait en exemple lui servait bien plus de prétexte que de modèle pour celle qu'il avait imaginée (2). » Encore Rousseau prend-il pour le *Contrat social* ses exemples ailleurs qu'à Genève et ne la cite-t-il pas, après l'avoir saluée au début. Il lui a dû une part de son inspiration républicaine, une part seulement, car il en doit la plus grande aux républiques antiques. Je veux que Genève les lui ait rendues plus chères, encore qu'elles le fussent à bien d'autres lettrés non genevois : il a vu Genève à la lumière de ces républiques bien plus qu'il n'a vu ces républiques à travers Genève. Ce que je retrouve plutôt dans le *Contrat social*, c'est son « âme à la Plutarque » formée sous les influences de jeunesse que nous avons signalées en leur

(1) V. *Lettres écrites de la Montagne*, part. II, lettre IX, *Œuvres*, III, 107.
(2) *Œuvres*, I, 633.

temps et les idées qu'il avait acquises lui-même, une fois homme (1).

Livre premier (*Le Contrat social*) (2).

Il va, dit-il, chercher dans l'ordre civil une règle d'administration légitime et sûre en prenant les hommes tels qu'ils sont, c'est-à-dire en considérant leur intérêt et l'utilité, et les lois telles qu'elles peuvent être : interprétons, telles qu'elles doivent être, c'est-à-dire en envisageant le droit et la justice. Son intention, on le voit, est de réconcilier et de faire coïncider ce que nous appellerions la réalité et l'idéal.

« L'homme est né libre et partout il est dans les fers. » Ces fers sont forgés par l'ordre social qui sans doute est un droit sacré, mais qui ne vient pas de la nature (3). Il faut donc chercher sur quelles conventions il est fondé.

(1) Tant par ses lectures étendues des classiques du droit civil qu'il cite souvent, Grotius, Puffendorf, etc., etc., que par ses réflexions personnelles depuis son séjour à Venise.

(2) Le titre complet de l'ouvrage est : Du Contrat social o principes du Droit politique. Il porte l'épigraphe suivante : *Foederis aequas Dicamus leges*, Virg., *Æneid.* lib. XI, v. 321. On peut voir par le *Manuscrit de Genève* qu'il a d'abord tâtonné sur le titre. Rousseau a donné lui-même de bonnes et lucides analyses du *Contrat social* et qui peuvent servir de guides au liv. V de l'*Émile* et dans la VIe Lettre de la Montagne. Toutefois ces analyses ne sont pas critiques et ne peuvent dispenser le critique de refaire le travail pour son compte.

On lira avec grand profit un pénétrant opuscule où M. Georges Bry, professeur à la Faculté de Droit d'Aix-Marseille, a étudié l'« Influence du Contrat social de Rousseau sur les idées et les institutions politiques » qui ont paru depuis lors, pendant et depuis la Révolution. (Imp. nation., 1898.)

(3) Nous avons vu dans le *Discours sur l'Inégalité* qu'il était né d'un accident, d'un déplorable hasard. Mais nous allons voir maintenant que Rousseau a changé de sentiment sur l'origine des sociétés.

Rousseau élimine d'abord, comme fondement du droit social, l'ordre naturel de la famille. Nous savions déjà qu'aux yeux de Rousseau toute magistrature héréditaire est arbitraire, illégitime (1).

Il élimine la force, puissance physique qui ne peut créer aucun droit moral, aucun devoir. Elle contraint par nécessité, mais expire au seuil de la volonté. Nous voilà avertis que, pour qu'une société soit légitime, il faudra que le for intérieur soit obligé envers elle. Alléguera-t-on que cette puissance vient de Dieu? Elle en vient comme la maladie : est-il défendu, dit Rousseau, se souvenant ici de sa réponse à Philopolis, d'appeler le médecin? de se défendre d'un brigand? La preuve que la force n'oblige pas la volonté, c'est qu'une volonté qui sait se rendre plus forte que la force établie peut venir à la détruire et ainsi de suite; où sera le droit? Il résulte de là qu'aucun esclavage ne vaut, même fondé sur la guerre, ni individuel, ni collectif. Il ne comporte pas de vrai contrat, donc pas de droit. On n'a pas même le droit de s'aliéner soi-même, c'est un acte de fou, à plus forte raison de donner ses enfants.

Il reste le fait : nous voyons qu'il y a des peuples conduits par des rois, des gouvernements. Mais ce n'est jamais là qu'un fait, non pas un droit. Sommes-nous bien sûrs de voir un peuple, si tous les individus unanimement ne sont pas convenus d'être un peuple? Sans contrat ou pacte social, il y a bien agrégation d'hommes, il n'y a pas association, société, peuple au sens vrai du mot, et c'est toujours à ce pacte qu'il faut revenir.

(1) Cf. le commencement de l'article « De l'économie politique » dans l'*Encyclopédie*, in-folio, t. V, ou *Œuvres*, I, 585-586.

Quand le pacte social va-t-il naître et quelle en doit être la forme?

Le pacte social se conclut quand les hommes sont « parvenus à ce point où les obstacles qui nuisent à leur conservation dans l'état de nature l'emportent par leur résistance sur les forces que chaque individu peut employer à se maintenir dans cet état. Alors cet état primitif ne peut plus subsister; et le genre humain périrait s'il ne changeait sa manière d'être » (1). Nous voilà loin de la cause fortuite précédemment invoquée par Rousseau. C'est qu'au moment où il écrivait le *Discours sur l'Inégalité*, le changement de l'état de nature en état policé était pour lui un malheur « qui n'aurait jamais dû arriver ». Quand il répondait à Philopolis, il ne soutenait plus que ceci : c'est que « ces circonstances extérieures pouvaient arriver plus tôt ou plus tard », et il entrevoyait qu'elles pourraient bien avoir une raison d'être, une fin, une cause finale dans la vertu. Maintenant il trouve bon, comme nous le verrons, que ce changement ait eu lieu, et il explique dans une formule rationnelle, quoique un peu obscure et concise, comment *il a dû* arriver : il est venu un moment où les hommes n'ont eu d'autre ressource pour subsister que d'unir en une somme leurs forces individuelles de manière à les faire agir « de concert ».

Mais comment chacun engagerait-il sa force et sa liberté sans renoncer à soi-même (nous savons que ce serait illégitime) et en demeurant aussi libre qu'auparavant? comment passer un tel engagement, un tel contrat dont les termes semblent contradictoires?

(1) Ch. vi, *Œuvres*, I, 644.

Rousseau croit que la chose est possible et qu'elle n'est possible que sous la seule forme de la clause suivante : « aliénation totale de chaque associé avec tous ses droits à toute la communauté », à la volonté qui par cela même va devenir commune.

On s'étonne, on proteste contre le caractère absolu que Rousseau donne au contrat et qu'il impose à l'aliénation de chacun ; commençons par le bien comprendre. Un contrat de cette nature est égal pour tous, non que chacun y apporte la même force physique ou les mêmes biens, mais en ce que chacun donnant également tout ce qu'il a et tout ce qu'il est, nul n'y est favorisé, nul n'y dissimule rien à son profit, chacun entre vraiment dans le pacte sans se diviser lui-même. Nul ne réserve rien, et c'est ainsi que l'union des forces est totale, c'est-à-dire qu'elle est : car si quelqu'un ou chacun réservait quelque chose, il resterait par rapport aux autres dans l'état de nature, c'est-à-dire de désunion pour ce qu'il aurait réservé. Le contrat ainsi défini ne fait aucune acception de personne : il est impersonnel.

Rousseau est tellement convaincu qu'il est de la nature de ce contrat d'être ainsi qu'il ne doute pas que ce contrat ait été en effet, historiquement, quand même on ne l'aurait pas expressément énoncé ; cette clause unique du contrat, c'en est tellement l'essence qu'elle a été, selon lui, universellement admise et reconnue, sous-entendue au moins et peut-être positivement formulée.

La question qui se présente, c'est pourquoi, ce contrat primitif étant si facilement conçu et si nettement admis de tous, on est tombé de là dans ce faux contrat qui fait qu'actuellement tout le monde est dans les fers (1) et dont il nous a montré la passation dans le *Discours sur l'Inégalité*, qu'il nous a présenté encore sous ces couleurs ridicules dans l'article sur l'Economie politique : « Vous avez besoin de moi, car je suis riche et vous êtes pauvre ; faisons donc un accord entre nous : je permettrai que vous ayez l'honneur de me servir, à condition que vous me donnerez le peu qui vous reste pour la peine que je prendrai de vous commander (2). »

A l'époque du Discours et de l'article (3), Rousseau ne savait pas par quel accident le mal était entré dans le monde, mais il savait qu'il y était entré par un accident physique et il croyait savoir que la première forme du contrat avait été tout de suite dolosive. A présent il croit savoir que l'état de nature n'a pas cessé par un accident et il croit savoir qu'il y a eu une première forme du contrat qui n'était pas dolosive. Ainsi il apparaît rasséréné, n'incrimine plus le hasard, n'accuse plus les riches. Si on lui demande comment le vrai contrat a tourné en servitude, il répond qu'il « l'ignore (4) ». Son ignorance s'est déplacée, elle porte maintenant sur la cause du changement d'un vrai contrat qui a été en un mauvais qui est. Elle laisse donc place encore à l'intervention possible de la mauvaise volonté humaine ; toutefois cette mauvaise volonté n'est pas positivement dénoncée, puisque Rousseau ignore comment le changement s'est fait ; peut-être même n'est-elle plus formellement requise, puisque,

(1) Selon la méthode qu'il a déjà employée, Rousseau cherche à rebrousser le cours du temps, à remonter à l'origine.

(2) *Œuvres*, I, 602.

(3) En 1753 environ.

(4) Ch. I, I, 639.

d'après Rousseau (et l'idée recevra ici son développement), les institutions ont d'elles-mêmes une pente à dégénérer. Il semble qu'au moment où il croit sauver les hommes, il ait déposé son ancienne fureur de les accuser.

Voilà donc chacun obligé envers tous et envers le tout. Si quelqu'un ne souscrit pas le contrat, il devient étranger dans l'État (1). Ce tout forme un corps politique, moral et collectif, une personne publique, un moi commun que Rousseau appelle souverain en tant qu'il est actif. Il ne subit aucune nécessité, puisque c'est à lui que tout pouvoir a été conféré ; par suite il n'y a aucune loi qui ne dépende de lui et il est même libre de ne pas être, de cesser d'être, s'il le veut ; il n'a qu'une obligation, c'est d'être souverain, s'il est, c'est-à-dire de garder, tant qu'il est, ce caractère moral absolu d'où il a pris naissance et qui absolument le fait être.

Il n'a pas d'intérêt contraire à celui des particuliers, car le corps ne peut vouloir nuire à aucun de ses membres, autant dire à lui-même. Mais un particulier peut vouloir, comme tel, autre chose que l'intérêt commun qu'il veut comme membre du tout ; le pacte social comporte donc que « quiconque refusera d'obéir à la volonté générale y sera contraint par tout le corps », car cette seule condition, en le donnant tout entier à la patrie, le garantit « de toute dépendance personnelle » et ainsi, par son efficace, « le force d'être libre ». Ne voit-on pas qu'il s'agit bien de donner à la loi politique souveraine la même prise entière et la même action irrésistible qu'aux lois de la nature ?

(1) Liv. IV, ch. II, *Œuvres*, I, 684. Cf. sur le droit de renonciation au contrat, *Émile*, liv. V, *Œuvres*, II, 704.

« Chaque membre de la communauté se donne à elle au moment qu'elle se forme, tel qu'il se trouve actuellement, lui et toutes ses forces, dont les biens qu'il possède font partie... Ce qu'il y a de singulier dans cette aliénation, c'est que, loin qu'en acceptant les biens des particuliers la communauté les en dépouille, elle ne fait que leur assurer la légitime possession, changer l'usurpation en un véritable droit et la jouissance en propriété (1). »

Il est vrai que Rousseau n'a aucun principe qui lui permette d'interdire à la communauté, à l'Etat, au souverain de s'emparer purement et simplement des biens de tous, comme il admet que « cela se fit à Sparte au temps de Lycurgue » (2) ; par ses principes mêmes il est obligé de conclure à la légitimité du communisme, mais à une condition, c'est qu'il soit général, parce qu'alors la loi est égale pour tous. Dès là que le communisme ne serait pas général, il n'est pas, et « le souverain n'a nul droit de toucher au bien d'un particulier ni de plusieurs... l'abolition des dettes par Solon fut un acte illégitime... Si c'est sur le droit de propriété qu'est fondée l'autorité souveraine, ce droit est celui qu'elle doit le plus respecter ; il est inviolable et sacré pour elle tant qu'il demeure un droit particulier et individuel (3) ». Et ailleurs : « Il est certain que le droit de propriété est le plus sacré de tous les droits des citoyens et plus important, à certains égards, que la liberté même (4). » Hors le cas de communisme absolu, c'est-à-dire de la nullité des biens individuels,

(1) Liv. I, ch. IX, « Du domaine réel », *Œuvres*, I, 647.
(2) *Emile*, liv. V, *Œuvres*, II, 708.
(3) *Ibid.*
(4) Article de l'Économie politique, *Œuvres*, I, 596.

comme dans un couvent de moines, les biens individuels doivent donc être respectés, inviolables, sacrés tels qu'ils sont ; et si je comprends bien Rousseau, rien ne serait plus contraire à l'essence du contrat social qu'une mesure qui établirait l'égalité des biens entre les individus, attendu que par cette mesure les uns tireraient du souverain plus qu'ils ne lui apporteraient, les autres moins qu'ils ne lui apporteraient, et qu'ainsi, sous une apparence d'égalité, cette mesure serait vraiment inégale d'un individu à l'autre (1). Et cette violation du contrat social en serait la ruine ; car les individus, par cette égalité en quelque sorte arithmétique, seraient replacés dans une sorte d'état de nature, faussé cette fois, puisqu'au lieu d'être relatif aux produits naturels de la terre, les arts étant devenus nécessaires, il serait relatif à un sol et à des produits de l'industrie humaine où se seraient incorporés une main-d'œuvre, un travail des particuliers, des efforts individuels inégaux. L'état de nature restauré par cette injustice dissoudrait du même coup le contrat social par lequel l'homme doit être dénaturé. Il faut donc, encore une fois, que ce contrat prenne tout et qu'il ne soit plus question de propriété ou qu'il restitue à chacun le sien. Lorsque chacun apporte au souverain sa personne, le souverain lui en fait la remise et ne change rien à l'inégalité physique, c'est-à-dire à celle des forces et de l'intelligence : de même il respecte et confirme l'inégalité des biens qui est comme le prolongement de la première.

Ainsi ce que veut et ce que cherche Rousseau dans

(1) Cf. Arist., *Politiq.*, III, v. 10. Il suit de ce rapprochement que Rousseau s'est inspiré ici d'Aristote et que mon interprétation est correcte.

sa théorie de la propriété, ce n'est pas du tout une rigoureuse égalité matérielle, c'est une rigoureuse égalité morale. Celle-ci, hors le cas du communisme où elle est atteinte par la nullité de la propriété individuelle, est atteinte justement par l'inégalité de la propriété individuelle. Et s'il est vrai que Rousseau a toujours désiré que la législation tendît à diminuer la grande inégalité des fortunes (1), encore voit-on que de la première période de ses travaux politiques aux suivantes, ses idées évoluant, il s'est de plus en plus éloigné de l'impôt progressif personnel (2) et même des impôts somptuaires (3) préconisés par lui dans son article sur l'économie politique (4), pour en venir à recommander les

(1) *Gouvernement de Pologne*, ch. x, *Œuvres*, I, 727.

(2) « On voit par là que le pouvoir souverain, tout absolu, tout sacré, tout inviolable qu'il est, ne passe ni ne peut passer les bornes des conventions générales, et que tout homme peut disposer pleinement de ce qui lui a été laissé de ses biens et de sa liberté par ces conventions : de sorte que le souverain n'est jamais en droit de charger un sujet plus qu'un autre, parce qu'alors, l'affaire devenant particulière, son pouvoir n'est plus compétent. » *Contrat social*, liv. II, ch. iv, « *Des bornes du pouvoir souverain.* » *Œuvres*, I, 651. Ce passage est dans le *Manuscrit de Genève*, édition Dreyfus-Brisac, p. 272.

(3) « Au reste, ce n'est pas par des lois somptuaires qu'on vient à bout d'extirper le luxe. » *Gouvernement de Pologne*, ch. iii, *Œuvres*, I, 708.

(4) Écrit vers 1753, paru en 1755. Ici il préconisait « la taxe par tête » ou « *capitation...* » « proportionnée aux moyens des particuliers... », « réelle et personnelle », V. *Œuvres*, I, 601, et les impôts somptuaires : « Qu'on établisse de fortes taxes sur la livrée, sur les équipages, sur les glaces, lustres, ameublements, sur les étoffes et la dorure, sur les cours et jardins des hôtels, sur les spectacles de toute espèce, sur les professions oiseuses, comme baladins, chanteurs, histrions, en un mot sur cette foule d'objets de luxe, d'amusement et d'oisiveté qui frappent tous les yeux et qui peuvent d'autant moins se cacher que leur seul usage est de se montrer, et qu'ils seraient inutiles s'ils n'étaient vus. Qu'on ne craigne pas que de tels produits fussent arbitraires... » Il ajoute, il est vrai, que ces taxes n'empêcheront pas le luxe : « Tant qu'il y aura des riches, ils

taxes proportionnelles à établir sur les produits imposables (1).

Le pacte social une fois conclu, Rousseau fait la balance de l'opération. L'homme y perd sa liberté naturelle, son droit illimité à l'entreprise ; il y gagne, avec la liberté civile, la garantie de ce qu'il possède. Cette liberté n'a absolument rien de commun avec la licence de faire tout ce qu'on veut et de tout brouiller au préjudice des autres ; elle consiste essentiellement à ne pas dépendre des hommes, mais de la loi à laquelle on a participé comme contractant et membre de l'État : ainsi, plus on dépend de la loi, plus on dépend de soi-même, donc plus on est libre. Cette conception n'a rien à voir avec le libéralisme ; elle en est l'opposé, l'antipode. Mais c'est peu que le contrat social « substitue une égalité morale et légitime à ce que la nature avait pu mettre d'inégalité physique entre les hommes (2) ». L'homme civil voit s'ouvrir devant lui tout un monde moral où l'état de nature ne donnait nul accès ; il fait

voudront se distinguer des pauvres ; et l'État ne saurait se former un revenu moins onéreux ni plus assuré que sur cette distinction. » (*Ibid.*, I, 604.) Il est évident que ni le ton ni l'intention ne sont les mêmes que dans la région plus sereine, dans la sphère du *Contrat social* paru dix ans après (1762) et où Rousseau veut la justice et s'efforce à l'impartialité d'un législateur.

(1) « De toutes les manières d'asseoir un impôt, la plus commode et celle qui coûte le moins de frais est sans contredit la capitation ; mais c'est aussi la plus forcée, la plus arbitraire... comme il est injuste et déraisonnable d'imposer les gens qui n'ont rien, les impositions réelles valent toujours mieux que les personnelles... » Puis il conseille des impôts sur les bestiaux, « des taxes proportionnelles » sur les terres ou mieux sur leur produit. V. *Gouvernement de Pologne*, ch. XI, « Système économique », I, p. 732. Nous sommes en 1772 ; la doctrine s'éloigne sensiblement des formules âcres où se plaisait Rousseau une vingtaine d'années auparavant.

(2) Liv. I, ch. IX, « Du domaine réel », *in fine*. *Œuvres*, I, 648.

succéder à l'instinct la justice, à l'impulsion physique la moralité que lui dicte la voix du devoir, aux penchants la raison ; il voit s'étendre ses facultés, ses idées ; ses sentiments s'ennoblissent, son âme s'élève et, sauf les abus qui dans cette nouvelle condition le dégradent souvent au-dessous de l'ancienne (1), il a lieu de bénir l'heureux instant qui d'un animal stupide et borné qu'il était fait un être intelligent et un homme. En un mot il acquiert ce bien suprême, « la liberté morale, qui seule rend l'homme maître de lui », et par là, après le pacte, il est plus libre qu'auparavant. Désormais capable de se prescrire une loi, il échappe à l'impulsion du seul appétit, qui est esclavage, mais « l'obéissance à la loi qu'on s'est prescrite est liberté (2) ». Ces miracles, ces bienfaits, il les doit à l'état civil. Rousseau se passionne maintenant pour la société comme il s'était passionné contre elle : depuis le moment où il disait que c'était un crime de posséder un champ et qu'il serait bon d'écraser la tête des enfants entre des planches pour les maintenir dans l'imbécillité naturelle, nous avons fait du chemin.

Livre II (*Du souverain*).

La théorie du souverain est dominée tout entière par cette idée d'organisme dont M. Izoulet a bien marqué la présence chez Rousseau, idée qui a eu depuis lors une grande fortune et qui semble avoir abouti à une faillite au moins partielle.

(1) Rousseau insère cette restriction pour justifier son ancien point de vue du *Discours sur l'Inégalité* : *corruptio optimi pessima.*
(2) Liv. I, ch. VIII, « De l'état civil ». On voit le parti que Kant a tiré de cette dernière formule.

La souveraineté est inaliénable, indivisible, c'est-à-dire que du moment où, en vertu du contrat social, la société civile existe, elle est simplement, pour elle-même et en elle-même. Aussi sa volonté, de quelque façon que se répartissent et soient comptées toutes les voix, est toujours générale ; elle n'a rapport qu'à un corps et veut toujours le bien commun. Sans doute elle peut se tromper sur son propre bien, comme un individu peut se tromper sur le sien, mais comme l'individu, c'est son bien qu'elle veut. Il est vrai encore que les volontés particulières veulent leur propre bien ; aussi faut-il qu'il y ait beaucoup d'associations particulières qui se neutralisent, ou mieux qu'il n'y en ait pas du tout, de manière que la volonté générale se dégage en pleine lumière : en tant que volonté, elle ne peut errer. En revanche, le peuple n'a aucun droit de statuer sur des cas particuliers, car en se posant vis-à-vis des particuliers, il se mettrait lui-même dans la situation d'un particulier, dans l'état de nature vis-à-vis de ses membres, ce qui est contraire à l'essence même du pacte social ; il n'a droit qu'à faire des lois générales ou autrement dit : l'acte de la volonté générale statuant sur une matière générale est une loi, et hors de là il n'y a pas de loi (1). La loi peut bien établir qu'il y aura des distinctions de personnes, mais non désigner les personnes : « Aucun objet individuel n'appartient à la puissance législative. » Ainsi il ne peut y avoir de loi injuste : entendons qu'une loi étant injuste dès là qu'elle viserait un objet individuel, une loi injuste ne serait pas une loi. Dans ces termes, le souverain a droit de vie et de mort sur tous ses membres, et le droit de grâce est

(1) Cf. Platon, *Lois*, IV ; — Arist. *Polit.*, IV-IV, 7.

celui qui paraît à Rousseau le plus douteux. En somme, il assigne à la volonté dite générale les mêmes droits que l'individu a sur ses membres pour son propre bien dont il est juge. Là où la loi, telle qu'elle vient d'être définie, est en vigueur, il y a république, et tout gouvernement légitime est républicain, quand même il serait monarchique (1).

Livre III (*Du gouvernement, de ses formes et de sa vie*).

Le gouvernement est l'agent de la force publique chargé de l'exécution des lois dans le sens de la volonté publique et par des actes particuliers, ce qui précisément a été mis en dehors du ressort du souverain. Ainsi le prince ou le magistrat n'est pas le souverain.

Un nombre médiocre de citoyens, un nombre médiocre de magistrats, tel paraît être à Rousseau le juste milieu. Plus l'État grandit, moins chacun a de part à la législation commune, par conséquent moins il est libre, moins ses mœurs ont de rapport avec les lois et plus il est nécessaire qu'il en subisse la contrainte. Il peut être bon alors que le gouvernement soit entre les mains d'un seul, ce qui lui donne le plus haut point d'intensité et d'activité (2), car la force du gouvernement est en raison inverse du nombre de magistrats. C'est ainsi qu'il peut y avoir autant de bonnes formes de gouvernement qu'il y a d'États différents en grandeurs, et de plus il faut tenir compte des temps et des circonstances.

(1) Je me réserve de parler plus loin de la théorie du législateur que Rousseau a insérée ici. Je crois qu'il y aura plus de clarté à l'exposer ailleurs.

(2) Cf. Arist., *Polit.* IV-II, 5.

Inversement, plus les magistrats sont nombreux, plus la volonté de corps ou générale se rapproche de la volonté de chacun des membres, mais plus aussi le gouvernement est faible par l'opposition des forces à l'intérieur même du gouvernement : car la force du souverain qui est absolue et constante ne peut être ni augmentée ni diminuée, et à la limite, le gouvernement étant entre les mains de tous et rapproché des volontés particulières qui ont toute leur force, il est à son moindre degré d'intensité et d'efficace. C'est, pourrait-on dire, le point où la volonté de corps ou générale coïnciderait avec la nullité de gouvernement ou anarchie.

Quand la majorité des citoyens est du magistrat, c'est démocratie, quand la minorité, aristocratie, quand un seul, monarchie (1).

De véritable démocratie, il n'y en a jamais eu et il n'y en aura jamais. « Il est contre l'ordre naturel que le grand nombre gouverne et que le petit soit gouverné. » Cet état serait bon pour des dieux, car s'il est vrai que la vertu soit nécessaire partout, là elle le serait absolument et à tous.

L'aristocratie a eu son évolution ; elle a pu être fondée sur l'âge d'abord, sur la richesse ou puissance une fois que l'inégalité se fut accrue, et, dans cet état mixte, on voit place pour l'élection, enfin sur l'hérédité. L'aristocratie naturelle, on dirait patriarcale, celle qui se fonde sur l'âge, convient aux peuples simples. L'héréditaire est le pire des gouvernements. Mais l'élective en est le meilleur, car l'élection est garante qu'on sera bien gouverné. Toutes les préférences de Rousseau sont pour l'aristocratie élective qui exige un Etat moins

(1) Division donnée par Arist., *Politiq.*, III-v, 2.

petit que la forme démocratique et présente sur celle-ci l'avantage d'impliquer moins d'égalité des biens ; dans un tel État, les riches sont modérés et les pauvres contents (1.)

La monarchie ne convient qu'aux grands États, qui, par leur nature même, ne peuvent être bien gouvernés (2) ; elle entraîne force maux, tels que les cours où l'on arrive aux places par l'intrigue, non par le mérite. Les talents des rois sont variables, les frontières de l'État sont souvent dép acées et l'hérédité de la fonction souveraine aggrave les inconvénients de cette dévolution du pouvoir à un seul.

On pourrait, de ces trois formes politiques, composer des gouvernement mixtes, tempérés; mais ce sont les climats qui le plus souvent ont agi sur leur constitution (3). Les peuples d'une médiocre pauvreté sont les plus propres à recevoir la forme démocratique ou aristocratique, les riches, la monarchique. Comme d'ailleurs Rousseau pense que la richesse est en raison de la chaleur des climats, les pays chauds sont réservés au despotisme, comme les pays froids sont condamnés à la barbarie, et la liberté ne convient qu'aux pays intermédiaires. Les signes d'un bon gouvernement sont une population abondante et non pas une paix désolée, mais une certaine agitation qui donne du ressort.

Tout État politique, quel qu'il soit, tend à la dégénérescence, comme l'individu à la décrépitude et à la vieillesse, et cela par le penchant même des gouvernements. Leur inclination naturelle est d'usurper le

(1) Rousseau se souvient ici de Montesquieu, il en a bien le droit.

(2) Pour la préférence à accorder à une forme moyenne de gouvernement, cf. Arist., *Polit.*, IV-IX, le chapitre entier.

(3) Cf. Arist., *Polit.* VII-IV, 5.

pouvoir souverain, ce qui, en droit, dissout le pacte social et est par suite l'anarchie même, et ce qui, en fait, transforme la démocratie en ochlocratie, l'aristocratie en oligarchie, la royauté en despotisme (1). Bien que l'État soit destiné à périr, comme toutes choses en ce monde, il peut être maintenu par le conseil mieux que le corps humain, ouvrage de la nature, parce qu'il est un ouvrage de l'art et que, s'il a une bonne constitution (2), c'est-à-dire la meilleure possible, les lois en vieillissant acquièrent une nouvelle force : elles sont supposées excellentes, puisque le souverain aurait toujours été libre de les abroger et ne l'a pas fait. Le consentement des citoyens est présumé par cela même qu'il est tacite et confirme en cette sorte les lois traditionnelles.

Le moyen préventif à employer contre la dégénérescence de l'État, puisqu'elle résulte de l'effort du gouvernement contre le souverain, c'est de fortifier la souveraineté contre le gouvernement. C'est dire qu'il faut que la loi convoque le peuple à jours fixes ; mais c'est dire aussi qu'il faut que l'État soit fort petit. Dès que le souverain est légitimement assemblé, toute juridiction du gouvernement cesse. Sous les mauvais gouvernements, on ne se rend pas aux assemblées du peuple, parce qu'on prévoit que la volonté générale n'y prévaudra pas : « Que m'importe ? » dit-on ; c'est le signe que l'État est perdu.

L'erreur capitale serait de croire que le souverain peut déléguer sa souveraineté à des représentants. Ce

(1) Reproduit d'Arist., *Politiq.*, III-v, 4.

(2) L'emploi de ce mot semble ici une plaisanterie à la manière de M. Grosclaude, mais il est rigoureusement exact dans la théorie *organiciste* de Rousseau.

n'est pas seulement parce que des représentants vendent la patrie ; c'est que la souveraineté, ne pouvant être aliénée, ne peut être représentée, c'est qu' « à l'instant qu'un peuple se donne des représentants, il n'est plus libre, il n'est plus (1)... » « Cette idée des représentants » est moderne et, d'après Rousseau, « nous vient du gouvernement féodal, de cet inique et absurde gouvernement dans lequel l'espèce humaine est dégradée et où le nom d'homme est en déshonneur » (2). Le souverain établit par une loi qu'il y aura des magistrats pour gouverner et nomme les chefs qui seront chargés du gouvernement établi (3) : ce sont ses officiers, ils n'ont qu'à obéir ; c'est leur devoir de gouverner, non leur droit.

Livre IV (*Des magistratures*).

La volonté générale est de sa nature indestructible, inaltérable et pure, mais les divisions, les volontés particulières et égoïstes, les brigues peuvent si bien l'oblitérer que la liberté périsse. De là l'importance du système par lequel s'opère la délégation du pouvoir aux magistrats.

Compléments de la doctrine du *Contrat social*.

Rousseau, dans le *Contrat social*, explique ce qu'il pense des magistratures par une étude critique de l'his-

(1) Liv. III, ch. xv, « Des députés ou représentants », I, 679.

(2) *Œuvres*, I, 678-679. Je pense que si Rousseau porte sur la féodalité ce dur jugement, c'est que dans ce gouvernement on était en règle générale l'homme de quelqu'un, « l'homme de l'homme » ; et pour lui c'est l'abomination même.

(3) Sur la subordination des gouvernants à la loi, cf. Platon, *Lois*, IV.

toire de Rome. Si intéressant que puisse être l'exemple qu'il choisit et le commentaire qu'il en donne, on irait encore plus au fond de sa pensée si on le voyait à l'œuvre, non plus pour interpréter ce qui a été, mais pour déterminer ce qui doit être : et c'est justement ce qui arrive lorsque des admirateurs zélés le prient d'être le législateur de la Pologne ou de la Corse.

Il n'est pas improbable qu'ils avaient pris l'idée de lui adresser cette invitation dans le second livre du *Contrat social* où Rousseau avait exposé sa pensée sur *le législateur*. Il n'a eu garde de le confondre parmi les magistrats, car les magistrats ont pour fonction d'appliquer la loi établie par le souverain, tandis que le législateur a pour mission, nécessairement antérieure à la loi, d'établir le souverain lui-même : aussi a-t-il parlé du législateur dans le même livre où il traitait du souverain, car c'était traiter en fait de l'institution du souverain.

Il ne faut pas s'étonner si Rousseau dit de la nature du législateur qu'il la faudrait divine. L'idée de Rousseau est en effet que les hommes sont tels que leur milieu les fait être et que chaque homme résulte de la forme de l'humanité telle qu'elle est. Or, la mission du législateur est justement de changer la forme de l'humanité telle qu'elle est au moment où il entreprend son institution, de changer même, pour ainsi dire, la nature humaine et de substituer en chacun une existence et une force morale toutes nouvelles à l'existence physique et à la force indépendante qu'il a tenues de la nature (1). Il faut donc bien à tout le moins que le

(1) Liv. II, ch. VII, « Du législateur », *Œuvres*, I, 655. Rousseau prend ici comme un principe cette assertion si contestable et qu'il

législateur soit dans toute la force du terme « un homme extraordinaire » que la doctrine, pour être conséquente avec elle-même, a pour ainsi dire le devoir de ne pas expliquer : il y a là quelque chose comme de surnaturel. La difficulté de la tâche du législateur s'aggrave de ce qu'il ne doit que proposer, non décréter l'institution, car le souverain seul a le pouvoir législatif ; et si le législateur participait à ce pouvoir, il y serait complice de son propre intérêt : autrement dit, il ne peut intervenir légitimement par sa force comme physique dans un acte collectif, alors que cet acte collectif qu'il a en vue est justement le seul qui donnera moralement la légitimité à son intervention ; celle-ci doit demeurer morale et le mieux est que le législateur soit étranger ou se rende comme étranger parmi les siens (1). D'un autre côté, alors qu'il propose son institution, il y a lieu de remarquer que, pour la goûter, il faudrait que les peuples à qui il la destine eussent été formés par cette institution même. Il faut donc que les législateurs aient recours à une autorité d'un autre ordre que la leur propre, fassent parler le ciel, les dieux, les immortels. L'admiration de Rousseau est grande à ce titre pour Moïse, Mahomet, Calvin (2), Numa et d'autres.

ne songe même pas à discuter, que « chaque individu... par lui-même est un tout parfait et solitaire ».

(1) Je soupçonne que cette théorie du législateur, certainement présente à l'esprit des hommes de la Constituante, a fortement contribué à leur inspirer cette décision, dont les historiens s'étonnent, par laquelle ils se sont interdit à eux-mêmes de siéger dans la prochaine assemblée législative.

(2) Liv. II, ch. VII. Les croit-il bien sincères ? Il n'y regarde pas de trop près. De même le précepteur ne se fait pas scrupule de « tromper » Émile ; la fin justifie le moyen. Cela jette un jour douteux sur ces *Confessions* où Rousseau prend d'ailleurs de façon si gaillarde les *inexactitudes* de mémoire qu'il vient à reconnaître.

En somme, la vraie preuve du législateur, le miracle par lequel il s'avère, c'est son âme. Cette surprenante et originale théorie du législateur (1) jette un jour merveilleux sur l'âme même de Rousseau : s'il a cru qu'il lui appartenait d'être le législateur du genre humain, on voit comment cette idée se lie à l'attitude qu'il a prise et par laquelle il veut donner aux regards du monde le spectacle de ce que j'appellerai son autothaumaturgie morale.

Le législateur ainsi défini et qui se propose d'instituer un peuple doit l'examiner de près et tenir le plus grand compte de ses mœurs. Il n'y a rien en ceci qui ne soit parfaitement d'accord avec la doctrine de Rousseau. On n'a aucune objection à lui faire, s'il prétend donner des constitutions très différentes aux Genevois, aux Polonais et aux Corses. En vain lui reprocherait-on de tracer dans ces cas divers des plans qui s'éloigneront les uns des autres : il le faut pour avoir égard aux climats et aux circonstances ; et qui paraîtront s'éloigner du caractère idéal du contrat social : il n'en est rien. Si l'on a bien compris l'esprit du *Contrat social*, on a vu clairement qu'il n'y est nullement traité d'une constitution, mais uniquement des conditions selon lesquelles un dogme moral peut et doit prévaloir dans l'ordre politique et social. Ce dogme, c'est l'indépendance radicale d'homme à homme réalisée par la dépendance radicale de l'homme vis-à-vis de la loi civile devenue aussi nécessitante que les lois de la nature. Dès lors, il s'agit bien moins d'ajouter aux

(1) Il faut pourtant remarquer que Rousseau en a trouvé le germe et pris l'idée dans ce que dit Platon de l'intervention de Saturne et du gouvernement établi par ce dieu. V. *Lois*, IV. Cf. un passage non moins pertinent à cette idée, *Lois*, VIII.

mœurs et aux coutumes que d'en retrancher ce qui est contraire à l'essence du contrat social ; et ce qui en reste, il s'agit bien moins de le changer que de le pénétrer d'un nouvel esprit. L'institution est comme l'âme humaine qui, avec le souffle, s'ajoute à l'organisme déjà formé quand il vient au monde, organisme qui se diversifie selon les individus et qui cependant loge toujours cette essence commune qui est la raison.

Bien plus, si l'esprit du contrat social est cette raison qui doit éclairer tout corps politique venant en ce monde, et si, d'autre part, il faut pour cela que la loi civile prenne la force d'une loi de la nature, il est indispensable et logique que le législateur respecte les mœurs, les coutumes spontanées du peuple qui reçoit l'institution, dans la mesure où elles peuvent s'accommoder avec l'essence immuable du contrat social. En effet, si la raison est impersonnelle, la sensibilité ne l'est pas, elle est relative à chacun de nous par notre organisme individuel, nos facultés physiques, nos sens, leur manière d'être et leurs habitudes. Et cela est vrai de chaque corps politique comme de chaque corps organique. Or, il est évident que la prétention de donner à la loi civile rationnelle un caractère nécessitant demeurerait un desideratum pur, si cette loi abstraite ne venait à se réaliser d'une manière concrète par des actes et par des mouvements pour ainsi dire réflexes dans le corps politique, tout de même que les lois de la nature ont leur prolongement et leur retentissement dans la vie et l'activité de notre corps. Pour cela, il peut bien y avoir une éducation du corps, on peut même le modifier, mais on ne le change pas ; il faut bien le prendre tel qu'il est naturellement, et ne serait-ce pas une conséquence absurde qu'il fallût supprimer le corps d'un individu pour faire régner en cet homme la raison ? La conséquence est également absurde pour le corps politique sensible : il faut le prendre tel qu'il est donné. Le problème du législateur est de l'accommoder, sans déformer son type, mais en l'achevant au contraire, à l'esprit rationnel du contrat social, comme l'éducateur raccorde son pupille tel qu'il est avec la raison humaine universelle. C'est le problème où Kant a vu la racine même du péché originel, cette présence simultanée d'une sensibilité et d'une raison qui sont unies sans être accordées. L'accord est-il obtenu, la loi devient vivante et se propage par mille actions qui deviennent aussi sûres que les actions naturelles, soit dans la conduite active d'un individu, soit ici, selon Rousseau, dans l'activité d'un peuple.

On pourra chercher plus particulièrement dans ses *Considérations sur le Gouvernement de Pologne* (1) comment Rousseau entendait venir dans ce pays à bout de son dessein et le soin qu'il prenait d'ordonner, en vue de son dogme politique, en vue de l'esprit du contrat social, les coutumes nées de la forme du sol, de l'espèce des productions, de la situation géographique et climatérique, de l'habitude de la guerre, et aussi les traditions monarchiques et nobiliaires, les mœurs turbulentes, le goût de l'équitation, en un mot les éléments que lui apportaient toutes les sources d'information qu'il interrogeait, enfin comment il espérait relier à l'institution la constitution.

Ce qui, aux yeux de Rousseau, rend la mission du législateur moderne bien plus difficile que celle du

(1) Elles sont de 1772.

législateur antique et presque impossible, c'est que Jésus-Christ est venu fonder un royaume spirituel sur la terre. Dès lors l'État cesse d'être un et il semble qu'il n'y ait plus moyen d'établir une bonne « politie (1) ». Rousseau n'entend rien à la division du pouvoir temporel et spirituel que Comte devait tant admirer. Tout allait plus aisément au but dans l'antiquité, quand chaque peuple avait ses dieux ennemis des dieux des autres peuples (car les assimilations qu'on a faites plus tard de tous ces dieux sont ridicules) et quand régnait dans chaque État l'intolérance religieuse et civile (2).

La religion antique était donc bonne en tant que civile, mais elle était mauvaise en tant que mensongère, superstitieuse, chargée de rites. Le théisme évangélique, au contraire, est bon, favorable à l'humanité, mais il est contraire à l'esprit civique. Le chrétien est trop résigné aux événements, trop détaché du monde, catéchisé par une religion qui prêche la servitude et la dépendance.

Il n'est pas question pour Rousseau de rien rêver de semblable à une restauration de cette mensongère

(1) *Contrat social*, liv. IV, ch. VIII, « De la religion civile », *Œuvres*, I, 695.

(2) Rousseau montre ici une certaine intelligence de la « Cité antique » qui le rapproche des historiens modernes et par où il dépasse les déductions strictement économiques et politiques du *Discours sur l'Inégalité*. Son erreur est de confondre, au point de vue de ce qu'elles doivent à leur législateur, les religions antiques et celles où est adoré un seul Dieu et de ne pas voir que dans le premier cas le législateur doit plus à la religion que la religion au législateur. (V. mon ouvrage *Du rôle des Concepts*, pp. 16-20, et *Du concept d'un Dieu unique*, p. 78 et *circà*.) Cette erreur est d'ailleurs celle de son temps qui a cru les religions antiques inventées selon des plans réfléchis.

religion antique. Si le christianisme évangélique est bon par quelque côté, on en atténuerait déjà les inconvénients dès le moment qu'on amoindrirait la force avec laquelle « il rompt l'unité sociale (1) ». Le moyen, c'est de supprimer tout clergé (2). Partout où il y a un clergé, il est le maître, et dans ce cas, il ne sert de rien au chef civil de se faire en apparence le chef de la religion : en réalité, il en est le ministre asservi.

Il faut donc refouler le théisme dans les âmes, en lui ôtant cet organe de désunion organique et d'abaissement du pouvoir civil qu'est un clergé. Dans ces termes, l'État a le droit de s'emparer de ce que le théisme a de bon et même de le prescrire à ce titre. Il retient les dogmes de l'existence de Dieu (3), de la vie à venir, des récompenses et des châtiments futurs, et aussi celui de la sainteté du contrat social et des lois ; il les fixe en tant qu'ils intéressent la vie morale et les devoirs du citoyen, et les promulgue comme enfermant les sentiments les plus utiles à la sociabilité. Si quelqu'un n'y croit pas, qu'il soit banni comme insociable et s'il se conduit comme n'y croyant pas après les avoir reconnus, qu'il soit puni de mort pour avoir menti devant les lois. Et ce serait mal comprendre Rousseau que de

(1) *Œuvres.*, I, 696.

(2) D'après ces principes strictement étatiques, il va sans dire que la religion catholique est la plus malmenée de toutes.. Mais Rousseau ne fait grâce à aucun « corps de clergé ». (V. *Ibid.*, I, p. 695 et not.) Si l'on en vient aux personnes, c'est autre chose ; il n'a de complaisance que pour les prêtres catholiques. Il écrit à M. Buttafuoco : « J'aime naturellement même autant votre clergé que je hais le nôtre. J'ai beaucoup d'amis parmi le clergé de France et j'ai toujours très bien vécu avec eux. » (*Œuvres*, I, 752. Lettre III, du 24 mars 1765.)

(3) Cf. Platon, *Lois*, X : Que les lois enseignent qu'il y a des dieux.

se plaindre d'une telle conclusion : les lois de l'État ne doivent-elles pas avoir la même efficace que les lois de la nature ? Songe-t-on à protester contre les lois de la pesanteur parce qu'il arrive que quelqu'un se rompt le col en tombant de haut ? ou nous insurgeons-nous contre la nécessité qui nous est faite de respirer parce que, si nous tombons à l'eau, nous nous noierons ? Respirer en est-il moins une joie, un bonheur pour nous, pour tout homme ? D'ailleurs, plus les lois seront fortes, moins il y aura, selon Rousseau, de punitions, comme dans une race où les fonctions de la respiration auront toute leur énergie, il y aura moins de gens qui s'étoufferont, encore que cela puisse arriver à quelques-uns.

Ce point acquis, l'État pourra bien laisser aux citoyens leurs opinions particulières en matière de théologie ou de religion, autant que leurs dogmes n'auront rien de contraire aux devoirs du citoyen, peut-être même quelque espèce de culte : cela pourrait bien faire partie de ces mœurs et de ces coutumes dont Rousseau fait cas. Nous savons que c'est dans cet esprit qu'à Genève il a pris part à la Cène (1). Les seuls cultes qu'on ne tolérera pas seront ceux qui ne voudraient pas tolérer les autres (2).

(1) C'est peut-être aussi dans cet esprit que le Vicaire savoyard dit la messe et consacre, sans croire à la transsubstantiation.

(2) Voici le temps, ce me semble, d'indiquer sommairement ce que Rousseau a pu devoir à Hobbes. Il y a certains traits de ressemblance évidente entre quelques idées de Rousseau et quelques passages du *Traité du gouvernement civil* de Locke, notamment en ce qui concerne les deux états successifs de nature et de société, les formes du gouvernement et la place laissée aux divers cultes dans l'État. Mais il est remarquable que Rousseau a en somme remonté au delà de l'apparent libéralisme de Locke pour prendre quelques-unes de ses inspirations principales dans Hobbes. Rousseau a considéré la société comme un organisme qui toutefois n'est pas l'œuvre

Il restera que le théisme et la religion civile, à cause de leur caractère rationnel et universel, n'auront pas, selon Rousseau, pour faire des citoyens attachés de façon intraitable et étroite à leur petite patrie, la même efficace que les religions antiques, dont les bornes précisément étaient celles de l'État. Si néanmoins Rousseau recommande et même décrète le théisme, c'est que,

de la nature. Dès le début du *Leviathan*, la *civitas* est définie par Hobbes *homo artificialis* ; il pousse l'assimilation de l'État à un organisme assez loin pour parler au ch. XXIV *De civitatis facultate nutritiva et generativa*, etc. ; le roi est donné comme « l'âme » du corps politique au sens réel de ces mots. (V. *De Cive*, VI, XIX, et *Leviathan*, introd.) La doctrine de la souveraineté est très analogue dans Rousseau et Hobbes. (V. *De corpore politico*, part. I, ch. VI, et surtout part. II, ch. I, 3.) Leur doctrine touchant les assemblées est trop voisine pour qu'on ne voie pas que l'une procède de l'autre. (V. *De corp. polit.*, part. II, ch. II, et *De Cive*, VII.) De même en ce qui concerne l'autorité de l'État en matière de dogmes et de religion. (V. *De corp. polit.*, part. II, ch. VI, et *ibid.*, IX, 2.) Hobbes estime, comme fera Rousseau, que le culte naturel étant rendu à Dieu, l'État peut en outre instituer tel culte que bon lui semble (v. *De Cive*, XV et XVI), et que le pire crime est de mépriser les commandements du souverain. (*Ibid.*, XV, 15.) Hobbes a exposé dans le *De corp. polit.*, aux passage cités, le dogme qu'il considère comme essentiel, et Rousseau arrêtera de même expressément le texte de la confession civile. Le *De Cive* a pour objet de ramener à des lois de nature ces maximes du *De corp. polit.* Ces lois de nature, il en compte vingt ; mais elles se réduisent à une loi unique qui est facile à connaître pour chacun, car il la porte en lui-même et elle consiste dans le précepte : « Ne fais pas à autrui ce que tu ne voudrais pas qu'on te fît. » Cette loi de nature unique est en même temps la loi divine. (V. *De Cive*, IV, I.) Ainsi la fameuse norme de Rousseau et son cri « Conscience ! » ne sont que la paraphrase éloquente du lourd et massif dogmatisme de Hobbes. La forme robuste et énergique de l'esprit de Hobbes a sur la mentalité de Rousseau de tout autres prises que la sapience douteuse de Locke. — En signalant ce que j'ai aperçu des emprunts de Rousseau à Platon, Aristote, Fénelon, Locke, Hobbes, Montesquieu, etc., j'ai essayé de donner l'esquisse d'un travail qui serait d'un sérieux intérêt. C'est dans la même pensée que j'ai marqué quelques rapprochements avec Kant, puis par la suite avec d'autres.

dans sa pensée, ce que le théisme a de bon et que l'Évangile a commencé d'apporter aux hommes ne doit pas demeurer sans une grande conséquence qu'il appartient à l'esprit du contrat social de développer dans les faits. Il estime, à n'en pas douter, que l'antagonisme militaire des petites cités doit cesser et que la guerre doit finir. Comme il a cru le plus souvent, quoique sur ce point son sentiment ait un peu vacillé, que dans l'état de nature les hommes ne se faisaient point de mal les uns aux autres ou du moins rarement, et comme aussi dans le vrai état civil ils ne s'en doivent point faire et vivent d'accord, de même il a jugé que dans l'art social achevé les corps politiques auront à vivre en paix tous ensemble, afin que les hommes n'aient plus à se guerroyer les uns les autres. C'est par là que son dogme théiste se relie directement au *Projet de paix perpétuelle de l'abbé de Saint-Pierre*, qui fournit un indispensable prolongement au *Contrat social*. Sans doute Rousseau n'en accepte pas tous les termes et l'eût écrit d'un autre style ; mais dans l'examen qu'il en a fait, il ne lui reproche après tout que de n'être pas pr[illegible]ique et d'être trop bon (1). Pour qu'il devînt exécutable, il faudrait une crise de l'Europe, des révolutions, et si Rousseau ne souhaite pas les révolutions et les redoute, il les prophétise néanmoins et les pressent avec assez de passion pour les amener. Lui-même avait composé, paraît-il, sur les *Confédérations* un écrit, vraie suite du *Contrat social*, qui aurait été détruit (2) et dans ses *Considérations sur le Gouvernement de Po-*

(1) *Œuvres*, I, 624.

(2) V. *Œuvres*, I, 679, notes. Le comte d'Entraigues aurait détruit, en 1789, un manuscrit de Rousseau traitant de cette question.

logne, il recommande expressément « le système des gouvernements fédératifs, le seul qui réunisse les avantages des grands et des petits États » (1). Les petits États qu'il rêve se grouperaient en confédérations par un pacte consenti comme le contrat social : Kant n'ira pas prendre ailleurs que là son projet de paix perpétuelle.

Il faudrait dire un mot du rôle des femmes dans ces petits États ; il est aisé à comprendre. Il est résumé dans l'Apostrophe aux Genevoises que Rousseau a placée vers la fin de la Dédicace du *Discours sur l'inégalité*. On en trouverait des indications très nettes dans la Lettre à d'Alembert sur les spectacles et ailleurs. Les femmes n'ont pas de génie, elles n'ont que des talents. Mais même leur caquetage et les censures auxquelles elles se livrent dans les petits cercles peuvent être utiles pour maintenir les mœurs. Car voilà à quoi elles sont relatives dans la cité : les hommes sont relatifs aux lois, les femmes aux mœurs. Et il n'en faudrait pas conclure que leur fonction civile soit de médiocre importance ; c'est tout le contraire. Elles représentent dans la société civile la sensibilité. Or, comme les lois de la nature, toutes rationnelles qu'elles sont, c'est par les actions spontanées de notre sensibilité qu'elles prennent vie en nous ; de même, que seraient les lois de l'État s'il nous y fallait penser à tout coup et si elles n'agissaient en nous, avec nous, par nous dans le corps social de façon spontanée, réflexe pour ainsi dire et organique ? C'est là l'opération que font les mœurs (2)

(1) *Œuvres*, I, 711, 712.

(2) Sur cette importance des mœurs par rapport aux lois, cf. Arist., *Politiq.*, VIII-I, 1.

et les ouvrières en sont les femmes : « Soyez toujours ce que vous êtes, les chastes gardiennes des mœurs.... Aimables et vertueuses citoyennes, le sort de votre sexe sera toujours de gouverner le nôtre... C'est à vous de maintenir toujours, par votre aimable et innocent empire et par votre esprit insinuant, l'amour des lois dans l'État et la concorde parmi les citoyens... »

« Et qui ne mépriserait un vain luxe, en voyant votre simple et modeste parure qui, par l'éclat qu'elle tient de vous, semble être la plus favorable à la beauté (1) ? » Les arts raffinés, pompeux, tel le théâtre, n'ont rien à faire dans ces petits États vertueux, pacifiques, religieux, puisque les arts ne conviennent qu'aux peuples corrompus : « Continuez de faire valoir, en toute occasion, les droits du cœur et de la nature au profit du devoir et de la vertu (2). » Rousseau n'a des arts et de la beauté réalisée par l'homme qu'une intelligence extrêmement bornée, comme aussi son intelligence est quasiment nulle du rôle des grands États. Il n'est sensible qu'à une certaine rigidité morale insinuée et exaltée par le pouvoir des femmes dans des patries tout à fait étroites, vivant en bonnes voisines les unes avec les autres et où chacun demeurerait dans sa condition et à sa place.

Je néglige les critiques de détail que chacun pourrait faire selon ses goûts, comme aussi les éloges dont on pourrait trouver la matière dans le *Contrat social* et les ouvrages politiques de Rousseau. Je n'insiste pas sur les points par où il pourra se rencontrer avec l'avenir,

(1) *Œuvres*, I, 531.

(2) *Ibid.* et « Lettre à M. d'Alembert sur son article Genève... et particulièrement sur le Projet d'établir un théâtre de comédie dans cette ville ». *Œuvres*, III, 113. La lettre est de 1758.

non plus que sur ceux, fort nombreux, par où il coïncide avec le passé. Le contrat social est, j'espère qu'on l'a vu, d'une logique remarquablement serrée. Qu'y pourrait-on objecter ? Rien du tout, si l'État nous donne notre âme.

Mais s'il ne nous la donne pas, le contrat social est par terre. La clef de voûte est ôtée, le monument d'une parfaite sujétion et d'une oppression implacable croule. Car nous ne donnons plus à l'État tout ce que nous sommes. Il passe au rang d'un moyen, indispensable, semble-t-il, merveilleusement digne de notre respect et de notre affection, jusqu'à lui sacrifier notre vie ; mais c'est tout. Et c'est peu.

VI

L'ÉDUCATION ET LES FINS DERNIÈRES.

Doctrine de l'homme. — Le problème pédagogique.

Cas où la société est instituée. — Détermination de l'individu par le tout social. — Programme proposé pour les jeunes Polonais. — L'éducation publique. — Le jeu en commun. — Pas de professeurs.

Cas où la société n'est pas instituée. — Émile.

Livre I. — Tenir l'enfant à part de la société. — Diriger l'éducation dans le sens de celle qui vient de la nature et des choses. — Éducation négative. — Conditions où se place Rousseau. — Éducation physique.

Livre II. — Éducation de la sensibilité. — Plaisir d'être. — Excès des souffrances sur les jouissances. — Excès de nos désirs sur nos facultés. — Proportionner notre imagination à notre pouvoir. — La purger de ses fantômes. — Rester à sa place. — Ne pas raisonner avec l'enfant : la force. — Emploi systématique de la tromperie. — Tout ce qui vient de la civilisation humaine exclu du programme.

Livre III. — Éducation de l'intelligence. — Leçons de choses. —

Émile réinvente la science. — Et les arts. — Conçoit la propriété. — Choisit un métier.

Livre IV. — Éducation morale. — Profession de foi du Vicaire savoyard. — Contre la philosophie dogmatique. — La lumière intérieure. — Dieu. — Le monde. — L'esprit et le libre arbitre. — Attributs de Dieu. — Adoration. — Vie ultérieure. — Morale universelle. — Le culte affaire de police. — La religion naturelle. — L'incrédule logiquement atroce. — Études classiques d'Émile.

Livre V. — Sophie ou la femme. — La femme relative à l'homme. — Ses devoirs et ceux de l'homme inégaux. — La contrainte bonne dans l'éducation des femmes — La parure, les arts. — La religion reçue des femmes par autorité. — Portrait de Sophie. — Mariage d'Émile et de Sophie.

La suite logique de la doctrine de Rousseau appelle maintenant l'exposition et l'analyse de la doctrine de l'homme.

Deux cas sont à distinguer :

A. — *La société est instituée*, et alors l'homme doit être formé en vue de cette société à laquelle toute sa personne appartient par destination ;

B. — *Ou la société n'est pas instituée*, et l'homme doit être rigoureusement préservé de toute influence humaine, de manière à demeurer l'homme de la nature, le « tout parfait et solitaire » qui se refusera à devenir l'homme de l'homme et, dans son isolement moral, attendra l'institution de la société idéale en qui il pourrait se transporter tout entier.

Dans les deux cas, la formation de l'homme est la grande affaire ; le problème social est surtout un problème de pédagogie, et c'est sans doute pour cela que Rousseau voit toute la République de Platon sous le seul angle d'un traité de pédagogie (1).

A. — On se fera une bonne idée des principes d'éducation qui devront régner dans une *société instituée* par

(1) *Émile*, liv. I, *Œuvres*, II, 402.

les indications que donne Rousseau sur l'éducation qu'il rêve pour les jeunes Polonais, au moment où il croit devenir le législateur de leur nation. Le chapitre qu'il consacre à cette question, il le commence par ces mots : « C'est ici l'article important. C'est l'éducation qui doit donner aux âmes la forme nationale et diriger tellement leurs opinions et leurs goûts, qu'elles soient patriotes par inclination, par passion, par nécessité (1). Un enfant en ouvrant les yeux doit voir la patrie et jusqu'à la mort ne doit plus voir qu'elle. Tout vrai républicain suça avec le lait de sa mère l'amour de sa patrie, c'est-à-dire des lois et de la liberté. Cet amour fait toute son existence, il ne voit que la patrie, il ne vit que pour elle ; sitôt qu'il est seul, il est nul ; sitôt qu'il n'a plus de patrie, il n'est plus ; et s'il n'est pas mort, il est pis (2). »

Voilà l'idéal : il est absurde, il est immoral, car il ne s'agit pas seulement de faire un bon citoyen, il s'agit de faire un sot. Et qu'est-ce qu'on peut faire de bon avec un élément qui, à part la place qu'il occupe dans la machine sociale, est « nul »? Rousseau ne désespère pourtant pas de le former par des procédés qui nécessairement s'éloignent de la pédagogie commune.

L'instruction du jeune Polonais doit porter exclusivement sur la Pologne, il doit en connaître toutes les productions, toutes les provinces, tous les chemins, toutes les villes, toute l'histoire, toutes les lois. C'est la loi qui doit régler « la matière, l'ordre et la forme » de ces études.

(1) Ce dernier mot montre une fois de plus quelle est l'action que la société civile doit exercer, d'après Rousseau, sur l'individu.
(2) *Œuvres*, I, 709.

Mais la partie « la plus importante de l'éducation », c'est le gymnase ou lieu d'exercices pour les enfants. On ne doit ni les assommer par « d'ennuyeuses études où ils n'entendent rien », ni leur « permettre » de jouer « séparément à leur fantaisie ». Ils ne doivent jouer qu'en public, avec un but commun, pour s'accoutumer à la règle et en vue de prix décernés par l'acclamation des spectateurs. Nul enfant ne doit être dispensé de ces jeux. Tous doivent être élevés ensemble et de la même manière ; l'éducation publique, si elle n'est gratuite, doit être à un tel prix que même la noblesse pauvre y puisse avoir accès : des bourses seraient données à titre de récompense honorable aux enfants des pauvres gentilshommes qui auraient bien mérité de la patrie. Si, à la rigueur, Rousseau consent que certains enfants demeurent dans la maison paternelle, tout à l'inverse d'une opinion aujourd'hui assez courante, il veut bien que l'instruction soit en quelque mesure domestique, mais à condition que l'éducation soit publique (1).

Cette éducation sera négative en ce sens qu'elle empêchera les vices de naître ; elle le sera dans le sens où Rousseau entend ce mot, c'est-à-dire qu'elle résultera pour la plus large part de principes impersonnels, des mœurs, des lois et nullement de l'action des maîtres. Aussi bien n'y aura-t-il pas de maîtres à proprement parler : « Gardez-vous surtout de faire un métier de l'état de pédagogue » ; ce sera une des fonctions qu'auront à remplir temporairement les meilleurs citoyens avant d'accéder, non à de plus hautes, il n'est pas possible, mais à de plus éclatantes et moins pénibles. Un

(1) Sur l'éducation publique, cf. Arist., *Politiq.*, VIII-I, 2.

grand Conseil national aura la suprême administration de cette éducation publique, et il ne serait pas mauvais que les enfants formassent de bonne heure une imitation du gouvernement national. Ainsi tout concourt à identifier le futur citoyen aux lois et aux mœurs de sa patrie, hors laquelle « il n'est plus (1) ».

B. — *La société n'est pas instituée.*

Dans ce cas, l'éducation doit être non plus nationale, mais humaine. Ce n'est plus un peuple, c'est la nature qui sera le vrai milieu de l'enfant. Par là on pourra retremper l'homme dans ses origines et le rendre capable

(1) Si l'on veut voir ce que de tels principes deviennent dans la tête d'un disciple, il faut lire le projet d'éducation publique qui se trouva dans les papiers de Lepelletier de Saint-Fargeau et qui en imposa à la Convention. On y sent l'inspiration directe du Rousseau législateur de la Pologne, et Michelet, avec une légèreté plus incompréhensible que rare chez lui, y a vu le plan d'éducation qui convenait à la France républicaine. Lepelletier veut que l'internat soit universel et obligatoire depuis l'âge de cinq ans jusqu'à douze ans pour les garçons et onze ans pour les filles. On fourrera les enfants dans « les édifices anciens » pour les utiliser. Une exacte discipline sera maintenue à l'aide de grades attribués aux enfants. On verra régner dans ces pensionnats une régularité invariable et une permanente uniformité. La principale occupation sera le travail des mains, tel que de répandre des matériaux sur les routes, ou celui des manufactures, là où il y en a. Cela *grossira* « sensiblement pour la République la masse annuelle des productions manufacturées ». Lepelletier « appelle sur cette vue importante d'économie politique l'attention et le génie des citoyens intelligents dans les arts ». L'éducation sera austère, les enfants y seront « ployés », c'est ainsi qu'elle sera nationale. Il ne sera pas question de religion jusqu'à douze ans, car c'est alors qu'on adopte « un culte avec réflexion ». « Dans l'institution publique, dit Lepelletier, la totalité de l'existence de l'enfant nous appartient » ; il ajoute, avec une horrible bêtise : « La matière, si je puis m'exprimer ainsi, ne sort jamais du moule. » Les enfants se serviront les uns les autres, leur nourriture sera rude, ils coûteront trois sous par jour et grâce à certaines combinaisons, tel père de famille pourra avoir jusqu'à sept enfants à la fois « pour un sacrifice de trente sous ». Il y aura un conseil de cinquante-deux pères de famille pour les

d'une société instituée. Par voie de conséquence, le précepteur ne sera pas un citoyen, ministre de la loi, mais un homme, ministre de la nature. Tel est le plan de l'ÉMILE.

Préface. — Rousseau y marque le caractère général de son œuvre ; d'autres pourront prendre le soin d'en adapter l'esprit aux circonstances particulières.

Livre I. — Tout est bien sortant des mains de l'auteur des choses et dégénère entre les mains de l'homme. La société actuelle défigure l'homme, en fait l'homme de l'homme. Il faut donc protéger l'enfant contre elle, en élevant comme une barrière entre lui et elle.

L'enfant est sujet à une triple éducation, une première qui vient de la nature, une seconde des hommes, une troisième des choses. Il ne faut pas que ces trois éducations se contrarient, sinon le but est manqué qui est que l'homme « soit d'accord avec lui-même (1) ». Or, comme nous ne pouvons changer l'éducation qui vient à l'homme de sa nature, il faut diriger les deux autres sur la première. La nature est définie essentiellement par l'inclination sensible ; elle fait de l'homme, d'après Rousseau, un tout naturel. Cet homme naturel absolu ne peut être transporté, sans être pour ainsi dire fractionné, brisé, que dans une société instituée qui

cinquante-deux semaines de l'année, car il n'y aura jamais de vacances, il ne faut pas que la matière sorte du moule. Les enfants soigneront les vieillards logés tout exprès dans les mêmes maisons (mon Dieu ! que ce siècle fut donc sensible !), et tel est, car il y revient, le « moule républicain ». Le plan théâtral de Rousseau rapproché de celui de Lepelletier permet de mesurer la distance qu'il y a d'un utopiste de génie à un copiste imbécile, et dangereux tout de même. V. mon livre de *la Pédagogie révolutionnaire*, livre d'une philosophie erronée, mais qui a le mérite de rattacher chaque projet pédagogique à la doctrine sociale qu'il prolonge.

(1) *Émile*, liv. I, *Œuvres*, II, 400.

soit, nous l'avons vu, un substitut de la nature même ; cette société instituée sans doute « dénature » l'homme, mais sans le fractionner et en l'élevant à des fins supérieures. Alors l'éducation publique est à sa place. Mais celle du monde ne vaut rien, étant contradictoire, et l'éducation domestique n'a de valeur qu'autant qu'elle travaille dans le sens de l'éducation naturelle. Ainsi l'homme qui l'entreprend doit s'y effacer pour laisser paraître la nature, et si l'action humaine doit tendre à se supprimer elle-même, il suit que l'éducation du fait du précepteur devra être négative et que la grande affaire sera d' « empêcher que rien soit fait (1) ».

Ces prémisses contraignent Rousseau à se donner pour élève l'homme naturel en général (il y a ici comme un retentissement de la doctrine classique de l'homme en général) et à réaliser les conditions les plus approchantes à son but, qui est d'élever un homme abstrait. C'est pour cela que les conditions de son Émile sont aussi vagues ou du moins aussi moyennes que possible. Elles ne retiennent de particularités que celles qui servent à éliminer toute particularité trop accusée. C'est ainsi qu'Émile est d'un pays tempéré (la France), d'esprit commun et moyen, assez riche justement pour que les nécessités sociales ne pèsent pas sur lui et pour qu'on puisse les écarter, sans parents à ce qu'il paraît, ou du moins aux mains d'un gouverneur qui succède à tous leurs droits (2), afin que l'homme abstrait ne soit pas déformé dans le pupille par l'influence d'une famille, et enfin, de santé normale.

(1) *Œuvres*, II, 403.

(2) Cette idée en quelque manière remonte chez Rousseau jusqu'en 1740, jusqu'au « projet pour l'éducation de M. de Sainte-Marie ». (V. *Œuvres*, III, 272 *et circà*.)

Une nourrice est ici préférée à la mère, parce qu'elle est davantage un instrument du gouverneur (1). Un peu plus tard, le régime du pupille se composera surtout d'aliments maigres, naturels. Il est élevé loin des villes où il n'échapperait pas à l'action sociale des hommes. Il est lavé chaque jour. On le laisse s'ébattre librement. Il est le disciple, non du gouverneur, mais de la nature; d'où elle part, c'est ce qu'on voit bien, mais jusqu'où elle peut aller chez un enfant dont elle sera la vraie maîtresse, c'est ce qu'on ne sait pas encore, puisque l'expérience n'en a pas été faite (2).

Il va sans dire que cette expérience instituée par Rousseau est toute fictive (3) et qu'en fait il s'éloigne extrêmement des conditions qu'il en prétend tracer. L'intervention du gouverneur est perpétuelle, mais Rousseau sauve la face en affirmant qu'elle s'exerce dans un sens négatif. Ainsi on ne tolère pas qu'Émile prenne aucune habitude, on le guérit de la frayeur en lui montrant des masques, en brûlant près de lui des amorces de pistolet (4), on le laisse tout manier, on le

(1) C'est pour cela qu'il ne faut pas s'étonner si les préceptes d'allaitement maternel promulgués dans la *Nouvelle Héloïse* sont ici mis en oubli.

(2) Kant dit à peu près la même chose dans son traité de pédagogie. V. édit. Hartenstein, t. VIII, p. 459, et mon *De tractatu Kantii paedagogico*, p. 74, § 82.

(3) Comme celles de M. Zola dans ses romans. Ajouterai-je que la rigidité du plan d'*Émile* et diverses nuances d'analogie qu'on saisira me font songer à *Bouvard et Pécuchet* ?

(4) Si nous appelions cela donner à l'enfant l'habitude du sang-froid, tout serait perdu, car nous reconnaîtrions : 1° qu'il y a action humaine à tirer exprès un coup de pistolet ; 2° que l'enfant contracte l'habitude de ne pas s'émouvoir facilement ; 3° que cette éducation est en conséquence positive. Ce serait pourtant absolument la même chose. Puissance des mots chez un rhéteur entêté de sa propre sophistique !

promène en le transportant pour qu'il voie toutes choses, il crie, gazouille et gesticule à son aise, mais on ne défère qu'à ceux de ses cris qui sont dictés par le besoin : l'enfant ne doit pas asservir les hommes, et les choses n'obéiront pas à sa voix. On le rend fort, car « toute méchanceté vient de faiblesse ». On le sèvre quand les dents poussent ; et quand il commence à parler, on ne le reprend pas de ses fautes de langage, on se contente de parler devant lui correctement.

Livre II. — Cette première éducation était toute physique. Rousseau y ajoute quelques traits encore, en proscrivant les machines artificielles par lesquelles on préserve les enfants de maints petits accidents. On a tort, car ces accidents qui viennent des choses ne peuvent être, dans la doctrine, qu'avantageux ; ce sont des maux utiles.

Mais voici l'enfant « véritablement un, le même, un être moral ». Il va s'agir de l'éducation de la sensibilité, et pour cela il convient d'avoir une idée nette du bonheur, de s'en faire la théorie.

Il y a d'abord le plaisir d'être, qui est positif (1). C'est ce plaisir-là qu'il faut faire sentir à l'enfant en l'aimant, en le faisant vivre heureux immédiatement, dans chaque moment où il est. Il n'y a pas à le corriger, car il n'est pas mauvais. Le mal ne pourrait naître en lui que par l'action de l'homme sur lui.

Pour le reste, la théorie est nettement pessimiste. Les souffrances sont toujours plus grandes que les jouissances. Les peines impliquent le désir de s'en délivrer, les plaisirs impliquent le désir d'en jouir ; tout se ramène donc enfin au désir qui est une privation pé-

(1) Cette idée est prise dans Aristote, *Politiq.*, liv. III-IV, 3.

nible et la félicité humaine ne serait que l'état négatif où nous serions délivrés de cette peine du désir.

La grande affaire est donc de proportionner nos désirs à nos facultés, notre volonté à notre puissance, de mettre en équilibre notre désir avec notre pouvoir.

Le malheur est que, vivant dans un monde réel qui a des bornes, nous avons une imagination qui n'en connaît pas et est virtuellement infinie.

Un premier point est donc de purger l'imagination de ses fantômes, de se persuader que la faiblesse, la mort, la maladie, la vieillesse ne sont réellement pas des maux. Il n'y a de mal que le crime seul.

Dès lors, on obtiendra le second point qui est que l'individu reste à sa place et dans ses propres bornes. Là il est libre, il veut et fait ce qui lui plaît dans la limite de ce qu'il peut strictement par lui-même. Il ne s'agit que de « resserrer son existence au dedans de soi », conformément à la seule nature des choses réelles, tant qu'on ne peut pas transporter cette existence dans une société légitime.

C'est donc dans la dépendance des choses, non dans l'obéissance, qu'il faut tenir l'enfant. Qu'on ne raisonne pas avec lui, l'enfant n'a pas de raison, qu'on agisse avec lui par la force, comme font les choses. La raison lui viendra plus tard. C'est un des postulats les plus artificiels de Rousseau que ces éclosions successives et subites, on dirait presque ces explosions des facultés de l'homme (1). La nature travaille d'autre sorte et prépare de plus loin l'homme dans l'enfant.

(1) Il y a lieu de rapprocher cet artifice théorique de Rousseau de la théorie de Kant sur la formation subite du caractère. J'ai déjà donné des indications sur ce point, à propos de la « réforme » de Rousseau.

Mais c'est un postulat bien commode à Rousseau pour exposer ses théories en ordre.

Donc il ne faut point que les hommes aient d'action sur l'éducation de l'enfant, de par la doctrine. Et rien n'est plus faux qu'une telle doctrine, car le vrai milieu de l'enfant, c'est l'humanité, et ce n'est la nature qu'à travers l'humanité, non seulement parce que l'humanité enveloppe nécessairement l'enfant, mais parce qu'il la porte en lui-même.

La fausseté de la doctrine de Rousseau, qui veut éliminer les hommes et leur action, se trahit par une cruelle revanche de la nécessité inévitable : il est contraint d'éduquer l'enfant par le mensonge organisé. Il faut que le gouverneur présente à l'enfant les hommes seulement machinisés, mécanisés par lui, après en avoir fait des choses, ses choses, en vue de certains buts. C'est ainsi qu'est mise en scène, actes et paroles, la comédie du jardinier à propos de la propriété et celle de la femme en colère, que la tricherie est introduite dans le jeu de la course, que plus tard les scènes du bateleur sont jouées et récitées sur commande devant le naïf Emile. Mon Dieu ! on sait bien qu'avec les enfants il y a certaines habiletés ou feintes permises ; encore me semble-t-il meilleur de s'en tenir strictement aux échappatoires, dans les cas où on est au pied du mur ; mais c'est affaire de tact d'y sauver sa sincérité dont l'enfant aura le sentiment, et il n'est rien de plus répugnant que de voir donner comme des espèces de leçons de morale éternelle et solennelle des scènes entières de cabotinage où d'ailleurs l'enfant, s'il n'est un sot, ne se laissera pas prendre ; et s'il s'y laisse prendre, plus tard il vous rendra très justement votre mensonge en haine ou en mépris.

Rousseau prétend que l'enfant ne ment pas, si on ne l'y induit, et il assure ici qu'Emile ne mentira pas. Il ne fera pas de mal, ce qui est tout ce qu'il faut, les plus sublimes vertus étant négatives. On ne lui enseigne la charité que par l'exemple (ce qui, bien entendu, est toujours négatif).

Puis, déduisant les conséquences de ce principe que les enfants n'ont pas de vrai raisonnement ni de mémoire active, Rousseau veut seulement emmagasiner dans l'esprit d'Emile non des notions, mais des faits que sa raison associera plus tard. Des choses, pas de mots, pas de langues étrangères ni mortes, pas de représentations géographiques artificielles, pas d'histoires, pas de fables, pas de livres. Émile apprendra à lire par intérêt, pour prendre ses arrangements avec une compagnie qui a fait la partie d'aller manger de la crème. Il exerce son corps, s'endurcit à la mode de Locke, éduque ses sens, dessine, orne sa chambre, apprend quelque géométrie par l'expérience, et ces derniers articles ne sont pas hors de saison pour aller jusqu'à douze ans.

Livre III. — Une courte période commence pendant laquelle l'enfant a, par rapport à ses besoins, un grand excès de force. Il faut jeter dans l'avenir le superflu de l'être actuel et lui faire acquérir les connaissances qui contribuent au bien-être. En somme, les leçons de choses continuent. Émile doit s'intéresser aux phénomènes de la nature, réinventer pour ainsi dire la science, apprendre par l'usage un peu de cosmographie, de géographie, de physique. C'est alors qu'on le conduit chez le bateleur si bien stylé, on fait devant lui des expériences « comme par hasard » (il ne faut jamais avoir l'air de vouloir expressément une chose qui pourrait l'instruire, cela ne serait pas négatif). La chimie à ce compte ne trouve que peu de place. Emile lit *Robinson Crusoë* : il est superflu d'indiquer pourquoi ce livre est le seul qui trouve grâce devant Rousseau (1). Toutefois on commence à lui montrer l'interdépendance des hommes du point de vue des choses, du mécanisme de l'utilité : il la remarque dans l'agriculture, la forge, la charpente, se fait quelque idée de l'utilité du gouvernement par rapport à la protection de la propriété et, informé dès lors de la division du travail, se rend compte de l'impossibilité de vivre isolé ; il comprend que le travail est obligatoire, puisqu'on vit à l'aide de celui des autres, et il choisit d'être menuisier. Il apprend ce métier chez l'artisan même, un ou deux jours par semaine.

Émile est désormais un individu complet dont le jugement devient actif. L'erreur est plus aisée à commettre que la vérité à connaître. Il faut qu'Émile sache ignorer et que là où il est obligé de juger, il réforme ses idées sur ses sensations.

Livre IV. — Il faut retarder chez lui autant que possible l'âge de la puberté ou du moins les effets de la crise. L'amour n'est pas naturel : la nature ne connaît que l'instinct du sexe. L'amour ne paraît qu'après le développement de la raison et c'est l'imagination qui déprave les passions. Dieu est seul et heureux, mais nous, faibles que nous sommes, nous avons besoin des autres. Nous nous attachons aux autres hommes à cause

(1) Dès longtemps on a remarqué que Robinson Crusoë n'était pas autant qu'il semble l'image d'un homme isolé dans la nature ; s'il se tire d'affaire, c'est grâce à la société, à la civilisation humaine encore présente près de lui et prompte à l'aider, sous la forme des outils précieux qu'il retire du navire.

de leurs peines, par la pitié, par la reconnaissance. C'est par l'effet de ce dernier sentiment que votre élève vous prendra pour ami.

Il entre maintenant dans l'ordre moral. Sa raison est fondée sur la conscience, sur le cœur, et son cœur le dispose à transporter son moi en autrui.

Le transportera-t-il, ce moi, dans la société telle qu'elle est? Non; l'histoire vient ici à point pour lui montrer la société mauvaise et la lui montrer de loin, par des faits, rien que des faits: tout le reste est le roman des historiens. Émile ne manque pas de conclure de cette étude que les ambitieux sont bien malheureux et que le mieux est de rester à sa place. Pour parfaire sa connaissance des hommes, son gouverneur lui laisse faire quelques impairs et l'en console et il lui donne des fables dans un ordre didactique, sans la moralité (il ne faut jamais avoir l'air d'y toucher).

Dès lors Émile connaît les hommes, du moins c'est Rousseau qui le dit; il secourt les malheureux, défend son honneur courageusement tout en aimant la paix. Il est sentencieux, et c'est bien le moindre hommage qu'il doive aux Spartiates. Son éloquence vient du cœur, son cœur et son entendement sont parfaits, car il est non pas « l'homme de l'homme, mais l'homme de la nature (1) ». Rousseau, devant un si grand ouvrage, peut bien se rendre témoignage à lui-même et avec une insigne candeur, il constate qu'il a écarté l'esprit de système et qu'il s'est fié, non au raisonnement, mais à l'observation.

Émile n'est pas un sauvage, ou du moins c'est un sauvage induit à penser raisonnablement en société:

(1) *Œuvres*, II, 557.

ce développement de sa pensée implique qu'il ait une religion.

Son éducation à cet égard se fonde, comme toujours, sur une leçon de choses ; c'est en face de la nature que le Vicaire savoyard va lui faire son sermon.

Et comme c'est le cœur qui est institué juge de la philosophie, c'est de toutes parts la nature qui est maîtresse de sagesse (1).

Le scepticisme est affreux, on n'y peut demeurer. Les arrogants philosophes dogmatiques se contredisent entre eux. On peut tirer de là une preuve des bornes de l'esprit humain et de son orgueil (2). Il faut donc nous limiter à ce qui nous intéresse immédiatement et ne consulter que la lumière intérieure.

Cette méthode conduit à admettre l'unité de Dieu, la réalité du monde extérieur et de la matière, l'activité libre de l'esprit. La matière qui est inerte a eu besoin d'un premier moteur, dont elle manifeste en effet l'intelligence. Mais la matière est-elle éternelle ou y a-t-il eu création, y a-t-il unité, dualité, multiplicité de principes ? peu importe et cela n'est point décidé ici (il n'importe pas si peu, et c'est ce que nous verrons par l'aveu de Rousseau lui-même).

Les attributs de Dieu sont, avec l'intelligence, la puissance, la volonté, la bonté : tout cela est senti.

(1) C'est d'une manière analogue, il faut en convenir, que dans le système de Kant la raison spéculative est abaissée pour laisser le primat, non au cœur sans doute, mais à la raison pratique, à cette sorte de voix de la conscience qui est l'impératif moral. Chez Pascal, « cette superbe raison » n'est pas abaissée, elle est seulement « froissée ».

(2) Cette attaque contre l'orgueilleux dogmatisme, la leçon de modestie qu'il en faut tirer, tout cela aussi deviendra en quelque façon kantien ; Hume d'ailleurs contribuera pour sa part.

L'homme est établi roi de la Terre, il en doit à Dieu une reconnaissance qu'il paie en adoration. Mais tandis que la nature offre le spectacle de l'ordre, l'humanité présente celui du désordre et du mal. L'homme est partagé entre ses passions et la raison (1). C'est qu'il est fait de deux substances, la matière qui ne peut penser et l'esprit, qu'il a infini, libre, immatériel.

Donc la liberté humaine n'entre pas dans le système ordonné de la Providence, aussi cette liberté ne peut-elle troubler l'ordre général. Elle ne nous a été donnée qu'en vue de la vertu. Dès lors, l'homme est l'auteur du mal moral, le seul qui soit vraiment le mal. La conscience promet le bonheur au juste dans une autre vie, mais si cette vie est immortelle, c'est ce qu'on ne sait : « Mon entendement borné ne conçoit rien sans bornes... tout ce que j'appelle infini m'échappe. » De là il n'y a qu'un pas à nier les peines éternelles. L'enfer est dans le cœur des méchants : eux-mêmes plus tard, un jour, perdront leur malignité, seront heureux (2).

La morale, identique partout et en tous temps, est dictée par la conscience, qui parle le langage de la nature : c'est pour cela que ce langage est méconnu aujourd'hui. La vertu, où la conscience nous incite, nous met d'accord avec nous-mêmes et elle est rehaussée par l'obstacle qu'y apporte le corps, source de mal ; après tout, ce n'est que délivré du corps qu'on sera soi-même, tout à fait et sans contradiction.

La prière, le miracle, la grâce sont exclus. La reli-

(1) J'ai déjà fait voir là le germe de la théorie du péché originel chez Kant.

(2) « La bouche d'ombre » de Victor Hugo ne promulgue pas un autre optimisme que celui-ci, immoral au fond :

« Les gueules baiseront ! »

gion naturelle, telle qu'on vient de l'exposer dans son essence, est la seule en somme, étant fondée sur la nature et la conscience. Pas de dogmes, ni de mystères, ni d'intolérance fanatique : tout doit être rapporté à la seule révélation du cœur. Quant à l'uniformité du culte, c'est en chaque lieu affaire de police. L'autorité des hommes ne vaut rien en matière de religion, car elle n'est pas supérieure à l'autorité de ma raison, et la révélation divine se ramène toujours à l'autorité des hommes. La critique d'ailleurs est ici aussi inutile qu'impossible. Les miracles, les prophéties sont à rejeter et les religions se contredisent entre elles. L'évangile est bon, malgré les absurdités qu'il contient, par les points où il coïncide avec la religion naturelle. Au surplus, chaque religion peut être en particulier une bonne institution politique, pourvu que la religion du cœur y soit sauve ; un culte est bon dès là qu'il est prescrit par les lois et il est sage de pratiquer la religion de ses pères (1). Le culte intérieur est l'essentiel. La religion a une grande supériorité pratique sur la philosophie, c'est dans sa conscience et dans son cœur qu'il faut que le disciple la sente vivre. C'est cette religion-là qui soustraira Émile à l'empire des sens ; s'il en veut une autre parmi celles qui sont professées, il la choisira lui-même. Rousseau ne souscrit pas à la moralité de l'incrédule, il pense que ses raisonnements ne peuvent être logiquement qu'atroces.

Revenons à Émile. Il a fallu « jusqu'ici le contraindre ou le tromper (2) » ; on l'arrêtait par l'ignorance,

(1) Cette pensée est sans doute peu chrétienne et peu héroïque ; elle part tout naturellement d'un homme qui fait bon marché des cultes et du christianisme.

(2) *Œuvres*, II, 608.

on l'arrête par les lumières et on réussit à gauchir, à tergiverser de manière à empêcher l'homme social d'être tout à fait artificiel.

Le gouverneur peut un temps tirer quelque utilité de la chasse pour retarder chez son pupille l'inéluctable effet des passions. Mais il faut bien venir enfin à lui en révéler la nature et le but. Jean-Jacques va introduire Émile dans le monde pour qu'il y cherche femme. Inutile de dire qu'il lui a préparé d'avance un dernier panneau dans lequel la machine qui s'appelle Émile ne manquera pas d'aller donner avec précision. Émile apprend le grec, le latin, l'italien et, muni de ces talents, il se met en campagne pour découvrir Sophie, que Jean-Jacques lui tient en réserve au cinquième livre.

Livre V. — Sophie ou la Femme. — Jamais homme ne fut moins féministe que Jean-Jacques, au sens où la mode a récemment propagé ce terme. Il faut donner en peu de mots la théorie de Rousseau concernant la femme, et rien n'est plus aisé que de le faire de manière à être compris parfaitement, du moins de ceux qui auront bien suivi et saisi jusqu'ici ses idées.

De même que l'homme individuel est entièrement et totalement relatif à l'État, de même la femme individuellement est totalement relative à l'homme ; et de même que les lois sont incarnées dans les hommes, les mœurs sont incarnées dans les femmes. Et c'est tout, si on veut bien se souvenir de ce que nous avons dit ailleurs du rapport des lois aux mœurs.

La femme est donc faite pour plaire à l'homme. Elle plaît pour être subjuguée, mais elle asservit l'homme. L'homme plus fort, au moins en apparence, dépend de la femme plus faible.

L'inégalité des devoirs entre eux est naturelle.

L'éducation de part et d'autre sera donc différente. Celle des femmes sera toute relative aux hommes à qui elles-mêmes sont relatives.

Les petites filles sont précoces. Il faut qu'elles soient actives, qu'elles babillent. Elles sont dociles et dissi-mulées. Il faut qu'elles soient toujours contraintes, qu'elles sachent souffrir. La ruse chez elles est bonne.

La parure leur sied ; il convient qu'elle soit modeste. Le chant, la danse, les arts leur seront enseignés. Elles auront de l'esprit, seront agréables, polies.

De bonne heure elles recevront leur religion de l'autorité, mais il importe qu'elles joignent aux dogmes, que Rousseau, on le sait, préfère approchants de sa philosophie morale, le sentiment intérieur qu'il a prescrit aux hommes. La raison de la femme est simple et pratique. Qu'elles aiment leurs devoirs et laissent là les abstractions. Leur morale est expérimentale, elle a pour champ la connaissance du monde et va à agir sur le cœur.

Leur coquetterie a du bon ; mais si personne ne veut être méprisé des femmes, si est-il juste de les respecter : elles sont la source de la vertu, de l'amour, de l'en-thousiasme.

Sophie est sensible, non point belle, mais un peu coquette, un peu parée, active avec des talents, gour-mande bien qu'elle n'aime pas faire la cuisine, propre et pure. Son humeur, qui a du charme, n'est pas exempte de quelque caprice ; elle est polie, vertueuse et n'aime pas la galanterie. Elle a bien une pointe de romanesque dans l'imagination, elle aime Télémaque. Bref, elle est très propre à gouverner son mari par l'amour, d'autant que l'homme naturellemen ne pense guère. Rien de plus déplaisant et de plus rebutant que la fille savante. Sophie est loin de là et propre éminemment et apte à être « la femme de l'homme (1) ».

Telle est à peu près la jeune fille que Rousseau, à l'aide de ses machinations ordinaires, met sur la route d'Émile. Volontiers celui-ci l'épouserait tout de suite, mais le gouverneur lui prouve clairement (et Émile n'est pas un être qui résiste à une argumentation magistrale) qu'il doit d'abord voyager pour connaître les hommes, et il meuble d'avance la cervelle de son patient d'un abrégé fort bien fait du *Contrat social*. Il faudrait bien peu connaître la vertu déterminante de la logique préceptorale pour imaginer que deux ans de voyage à travers les peuples puissent y déranger le plus petit ressort ni en faire gauchir d'une ligne l'inflexible conclusion, et après cette épreuve, trop longue au gré d'Émile (Émile a raison, car dix ans n'y feraient pas plus et il a hâte de rejoindre sa femme : ce garçon a tout de même un côté sensé), quand son gouverneur lui demande s'il veut entrer dans la société telle qu'il l'a vue, il faudrait qu'il fût l'automate le plus ingrat, le plus révolté contre la main paternelle pour ne pas repousser loin de lui l'ombre même de cette idée et ne pas refuser de faire ce pas qui perdrait tout. Émile, faute de mieux, s'en tiendra à son pays, se soumettant à ses simulacres de lois pour exercer par cet effort sa propre vertu et remplissant les devoirs de son état (2). Au surplus, il aimera Sophie qui le lui rend et Sophie sera désormais son gouverneur. Jamais on ne vit

(1) *Œuvres*, II, 670.

(2) Toute la philosophie de Rousseau pourrait presque être résumée en ces deux termes : de l'homme naturel, sauvage et « tout absolu » faire un être « dénaturé », social et partie relative d'un tout nouveau.

pauvre « homunculus » plus gouverné (1). Si Sophie, en dernier ressort, demeure chargée de cet inéluctable office, c'est apparemment que la femme, étant peut-être plus proche de la nature que l'homme, en est finalement jugée meilleur ministre.

VII

CONCLUSION

Julie : son petit groupe social. — Pas de doctrine de notre vie, dans Rousseau. — Rousseau philosophe. — Rousseau peu métaphysicien. — Banqueroute de la doctrine du Vicaire. — Rousseau manichéen : victoire définitive de la contradiction sur lui. — Rousseau pas mystique. — Pessimisme de sa philosophie. — Son tempérament. — Son erreur touchant sa vertu.

Je ne dis pas qu'on ne pût tirer de la *Julie* mille vues et mille exemples intéressants par lesquels on fortifierait l'exposé des doctrines de Rousseau tel que je viens de le faire et on illustrerait les pensées dont je viens de donner l'esquisse à propos de Sophie. Julie est encore une Sophie, plus raisonneuse (trop ! elle est un composé de Sophie et de Rousseau, pour ne parler que des éléments intellectuels), et le roman de la *Nouvelle Héloïse*, si c'est encore cette même morale que nous venons d'entrevoir, c'est cette morale en action. Julie est la gouverneuse d'une petite société et cette petite société est régie par la morale de la sympathie qui vit, pour ainsi dire, dans la personne de Julie. En

(1) Émile est tout pareil à « l'Ève future » de Villiers de l'Isle-Adam ; c'est elle qu'il devrait épouser.

faisant mourir Julie à propos, d'un accident fâcheux qui sauve la situation, Rousseau a-t-il voulu prouver qu'en fin de compte, la Nature faisait encore mieux les choses que la sagesse humaine, même incarnée dans une gouverneuse ?

Les personnages n'y font rien ou à peu près que d'y cultiver leurs passions quand ils y cèdent et peut-être plus encore quand ils les combattent, et d'y agiter à vide leurs raisonnements. C'est là un grand intérêt pour l'historien du roman en France. Mais s'il est vrai, comme le dit Rousseau, qu'on pût retrouver dans la Julie, si accueillie, toutes les idées qu'il a mises ailleurs et qui y ont fait scandale, toutes celles donc que nous venons de mettre en ordre, je doute qu'on en pût tirer une doctrine de la vie qui présentât des lignes à beaucoup près aussi sûres que celles que nous avons dégagées sur l'éducation, la politique et même la religion.

On voit bien que la *Nouvelle Héloïse* est un livre qui a environ la même fin qu'*Émile* : remettre, non plus l'individu, mais un petit groupe social dans une sorte d'état de nature où il soit régi par le jeu passionnel des sentiments naturels et essentiellement de la sympathie. Mais comme, après tout, ce groupe, tout fermé qu'il est, se meut dans les conditions d'une civilisation déterminée, la conception n'en est ni assez artificielle pour être dogmatique, ni assez vraie pour nous enseigner ce que doit penser et faire l'homme qui appartient à l'humanité telle qu'elle est. C'est une atmosphère indécise dont le roman n'a peut-être pas eu à souffrir, mais où les lignes doctrinales flottent et s'effacent ; à moins qu'on ne veuille dire à toute force qu'ici encore l'institution (par la sympathie) est l'essentiel et peut dès lors s'accommoder de toute constitution donnée.

Là aussi le mensonge disparaît. Grâce à l'esprit du Contrat social, on ne mentirait plus à l'Etat ni à ses officiers, grâce à la sympathie qui instituerait les petits cercles sociaux, on ne se mentirait plus les uns aux autres. La république universelle aurait pour cellules successives les petites républiques, puis chez celles-ci les petits cercles comme celui de Julie, puis chez ceux-ci les individus qui, tout en appartenant à ces mondes concentriques, demeureraient d'accord avec eux-mêmes, sincères. Ou plutôt (Rousseau s'accommode très bien du mensonge extérieur) dans ce système concentrique, l'individu demeurera un tout, non solitaire, mais parfait, un bloc moral intérieur sans fissure. Ainsi se trouverait reconstitué, avec les gains de la raison en plus, cet âge social primitif que Rousseau a donné comme le meilleur du monde.

En tous cas, il n'y a pas, il ne peut pas y avoir précisément dans Rousseau de doctrine de la vie dans notre société réelle. Entre l'éducation d'Émile et la destinée supérieure que lui promet le Vicaire, il n'y a pas d'entre-deux, par cette excellente raison que la société n'est pas instituée. Et le fût-elle, nous n'aurions pas une philosophie de la vie (à moins qu'on ne veuille donner ce nom à la sentimentalité vague de la Profession de foi) ; nous aurions la monographie du citoyen pour cette société. Et comme, hors de cette société légitime, le citoyen n'est plus, comme il est nul, il n'a actuellement d'autre ressource pour rester homme que de s'isoler de la société, de l'action réelle des hommes, de retourner en somme à être Émile et à vivre dans le seul commerce de sa gouverneuse. Je ne pense pas que la « Morale sensitive ou le matérialisme du sage » eût été autre chose qu'un hors-d'œuvre d'hygiène à côté de cette lacune que veut le système lui-même.

Si c'est être philosophe que d'éprouver un impérieux besoin et un ardent désir de réduire ses idées en système et d'en pousser les applications jusque dans les derniers détails, nul, je pense, ne refusera ce titre à Rousseau, soit qu'on ordonne, comme nous l'avons fait, les vues de l'auteur, soit qu'on prenne la peine de lire et de comprendre quelque page que ce soit de ses œuvres dogmatiques (et je demanderais presque laquelle ne l'est pas). Il est philosophe autant et plus qu'homme de son temps, autant et plus qu'aucun de ses confrères les philosophes de ce siècle, et, si je ne me trompe, c'est ce qui communique à son style un nerf que les autres, ses contemporains, n'ont pas au même degré. Sans doute il a plus qu'eux l'imagination, mais cette imagination en somme est loin d'avoir la qualité de celle d'un Montaigne, d'un Bossuet ou d'un Lamartine : elle serait assez lourde si elle n'était soutenue par l'idée et si elle était excitée seulement par un tempérament fort grossier. Et par tempérament, j'en conviens, il a la passion et une indicible passion, mais n'en puise-t-il pas une forte part dans les idées qui âcrement se rejoignent et se combinent dans son cerveau ? Il semble qu'avec la vocation du prêche, il ait hérité des théologiens et des polémistes huguenots quelque chose de leur ardeur indomptable exaltée dans des discussions batailleuses, et que cela tournant à quelque chose de nouveau et de plus aigre, ce soit un intraitable sophiste enivré de sa pensée qui chez lui anime l'extraordinaire rhéteur.

Il a donc l'esprit philosophique ; il a beaucoup moins l'esprit métaphysique. Son appel à la conscience n'a d'original que l'éclat du son et le frémissement de voix, et c'est bien quelque chose : si ce n'est pas une pensée, c'est le sentiment d'une pensée, mais aussi ce n'est rien de plus. La foi du Vicaire savoyard recueille de-ci, de-là, dans ses bons moments, quelques opinions de sens commun qui ne jurent pas ensemble, mais qui ne font rien pour se soutenir les unes les autres. D'ailleurs on serait mal venu à y demander quelque vigueur métaphysique, quand le dessein exprès de l'auteur est justement de réduire la spéculation à son moindre degré ou, pour mieux dire, de l'exclure tout à fait en laissant parler les choses, les faits, les sentiments. La religion naturelle du sermonnaire savoyard a séduit assez de gens parce qu'elle était éloquente et parce qu'elle leur offrait, non seulement cette tentation de ne pas avoir la peine de penser, mais encore cette séduction du second degré : de s'instituer sans peine au nom de leur inspiration intérieure, autant dire ici au nom de leur paresse et de leur suffisance et avec les dehors de la générosité sentimentale, les juges de ceux qui se donnent le mal de penser. Cette fade et assez agaçante dogmatisation à la savoyarde a subi progressivement, au cours de ce siècle, l'action corrosive d'un spinozisme autrement puissant qu'elle et qui peu à peu la dissout. Elle n'a guère eu que deux disciples illustres, Victor Cousin et Jules Simon, et encore infidèles. Aucun des deux ne souscrit la conclusion dernière de Rousseau et qui fut constamment sa pensée de derrière la tête : la dualité des principes suprêmes. Il la découvre ou la laisse entrevoir en diverses occasions, mais pour trouver un passage où il s'en explique

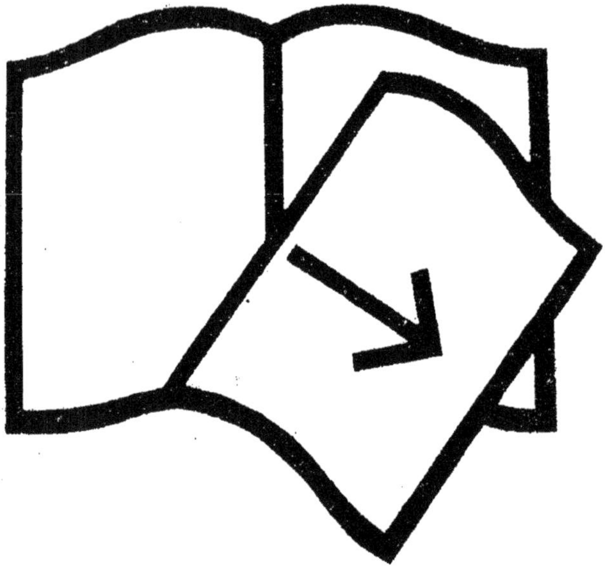

nement lui fournit, c'est qu'étant possible, il rend possible aussi la vertu, comme son âme enthousiaste est propre à s'enflammer pour cette haute idée de la vertu, il faut qu'il soit vertueux. Malheureusement sa complexion ne s'y prête pas, et n'est-il pas empêché de commencer sérieusement à l'être par l'intime conviction qu'il l'est déjà et qu'il n'a rien à faire en lui-même pour cela ? Par conséquent il s'agit surtout pour lui d'une attitude à prendre et par laquelle il fera passer sa propre conviction dans l'esprit des autres. Il sent pourtant bien que sa prétention doit se fonder sur quelque effort intérieur. Que ferait-il ? Il se fait violence pour étaler, pour outrer, pour publier son impudeur naturelle, et il croit autant de fois avoir fait un effort de vertu. Le sens de son péché lui manque. Les hommes cependant méconnaissent sa pureté, ils sont injustes ; Jean-Jacques souffre et il mériterait l'amour sans réserve de tous les hommes, le monde est méchant et atroce. Au fond du pessimisme le plus noir dont on voit envahi l'homme qui s'estime le plus innocent des hommes, que trouve-t-on à l'analyse, sinon, dans une exemplaire et effrayante plénitude, le péché radical, l'orgueil moral ?

sévèrement qu'il ne s'est jugé lui-même » (I, 422 *et circà*). Dès lors, l'aventure de Marion, unique de son espèce, n'est-elle pas imaginée ou du moins arrangée pour donner, par le contraste de cet aveu solennel, une couleur de vérité à tout le reste, pour attester enfin son innocence générale ? S'accuser très expressément d'un crime qu'on n'a pas commis, on sait que le cas n'est pas à beaucoup près inouï dans ce monde du « délire de l'imagination » qui, dit-il, et on le sait de reste, fut le sien. *Quis temperet a lacrimis?*

FIN DU PREMIER VOLUME

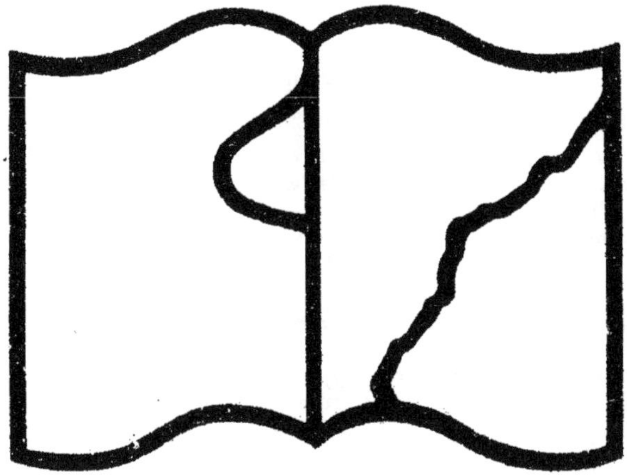

TABLE DES MATIÈRES

Poitiers. — Société française d'Imprimerie et de Librairie.

Milton Keynes UK
Ingram Content Group UK Ltd.
UKHW022225271223
435071UK00009B/803

9 782013 536677